mtb

Sarah Heine

Feels like Loss

Roman

mtb

Die Originalausgabe erschien 2017 als *Die Wahrheit zwischen Jetzt und Hier*
unter dem Pseudonym Cara Mattea bei books2read.

1. Auflage 2021
Überarbeitete Neuausgabe

Gesetzt aus der Stempel Garamond
von GGP Media GmbH, Pößneck
Druck und Bindung von GGP Media GmbH, Pößneck
Printed in Germany
ISBN 978-3-7457-0169-2
www.mira-taschenbuch.de

Klimaneutral
Druckprodukt
ClimatePartner.com/15109-2009-1001

MIX
Papier
FSC FSC® C014496

TRIGGERWARNUNG:

Dieser Roman enthält Szenen häuslicher Gewalt.

PLAYLIST

Playing Games – Anna of the North
Somebody Else – VÉRITÉ
Back To You – Selena Gomez
Like To Be You – Shawn Mendes feat. Julia Michaels
Bellyache – Billie Eilish
Coming Down – Halsey
You Broke Me First – Tate McRae
Driver's License – Olivia Rodrigo
Falling – Harry Styles
Apocalypse – Cigarettes After Sex
Sweater Weather – The Neighbourhood
Getaway Car – Taylor Swift
21 – Gravie Abrams
Bored – Billie Eilish
Fine Line – Harry Styles
Seven – Taylor Swift
Take Care – Beach House

PROLOG

Der Postbote kommt später in letzter Zeit. Manchmal erst nach vier, nur kurz bevor *er* von der Arbeit zurück ist.

Rasch geht sie die Umschläge durch – alle für ihn, außer einer. Italienischer Poststempel. Ein leises Seufzen entfährt ihr, als sie den Absender entziffert hat. Schon wieder Paolo. Sie hätte ihm nie die Adresse geben dürfen.

Mit fahrigen Fingern öffnet sie das Kuvert, zieht das gefaltete Papier heraus und beginnt zu lesen. Die fein säuberliche, leicht nach rechts kippende Schrift sieht aus wie gedruckt. Vorsichtig streicht sie mit den Fingerspitzen über die getrocknete Tinte.

Schon wieder schreibt er einen halben Roman und bringt sie damit weiter in Zugzwang. Herrgott noch mal, sie sollte ihn einfach sofort verbrennen. Es wäre für alle Beteiligten besser. Aber sie bewahrt sie alle auf, denn irgendwann wird der Tag kommen, an dem sie von hier verschwinden kann. Seit Monaten steht eine gepackte Tasche oben auf dem Dachboden, vollgestopft mit dem Nötigsten, um sich eine Weile über Wasser zu halten. Ihr gesamtes Erspartes, die Reisepässe, Wechselkleidung für sie und den Kleinen. Ihr Plan steht seit Monaten. Weg hier, so schnell wie möglich, entweder erst ins Frauenhaus oder sofort zum Bahnhof. Irgendwie werden sie sich bis nach Italien durchschlagen. Und bei Paolo wird sie ihm alles erzählen, ihn um Hilfe bitten. Er wird eine Lösung für all das haben.

Erneut dreht sie das Kuvert, betrachtet die Adresse auf der Rückseite. Sie hat sich die Route auf der Karte angesehen, ist die Strecke Nacht für Nacht im Geiste durchgegangen und kennt die Abfahrtszeiten aller Züge.

Mit dem Taxi von hier zum Hauptbahnhof. In die Bahn Richtung München, von dort nach Österreich und über den Brenner. Weiter gen Süden, vorbei an Bozen bis Trient. Von hier aus werden sie trampen müssen, aber das ist egal. Wenn sie erst einmal über die Grenze sind, wird alles gut.

Sie schluckt und zögert für den Bruchteil einer Sekunde. Wenn sie es jetzt nicht wagt, dann vermutlich nie. Vorgestern hat er dem Kleinen zum ersten Mal eine verpasst. Sein erschrockenes Weinen wird sie niemals vergessen.

Entschlossen greift sie nach dem Telefon, das im Flur auf der Kommode steht. In Gedanken hat sie es bereits eine Milliarde Mal getan, nun wählt sie wirklich die Nummer und bestellt das Taxi.

Als es endlich vorfährt, schlägt ihr das Herz bis zum Hals. Sie greift nach der Reisetasche, die sie von oben geholt hat, geht festen Schrittes ins Wohnzimmer, um den Kleinen zu holen.

Jetzt oder nie. Das ist ihre Chance. Nie wieder Schläge, nie wieder diese Todesangst.

Der Taxifahrer ist bei laufendem Motor ausgestiegen, hilft ihr mit dem Gepäck.

»Zum Hauptbahnhof bitte.«

»Gerne.«

»Steig ein!«, ermahnt sie das Kind, greift nach dem Griff der Autotür. Einen Moment später ist ihr, als würde ihr das gesamte Blut in die Beine sacken. Der dunkelblaue Wagen taucht am Ende der Spielstraße auf. »Schnell!« Sie drückt die schmalen Schultern auf die Rücksitzbank. Doch er muss sie schon gesehen haben. Kraftlos klammert sie sich an der Wagentür fest. Ihr wird schwarz vor Augen.

»Ist alles in Ordnung?«, fragt der Taxifahrer.

Die Fahrertür des Wagens fällt zu, als er ausgestiegen ist und auf sie zukommt. Sein Gesicht ist glatt. Er lächelt. Er muss längst verstanden haben, was sie hier gerade tut. Dass sie ihn austricksen wollte. Er hat sie durchschaut.

»Schatz, ich habe es doch noch rechtzeitig geschafft!« Er wendet sich dem Taxifahrer zu. »Entschuldigen Sie, aber ich kann meine Frau und meinen Sohn nun selbst zum Bahnhof bringen. Das ist für die Unannehmlichkeiten.« Er drückt dem verdutzten Fahrer einen Schein in die Hand und legt ihr den Arm um die angespannten Schultern. Seine Berührung gleicht flüssigem Feuer.

»Warte im Haus auf mich«, zischt er an ihrem Ohr und stößt den Jungen mit einer groben Bewegung Richtung Hauseingang, als der Fahrer gerade nicht hinsieht.

Sie will schreien, um Hilfe bitten, doch aus ihrer Kehle kommt kein Ton. Er nimmt das Gepäck aus dem Kofferraum, und das Taxi rollt davon.

Am ganzen Körper zitternd geht sie vor ihm her Richtung Haustür. Der Kleine scheint ihre Panik zu spüren, kauert an der Treppe und will gerade nach oben laufen. Hinter ihnen kracht die Haustür ins Schloss.

Er ballt die Hand zur Faust.

EINS

Emilia

Mila, ich komm doch nicht pünktlich raus – Verkehrsunfall mit vier Verletzten … Sorry!

Ein Seufzen unterdrückend sinke ich auf die unbequeme Holzbank in der Mitarbeiterumkleide der Charité und schiebe das Handy mit Jojos Nachricht frustriert zur Seite. Großartig. Ausgerechnet an meinem Geburtstag muss ihm etwas dazwischenkommen, und dann ist es auch noch ein Notfall in der Klinik. Ich kann nicht mal enttäuscht sein, ohne ein schlechtes Gewissen zu bekommen.

In Zeitlupe streife ich mir die Turnschuhe von den Füßen, befördere sie in mein Schließfach und werfe Notizbuch und Namensschild hinterher. Nach dem langen Tag in der Neurochirurgie raucht mein Kopf. Obwohl ich allein in der Personalumkleide bin, kommt es mir vor, als könnte ich die Stimmen der Ärzte, Pfleger und Patienten noch immer hören. Meine Füße tun weh, ich war den ganzen Tag über auf den Beinen und hatte nur am Nachmittag bei einem Pflichtseminar mit einigen Kommilitonen Zeit, etwas zu essen und mich kurz zu setzen.

Und trotzdem macht sich eine seltsame Gelassenheit in mir breit, während ich die Krankenhauskleidung ablege, in meine eigenen Sachen schlüpfe und Medizinstudentin-Mila für heute in der Klinik lasse. Auch in diesem Semester sind meine Tage lang und anstrengend, aber sie sorgen fast immer dafür, dass ich abends mit dem Gefühl einschlafe, genau das zu tun, was ich am meisten liebe.

Okay. Am zweitmeisten … Noch mehr liebe ich es, nach Feierabend in Leos Wohnung zu kommen, ihn zu küssen und dieses Leuchten in seinen dunklen Augen zu sehen, wenn er von seinem Tag im Atelier und dem Label erzählt. Und wann ich das zuletzt getan habe, weiß ich ganz genau. Vor vierunddreißig Tagen, an Leos letztem Abend in Berlin, bevor er nach seiner Nierentransplantation für mehrere Wochen in diese Rehaklinik an der Ostsee gefahren ist. Vierunddreißig Tage ohne ihn, und mit jedem weiteren fühlt es sich ein wenig mehr so an, als würde ich durch einen Strohhalm atmen.

Ob es normal ist, jemanden so zu vermissen? Obwohl es Handys und Chatnachrichten gibt? Videoanrufe, die einer von uns beiden erst dann beendet, wenn der andere eingeschlafen ist? Stundenlang Leos Gesicht auf dem Laptopdisplay und noch mehr Sehnsucht, weil stockende Internetcalls nicht reichen. Weil nichts reicht, um das Gefühl seiner Haut auf meiner zu ersetzen.

Vermutlich ist es nicht normal, aber seit ich letzten Herbst für mein Studium nach Berlin gezogen bin und diesen Kerl kennengelernt habe, der mir Pfannkuchen und weiche Knie macht, ist überhaupt nichts mehr in meinem Leben normal.

Während er weg ist, bin ich aus meinem WG-Zimmer mehr oder weniger in seine Wohnung gezogen. Eigentlich, um nach dem Rechten zu sehen. Uneigentlich, weil die Kissen und Räume nach Leo riechen und ich mich gern selbst quäle, indem ich stundenlang auf der Couch sitze und mir vorstelle, wie er in der Küche steht oder mit dem Kopf auf meiner Schulter beim Serienschauen einschläft. Mir ist schon klar, dass mein Verhalten melodramatisch ist, aber ich bin auch nur ein Mensch.

In der Bahn zu seiner Wohnung checke ich mein Handy erneut, antworte Jojo auf seine Textnachricht und scrolle durch die übrigen Chats. So lange, bis ich seinen finde, der im Laufe des Tages nach unten gerutscht ist.

Emilia-Mila <3 Herzliche Glückwünsche zum Geburtstag. Gesundheit, Marmeladenglasmomente und ein Lächeln. Du weißt schon, eben alles, was wichtig ist. Ich wünschte, ich könnte heute bei dir sein, wirklich, Mila. Aber es ist nicht mehr lang, und wir haben bereits ganz andere Sachen geschafft. Ich denk an dich, jeden Tag, und glaub mir, ich zähl sie schon. Schreib mir, wenn du frei hast, dann kann ich anrufen. Ich liebe dich. Leonardo-Leo

Mein Finger schwebt nur kurz über dem grünen Symbol, dann halte ich mir das Handy ans Ohr und lausche dem Freizeichen. Als nach dem vierten Mal seine Mailbox anspringt, lasse ich den Arm sinken. Ich schließe für einen Moment die Augen, während die Bahn mit einem Ruck anfährt. Wäre ja auch zu schön gewesen … Vermutlich hat er noch Therapien und ruft gleich zurück. Bestimmt. Oh Mann …

Ich verlasse die Straßenbahn nur wenige Stationen weiter. Draußen pfeift ein eisiger Wind um die Altbaublöcke von Mitte. Vor dem Haus, in dem sich Leos Wohnung befindet, krame ich den Schlüssel aus der Tasche. Die alten Holzstufen des Treppenhauses knarzen unter meinen Sohlen, und im vierten Obergeschoss bin ich wie immer etwas aus der Puste. Im Wohnungsflur schlüpfe ich aus den Schuhen, lasse meine Tasche mit den Unisachen gleich daneben stehen und gehe ins Wohnzimmer. Heute werde ich mich garantiert nicht mehr mit Medizinthemen beschäftigen. Vielleicht frage ich Alessa oder Phil, ob sie Lust haben, später noch wegzugehen. Aber erst werde ich viel zu viel Sushi bei meinem Lieblingslieferdienst bestellen und darauf hoffen, dass Leo gleich zurückruft.

Als ein leises Knarzen ertönt, bleibe ich ruckartig stehen. Einen Moment später bekomme ich beinahe einen Herzinfarkt, als ich aus dem Augenwinkel eine Bewegung wahrnehme.

»Herzlichen Glückwunsch!«

Vor lauter Schreck mache ich einen kleinen Satz zur Seite. Einen Moment lang habe ich das Gefühl, nicht mehr atmen zu können, dann zählt mein Kopf eins und eins zusammen.

»Oh mein Gott …« Ich presse mir eine Hand gegen den Brustkorb und starre in die strahlenden Gesichter. Konfettischlangen segeln durch die Luft, verfangen sich in Alessas Haaren. Sekunden später zieht sie mich in eine Umarmung.

»Seid ihr verrückt, ich wäre gerade fast gestorben!«, bringe ich heraus.

»Upsi.« Alessa grinst und drückt mir einen Kuss auf die Wange. »Ich wünsche dir von Herzen alles Gute zum Geburtstag, Süße.«

Über ihre Schulter hinweg erkenne ich die übrigen unerwarteten Gäste. Phil und Jason, neben meinem Bruder, der mich schelmisch angrinst. Hinter ihnen Sven und Toni. Warmes Glück füllt meinen Bauch, aber ich kann nicht verhindern, dass er sich anschließend schmerzhaft zusammenkrampft. Für einen winzigen Moment hatte ich tatsächlich gehofft, dass auch Leo überraschend nach Berlin gekommen wäre, doch offensichtlich habe ich mich geirrt.

»Sorry für die kleine Notlüge«, meint Jojo, ehe er mich an sich zieht und festhält. Gerade lang genug, damit ich die Tränen wegblinzeln kann, die auf einmal in meinen Augen brennen. »Happy Birthday, Schnecke.«

»Danke.«

Jojo lächelt mich vorsichtig an, legt den Zeigefinger unter mein Kinn und nickt mir aufmunternd zu. Mit hundertprozentiger Sicherheit weiß er, warum ich gerade kurz vorm Heulen bin, war in den letzten Wochen für mich da wie nie, und das, obwohl er zwischen Klinikalltag und seiner eigenen kleinen Familie kaum eine freie Minute hat.

Nacheinander nehme ich die Glückwünsche von Jason, Sven und Toni entgegen, die tatsächlich einen Geburtstagskuchen für mich gebacken haben. Einundzwanzig Kerzen stecken im Schokoladenüberzug des Kuchens, und mein Herz sticht, als ich mich darüber beuge, um sie auszupusten.

»Und nicht vergessen, dir etwas zu wünschen«, erinnert mich Alessa.

Ich schließe die Augen und muss keine Sekunde über meinen Wunsch nachdenken. Leo wiederhaben oder eine Zeitmaschine, um die nächsten Tage einfach zu überspringen.

Alessa lächelt, als ich die Augen wieder öffne, tief Luft hole und alle Kerzen erwische. Die anderen jubeln lautstark, ich muss lachen, spüre die Dankbarkeit für meine Freunde warm in meinem Bauch, und dann bleibt mein Herz zum zweiten Mal an diesem Abend fast stehen, als mir von hinten die Augen zugehalten werden.

Ich rieche ihn, noch bevor ich ihn sehe. Ein unkontrollierbares Zittern nimmt mich ein, während ich auf einmal nicht mehr atmen kann.

»Was hast du dir gewünscht?«

Seine Stimme, ganz nah an meinem Ohr, und mit ihr schießen mir die Tränen in die Augen. Ich will mich umdrehen, spüre warme Hände an meiner Hüfte, die mich festhalten und es verhindern.

»Das darf man nicht verraten.« Ich weiß nicht, wie meine Stimme noch funktioniert. »Sonst geht es nicht in Erfüllung.«

»Stimmt«, flüstert er, und dann lässt er zu, dass ich mich umdrehe. »Hi.« Er lächelt, und die Gänsehaut ist überall.

Ich kann nichts sagen. Eine seltsame Mischung aus Weinen und Lachen entfährt mir, und dann zieht Leo mich endlich in seine Arme. Die Umgebungsgeräusche treten in den Hintergrund, das Lachen und die Stimmen der anderen, alles verschwindet, während ich das Gesicht an Leos Hals drücke und einen Moment lang daran zweifle, ob das hier wirklich die Realität ist.

Es ist die Realität. Ich bin mir doch recht sicher, als ich mich leicht von ihm löse.

»Was machst du hier?!«, bringe ich heraus.

»Dir zum Geburtstag gratulieren.« Er wischt mir mit dem Daumen die Tränen von den Wangen, und ich stehe nah genug vor ihm, um mir sicher zu sein, dass seine Augen ebenfalls verräterisch glänzen.

»Aber …?« Ich verstumme, als Leo beide Hände an meinen Kopf legt. Seine Finger streichen über meine Haut, und dann sind es seine Lippen, direkt auf meinen. Leo küsst mich, und ich muss die Augen schließen, weil ich vergessen habe, wie unglaublich es sich anfühlt.

»Happy Birthday, und ich liebe dich«, flüstert er an meinen Lippen. Als er sich etwas von mir lösen will, halte ich ihn fest und küsse ihn noch mal. Weil ich nicht will, dass dieser Moment jemals aufhört. Leo scheint es ähnlich zu gehen. Er zieht mich wieder zu sich, schlingt die Arme um meinen Rücken und atmet tief durch.

»Überraschung geglückt, was?«, höre ich Alessa sagen und blicke in zufrieden schmunzelnde Gesichter, als ich mich zu den anderen umdrehe.

»Eigentlich war ich mir sicher, dass du bei meiner dreisten Absage Verdacht schöpfst«, meint Jojo und lacht.

»Oder spätestens dann, als ich einfach nicht ans Handy gegangen bin«, fügt Leo hinzu.

»Ihr seid unmöglich«, entfährt es mir, doch ich kann nicht aufhören, wie blöd zu lächeln. »Nein, ich habe keinen Verdacht geschöpft.«

»Sehr gut.« Leo mustert mich, und das Braun seiner Augen ist so warm. Ich will in es hineinfallen.

Erst jetzt habe ich Gelegenheit, ihn genauer zu betrachten. Er sieht gut aus. Viel besser als nach seiner Entlassung aus dem Krankenhaus vor einigen Wochen. Sein Blick ist gelassen, sein

Gesicht entspannt. Er hat etwas zugenommen, und auch, wenn mir bewusst ist, dass das vermutlich an den Medikamenten liegt, die er seit der Nierentransplantation nimmt, erleichtert es mich. Leo sieht gesund aus, und im Stummen danke ich dem Universum dafür.

Er ist hier. *Er ist hier, er ist hier.* Ich muss es mir immer wieder sagen, um es wirklich zu verstehen. Und dann fällt mir etwas ein. Leo legt die Hand fester an meine Seite, als er meinen Stimmungswechsel bemerkt.

»Was ist?«, fragt er leise, während die anderen damit beschäftigt sind, die vorbereiteten Snacks aus der Küche zu holen.

Ich schlucke. »Musst du morgen wieder zurück?«

Leo schüttelt den Kopf. »Ich bleibe.«

»Aber …« Ich stocke. »Wie?«

»Die Reha ist abgeschlossen, ich wurde heute Morgen entlassen«, sagt Leo. »Ben hat mich abgeholt.«

»Warum hast du denn nichts gesagt? Ich hätte auch …«

»Ich weiß«, murmelt er und küsst mich noch mal. »Aber es sollte doch eine Überraschung sein.« Augen schließen. Leos Finger in meinen Haaren spüren. »Sorry, dass ich nichts gesagt habe.«

»Du spinnst doch«, flüstere ich, doch muss dabei lächeln. »Ich glaube es nicht …«

»Ich auch nicht.« Er lächelt. »Es ist so verrückt, wieder hier zu sein.« Sein Blick huscht von mir zu unseren Freunden. Zu Jason, der in diesem Moment hinter Alessa tritt und einen Arm um sie schlingt.

»Wie geht's dir?«, frage ich leise, und Leo schaut mich wieder an.

»Gut.« Er nickt kurz, lächelt, und ich bin mir sicher, es ist die Wahrheit. »Und dir?« Er streicht mir eine Strähne aus dem Gesicht, und das Gefühl seiner Haut auf meiner ist überwältigend.

»Auch«, antworte ich wahrheitsgemäß. »Jetzt geht's mir wieder gut.«

»Hab dich so vermisst«, flüstert er. Ich schließe die Augen, als Leo mich noch mal näher zieht, vergrabe die Finger in seinem T-Shirt und will ihn nie wieder loslassen. Er ist hier, und er bleibt hier, und alles ist gut.

»Es war unerträglich ohne dich«, bringe ich hervor. Meine Stimme klingt erstickt, und Leo hört es, ich bin mir sicher, als er die Arme etwas fester um mich legt.

»Ich weiß. Aber jetzt bin ich da. Und ich bleibe. Mich wirst du so schnell nicht wieder los«, sagt er und hält sein Versprechen den ganzen Abend lang, während ich in seinem Arm auf der Couch sitze, Geburtstagskuchen esse und mein Glück kaum fassen kann. Es sind all meine Lieblingsmenschen auf einem Haufen, und die Tatsache, dass ich einen Großteil von ihnen noch nicht kannte, als ich vor einem halben Jahr nach Berlin gezogen bin, ist verrückt.

Überwältigt nippe ich später an meinem Weißwein, spüre Leos Blick auf mir und sehe sein Lächeln, als ich den Kopf zu ihm drehe. Er sagt nichts, streicht mir nur eine Haarsträhne aus dem Gesicht und lässt den Fingerrücken sanft über meine Wange wandern. Es sind kleine Gesten wie diese, unbemerkt inmitten ausgelassener Gespräche mit den besten Freunden, die in den letzten Wochen so sehr gefehlt haben. Mein Blick streift Leos Glas, er ist heute bei Wasser geblieben, wie er es in Zukunft wohl oft tun wird. Auch mit der neuen Niere hat sich sein Leben nicht sofort in die Normalität zurückverwandelt, die er noch vor einigen Monaten kannte. Es sind kleine Fortschritte, von denen er mir während der Reha erzählt hat. Viel Zeit, um nachzudenken, Sport zu machen, draußen zu sein. Und obwohl es schmerzhaft war, Leo so lange nicht zu sehen, verstehe ich, dass es wichtig war. Dass er diese Wochen für sich gebraucht hat, um zu verarbeiten, was überhaupt passiert ist.

»So, was macht das Nierchen?« Jojo setzt sich neben uns auf die Couch.

Leo klopft sich bestätigend ans rechte Becken. »Tut treu seine Dienste«, erklärt er. »Die Ärzte sind zufrieden, ich mache wieder mehr Sport, und mein Krea ist seit der Transplantation stabil.«

»Ja? Das ist toll zu hören, Leo, wirklich. Ich freu mich für dich.«

Ich schüttele ein wenig fassungslos den Kopf, während Leo weiter von Blutwerten und Untersuchungsergebnissen spricht, als hätte er sich sein Leben lang mit nichts anderem befasst. Sein Alltag hat sich im letzten halben Jahr um einhundertachtzig Grad gewendet, und auch wenn er so ausgeglichen wirkt wie ewig nicht, frage ich mich, ob er nach der kurzen Zeit wirklich schon so gut mit seiner neuen Situation zurechtkommt, wie er vorgibt. Ich habe ihn lange nicht gesehen, noch viel länger keinen Alltag mehr mit ihm geteilt, und Gespräche am Telefon sind einfach nicht dasselbe wie von Angesicht zu Angesicht.

So viele Dinge, die mir im Kopf herumgeistern, so viele Fragen, die ich Leo nun stellen möchte, doch ich blende sie aus, zumindest für heute Abend. Uns bleiben noch unzählige, um in Ruhe über alles zu sprechen. Und diese Tatsache ist das schönste Geschenk, das ich mir zu meinem Geburtstag hätte wünschen können.

*

Leonardo

Mit einem dumpfen Geräusch fällt die Wohnungstür hinter Jason und Alessa ins Schloss. Was bleibt, sind Stille und ein Gefühl des Angekommenseins, das ich so zum ersten Mal seit fünf Wochen wieder erlebe. Ich bin zu Hause. Ich bin wirklich hier, Mila ist hier, und alles ist perfekt.

Ich lächele, während ich abschließe, strecke mich leicht und gehe zurück ins Wohnzimmer, wo ich die Fußbodenheizung unter den Dielen spüre. Die Uhr an der Wand zeigt bereits weit nach Mitternacht, doch morgen ist Wochenende. Zumindest für mich. Mila arbeitet vormittags für ihren Nebenjob als studentische Hilfskraft im Krankenhaus, weil sie nicht wusste, dass ich schon wieder in Berlin sein würde.

Noch immer muss ich zufrieden lächeln, wenn ich daran denke, wie perfekt die Überraschung geklappt hat. Es tat so gut, sie nach all der Zeit endlich wieder in die Arme zu schließen. Obwohl ich den ganzen Abend nichts anderes getan habe, kriege ich davon nicht genug. In der Küche lege ich von hinten die Arme um sie, während Mila Gläser in die Spülmaschine räumt.

»Lass das liegen, ich mache das morgen«, murmele ich an ihrer Seite und schließe die Augen, als sie sich leicht gegen mich sinken lässt. Stumm willigt sie ein und trocknet die Hände am Geschirrtuch, ehe sie sich in meinem Arm zu mir dreht.

»Ich kann's immer noch nicht wirklich glauben«, meint sie und lässt mich dabei nicht aus den Augen. Graublau und ein bisschen angetrunken, weiche warme Haut und weiche warme Lippen. Gott, warum ist sie so schön?

»Ich auch nicht«, gebe ich leise zu und halte still, als sie mir vorsichtig über die Wange streicht. »Emilia-Mila …«

»Hm?« Sie zögert.

»Nichts, ich wollte nur deinen Namen sagen«, flüstere ich, bevor ich sie küsse.

»Du bist verrückt, Leonardo-Leo.«

»Nein, nur glücklich.«

»Das ist so schön.«

Ich gebe ein zustimmendes Murmeln von mir und muss die Augen schließen, als Mila die Finger in meinen Haaren vergräbt. Sie zieht mich näher, ich drücke sie rückwärts gegen den

Kühlschrank und spüre, wie sich das Blut zwischen meinen Beinen sammelt. Sechs Wochen ohne sie waren wirklich verflucht lang …

Ich presse mein Becken leicht gegen ihres, Mila nimmt den Kopf in den Nacken, und ich bekomme eine Gänsehaut, als ihr ein leises Seufzen entfährt. Sie gräbt die Finger in meine Schultern, während ich über ihren Kieferwinkel und den Hals hinab küsse. Ihr Atem stockt, als ich an ihre Oberschenkel greife, sie hochhebe und gegen die Wand drücke. Sie schlingt die Beine um meine Hüften, ich hebe ihr das Becken entgegen und spüre, wie sie erschauert. Die Erregung läuft in Wellen durch unsere Körper, von ihrem direkt in meinen, und dann küsse ich sie wieder auf den Mund.

Unsere Atemzüge werden schwerer, unsere Küsse schneller, tiefer. Unterdrücktes Keuchen, erhitzte Haut. Milas Finger am Bund meiner Jeans. Ich lasse sie nur zurück auf den Boden, um selbst an den Reißverschluss zu tasten. Wir küssen uns weiter, während wir uns ausziehen. Mein Mund wird trocken, als sie nur in Unterwäsche vor mir steht.

Sie ist so wunderschön … Ich kann nichts anderes mehr denken, als ich sie mit meinem ganzen Gewicht in die Matratze des Bettes drücke. Wir finden unseren Rhythmus in der Sekunde, in der ich in sie dringe. Küssen, festhalten, küssen, Luft anhalten. Ich spüre ihre Finger an meinem Rücken, ich spüre sie überall, und dann muss ich die Augen schließen, als die Erregung über mich hereinbricht.

Ich keuche ihren Namen, während ich komme, drücke mein Gesicht an ihren Hals, und für ein paar Sekunden kann ich nicht mehr atmen. Ich spüre, wie sie sich um mich zusammenzieht und den Kopf in den Nacken legt. Wie sich ihre Nägel fast schmerzhaft in meine Haut graben, bevor ihre Muskeln locker werden.

Es dauert Minuten, bis ich wieder normal atmen kann. Ich rolle mich etwas auf die Seite, damit ich sie ansehen kann. Gerötete Wangen, wirre Haare. Milas Brust hebt sich noch immer schwerer, ihre Haut ist warm und verschwitzt, und ich drücke ihr einen Kuss auf die Lippen, ehe ich mich zurück in die Kissen fallen lasse.

»Das war sehr nötig ...«, murmelt sie, und ich muss grinsen.

»Ein bisschen.«

Sie schaut mich an, und dieses warme Lächeln auf ihren Lippen ist alles. Für einen Moment weiß ich wirklich nicht, wie ich die letzten Wochen ausgehalten habe. Abend für Abend ohne sie einschlafen, Tage im Kalender abstreichen und feststellen, dass immer noch zu viele übrig sind.

Ich unterdrücke ein Kopfschütteln, streiche Mila eine Haarsträhne aus dem Gesicht und senke den Blick, während sie mit den Fingerspitzen über mein Schlüsselbein fährt. Als ihre Finger die blasse Narbe knapp darunter erreichen, hält sie inne.

»Wie fühlt man sich ohne?«, fragt sie. Ich weiß sofort, dass sie auf den Portkatheter anspielt, der mir vor einigen Wochen entfernt wurde.

»Wieder wie ein Mensch.« Wie ein *gesunder* Mensch. Einer, der nicht bei jedem Blick in den Spiegel daran erinnert wird, dass Dinge wie Chemotherapie und Intensivstationen existieren. »Und unglaublich dankbar«, füge ich leise hinzu und sehe das Lächeln auf Milas Lippen. Doch in ihren Augen bleibt dieser besorgte Ausdruck, der seit letztem November zuverlässig auftaucht, sobald sie mich ansieht. Ich will nicht mehr so von ihr angeschaut werden. Es geht mir gut. Aber mir ist bewusst, dass wir beide Zeit brauchen, um wieder daran glauben zu können.

»Hattest du einen schönen Geburtstag?«, frage ich, um das Thema zu wechseln. Ich lege die Arme fester um Mila, während sie nickt.

»Einen wunderschönen«, bestätigt sie. »Besonders, nachdem der Tag so enttäuschend begonnen hat.«

»Es tut mir wirklich leid.« Ich muss schmunzeln.

»Du kannst ruhig zugeben, dass dir das Spaß gemacht hat.«

»Vielleicht ein bisschen. Ich liebe Überraschungen.«

Mila stößt leise die Luft aus. »Oh ja, ich erst …«

»Ich finde, es hat sich sehr gelohnt.«

»Ein Glück, Leo.« Sie mustert mich, und die Sorge in ihrem Blick weicht für einen Moment Belustigung. »Willem hat dich letzte Woche besucht?«, fragt sie dann wieder ernster.

»Übers Wochenende, genau.«

»Voll schön.«

Ich nicke und weiß genau, dass Mila bis zuletzt nicht verstanden hat, warum ich ihren Besuch strikt abgelehnt habe. »Das war's wirklich, aber ich glaube, ich hätte es nicht überlebt, wenn du gekommen wärst. Es hätte mir das Herz rausgerissen, mich noch mal von dir verabschieden zu müssen, weißt du?« Ich schlucke. »Es war schon bei Willem unerträglich. Heimweh ist das Schlimmste.«

»Vermutlich hast du recht«, sagt sie leise. »Aber jetzt bist du ja hier.«

»Ja.« Ich fahre ihr mit der Fingerspitze über die Nase.

»Ich hätte trotzdem nichts gegen ein Wochenende an der Ostsee gehabt.«

»Ich weiß«, sage ich. »Wir können irgendwann hinfahren. Oder wir gehen noch mal nach Amsterdam. Wohin du willst.«

»Es ist egal, wo wir sind, solange du auch da bist«, murmelt sie.

Ich muss lächeln. »Das war extrem kitschig.«

»Oh ja, und ich war mir dessen sehr bewusst,« sagt sie und schweigt kurz. »Wie waren deine Therapien noch?«, fragt sie dann.

»Gut. Vor allem Yoga und Entspannung waren super.« Ich lache leise. »Ich bin jedes Mal eingeschlafen. Und meine Termine bei den Psychotherapeuten waren auch gut. Ich bin froh, dass ich das gemacht habe, auch wenn es zwischendurch echt herausfordernd war.«

»Ich denke, es war das Richtige«, meint Mila, und ich nicke. »Und hast du dir überlegt, wie du weitermachst?«, fragt sie dann.

»Ja.« Ich zögere. Es ist das Thema, das wir in letzter Zeit immer umschifft haben. Weil Mila nicht begeistert davon ist, dass ich ohne eine Pause nach den Semesterferien mit der Uni weitermachen will, anstatt ein Urlaubssemester zu nehmen. »Ich habe mich für die Kurse angemeldet.«

»Leo …« Sie mustert mich, und ich unterdrücke ein Seufzen. »Bist du wirkl…?«

»Bin ich«, bestätige ich und lege einen solchen Nachdruck in meine Worte, dass sie verstummt. »Ich hatte fünf Wochen Zeit, mir ausgiebig Gedanken zu machen und mich nur um mich zu kümmern. Das war schön, aber ich drehe durch, wenn ich jetzt nur zu Hause rumhänge. Ich brauche Normalität, verstehst du?«

»Aber die hättest du doch. Die Arbeit im Label, die für Willem und deine Mode …«

»Du verstehst das nicht …«, beginne ich, und noch in der Sekunde, in der die Worte meine Lippen verlassen, würde ich sie am liebsten zurücknehmen. »Es ist nicht das Gleiche, wie wieder in die Uni zu gehen. Ich will nicht nächstes Semester ohne Jason und Alessa weitermachen müssen.« Ich zögere, kämpfe einen Moment lang gegen das aufkeimende schlechte Gewissen und spreche dann weiter. »Bei Kiezkind werde ich kürzer treten, Ivana ist wieder Vollzeit mit eingestiegen und wird mir einiges abnehmen. Und wenn ich irgendwann merke, dass es zu viel wird, kann ich zum Winter immer noch eine Auszeit nehmen und ein Semester pausieren.«

Dass dieses Vorhaben in meinem Kopf schon ausgereifter ist, als ich zugebe, verschweige ich. Ebenso wie die Tatsache, dass der Grund dafür in Alessas Bauch heranwächst und wohl irgendwann im Sommer das Licht der Welt erblicken wird. Kurz vor meiner Reha hat Jason mir erzählt, dass er und Alessa das Baby bekommen möchten, auch wenn es ungeplant war. Die beiden werden nach der Geburt ihres Kindes zum nächsten Wintersemester ein Jahr vom Studium aussetzen, und ich überlege, mich ihnen anzuschließen. Ohne meine besten Freunde weiter zu studieren, kann ich mir aktuell nicht vorstellen.

Noch weiß Mila nichts von Alessas Schwangerschaft, und ich fühle mich nicht in der Position, ihr davon zu erzählen. Es ist ein Geheimnis, das mein bester Freund mir anvertraut hat. Mit Sicherheit werden er und Alessa in Kürze auch den Rest unserer Clique einweihen. Spätestens dann, wenn Alessas Bauch zu groß ist, um ihn unter weiten Strickpullis zu verstecken. Mila jedenfalls scheint keinen Verdacht geschöpft zu haben, dafür merke ich, dass sie etwas anderes beschäftigt.

»Ivana ist also wirklich wieder hier?«, fragt sie, und obwohl sie sich Mühe gibt, unbefangen zu klingen, höre ich die Unsicherheit in ihrer Stimme. Es gefällt mir nicht, wie sie sich ständig mit meiner Ex-Freundin zu vergleichen scheint. Mila und Ivana hatten nicht den besten Start, und mir ist bewusst, dass hauptsächlich ich schuld daran bin. Ich wünschte wirklich, dass es nicht so kompliziert zwischen uns wäre.

»Sie ist uns eine riesen Hilfe im Label«, erkläre ich und merke selbst, wie lächerlich das klingt. »Ohne sie hätten wir den Laden dichtmachen können. Natürlich ist das nicht ideal nach allem, was letztes Jahr vorgefallen ist, aber vielleicht können wir das jetzt einfach als Neuanfang sehen.« Ich suche Milas Blick und taste gleichzeitig nach ihrer Hand, die sie vor mir zurückgezogen hat. »Versuch ihr noch eine Chance zu geben, okay?«

»Ich ihr? Vielleicht solltest du das eher zu ihr sagen«, murmelt Mila.

Sie hat recht, doch ich bekomme Kopfschmerzen, wenn ich daran denke, dass Streit mit Ivana bald wieder an der Tagesordnung stehen könnte.

»Ich weiß. Das werde ich. Mila, bitte.« Sie lässt mich doch ihre Hand nehmen. »Ich liebe dich, das weißt du.«

Es ist nur ein Sekundenbruchteil, der verstreicht, ehe Mila nickt, doch er bleibt mir nicht verborgen.

»Ja«, murmelt sie dann, und ich wünschte, sie könnte verstehen, wie besonders das ist, was wir miteinander haben. Dass die Beziehung mit Ivana niemals an das hier heranreicht. Aber mir ist bewusst, dass Worte sie nicht davon überzeugen werden, ganz egal, wie bedacht ich sie wähle.

»Ich will nur dich, Mila«, sage ich trotzdem. »Ganz oder gar nicht. Für immer ganz, okay? Ich will abends heimkommen, zusammen kochen und beim Abendessen hören, wie dein Tag war. So wie letzten Herbst.«

»Ich mache mir doch nur Sorgen, dass du dir schon wieder zu viel aufladst«, sagt sie, und ich nicke leicht, muss lächeln und streiche ihr über die Wange.

»Ich weiß, und das ist lieb von dir. Aber ich kann auf mich aufpassen.«

»Das hast du im Januar ja eindrücklich demonstriert.«

Ich unterdrücke ein Seufzen. »Ich habe dazugelernt, über mich und meinen Körper. Ich weiß, was ich mir zumuten kann. Was ich *uns* zumuten kann.« Ich warte einen Augenblick ab und schiebe ein »Vertraust du mir?« hinterher.

Mila betrachtet mich weiter schweigend, ihr Blick durchbohrt mich nahezu. Es fühlt sich an, als könnte ich keinen einzigen Gedanken vor ihr geheim halten. Dann nickt sie doch.

»Immer.«

ZWEI

Leonardo

Die große Flügeltür zu Élaines Villa fliegt auf, noch bevor ich den Wagen richtig geparkt habe. Ein Lächeln zuckt an meinen Mundwinkeln, als meine Großtante aus dem Eingang tritt und die Treppe heruntereilt.

»Leo, endlich!«

Mir bleibt keine Zeit für eine Begrüßung, ich werde in eine feste Umarmung gezogen, kaum dass ich ausgestiegen bin. Ich rieche Geborgenheit, selbst gebackenen Kuchen und Élaines vertrautes Parfum.

»Hallo«, murmele ich in ihre silbernen Locken, muss grinsen und sehe Tränen in ihren hellen Augen schimmern, als sie mich eine Armeslänge von sich entfernt hält.

»Ich bin so froh, dich wieder hier zu haben.«

»Aber deswegen wird doch nicht geheult«, meine ich gespielt streng, lächele sie an, und Élaine schüttelt leicht den Kopf.

»Ich weiß, ich weiß … Aber lass dich anschauen. Gut siehst du aus, richtig erholt. Fast hätte ich dich nicht erkannt!«

»Du meinst deswegen?«, frage ich und klopfe mir leicht auf den Bauch. »Hab wieder ein paar Kilo mehr drauf.«

»Ein Glück, Leo, wirklich. Du wurdest ja immer nur noch weniger. Also geht es dir gut? Willem sagt, du bist seit gestern zurück? Komm mit rein, er ist auch da.«

Ich komme unter Élaines Redefluss überhaupt nicht zu Wort, nicke lediglich und lasse mich von ihr mitziehen, während ich die Zentralverriegelung meines Wagens drücke. Als ich den Kopf in Richtung Haus wende, entdecke ich Willem, der oben am Geländer der Treppe steht. Er muss eben erst herausgekommen sein. In seinem Gesicht geht die Sonne auf, als ich die wenigen Stufen hinauflaufe.

»Willem!« Ich freue mich riesig, dass er hier ist, auch wenn wir uns vor Kurzem noch gesehen haben. Élaine und er haben in den vergangenen Jahren den Platz eingenommen, an dem meine Eltern eine tiefe Kluft hinterlassen hatten, von der ich dachte, dass sie niemals mehr jemand füllen könnte.

Doch das sollte sich als falsch herausstellen. Nach über fünf Jahren fühle ich mich bei Willem und Élaine so angekommen, dass ich mir kaum vorstellen kann, dass es einmal anders gewesen sein soll.

Ich folge Élaine durch die Diele ins Wohnzimmer, lasse einen Moment lang den Blick durch die Fenster über den blühenden Garten und das Ufer des heiligen Sees schweifen. Alles sieht so aus, als wäre ich nie weg gewesen.

»Leonardo, sag, wo hast du deine bessere Hälfte gelassen?«, höre ich Willem fragen, reiße meinen Blick los und schaue zu den beiden.

»Mila muss heute arbeiten«, erkläre ich.

Élaine hebt die Augenbrauen und sieht mich empört an. »Am Wochenende?«

»Ja, leider. Mila wusste doch nichts davon, dass ich schon zu ihrem Geburtstag zurückkomme, und hat schon vor einer Weile für das Wochenende zugesagt. Das war ein bisschen unglücklich, aber sie wollte sich nicht so kurzfristig entschuldigen. Wenn alles klappt, kann sie dort vielleicht eine Doktorarbeit machen und möchte einen guten Eindruck hinterlassen.«

»Ach, das ist schade. Ich habe extra für vier Personen gedeckt. Ihr steht euch wirklich in nichts nach, was die Arbeit angeht. Ein Wunder, dass ihr euch in der freien Zeit überhaupt noch seht.«

Ich beiße mir leicht auf die Unterlippe und versuche mir nicht anmerken zu lassen, dass Élaine damit genau den wunden und äußerst konfliktreichen Punkt zwischen uns trifft. »Ganz so schlimm ist es auch wieder nicht«, meine ich beschwichtigend und wechsele rasch das Thema. »Was hast du gebacken? Kann ich dir noch helfen?«

»Unsinn, setzt euch. Ich komme sofort mit dem Kaffee.«

Élaine verschwindet in ihrer Küche. Ich schneide den Käsekuchen an und lasse mir währenddessen von Willem von den aktuellen Geschehnissen in seinem Atelier berichten. Mein Appetit ist nach langer Zeit wieder zurückgekehrt, und Élaine lädt mir sofort ein zweites Stück auf den leeren Teller, als ich für den Bruchteil einer Sekunde unauffällig Richtung Kuchen linse. Ich erzähle ein wenig von der Reha und Milas Geburtstag und lausche Willems Bericht von den Modewochen Ende Februar in London, Mailand und Paris, zu denen ich nicht mitkommen konnte. Dafür hat Willem vier meiner Entwürfe in seine Show integriert und mir zunächst gar nichts davon verraten, bis er mich mit dem überwältigenden Pressefeedback dazu überrascht hat.

Anders als Mila nimmt er die Nachricht, dass ich mein Studium im Sommersemester fortsetzen werde, freudig auf. Lediglich Élaine hebt für einen Moment kritisch die Augenbrauen, sagt jedoch nichts, als mein Blick ihren trifft.

»Hattest du in der Klinik denn auch Besuch von Benjamin und Charlotte?«, will sie schließlich wissen, und ich schüttele den Kopf.

»Nein … nicht, weil sie nicht gekommen wären, sondern weil ich nicht wollte. Ich hatte schon so genug Heimweh. Wenn sie dann auch noch für ein paar Tage vorbeigekommen wären, wäre es nur schlimmer geworden.«

»Aber es geht den beiden gut?«, hakt Élaine nach.

»Soweit ich weiß, ja. Ben, Katha und die Kleinen will ich morgen besuchen, und Charlie ist nächste Woche wieder in Berlin.«

»Ich warte auf den Tag, an dem ihr dieser hektische Beruf zu viel wird. Es wäre so schön, euch alle drei hier in Berlin zu haben.«

»Ihr gefällt es.« Ich zucke mit den Schultern. »Das Fliegen und Zürich. Ich glaube nicht, dass sie so schnell damit aufhören und herziehen wird.«

»Dann ist es wohl wirklich ihre große Leidenschaft. Ich habe sie schon seit Weihnachten nicht gesehen.«

Ich nicke nachdenklich. Zwar glaube ich, dass Charlie mit dem Fliegen ihren Traumjob gefunden hat. Aber ich bin mir sicher, dass sie damals nur damit angefangen hat, um möglichst weit weg von unserem Vater zu kommen. Dass sie und Ben mich mit ihm allein gelassen haben, obwohl sie wussten, was bei uns hinter verschlossenen Türen passiert, kann ich zwar nicht vergessen, aber irgendwie verzeihen. Meine Geschwister waren mit der Situation ebenso überfordert wie ich, aber das ändert nichts daran, dass seit Jahren diese seltsame Mischung aus nie ausgesprochenen Vorwürfen und permanenter Angst, uns wieder zu verlieren, über uns hängt.

Ich schaue wieder zu Willem und Élaine. Die beiden wechseln einen kurzen Blick, ehe Willem zu sprechen beginnt.

»Ich denke, wir haben dir noch eine kleine Ankündigung zu machen«, sagt er, und ich runzele die Stirn, weil er plötzlich so ernst klingt. »Vermutlich kannst du es dir schon denken, aber wir wollten erst raus mit der Sprache, wenn wirklich alle Formalitäten erledigt und unsere Vorhaben in trockenen Tüchern sind. Schon länger haben wir mit dem Gedanken gespielt und uns nun dazu entschlossen, zusammenzuziehen und dir mein Haus zu überlassen.«

Ich brauche geschlagene vier Sekunden, ehe ich Willems beiläufige Worte wirklich verstanden habe. Ich verschlucke mich fast an dem letzten Bissen Kuchen und starre perplex in ihre Gesichter.

»Ihr habt … was?!«

Willem nickt amüsiert. »Übermorgen kommen die Möbelpacker und holen meine persönlichen Gegenstände ab, dann ist die Villa ganz dein.«

»Beziehungsweise euer«, wird er sofort von Élaine korrigiert. »Emilia zieht doch mit ein, nicht wahr, Liebling?«

Ich sitze wie zu Eis erstarrt vor den beiden und suche in ihren fröhlichen Gesichtern nach Anzeichen, dass sie mich gerade nur ganz gewaltig auf die Schippe nehmen wollen. Doch ich entdecke keine.

»Ihr meint das ernst?«

»Aber ja, Leo. Es ist doch Unsinn, wie jeder von uns allein vor sich hinlebt, in einem Haus, das für eine Person viel zu groß ist. Die Arbeit in Haus und Garten wird nicht weniger und wir nicht jünger, da liegt es doch nahe, sie sich zu teilen.«

Ich kaufe Élaine die fadenscheinige Erklärung nicht ab. Sowohl sie als auch Willem haben Angestellte, die sich um Hausputz und den Garten kümmern. Doch ich ahne längst, was der eigentliche Grund für ihre Entscheidung ist.

»Ach nee …«, murmele ich belustigt und lasse die beiden nicht aus den Augen, während ich mich etwas zurücklehne. Als Élaine unter meinem forschenden Blick kaum sichtbar errötet, bin ich mir sicher, dass ich richtigliege.

Willem schmunzelt lediglich, nickt mir anerkennend zu und schlägt die Beine übereinander. »Er war schon immer ein kluges Kerlchen, nicht wahr? Ein Wunder eigentlich, dass wir es so lange vor ihm geheim halten konnten. Nun gut, was soll man groß dazu sagen? Wo die Liebe hinfällt, da lass sie liegen, so heißt es doch, nicht?«

Élaine wird noch eine Spur röter, als Willem in ihre Richtung blickt, und ergreift seine Hand.

Ich muss lächeln. »Ihr seid mir vielleicht zwei …«

Dass Willem und Élaine eine besonders tiefe Freundschaft verbindet, wusste ich, doch dass mehr dahintersteckt, ist mir neu. Dabei kommt es mir jetzt, wo ich es weiß, nahezu offensichtlich vor. Ähnlich offensichtlich wie die Sache mit Mila und mir, als ich letzten Herbst gemerkt habe, dass ich sie doch ein bisschen mehr mag als ursprünglich gedacht.

»Und du willst wirklich das Haus hergeben?«, frage ich Willem.

»Natürlich nicht«, meint er mit einem energischen Kopfschütteln. »Deshalb möchte ich ja, dass du es bekommst. Die Vorstellung, einen Fremden darin wohnen zu lassen, bricht mir fast das Herz. Ich weiß, dass dieses Haus eine Lebensaufgabe ist, aber es würde mich unsagbar glücklich machen, sie an dich weitergeben zu dürfen, Leonardo.«

Ich schlucke. Das ist verrückt, denn während ich mich weiter frage, ob das gerade sein Ernst sein kann, wird mir bei dem Gedanken, ein verfluchtes Haus zu besitzen, himmelangst. Ich bin viel zu jung für so etwas. Und trotzdem weiß ich, dass es absolut richtig ist, als ich sage: »Es wäre mir eine Ehre, die Villa zu übernehmen.«

»Das Haus instand zu halten ist arbeits- und zeitaufwendig, das ist mir bewusst. Sicher werden einige Renovierungen anfallen, aber wir werden dir finanziell natürlich unter die Arme greifen«, versichert Willem.

»Das müsst ihr nicht …«

»Leonardo, vertrau uns. Du weißt nicht, was alles an Kosten auf dich zukommt, wenn du ein solches Haus halten willst. Ich habe bereits mit meinem Architekten gesprochen, er wird dich bezüglich der Renovierungsarbeiten beraten, wenn du möchtest. So kannst du mit Emilia nach eigenen Wünschen entscheiden. Ich hielt das für am sinnvollsten für alle.«

»Du spinnst doch«, murmele ich. Dann fällt mir etwas ein. »Und die Wohnung in Mitte?« Ich wende den Kopf zu Élaine.

»Sie gehört dir, so wie wir es damals besprochen hatten. Ob du sie behältst, verkaufst oder vermietest, bleibt ganz dir überlassen.

Ich habe notariell aufsetzen lassen, dass die Immobilie offiziell auf dich übertragen wird.« Der leise Unterton in ihrer Stimme gefällt mir nicht. Er hat etwas Endgültiges, das mich ein seltsames Bauchgefühl bekommen lässt.

»Das muss doch jetzt nicht alles auf einmal sein«, beginne ich, aber meine Großtante schüttelt den Kopf.

»Wenn uns die letzten Monate eines gelehrt haben, dann, dass keiner von uns sagen kann, was die Zukunft bringt. Gewisse Dinge müssen einfach schwarz auf weiß geregelt werden. Alles andere ist unverantwortlich und äußerst leichtsinnig, auch wenn die Bürokratie lästig ist. Sie muss nun einmal sein.«

»Gibt es da etwas, das ich wissen sollte?«, frage ich aus einem unguten Gefühl heraus und lasse meinen prüfenden Blick über die Gesichter der beiden wandern.

»Nun nicht mehr, nein. Wir haben dir alles Wichtige gesagt. Unsere Entscheidung ist wohl hauptsächlich deinetwegen so früh gefallen. Dass es uns beiden so gut geht, ist keine Selbstverständlichkeit, Leonardo.« Willems Blick ruht auf mir. »Wir werden nicht jünger und wollen dich abgesichert wissen, sollte uns etwas zustoßen. Wir sind unendlich erleichtert, dass es dir gesundheitlich endlich besser geht, und glauben, dass nun der richtige Zeitpunkt für diesen Schritt gekommen ist.«

Ich schlucke, um die Enge in meinem Hals loszuwerden. Ich erinnere mich an das angemietete Reihenendhaus in Stuttgarts Norden, in dem ich aufgewachsen bin, erst ein eigenes Zimmer hatte, als Ben zum Studieren auszog, und es gewohnt war, alte Klamotten und Schuhe aufzutragen, weil schlicht und ergreifend kein Geld für neue da war. Möglich, dass daraus mein Faible für Kleidung und eigene Entwürfe entstanden ist.

Als wäre es gestern gewesen, erinnere ich mich an den Moment, in dem sich plötzlich alles änderte und ich von Willem – damals nichts als ein Bekannter meiner Großtante – eine eigene Nähmaschine geschenkt bekam. Er hatte eine Zeichnung von mir gesehen und als Erster erkannt, dass ich Talent besitze. Mit sechzehn Jahren hatte ich keinen blassen Schimmer, dass Mode und ein kreatives Studium wirklich eine ernst zu nehmende Option für mich sein könnten. Ich ging noch zur Schule, der Prozess gegen meinen Vater steckte mir in den Knochen, und die Welt in meinem Kopf war das Einzige, was mir geblieben war. So habe ich genäht, tage- und nächtelang, gezeichnet, gemalt und abgesteckt, versucht zu verarbeiten. Nüchtern betrachtet nur Stoffe, doch innerlich eine ganze Kindheit.

Ich erinnere mich gut daran, wie Willem mich zum ersten Mal mit in sein Atelier genommen hat und mir klar wurde, dass es die Mode und nichts anderes ist, womit ich mich mein restliches Leben lang beschäftigen möchte. Als einige Jahre später die Zulassung der renommierten Universität der Künste ins Haus flatterte, wo ich mich gegen Hunderte Mitbewerber durchgesetzt hatte, konnte ich es kaum fassen.

Nicht im Traum hätte ich damals daran geglaubt, dass ich mit Anfang zwanzig an diesem Punkt im Leben stehen würde. Modedesignstudium, eigenes Label, Fashion Week, Freunde und eine Familie, die mir alles bedeutet. Es ist verrückt, denke ich, während ich erst Willem, dann Élaine ansehe, leicht den Kopf schüttele. Ich lächele.

*

Leise zischend verkocht der Schuss Weißwein, den ich eben zum aufgequollenen Risotto-Reis in den Topf gegeben habe. Ich genehmige mir einen kleinen Schluck aus meinem Weinglas, werfe mir das Geschirrhandtuch über die Schulter und schwenke die Lachsfilets in der Pfanne, ehe ich mich wieder dem Reis zuwende. Fast habe ich während meiner Reha vergessen, wie gerne ich koche. Mit besockten Füßen husche ich über die warmen Fliesen und greife nach den Gewürzen.

Aus dem Augenwinkel registriere ich eine Bewegung und drehe mich um.

»Du hast gekocht!« Mila begrüßt mich mit einem Kuss, kaum dass sie vom Flur ins Wohnzimmer mit angrenzender Küche kommt. Ihre Hände sind kühl, als sie sie für einen Augenblick an meine Wangen legt. Ich schließe die Augen und muss lächeln, bevor ich nicke.

»Ich hatte schließlich Zeit«, murmele ich gegen ihre Lippen und ignoriere die leichte Note Desinfektionsmittel, die sich mir aufdrängt. Mila lächelt. Sie wirkt müde, aber zufrieden, und ich lasse sie nur los, um den Gasherd hinter mir eine Stufe herunterzudrehen. »Wie war dein Tag?«

»Anstrengend.« Mila lehnt sich gegen die Küchenfront, stützt sich mit den Handflächen an der Kante ab und sitzt kurz darauf vor mir auf der Arbeitsplatte. »Ich bin den ganzen Tag irgendwelchen Patientenakten hinterhergerannt.«

»Und dabei auch ein paar Leben gerettet?«

»Leider nein.« Sie zieht mich am Ärmel meines Pullis zu sich und schlingt die Beine um meine Hüften. »Es sei denn, Excel-Tabellen ausfüllen und Einwilligungserklärungen für diese Studie einscannen gehört auch dazu.«

»Es kommt mir nur geringfügig unwichtiger vor«, erwidere ich grinsend und greife nach den beiden Weingläsern hinter Mila. Ihre Miene wird sofort skeptisch, als ich ihr ebenfalls einen Schluck einschenke.

»Leo …«, murmelt sie mit Blick auf den Alkohol, aber ich tue ihren Kommentar mit einem Kopfschütteln ab.

»Wir haben etwas zu feiern«, erkläre ich und drücke ihr das Glas in die Hand. Überrascht hebt sie die Augenbrauen und sieht mich an. Ich zögere einen Moment, ehe ich mit der Sprache herausrücke. »Willem möchte, dass wir sein Haus übernehmen. Er zieht zu Élaine und wird mir, also uns, seine Villa überlassen.«

»Was?!«, entfährt es Mila. Sie klingt mindestens so ungläubig wie ich vor wenigen Stunden. Doch da ist noch etwas anderes in ihrer Stimme. Und es gefällt mir nicht. »Ist er verrückt geworden? Du hast ihm das hoffentlich ausgeredet!«

Ich runzele die Stirn, als mir klar wird, dass sie das ernst meint.

»Nein, ich habe mich gefreut«, sage ich.

Mila öffnet den Mund, schließt ihn wieder. Dann schüttelt sie den Kopf.

»Krass ... okay. Also, wirklich jetzt?«

Ich nicke nur.

»Und was machst du dann mit dem Haus?«

»Renovieren und einziehen«, schlage ich vor. Was sonst? Die Immobilie verkaufen? Niemals würde ich das auch nur in Betracht ziehen, und Mila weiß das. Warum freut sie sich nicht? Als sie immer noch nichts sagt, schiebe ich ein leises »Mit dir« hinterher.

Das ist der Moment, in dem Mila leicht von mir abrückt. Sie schüttelt den Kopf und rutscht von der Arbeitsplatte.

»Was soll ich denn in Potsdam, Leo?«, fragt sie, als sie vor mir steht, und kurz bin ich mir nicht sicher, ob das gerade ihr Ernst sein kann.

»Mit mir in einem der schönsten Häuser der Stadt wohnen?«

Mila stellt ihr Weinglas zur Seite. »Und was ist mit der Uni? Ich muss dafür weiterhin nach Berlin und fahre sicher nicht jeden Morgen anderthalb Stunden mit der Bahn durch die ganze Stadt.«

»Das musst du doch gar nicht, wir können zusammen fahren, wenn ich sowieso zur UdK muss.«

»Und wenn du nicht hinmusst, sondern im Atelier bleibst? Was ist am Wochenende und wenn ich für Praktika und Famulaturen früh auf Station sein muss? Du fährst mich sicher nur einmal um fünf Uhr morgens dorthin ...«

»Dann besorgen wir dir eben auch ein Auto, das ist doch kein Ding.«

»Aber es löst das Problem nicht. Zu den Stoßzeiten brauche ich trotzdem mindestens eine Stunde, vermutlich eher länger. Versteh mich nicht falsch, Leo. Ich kann mir vorstellen, wie fantastisch es sich für dich anfühlen muss, dass Willem dir so vertraut. Aber es ist ein Haus. Ein riesengroßes Haus, auf einem riesengroßen Grundstück.«

»Ja, und?«, entfährt es mir. »Es ist auch ein riesengroßes Privileg.«

»Natürlich, aber hast du auch ein paar Schritte weiter gedacht? Solange ich in Berlin studiere, kommt die Option nicht für mich infrage, oder willst du etwa täglich pendeln? Ganz zu schweigen davon, was so ein Haus an Zeit und Kosten verschlingt.«

Sie hat recht, Leo …

Tief in mir drin weiß ich das, zumindest teilweise, denn die Vorstellung, ein Hausbesitzer zu sein, macht mir nervöse Bauchschmerzen. Und gleichzeitig ärgert es mich, dass Mila immer alles so rational sehen muss. Sie könnte sich auch ein wenig freuen, und um die ganzen Herausforderungen, die uns bevorstehen, machen wir uns Gedanken, wenn es dann so weit ist.

»Wir haben ja noch die Wohnung«, sage ich lahm. Als Mila zögerlich nickt, fahre ich fort. »Und außerdem fährt Johannes doch auch jeden Tag von Potsdam her.«

»Ja, und schau dir sein Privatleben an.«

»Er hat immerhin ’ne Frau und eine Tochter.«

»Und wie viel Zeit hat er für die beiden?«

Ich schlucke. »Du bist also dagegen?«

»Was heißt dagegen, Leo? Es ist wohl oder übel deine Entscheidung. Ich sage dir nur, was ich darüber denke. Dass du irgendwann die Villa erben wirst, lag auf der Hand, aber meinst du nicht, dass es ein bisschen früh dafür ist? Wir sollten vielleicht erst mal etwas zur Ruhe kommen, zu Ende studieren und dann sehen wir, wo es uns hinzieht.«

Nirgends zieht es mich hin, will ich sagen, doch ich lasse es bleiben. Eigentlich habe ich keine Nerven für eine Diskussion wie diese. Keine Ahnung, was ich dachte … Dass Mila sich freut und wir später auf der Couch gemeinsam überlegen, wie wir die Räume renovieren und einrichten könnten. Ja, vermutlich das. Ist das wirklich so verwerflich? Ich liebe sie und will meine Zukunft mit ihr verbringen. An dem Ort, an dem ich mich am wohlsten fühle.

Und weil sie der Mensch ist, der mich ohne Worte versteht, scheint Mila jeden meiner Gedanken zu erraten. Ihr Gesicht wird weicher, als sie nach meinem Arm greift.

»Leo …«, beginnt sie versöhnlicher, doch bevor sie weitersprechen kann, rieche ich es.

»Scheiße.« Rasch drehe ich mich um, ziehe den Topf vom Herd, aber es ist zu spät. »Super, ganz großartig …« Ich stoße genervt die Luft aus und fahre mit dem Kochlöffel durch das verbrannte Risotto. Was für ein Sinnbild dieses Abends … Ich widerstehe dem Drang, Milas Hand abzuschütteln, die sie an meinen Rücken gelegt hat. Dann wird mir klar, wie albern das ist, und ich drehe mich wieder zu ihr um.

»Lass uns was bestellen, ist doch nicht so schlimm«, sagt sie.

Ihre besänftigende Stimme ist Salz in der Wunde. Am liebsten würde ich etwas Schnippisches antworten, aber ich halte mich zurück. Für den Kochunfall kann sie nichts, und ich will mich nicht mit ihr streiten.

»Worauf hast du Lust?«, murmele ich, und es klingt abweisender als gewollt.

»Jetzt sei bitte nicht sauer, okay?«

»Ich bin nicht sauer.«

»Und warum schaust du dann so böse?« Sie klingt sanft.

»Weil ich echt Hunger hatte«, grummele ich. Mila grinst, und ich lasse zu, dass sie mir die Hand in den Nacken legt. Ich weiß nicht, was genau es damit auf sich hat, doch ihre Haut auf meiner Haut genügt, und meine angriffslustige Stimmung löst sich in Luft auf.

»Du bist seit vierundzwanzig Stunden zurück und stresst dich schon wieder viel zu sehr, Leo.«

»Ich will nur, dass wir es schön haben.«

»Das haben wir doch«, flüstert sie und zieht mich zu sich. Sie streicht mit den Fingerspitzen durch meine Haare. Ich bekomme eine Gänsehaut und schließe die Augen, vergesse unseren bescheuerten Beinahe-Streit und vergrabe das Gesicht an ihrer Halsbeuge. Heute werde ich das Potsdam-Thema besser auf sich beruhen lassen. Vielleicht braucht Mila ein paar Tage, um sich an die Vorstellung zu gewöhnen. Das kam schon alles sehr plötzlich.

Ich schlucke, als sich ein Gedanke hinter meiner Stirn einnistet. Am liebsten würde ich ihn sofort wieder verscheuchen, aber er ist hartnäckig. *Willkommen im Beziehungsalltag, Leo. Oder hast du wirklich gedacht, dass du dich nie mit Mila streiten würdest, nur weil anfangs alles so harmonisch war?*

Das ist Bullshit. Natürlich habe ich nicht erwartet, dass wir nie Meinungsverschiedenheiten haben würden. Auseinandersetzungen gehören zu jeder Beziehung. Auch zu unserer. Es ist nur neu für mich, denn zwischen Krankenhaus und Überleben blieb in den letzten Wochen einfach keine Zeit für Streit. Aber es hat nichts zu bedeuten.

Das hier ist gewissermaßen unsere zweite Staffel, und ich will es verflucht noch mal richtig machen.

DREI

Emilia

Überall auf der Admiralbrücke haben sich Studenten und junge Leute eingefunden, sitzen auf den Steinpollern und dem Kopfsteinpflaster. Ich bin eine von ihnen.

Die untergehende Sonne wirft goldenes Licht auf den Landwehrkanal, Glasflaschen klirren, Lachen füllt die Luft. Es ist nur ein beliebiger Freitagabend nach einem anstrengenden Unitag, doch hier draußen hat er beinahe Festivalcharakter.

Als Leo vorhin vorgeschlagen hat, dass wir uns noch mit Jason und Alessa treffen könnten, war ich so müde, dass ich am liebsten abgesagt hätte. Jetzt bin ich froh, dass ich es nicht getan habe.

Leo sitzt neben mir, lehnt sich mit dem Rücken an den Stein hinter ihm und hat einen Arm um mich gelegt, während er sich mit Jason unterhält und lacht. Der Kreuzberger Frühlingsabend ist lau, beinahe sommerlich, und in Gedanken danke ich dem Schicksal dafür, dass es mich letzten Herbst nach Berlin katapultiert hat.

Alessa fragt mich über meinen Nebenjob im Krankenhaus aus, und ich halte inne, als Leo und Jason irgendwann zum Späti um die Ecke verschwinden, um neue Getränke zu besorgen. Ein wenig skeptisch blicke ich Leo nach. Alkohol ist zwar nicht mehr komplett tabu für ihn, seit er die neue Niere hat, aber es ist bereits das zweite Mal innerhalb kurzer Zeit, dass er trinkt. Und das gefällt mir nicht. Gleichzeitig verstehe ich, dass er sich nach Normalität sehnt, nachdem er in den letzten Monaten mit so vielen Einschränkungen leben musste.

Alessa reißt mich aus meinen Gedanken, als sie sich leise räuspert. Sie dreht die Club-Mate-Glasflasche zwischen den Händen und wirft mir einen kurzen Blick zu.

»Du, Mila … ich muss dir noch was sagen«, beginnt sie, und ihre Stimme klingt auf einmal ernst.

»Was gibt's denn?«, frage ich und bekomme ein seltsames Bauchgefühl, als Alessa meinem Blick ausweicht.

»Ich wollte es dir schon länger erzählen, aber irgendwie war es nie der richtige Moment dafür. Ich will nicht, dass du denkst, ich würde dir nicht vertrauen, vor allem weil Leo ja jetzt schon so lange Bescheid weiß und du nicht … Auch das mit Ivanas Rückkehr war total doof, du musst dich sicher gefragt haben, ob wir jetzt völlig übergeschnappt sind, aber sie zurückzuholen, war die einzige Möglichkeit, die wir noch hatten.«

Ich schüttele leicht den Kopf, und Alessa verstummt. »Willst du mir nicht vielleicht erst mal sagen, was los ist?«

Sie nickt und richtet den Blick auf den Hals der Glasflasche. Und dann … es ist nur der Bruchteil einer Sekunde, huscht er zu ihrem Bauch. Da weiß ich es.

»Ich bin schwanger«, sagt Alessa und sieht mich wieder an. »Keine Ahnung, wie das passieren konnte, ich nehme seit Jahren die Pille, vergessen habe ich sie noch nie. Ich war im November krank, Magen-Darm-Grippe, und musste mich das ganze Wochenende lang übergeben. Vermutlich liegt es daran, vom Datum her würde es passen …« Alessa redet weiter, schnelle, unsichere Worte, und ich möchte sie einfach nur in den Arm nehmen. Sie legt eine Hand wie automatisch auf ihren Bauch, der unter ihrem weiten senfgelben Kleid nur zu erahnen ist. Niemals wäre ich von selbst darauf gekommen.

»Du bist schwanger?«, wiederhole ich ihre Worte.

Alessa verstummt. Sie schluckt, nickt und zuckt gleichzeitig mit den Schultern. »Sieht so aus.«

»Freuen wir uns?«

»Ich weiß nicht …« Alessa umklammert den Flaschenhals fester und muss lachen, als eine kleine Träne ihren Weg über ihre Wange findet. »Aber ja, schon irgendwie.«

»Dann komm her.« Ich ziehe sie in eine Umarmung und spüre, wie Alessa das Gesicht für einen Moment an meine Schulter drückt. »Herzlichen Glückwunsch.«

»Mila, was ist das alles«, murmelt sie und wischt sich rasch über die Augen, als sie sich wieder von mir löst. »Ich werde Mutter.«

»Das ist so verrückt.« Ungläubig schüttele ich den Kopf. Dann muss ich lächeln. »Aber verrückt schön.«

»Ich weiß manchmal nicht, ob ich lachen oder weinen soll«, gibt sie zu.

»Es geht auch beides gleichzeitig, wenn man sich nicht entscheiden kann.«

Alessa lacht und nimmt dankbar das Taschentuch, das ich hervorgekramt habe. »Das stresst aber ziemlich.«

»Ich weiß.«

»Du darfst nicht sauer sein, dass ich es dir erst jetzt sage, okay?«

Ich schüttele sofort den Kopf. »Lessa, niemals. Wirklich nicht. Es ist deine Schwangerschaft, und du entscheidest, wer es wann erfährt.«

Sie mustert mich einen Moment lang und formt ein lautloses »Danke«, bevor sie sich die Nase putzt.

»Wie weit bist du denn?«

»Neunzehnte Woche. Bis zur zwölften wollten wir es sowieso geheim halten, und dann ist die ganze Scheiße mit Leo passiert. Ich wollte dich nicht auch noch mit meinen Problemen belasten, aber vielleicht war das blöd.«

»Es war nicht blöd«, widerspreche ich sofort. »Wirklich, ich freue mich einfach.«

Sie lächelt und schlägt für einen Moment den Blick nieder.

»Leo wusste es schon eher?«, frage ich dann doch.

»Jason hat es ihm gesagt, als er im Krankenhaus lag. Also zum ersten Mal, damals im Dezember. Ich habe mich … anfangs nicht gerade gefreut, sagen wir es so. Gott, ich habe schon so oft einen Test gemacht, wenn meine Regel nicht kam, aber irgendwie habe ich nie damit gerechnet, dass er wirklich positiv sein könnte. Und dann … war er es.« Alessa schluckt. »Zuerst war ich mir sicher, dass ich es nicht bekommen möchte. Nicht mitten im Studium, nicht während Kiezkind den Bach runtergeht, weil Ivana die Stadt verlassen hat und Leo plötzlich im Krankenhaus liegt. Gott, es war alles so bescheuert. Ich habe nächtelang nur geheult und wusste nicht, wie das alles ohne die beiden funktionieren soll. Und Jason, er … für ihn stand von Anfang an außer Frage, dass wir dieses Kind bekommen. Er hat sich so gefreut. Aber ich konnte nicht daran denken, ich konnte einfach nicht. Wir haben uns so schlimm gestritten wie noch nie, und ich dachte wirklich, das war es jetzt mit uns. Das überlebt unsere Beziehung nicht, aber er … er hat gesagt, dass es egal ist, welche Entscheidung ich treffe, solange es mir gut mit ihr geht. Er meinte, er wünscht sich eine Familie mit mir, aber noch mehr wünscht er sich, dass ich glücklich bin.«

»Das ist so schön Alessa«, murmele ich.

Sie nickt. »Ich weiß. Und jetzt freue ich mich auch. Es gibt immer noch diese Momente, in denen ich Panik bekomme und mich frage, wie das alles klappen soll. Ich meine, wir bekommen ein Kind …« Sie lacht leise auf, und ich muss schmunzeln. »Aber es wird gut. Wir schaffen das, und wir werden sie lieben, das ist doch das Wichtigste.«

»Sie?«, frage ich, und Alessa nickt.

»Ja. Jason war im siebten Himmel, als wir es erfahren haben.«

»Das glaube ich.« Ich lächele.

»Erstaunlich, dass Leo tatsächlich die ganze Zeit über die Klappe gehalten hat.« Sie lacht verunsichert.

»Geheimnisse sind bei ihm immer gut aufgehoben«, sage ich.

»Das stimmt. Er kann schweigen wie ein Grab.«

»Kann er das?«

Leos Stimme lässt uns herumfahren. Er mustert uns belustigt, doch dann legt sich sein Blick forschend auf mich.

»Das hast du eindrücklich unter Beweis gestellt«, entgegne ich, während Jason und er sich wieder zu uns setzen.

»Spaß gemacht hat es jedenfalls nicht«, murmelt er und senkt die Stimme etwas. »Am liebsten hätte ich dir sofort alles erzählt, aber na ja, ich dachte, es ist besser, wenn sich die beiden erst darüber klar werden, was sie möchten.«

»Das weiß ich doch.«

»Bist du sauer?«, fragt Leo und beugt sich zu mir. Seine Lippen schmecken nach Wein.

»Auf gar keinen Fall«, murmele ich und küsse ihn noch einmal, bevor ich mich wieder zu Alessa und Jason drehe. »Wir haben also etwas zu feiern?«

Jason strahlt übers ganze Gesicht, nickt und hebt die Weinflasche. Alessa tut es ihm mit der Mate gleich. Jetzt, wo ich es weiß, fällt mir tatsächlich auf, dass sie auch bei meiner Überraschungsparty und unserer kleinen Weihnachtsfeier bei Leo keinen Alkohol getrunken hat.

Als es dunkel wird, stoßen Toni, Sven und ein paar andere Freunde aus Leos Uni zu uns, bringen gute Laune und noch mehr Hochprozentiges mit. Leo lehnt glücklicherweise ab, doch nach der langen Zeit ohne Alkohol scheint er auch das bisschen Wein zu merken. Die Stimmung wird zu später Stunde immer ausgelassener, die Nacht frischer, und als unsere Gruppe von einem Platzregen überrascht wird, schlagen die anderen vor, weiter in eine Bar in der Nähe zu ziehen. Alessa und Jason klinken sich verständlicherweise aus, und nachdem ich einen kurzen Blick mit Leo gewechselt habe, erklärt auch er seinen Freunden, dass wir für heute raus sind.

Ich bin langsam wirklich erledigt und durchgefroren – Leo betrunken und müde. Alessa und Jason bieten uns an, bei ihnen zu übernachten, doch wir lehnen dankend ab und begleiten die beiden noch bis zum Kotti, wo wir kurz darauf in die U8 steigen. Trotz der Uhrzeit ist das Abteil voll, wir müssen stehen, und ich lehne mich leicht gegen Leos Brust.

»Ich hasse Bahnfahren«, murmelt er, doch in seiner Stimme höre ich das Lächeln.

»Ich weiß«, entgegne ich. »Aber du liebst es auch.«

»Ein bisschen.«

Bereits am Alex leert sich unser Abteil deutlich, und als wir eine Haltestelle später aussteigen, greift Leo nach meiner Hand.

»Weißt du's noch?«, fragt er, während er mich die Treppen mit hinaufzieht. Er klingt so euphorisch, dass ich lächeln muss. »Als du hier so verloren rumgeirrt bist und meintest, du seist auf der Suche nach einem schönen Café.«

»Ich erinnere mich vor allem daran, dass du schon wieder unpünktlich warst.«

»Das halte ich für ein Gerücht«, sagt Leo.

»Nein, ich weiß es noch sehr gut. Du meintest, du seist gerade auf dem Weg zu einem Café. Nämlich dem, in dem du seit genau zehn Minuten arbeiten solltest.«

»Mila, zwölf Minuten. Zwölf Minuten habe ich gesagt.« Er rollt mit den Augen, und dass er diesen Moment noch ebenso deutlich vor Augen hat wie ich, lässt meinen Bauch warm werden. Es fühlt sich nicht an, als wäre seitdem erst ein halbes Jahr vergangen.

»Stimmt.«

»Ich glaube, da war ich schon verliebt«, murmelt Leo und bleibt stehen, als ich ihn oben an der Treppe am Ärmel seines Pullis zurückziehe. Vor uns prasselt der Regen auf die Straße, übertönt die Geräusche, doch ich habe ihn trotzdem gut verstanden.

Ich auch, Leo … Ich auch.

»Denkst du, wir schaffen es zur Wohnung, ohne klatschnass zu werden?«, fragt er.

»Ich bezweifle es.«

»Schade …«, murmelt er und starrt weiter nach draußen in den Regen. Als er nach meiner Hand greift, sehe ich zu ihm.

»Leo, bitte. Lass uns kurz warten, es ist echt ein bisschen frisch. Du wirst nur krank, und mit den Immunsuppressiva solltest du nicht unnötig …«

»Aber das ist nicht unnötig«, unterbricht er mich. »Frühlingsregen ist nie unnötig.«

Ich kann gar nicht so schnell reagieren, wie Leo mich bereits unter dem regengeschützten Vordach hervorgezogen hat. Die Tropfen sind eiskalt, ich erschaudere und bekomme erst recht eine Gänsehaut, als Leo von hinten die Arme um mich schlingt.

»Gott, okay, es ist schon eher kalt«, bringt er hervor.

Ich lache, während ich ihn mit mir ziehe. »Wir müssen laufen.«

Und dann tun wir genau das, fliegende Schritte auf dem nassen Asphalt, Berlins hell erleuchtete Mitternachtsstraßen. Mein Herz schlägt, und Leos Herz schlägt. Und eigentlich ist das ein verfluchtes Wunder.

VIER

Leonardo

Der Schweiß rinnt mir in Strömen über den Körper, während ich mich erneut nach der Schubkarre voller Bauschutt bücke, die Jason mit der Schaufel beladen hat. Seit den Morgenstunden arbeiten wir bei drückender Frühsommerhitze im Badezimmer der Villa und entfernen mit schwerem Gerät die aus der Mode gekommenen Fliesen von Wänden und Boden. Es ist dreckig und anstrengend und großartig. Jason hat sofort vorgeschlagen, die grundlegenden Schritte der Sanierung selbst vorzunehmen. Ich selbst hätte mir das nicht zugetraut, aber als Sohn eines Architekten und einer Bauingenieurin wird er schon wissen, was er tut.

Das Baustellenradio der Handwerker, die gleichzeitig in der Küche arbeiten, schallt durch die leeren Flure. Inzwischen sieht es im ganzen Haus aus wie auf einem Schlachtfeld. Kaum vorstellbar, dass es hier jemals wieder wohnlich werden kann.

»Pure Genugtuung, oder?«, meint Jason, als wir die Überreste der Fliesen in den Container im Hof befördert haben und zurück im Bad die kahlen Wände betrachten. Er greift erneut zum Bohrhammer, um die letzten Überreste zu entfernen. Ich bücke mich ebenfalls nach dem Werkzeug, als ich eine Stimme höre.

»Dürfen wir mitmachen?« Alessas Augen leuchten, während sie ins Bad kommt. Dicht gefolgt von Mila, die heute in einer ausgeblichenen Latzhose steckt und die Haare zu einem Knoten hochgebunden hat.

»Und wer schleift weiter das Parkett ab?«, fragt Jason.

»Du wirst es nicht glauben, aber wir sind gerade fertig geworden«, entgegnet Alessa gut gelaunt. »Habt ihr neue Arbeit für uns?«

»Ihr könntet eine Pause machen«, schlage ich vor, doch Alessa wirkt nicht begeistert.

»Langweilig ...«, murmelt sie und schaut zu Mila. »Wir könnten anfangen, oben zu streichen.«

»Mit den giftigen Farbdämpfen musst du vorsichtig sein«, beginnt Jason.

»Ja.« Mila nickt sofort. »Er hat recht.«

Alessa seufzt. »Das ist alles so enttäuschend.«

»Lasst uns eine Pause machen«, schlage ich vor und muss lächeln, als Mila mir mit dem Zeigefinger über die Nase fährt.

»Du bist ja ganz staubig«, murmelt sie.

Ich beuge mich vor, um sie zu küssen, bevor wir Jason und Alessa hinaus folgen. Kurze Zeit später sitzen wir draußen auf der breiten Freitreppe zum Garten, essen die Überreste der kalten Pizza, die wir am Mittag bestellt haben, und lassen uns die Sonne ins Gesicht scheinen. Ich spüre langsam jeden Knochen, habe noch Muskelkater von gestern, doch ich muss zugeben, dass mir die körperliche Arbeit wirklich Spaß macht. Selten war mein Kopf so frei wie während der Nachmittage, die ich auf unserer Baustelle verbringe. Zwar hatte Willem recht, die Sanierungsarbeiten rund um die Villa nehmen ganz andere Ausmaße an, als ich es je für möglich gehalten hätte, doch zumindest die kleineren Arbeiten übernehmen wir selbst. Hatten sich meine handwerklichen Fähigkeiten bisher darauf beschränkt, eine Wand weiß zu streichen, bin ich nun schon fast Profi darin, Bäder zu entkernen, Türrahmen abzuschleifen und Fenster zu lackieren.

»Bist du morgen auch hier?«, fragt Mila irgendwann.

Ich nicke. »Vermutlich schon. Du musst nach der Uni noch arbeiten, oder?«

»Dr. Weber meinte, dass ich mir freinehmen soll. Letzten Monat war jedes Mal so viel zu tun, dass ich länger bleiben musste und zu viele Überstunden habe. Ich dachte, wir könnten kochen, wenn ich den Abend schon mal unerwartet frei habe.«

»Das wäre schön.« Ich lege meine Hand auf ihr Knie. »Es tut mir leid, dass das in letzter Zeit echt ein bisschen zu kurz gekommen ist.«

»Nicht schlimm«, murmelt sie, dabei weiß ich, dass das nicht stimmt. Seit die Arbeiten am Haus angefangen haben und ich entweder ständig in Potsdam, in der Uni oder im Label bin, sehen wir uns meist nur noch abends kurz vor dem Zubettgehen. Meistens schläft einer von uns schon auf der Couch ein, und morgens muss Mila so früh raus, dass es für nicht mehr als einen schnellen Kaffee reicht.

»Dann koche ich, und wir machen uns mal wieder einen gemütlichen Abend?«, schlägt sie vor, und ich nicke sofort.

»Ich werde da sein«, verspreche ich.

*

Emilia

Natürlich geht er nicht ans Handy, und so sitze ich eine halbe Stunde nach unserer vereinbarten Zeit immer noch allein vor dem Essen, das langsam kalt wird, und starre in die spöttisch flackernde Kerzenflamme vor mir. Eine letzte Chance gebe ich Leo noch, versuche ihn erneut anzurufen und trommele genervt mit den Fingerspitzen auf der Tischplatte herum. Keine Ahnung, wo er sein blödes Handy hat, ansonsten schaut er ja auch oft genug darauf – nur natürlich dann nicht, wenn es einmal darauf ankäme.

Langsam bin ich das ständige Warten und Rücksichtnehmen leid. Und gleichzeitig hasse ich mich für meine negativen

Gedanken, aber es ist schwer, sie beiseite zu drängen. Seit Wochen sehen wir uns kaum, und manchmal habe ich das Gefühl, Leo letzten Winter, als es ihm schlecht ging, näher gewesen zu sein als jetzt.

Kopfschüttelnd stehe ich auf, als ich ihn auch diesmal nicht erreiche. Gut, dann eben nicht. Vielleicht hat er es vergessen. Vielleicht kam etwas in Potsdam dazwischen, er wird seine Gründe haben und irgendwann im Laufe des Abends wohl hier aufkreuzen. Ein bisschen unnötig ist das alles trotzdem, denn wenn ich das gewusst hätte, hätte ich meinen freien Nachmittag auch dazu nutzen können, um mich mal wieder mit Phil zu treffen.

Kurz überlege ich, ihm zu schreiben, aber um ehrlich zu sein, habe ich keine Lust mehr, das Haus zu verlassen. Leo soll sich einfach melden. Er hätte wenigstens Bescheid sagen können, dass es später wird, oder ist das wirklich zu viel verlangt?

Wie man es auch dreht und wendet, ich bin genervt. Davon, dass ihm alles wichtiger zu sein scheint als ich. Mir ist klar, dass er sein eigenes Leben hat und Dinge nicht meinetwegen vernachlässigen kann, darum geht es nicht. Aber ich schaffe es schließlich auch, neben der Uni und allen Verpflichtungen regelmäßig Zeit für uns beide freizuschaufeln. Es ist kein schönes Gefühl, dass mir das anscheinend wichtiger ist als ihm. Bei Ivana hätte er sich das garantiert nicht erlaubt …

Okay, nein. So werde ich nicht denken. Ivana ist egal. Sie spielt keine Rolle, und nur weil ich ein bisschen frustriert und sauer auf Leo bin, werde ich nicht wieder mit diesen toxischen Vergleichen anfangen.

Aber es ist eben einfach alles etwas anstrengend. Dass eine Beziehung nicht nur Friede, Freude, Eierkuchen ist, hätte mir von Anfang an klar sein müssen. Das habe ich oft genug bei Jojo und Louisa miterlebt. Zu glauben, dass es ausgerechnet bei Leo und mir komplett anders sein sollte, war rückblickend betrachtet ziemlich naiv. Sosehr uns die Zeit während Leos Krankheit zusammengeschweißt hat, so wenig hatte sie mit einem richtigen Zusammenleben zu tun. Es könnte alles perfekt sein, doch der Konjunktiv bleibt und lässt sich nur schwer ignorieren, während ich mich auf die Couch fallen lasse, frustriert durch das eintönige Abendprogramm zappe, während unser gemeinsames Abendessen langsam, aber sicher kalt wird.

*

Leonardo

Mit schlechtem Gewissen öffne ich die Tür zu meiner Wohnung und lausche einen Moment in die Stille. Als mir vor einer guten halben Stunde siedend heiß eingefallen ist, dass ich mich mit Mila zum Essen verabredet hatte, bin ich komplett überstürzt vom Label nach Hause aufgebrochen. Nach den Arbeiten in der Villa habe ich mich ohne nachzudenken Jason angeschlossen. Gemeinsam mit ihm, Alessa und Ivana habe ich im Kiezkind-Atelier Pizza bestellt und mich komplett in der Arbeit für die neue Kollektion verloren. Als ich irgendwann auf mein Handy geschaut und Milas Nachrichten gesehen habe, sind mir unsere Pläne sofort wieder eingefallen. Ich bin so ein Idiot.

Unsicher gehe ich Richtung Wohnzimmer. Der Tisch ist tatsächlich gedeckt und das gesamte Geschirr wirkt unangetastet. Dafür läuft der Fernseher, und ich verharre an der Tür, als ich sehe, dass Mila auf der Couch eingeschlafen ist. Kein Wunder, es dürfte inzwischen fast elf sein. Auf dem Tisch vor ihr steht ein fast leeres Weinglas.

Vorsichtig nähere ich mich ihr, greife nach der Fernbedienung und schalte den Fernseher ab. Die anschließende Stille erdrückt mich fast. Am liebsten würde ich Mila einfach schlafen lassen und meine Entschuldigung damit auf morgen hinauszögern. Aber sie hat eine Erklärung verdient. Stumm sinke ich vor der Couch in die Hocke, taste nach ihrer Hand und streiche über ihre Fingerknöchel.

»Hey, du«, bringe ich zerknirscht heraus, als sie zu blinzeln beginnt und mich aus verschlafenen Augen ansieht. Kurz schöpfe ich Hoffnung, dass sie vielleicht gar nicht so sauer ist wie befürchtet, dann aber verändert sich etwas in ihrem Blick.

»Hallo.« Sie klingt so vorwurfsvoll, dass ich zu Boden schaue. Mila richtet sich etwas auf. »Auch schon zurück?«

»Mila, es tut mir leid. Ich habe völlig die Zeit vergessen«, beginne ich, doch sie lässt mich gar nicht ausreden.

»Wo warst du? Wir hatten neunzehn Uhr gesagt. Und jetzt ist es …« Ihr Blick geht zur Wanduhr in der Küche. »Wow, Leo.« Sie lacht freudlos auf. »Gleich elf?«

»Ja, ich … ich weiß. Entschuldige.«

»Du willst mir nicht wirklich erzählen, dass du so lang in Potsdam zu tun hattest?«

»Nein.« Ich setze mich neben sie auf die Couch. »Ich war noch im Label.«

»Im Label?«, wiederholt sie, und wenn sie es so ungläubig sagt wie jetzt, komme ich mir noch viel beschissener vor.

»Ja.« Ich schlucke.

»Allein?«

Ich will die Augen schließen, und einen kurzen Moment lang ziehe ich tatsächlich in Betracht zu lügen. Dann schüttele ich den Kopf. »Mit Jason und Alessa. Und Ivana.«

Milas kühler Blick ist Antwort genug. »Schön.«

»Mila, bitte. Ich fühle mich furchtbar.«

»Das kannst du auch. Warum hast du nicht Bescheid gesagt?«

»Ich hab's vergessen«, bringe ich hervor. Es kostet mich all meine Kraft, ihrem Blick nicht auszuweichen.

Mila schüttelt verständnislos den Kopf. »Vergessen? Dass du ja noch eine Freundin hast, die zu Hause auf dich wartet und nichts Besseres zu tun hat? Wie kann man so was vergessen, Leo?«

»Ich weiß es nicht. Es tut mir wirklich leid, okay?«

Mila schweigt, und zum ersten Mal an diesem Abend spüre ich, wie Ärger in mir hochsteigt.

»Aber ich kann leider nichts tun, außer mich zu entschuldigen und dir zu versprechen, dass es nicht wieder passiert.«

Mila schließt die Augen, und dann lässt sie den Kopf nach hinten gegen die Couch sinken. »Ich weiß.«

»Ich bin ein Vollidiot.«

»Ja, gerade schon«, grummelt sie, doch ich spüre, wie sich die Anspannung zwischen uns etwas löst. »Hast du schon gegessen?«

Beschämt schlage ich den Blick nieder. »Ja … Sorry.«

Sie seufzt.

»Soll ich was aufwärmen? Oder bestellen?«, biete ich an. »Ich könnte Pfannkuchen machen.«

Sie rollt mit den Augen, doch ein winziges Lächeln zuckt an ihren Mundwinkeln. »Nein, danke.«

»Sicher?«

»Aber du könntest morgen früh welche machen«, meint sie dann.

Ich zögere einen Moment zu lang.

»Oder nicht?«

»Ich muss ab acht in Potsdam sein«, sage ich. »Die neuen Fliesen werden doch geliefert.«

Mila schließt die Augen. »Ah, ja. Wie konnte ich das nur vergessen …«

»Hey, es tut mir echt leid.«

»Nein. Nein, schon gut.« Sie richtet sich etwas auf und sieht mich wieder an. Ein bitteres Lächeln umspielt ihre Lippen. »Dann kann ich wenigstens in Ruhe was für die Uni machen.«

Ich will nach ihrer Hand greifen, doch sie lässt es nicht zu.

»Mila …«

»Leo, ganz ehrlich, was willst du von mir hören? Dass ich begeistert davon bin, wie es gerade läuft? Soll ich dich anlügen und so tun, als wäre nichts?«

»Nein.« Ich schlucke. »Sollst du nicht.«

»Und was soll ich dann?«

»Mir sagen, dass alles in Ordnung ist zwischen uns.«

Sie mustert mich kopfschüttelnd. »Natürlich ist alles in Ordnung«, sagt sie. »Oder bist du anderer Meinung?«

»Nein, ich … Nein.«

Herrgott noch mal. Ich hasse so was. Ich hasse Streit, während dem man so tut, als wäre es keiner. Ich hasse es wirklich.

»Gut.« Sie steht auf, und mein Magen zieht sich zusammen. »Ich bin dann auch müde, ehrlich gesagt. War ein langer Tag.«

Ich bleibe sitzen, während sie durch das Wohnzimmer geht, und es fühlt sich beschissen an. Ich will etwas tun, weiter diskutieren, aber meine Intuition sagt mir, dass es egal ist, was ich jetzt versuche. Mila ist sauer – zu Recht. Ich höre, wie Wasser im Bad läuft, schließlich bleibt es still, und ich stehe auf.

Die Tür zum Schlafzimmer ist fast ganz geschlossen, kein Licht dringt darunter hervor. Ich dusche heiß und lange, und mit jeder Minute, die ich weiter unter dem Wasserstrahl stehe, fühle ich mich elender. Ich will das nicht. Ich will nicht, dass wir so sind. So … anstrengend. Denn genau das ist es. Anstrengend. Unausgesprochene Vorwürfe und angespannte Stille. Wenn wir wenigstens richtig streiten, uns anschreien und anschließend wieder vertragen würden. So was ist wichtig, zumindest sagen das immer alle. Auch Jason, und er hat mit seinen Beziehungsratschlägen bisher immer recht gehabt.

Ich wische mir das Wasser aus den Augen, fahre mir durch

die Haare und drehe die Dusche ab. Stumm trockne ich mich ab, putze mir die Zähne und schlüpfe in frische Sachen, die ich direkt aus dem Trockner hole, der eben fertig geworden ist. Um so etwas wie die Wäsche könnte ich mich auch mal wieder kümmern …

Mann, Mila hat recht. Ich bin nie da, verspreche ihr Dinge und halte sie nicht. Dass nichts davon aus böser Absicht geschieht, macht die Sache nicht besser.

Stumm gehe ich durch den Flur ins dunkle Schlafzimmer. Mila liegt auf ihrer Bettseite, hat mir den Rücken zugewandt und schläft. Oder sie tut so, denn eigentlich kenne ich sie gut genug, um mir sicher zu sein, dass sie nach diesem blöden Abend genauso aufgewühlt ist wie ich. Trotzdem sage ich nichts, während ich neben ihr unter die Decke rutsche. Ein paar Sekunden lang liege ich einfach so da und achte auf jedes Rascheln, das verraten könnte, ob sie noch wach ist. Ihr Atem geht ruhig, sie regt sich nicht. Und dann halte ich meinen an, als sie sich etwas weiter zusammenrollt.

Sie ist wach, ich weiß das, und das hier ist bescheuert. Wir sind Mila und Leo, wir liegen nicht schweigend nebeneinander, schweres Herz und den Kopf voller Worte. Ich werde das nicht akzeptieren.

Ich drehe mich zu ihr, berühre sie leicht an der Schulter, und als sie meine Hand nicht abschüttelt, schlinge ich von hinten einen Arm um sie. Ihr Rücken liegt an meiner Brust, ihr Körper passt perfekt an meinen. Es ist, als wären sie dafür gemacht worden, sich genau so zu berühren. Ich schließe die Augen und drücke das Gesicht an ihr Schulterblatt.

»Es tut mir leid, und ich liebe dich«, flüsterte ich in den Stoff ihres Schlafshirts.

Ein paar Sekunden ist es still. Vielleicht habe ich mich geirrt, und sie schläft doch schon. Ihr Rücken hebt sich gleichmäßig, ihre Atemzüge sind tief.

Dann raschelt die Decke, Mila legt die Hand auf meine Hand, zieht sie ein Stück weiter zu sich und sinkt leicht gegen meine Brust.

»Ich liebe dich«, flüstert sie.

Ich ziehe sie enger an mich.

FÜNF

Emilia

»Und ehe Sie sich nun alle wieder Ihren Patienten widmen, liebe Kolleginnen und Kollegen, würde ich Ihnen gerne ein neues Gesicht vorstellen. Dr. Maximilian Herrmann wird unser Team ab sofort im Rahmen seiner Facharztausbildung unterstützen. Wir freuen uns sehr, Sie bei uns willkommen heißen zu dürfen, Dr. Herrmann. Auf eine gute Zusammenarbeit!«

Zustimmendes Klatschen erfüllt den kleinen Seminarraum, nachdem Dr. Weber seine Ansprache beendet hat und wohlwollend in die Richtung des sportlichen jungen Mannes nickt, der vorne in der ersten Reihe sitzt. Verlegen steht er auf, streicht seinen Kittel glatt und grüßt kurz in die Runde.

Es macht ihn mir sofort sympathisch, dass er die Aufmerksamkeit ebenso unangenehm zu finden scheint wie ich vor all den Wochen, als Dr. Weber mich offiziell seinem Team vorgestellt hat. Wie jeden ersten Mittwoch im Monat hat sich die ärztliche Belegschaft der Neurologie und Neurochirurgie unter der Obhut von Chefarzt Dr. Weber hier versammelt, um einem seiner Vorträge zu lauschen. Auch heute war es wieder eine interessante Stunde mit spannenden Studienergebnissen, die exakt zu den Forschungsschwerpunkten passen, mit denen ich mich während meiner Arbeit als studentische Aushilfe beschäftige.

»Emilia, einen Moment bitte.« Dr. Weber winkt mich zu sich heran, bevor ich den Raum verlassen kann. »Ich habe einen kleinen Überfall auf Sie vor.«

»Oh.« Ich lächele nervös.

»Nichts Schlimmes. Hoffe ich zumindest. Sie können selbstverständlich auch Nein sagen, aber hätten Sie Lust, bei unserem nächsten Meeting ein wissenschaftliches Paper zu unseren Forschungen vorzustellen? Ich denke, es wäre eine gute Gelegenheit, was meinen Sie?«

Ich schlucke. »Oh, Sie meinen ... Vor allen anderen?«

»Ja, machen Sie sich keine Sorgen, wir beißen nicht. Erst recht nicht den engagierten Nachwuchs.« Er lächelt. »Und sagen Sie, ich hätte da außerdem ein Thema für eine medizinische Doktorarbeit zu vergeben. Wenn Sie interessiert wären, könnten Sie es sich vorab ansehen, bevor ich die Stelle über die Studienkoordination ausschreiben lasse.«

»Wirklich?« Ich schlucke. »Das wäre großartig, danke. Ich wollte Sie sowieso längst fragen, ob Sie vielleicht ein Thema für mich hätten.«

»Es wäre mir eine Freude, Sie zu betreuen. Sie arbeiten sehr zuverlässig und selbstständig. Wir könnten einen Teil Ihrer bisherigen Datenauswertung für die Dissertation benutzen, so schlagen wir zwei Fliegen mit einer Klappe. Es würde sich auch anbieten, ein Paper zu verfassen. Mir fallen auf Anhieb ein paar Journals ein, die für eine Veröffentlichung infrage kämen.«

Oh mein Gott ... Das kann er unmöglich ernst meinen. Eine Veröffentlichung in einem wissenschaftlichen Journal ist die Königsklasse unter den Doktorarbeiten. Es wäre der absolute Wahnsinn, und wenn ich jetzt schon damit beginnen könnte, wäre mir der Doktortitel mit Abschluss meines Studiums in einigen Jahren so gut wie sicher.

»Überlegen Sie es sich gerne«, fährt Dr. Weber fort. »Wir können die Tage auch noch einmal in Ruhe darüber sprechen. Mailen Sie mir einfach, dann machen wir einen Termin.«

»Das mache ich gerne«, bringe ich hervor. »Vielen Dank.«

»Ich habe zu danken.« Er sieht zur Seite. »Und würden Sie mir den Gefallen tun und unserem neuen Kollegen einen kurzen

Überblick über die Station geben? Ich muss leider weiter in ein Gespräch mit der Klinikleitung.«

»Sicher, ich war sowieso gerade auf dem Weg zurück nach oben«, antworte ich.

»Großartig, vielen Dank. Dann frohes Schaffen miteinander! Wir sehen uns später.« Dr. Weber nickt erst mir, dann dem neuen Assistenzarzt zu, ehe er durch die Tür verschwindet. Ich drehe mich zu ihm um und lächele, bevor wir uns die Hände schütteln.

»Emilia Faber, freut mich.«

»Max Herrmann. Danke, dass du dich bereit erklärt hast, mich ein bisschen rumzuführen.« Er wirkt sichtlich erleichtert, hält dann jedoch inne. »Oh sorry, ich hoffe, es ist okay, dass ich einfach du sage?«

Ich muss lachen. »Na klar, ich bin Mila.«

»Super, danke. Irgendwie fühlt es sich immer noch so an, als wäre ich gerade erst mit dem Studium fertig geworden.« Er zuckt mit den Schultern.

»Wie lange ist es denn her?«, frage ich.

»Knapp drei Jahre, die Zeit rennt wie verrückt.« Er lächelt. »Wie weit bist du denn? Praktisches Jahr?«

Ich schüttele den Kopf und deute zur Tür. »Das dauert noch etwas. Ich bin im klinischen Studienabschnitt und arbeite nebenbei als studentische Aushilfe in der Neuro.«

»Und bald also auch an einer Dissertation?«, vermutet er.

Ich muss lächeln. »Hoffen wir es.«

»Woran forscht ihr?«

Er wirkt ehrlich interessiert, also erzähle ich ihm von Dr. Webers Studie und erfahre im Austausch etwas über das Thema seiner Dissertation. Fast vergesse ich, dass ich ihm eigentlich die Räumlichkeiten zeigen sollte, so vertieft sind wir plötzlich in ein Gespräch über seine Zeit an der Uni, die Entscheidung, nach dem Studium in die Neurochirurgie zu gehen, und seine Überzeugung, das absolut richtige Fach gewählt zu haben. Ich hatte schon beinahe vergessen, wie schön es ist, mit jemandem zu sprechen, der sich ebenso wie ich für die Medizin begeistern kann. Es ist noch ein langer Weg, bis ich mich Ärztin nennen darf, aber in diesem Augenblick hoffe ich von ganzem Herzen, dass ich eines Tages dort sein werde, wo Max es mit viel harter Arbeit hingeschafft hat.

Schließlich zeige ich ihm die Behandlungsräume, Arztzimmer und mache ihn mit unserem wichtigsten technischen Hilfsmittel vertraut – der Kaffeemaschine, die einen betörenden Duft im Raum verbreitet, als wir nach einem ausgedehnten Rundgang am Tisch Platz nehmen.

»Na dann.« Max hebt seine Kaffeetasse und lächelt mich an. »Auf eine gute Zusammenarbeit.«

»Ich freue mich.« Ich erwidere seinen Blick. Es muss an den Neonröhren an der Decke liegen, in deren kühlem Licht seine Augen wirklich extrem blau wirken. Viel blauer als eben auf dem Flur. Ich muss schlucken und zwinge mich zu einem Lächeln.

»Ich mich auch.«

Rasch wende ich den Blick ab und widme mich meiner eigenen Tasse. Schwarzer Kaffee, tiefstes Braun. Warum denke ich jetzt an Leo, und woher kommt dieses unangenehme Stechen in meiner Brust? Ich habe nichts falsch gemacht. Ich war nur nett zu Max, der zufällig gut aussieht und auch noch super interessant ist.

»Also«, sagt er und stellt seine Tasse zurück auf den Tisch. Ich hebe den Kopf wieder. »Hast du direkt zu tun oder noch Zeit, mich in all den Stationstratsch einzuweihen?«

*

»Es nervt halt voll, dass wir uns kaum sehen, und wenn, dann streiten wir nur.« Genervt schiebe ich den Rest Nudelsalat auf dem Teller vor mir mit der Gabel herum und blicke schließlich in Jojos Gesicht. Obwohl er sich Mühe gibt, aufmerksam zu wirken, merke ich genau, dass er nicht bei der Sache ist. Immer wieder wirft mein Bruder einen Blick auf sein Handy und nickt abwesend. Als ich schließlich verstumme, dauert es geschlagene fünf Sekunden, ehe er den Kopf hebt.

»Was?«, bringt Jojo heraus, und ich hebe die Augenbrauen. »Hast du eine Frage gestellt? Sorry, ich habe wohl nicht ganz zugehört.«

»Nicht ganz?«

»Tut mir leid, tut mir leid.« Er steckt sein Handy weg. »Worum ging es noch mal? Leo? Habt ihr schon wieder gestritten?«

»Schon wieder?« Ich lache, aber es klingt ein bisschen verbittert. Dann zucke ich mit den Schultern. »Ja, womöglich haben wir das.«

»Worum ging es?«, fragt Jojo, so als hätte ich ihm das eben nicht lang und breit erklärt. Also wiederhole ich meine Worte und berichte ihm von der seltsamen Stimmung, die seit einer Weile wie eine dunkle Gewitterwolke über uns hängt. Jojos Blick wird während meiner Worte immer belustigter.

»Was?«, frage ich schließlich. »Was ist daran witzig?«

»Nichts«, meint er. »Ich finde es nur … spannend, dass du jetzt auch herausfindest, dass eine Beziehung anstrengend sein kann.«

»Du hast mir nicht gesagt, dass es *so* anstrengend ist.« Ich seufze.

»Ihr müsst reden, Mila.«

»Damit wir uns dann wieder Vorwürfe machen können? Super …«

»Nein, damit ihr versteht, warum der andere schlecht gelaunt oder anderer Meinung ist. Man nennt das Kommunikation. Soll manchmal ganz hilfreich sein, habe ich gehört.«

Ich verdrehe die Augen. »Super, Jojo. Vielleicht sollte man dir noch zusätzlich einen Facharzt für Beziehungsberatung geben.«

Jojo grinst lediglich und übergeht meinen Kommentar. »Ihr könntet euch auf einen Abend in der Woche einigen, den ihr immer füreinander freihaltet und etwas zusammen unternehmt. Das funktioniert bei Louisa und mir seit Jahren.«

»Toll …« Ich stoße die Luft aus. »Wie einen Geschäftstermin, oder was?«

»Genau das. Ihr habt beide viel zu tun, und ich denke, dass es helfen würde, im Alltagsstress auch schöne Dinge einzubauen.«

»Und der nächste Schritt sind dann getrennte Schlafzimmer?«, grummele ich.

»Im Idealfall nicht, nein.«

»Letzten Herbst haben wir auch keinen festen Abend die Woche gebraucht, um uns zu sehen.«

»Letzten Herbst warst du auch total verknallt und hast die Welt durch eine rosarote Brille gesehen. Es ist normal, dass mit dem Beziehungsalltag auch Konflikte kommen. Wirklich, Mila.«

»Ich möchte das nicht.« Ich lehne mich in meinem Stuhl zurück und schaue für einen Moment an die Decke.

»Ich weiß, es ist ernüchternd. Aber dafür wächst euer Vertrauen.«

Ich schlucke. Gerade bin ich mir da nicht so sicher. Noch während ich den Satz zu Ende denke, verabscheue ich mich bereits dafür.

»Ihr müsst euch im gemeinsamen Alltag einfach noch etwas finden, das geht nicht von heute auf morgen«, fährt Jojo fort.

»Denkst du?« Ich schlucke. »Es ist ja nicht so, als wären wir erst seit gestern ein Paar.«

»Stimmt, aber wie viel Alltag hattet ihr bisher? Leos Krankheit war eine Extremsituation und hat euch viel Zeit und Energie gekostet. Sicher hat sie euch auch zusammengeschweißt, aber es war alles andere als Normalität. Und ihr braucht Normalität, um euch kennenzulernen.«

Ich will etwas erwidern, als Jojos Telefon zu klingeln beginnt.

»Oh, Mist«, meint er mit Blick auf das Display. »Das sieht nach Schockraum aus. Sorry.«

»Nicht schlimm«, sage ich, während Jojo sein Tablett nimmt. »Lass stehen, ich kümmere mich gleich darum.«

»Du bist für immer die Beste.« Er lächelt und schlüpft in seinen Kittel, den er über die Rückenlehne des Stuhls gehängt hat. »Und Kopf hoch, Schnecke. Ihr kriegt das schon hin, da bin ich mir sicher.«

SECHS

Emilia

Auch als ich am nächsten Tag nach Feierabend auf der Bank des Umkleideraumes der Charité sitze, kreisen meine Gedanken noch um das Gespräch mit meinem Bruder. Mit Leo konnte ich nicht mehr sprechen, er ist gestern erst spät nach Hause gekommen und muss so leise gewesen sein, dass ich ihn gar nicht gehört habe. Als ich heute Morgen dann früh in die Uni musste, war er außer für einen verschlafenen Guten-Morgen-Kuss noch nicht wach genug.

Ich beschließe, Leo zu schreiben, ob er schon zu Hause ist. Nachdem ich meine Arbeitskleidung in den Abwurf gegeben habe, ziehe ich mein Handy aus der Tasche, während ich den langen Flur entlanggehe.

»Mila? Hey.«

Ertappt löse ich den Blick vom Display und erkenne Max, der gerade aus der Herrenumkleide kommt. In Jeans und dem dunklen T-Shirt sieht er völlig anders aus als in Kittel und der weiten Klinikkleidung. Seine Oberarme sind erstaunlich wohl geformt. Also nicht, dass ich darauf stehe. Es fällt mir nur auf.

»Gut, dass ich dich noch erwische. Ich soll dir von Dr. Weber ausrichten, dass du morgen doch nicht zu kommen brauchst.« Max fährt sich mit einer Hand durch die dunkelblonden Haare.

»Oh, danke. Das ist gut zu wissen.« Ich lächele, während wir den Flur zum Ausgang entlanggehen. »Wie war deine erste Woche?«

»Großartig, alle sind super. Die meiste Zeit habe ich zwar keine Ahnung, was ich tue, aber ich denke, das wird schon.«

Ich muss lachen. »Und ich dachte immer, dass man nach dem Examen den ultimativen Durchblick hat.«

»Wer auch immer dir das erzählt hat, er hat gelogen. Oder sie.«

»Ich denke, es war nur meine Naivität.«

»Also sie.« Max schmunzelt. »Was machst du noch?«, fragt er, als wir durch die Türen nach draußen treten.

»Ich weiß nicht«, gebe ich wahrheitsgemäß zu. »Vermutlich ein paar Vorlesungen nachbereiten. Oder mich ein wenig einlesen, damit ich mich bei dem Gespräch wegen der Dissertation bei Dr. Weber nicht bis auf die Knochen blamiere.«

»Wirst du nicht«, widerspricht er sofort. »Du bist doch total im Thema.«

»Ich finde immer noch mehr Papers, die ich lesen könnte …«

Max lacht. »Kommt mir bekannt vor.«

»Und du?«, frage ich dann. »Hast du schon Berlin erkundet?«

»Nicht wirklich«, gibt er zu. »Nach der Arbeit war ich meistens zu platt. Aber es ist Freitag, vielleicht sollte ich es heute wagen.«

»Das solltest du«, stimme ich zu.

»Hast du Lust, später was trinken zu gehen?«

Okay. Es ist so weit, Mila. Wir müssen ihm dringend sagen, dass du einen Freund hast, damit das hier nicht unangenehm endet.

Ich zögere einen Moment zu lang.

»Aber mit Sicherheit hast du an einem Freitag etwas Spannenderes vor«, schiebt Max hinterher. »Eine coole Studentenparty oder so was.«

»Nein«, sage ich, ohne darüber nachzudenken. Denn sind wir ehrlich, ich habe nichts Spannenderes vor. Ich werde mich wahlweise mit Leo zoffen oder darauf warten, dass er nach Hause kommt. Vielleicht ist es albern. Ja, mit Sicherheit ist es das, aber wenn er seine Abende mit Ivana und den anderen bei Kiezkind verbringen kann, kann ich etwas mit einem Arbeitskollegen unternehmen. »Nein, ich habe nichts Spannenderes vor«, antworte ich. »Ich würde mich freuen.«

*

Leonardo

Mila ist nicht zu Hause, als ich mit Anbruch der Dämmerung von meiner Extraschicht aus dem Label zurück in die Wohnung komme. Ich war schon immer gut darin, meinen Frust in Produktivität umzuwandeln, und habe so vier neue Oberteile für unsere kommende Kollektion genäht. Währenddessen habe ich Jason mein Leid geklagt, der eher gelangweilt als wirklich interessiert neben mir saß und in einem der Elternratgeber geblättert hat, die Alessa in letzter Zeit überall im Label verteilt.

Missmutig lasse ich die Tür ins Schloss fallen und stelle die Tüte von Milas liebstem Sushiladen auf dem Küchentisch ab. Vielleicht war das idiotisch, aber ich habe erwartet, dass sie hier ist. Schließlich hat sie nicht Bescheid gesagt.

Zum wiederholten Mal ziehe ich mein Handy aus der Tasche. Mila hat nicht auf meine Nachrichten reagiert, und es nervt mich. Gleichzeitig ist es, als würde sie mir damit einen Spiegel vorhalten. Vor ein paar Tagen erst habe ich sie genauso hängen lassen, also muss ich mich jetzt eigentlich nicht wundern. Und heute waren wir nicht einmal verabredet. Es ist Freitag, warum sollte sie allein in der Wohnung sitzen und darauf warten, dass ich zurückkomme? Bestimmt ist sie mit Phil unterwegs oder mit Leuten aus der Uni.

Ich überlege gerade, sie anzurufen, als ich einen Schlüssel im Schloss der Wohnungstür höre. Einen Moment später wird sie geöffnet.

»Oh, hi.« Überrascht lächelt sie, als sie mich in der Tür zur Küche stehen sieht. Ich trage noch meine Schuhe und komme zurück in den Flur. »Alles gut?«

Ich nicke und kann mir das »Wo kommst du her?«, das mir auf der Zunge liegt, gerade noch so verkneifen. Stattdessen ziehe ich die Schuhe aus. Dann beuge ich mich vor und begrüße sie mit einem Kuss. Ich verharre mitten in der Bewegung, als ich es schmecke. Sie hat getrunken.

»Alles super«, murmele ich und weiche wieder etwas zurück. »Und bei dir?«

»Auch.« Sie wirkt so ausgeglichen und gut gelaunt, dass ich misstrauisch werde. Was ist hier los? Wo war sie, und wieso bin ich so? »Bist du auch gerade erst zurückgekommen?«

Ich nicke. »Wir waren noch im Label.«

»Seid ihr gut vorangekommen?«

Kein Vorwurf, keine Frage nach Ivana. Es ist bescheuert, aber mit jedem weiteren Satz komme ich mir etwas mehr vor wie im falschen Film.

»Ja, doch. Ich war einigermaßen produktiv, aber Jason hat die ganze Zeit nur von Babykram geredet.«

»Man kann es ihm nicht verübeln«, meint Mila und folgt mir in die Küche. Als sie die Sushi-Tüte entdeckt, leuchten ihre Augen. »Oh, Leo. Ist das …?«

»Ja.« Ich lächele. »Ich wollte dich überraschen und gerade anrufen, als du nicht hier warst.«

»Sorry, ich hätte Bescheid sagen sollen. Wir haben einen neuen Assistenzarzt in der Neurochirurgie und waren noch etwas trinken.«

Das ist der Moment, in dem ich hellhörig werde. Und es nervt mich selbst.

»Ach, schön«, murmele ich, während Mila das Essen auspackt. Ich greife nach Gläsern und überlege krampfhaft, wie ich nun unauffällig nachfragen kann, ohne eifersüchtig zu wirken.

Doch dann muss ich es gar nicht, denn sie erzählt unaufgefordert weiter.

»Ja, Max ist total cool. Er hat das Studium auch erst vor ein paar Jahren beendet. Ich finde das so inspirierend.«

»Klingt spannend.«

»Definitiv.« Sie setzt sich mir gegenüber an den Tisch. »Und Leo? Dr. Weber hat mich gefragt, ob ich eine Doktorarbeit bei ihm schreiben möchte.«

»Was?« Ich hebe den Kopf und sehe Mila an. Sie strahlt. »Das erzählst du so nebenbei?«

»Ja, ich … Wir haben uns seitdem nicht gesehen.« Sie zuckt mit den Schultern.

»Das ist großartig! Worum geht es?« Ich bereue meine Frage nicht, auch wenn ich nicht wirklich etwas von ihren Erzählungen verstehe. Darum geht es nicht. Wichtig ist nur, dass sie so aufgeregt und begeistert wirkt, dass mir warm vor Glück wird. Ich weiß, wie viel ihr das bedeutet. Also bedeutet es mir noch mehr. »Eigentlich müssten wir anstoßen«, meine ich, als sie endet. Ich greife nach meinem Wasserglas. »Aber ich war heute bei der Nachsorge in der Nephrologie und wurde daran erinnert, auf alles zu verzichten, was Spaß macht.«

»Oh.« Mila sieht mich an. »Stimmt ja. Wie war's, ist alles in Ordnung?«

Ich nicke und trinke einen Schluck. »Sie sind zufrieden, aber mein Krea ist nicht weiter gefallen.«

»Wo liegt es gerade?«

Als ich ihr den Wert nenne, schweigt Mila einen Moment lang.

»Es ist gut, oder?«, fragt sie dann.

»Ja.« Ich nicke. »Das meinte die Ärztin auch. Aber sie erwarten, dass ich noch bessere Werte erreiche, weil ich so jung bin.«

»Also keinen Rotwein mehr für dich, Leo.«

Ich verdrehe die Augen, muss aber lächeln.

»Oder nur noch zu besonderen Anlässen«, schiebt Mila hinterher.

»Wie zum Beispiel die Abgabe deiner Doktorarbeit.«

Sie lacht. »Dann musst du garantiert länger als ein Jahr abstinent sein. So schnell geht das nicht.«

»Egal.« Mit den Stäbchen greife ich nach einer Sushi-Rolle. »Ich finde auch vorher einen Anlass.«

»Ich befürchte es«, murmelt Mila. Als ich sie ansehe, zögert sie. »Was ist?«

»Ich bin so stolz auf dich«, sage ich. Einfach, weil es die Wahrheit ist.

Mila lächelt.

SIEBEN

Leonardo

Eine gute Woche später stehe ich allein in der Küche unserer Wohnung, werfe einen genervten Blick auf die Uhr und ziehe mein Handy aus der Hosentasche. Ich trinke den Rest Espresso aus meinem kleinen Glas und wähle Milas Nummer in meinen Kontakten. Schon vor einer halben Stunde hätte sie eigentlich nach Hause kommen sollen, wir haben gleich einen Termin in einem Berliner Küchenstudio, um endlich die Planung für die letzten Umbaumaßnahmen in Potsdam in Angriff zu nehmen. Mila hatte fest versprochen, pünktlich zu sein.

Nun lausche ich dem endlosen Freizeichen, will schon auflegen, als ich doch ein Knacken in der Leitung vernehme und kurz darauf eine Stimme höre.

»Herrmann für Faber.«

Die Stimme am anderen Ende der Leitung ist eindeutig männlich und gehört weder Jojo noch sonst einem Kerl, von dem ich erwarten würde, dass er an Milas Handy geht.

»Ähm …« Ich zögere. »Mit wem genau spreche ich?«

»Max Herrmann. Ein Kollege von Mila. Soll ich ihr etwas ausrichten? Sie ist gerade bei einem Notfall mit im OP.«

»Oh.« Ich schlucke. »Okay. Sagen Sie ihr einfach, Leo hat angerufen. Es wäre wichtig.«

»Klar, ich werde es ihr ausrichten.«

»Danke. Dann … noch einen schönen Tag.« Ich lege auf, bevor er noch etwas erwidern kann.

War das dieser neue Assistenzarzt, von dem Mila erzählt hat?

Warum geht er an ihr Handy? Und warum ist sie in irgendwelchen OPs, wenn wir Termine haben?

Missmutig schiebe ich mein Telefon zurück in die Hosentasche, merke nach einem weiteren Blick auf die Uhr, dass es allerhöchste Zeit ist, mich auf den Weg zu machen. Im Flur greife ich nach meiner Jacke. Als ich gerade in meine Schuhe schlüpfe, beginnt mein Handy zu klingeln. Ich kenne die fremde Nummer nicht, gehe aber trotzdem ran.

»Leo?«

»Hallo«, begrüße ich Mila überrascht. »Seid ihr schon fertig?«

»Nein, Max hat im Saal angerufen. Er meinte, ich soll dich so schnell wie möglich zurückrufen. Was ist denn passiert?«

»Nichts ist passiert, jedenfalls nicht so, wie wir es ausgemacht hatten.«

»Was?« Mila klingt verwirrt, im Hintergrund höre ich leise konzentrierte Stimmen und die gleichmäßigen Piepstöne der Beatmungsmaschine. »Kannst du vielleicht etwas konkreter werden?«

»Wir haben in zwanzig Minuten den Termin wegen der Küche.«

»Oh, Mist … Das habe ich total vergessen«, entfährt es ihr. »Ich war schon auf dem Sprung, aber dann kam dieser Notfall, und es hat sich für mich angeboten, mit reinzugehen, weil ich eventuell für meine Doktorarbeit …«

»Ist ja auch egal«, unterbreche ich sie, und Mila verstummt.

»Es tut mir leid, Leo.«

»Nein, ist okay. Geht ja schließlich um ein Menschenleben«, sage ich, und ich hasse es, wie meine Stimme klingt.

»Ich habe es echt total vergessen …«

»Wäre es möglich, private Unstimmigkeiten außerhalb des OPs zu diskutieren, damit sich unser Team auf seine Arbeit konzentrieren kann?«, höre ich eine strenge Stimme aus dem Hintergrund.

»Natürlich, Entschuldigung«, meint Mila sofort, spricht dann deutlich gedämpft weiter. »Ich ruf dich zurück.«

»Bin später im Label«, sage ich schnell. »Bis dann.«

»Okay. Tschüss.«

Aufgelegt.

Wow.

Fast tut es mir leid, dass sie meinetwegen einen Anschiss kassiert hat. Aber nur fast, denn ich bin sauer. Sie hat es tatsächlich vergessen.

Und jetzt? Soll ich den Termin verschieben?

Ich stoße genervt die Luft aus.

Und dann greife ich nach meinen Schlüsseln und mache mich auf den Weg.

Das Kiezkind-Atelier ist verlassen und leer, als ich Stunden später aufschließe und durch den dunklen Verkaufsraum nach hinten gehe. Wir haben längst geschlossen, keiner ist hier. Fast kommt es mir so vor, als würde ich die Stimmen der anderen noch hören, so sehr verbinde ich sie mit diesem Ort. Ich taste nach dem Lichtschalter an der Wand. Die Deckenbeleuchtung flammt leise knisternd auf, ich werfe meine Jacke auf eine Sitzgelegenheit und lasse mich auf den Stuhl an meinem Arbeitsplatz fallen. Schwungvoll rolle ich einige Meter nach hinten, lege den Kopf für einen Moment in den Nacken und starre nach oben an die Decke des hohen Raumes.

Endlich Ruhe.

Ich schließe die Augen und atme tief ein. Irgendwie kann ich mich zurzeit selbst nicht leiden, bin unfassbar schnell genervt von allem und jedem, und das, obwohl ich meist absolut keinen Grund dazu habe. Kein halbes Jahr ist es her, da hatte ich mir nichts sehnlicher gewünscht, als diese Normalität zurückzubekommen, und nun habe ich sie, bin jedoch nicht halb so zufrieden, wie ich es eigentlich sein sollte.

Schweigend rolle ich mit meinem Stuhl zurück an meinen Tisch. Mein Blick wandert über die Entwürfe, die dort noch von heute Nachmittag liegen. Dann taste ich nach einem der Stoffe.

Es ist ein schwerer Seidenbrokat. Der, den Mila beim Amsterdamer Stoffmarkt für mich entdeckt hat. Nachdenklich streiche ich mit den Fingerspitzen über den Stoff. Vielleicht brauchen wir einfach mal wieder eine gemeinsame Amsterdam-Auszeit. Auch wenn ich mir gerade nicht vorstellen kann, was das bringen soll, wenn wir es im Alltag trotzdem nicht hinbekommen, uns nicht zu streiten.

Mila hat versucht, mich anzurufen, doch ich bin nicht mehr ans Telefon gegangen. Vielleicht war das kindisch. Aber ich habe keine Nerven mehr. Wenn sie wirklich reden will, weiß sie, wo sie mich findet.

Ich greife schließlich nach Graphitstift und meinem dicken Skizzenblock, beginne ein wenig zu kritzeln, um mich von meinen eigenen Gedanken abzulenken, und merke kaum, wie die Zeit vergeht. Missmutig hebe ich den Kopf von meinen Probeschnitten, als eine kleine Ewigkeit später ein Geräusch aus dem Verkaufsraum die konzentrierte Stille stört, und ich höre, wie die Ladentür zurück ins Schloss fällt. Ist sie das?

Als jemand in der Tür auftaucht und ich die schmale Silhouette Ivana zuordne, unterdrücke ich ein leises Stöhnen.

»So spät noch hier?«

»Suchst du was?«, murre ich, ohne den Blick von meinen Skizzen zu lösen, und spüre trotzdem, dass Ivana überrascht innehält.

»Schon gut, bin ja gleich wieder weg«, meint sie und durchquert den Raum mit großen Schritten. »Hab nur vorhin mein Handy liegen lassen.«

Das Klackern ihrer Absätze hallt in meinen Ohren. Leicht hebe ich den Kopf, während ich mich mit den Ellbogen auf der Tischplatte abstütze. Ivana bückt sich nach dem Telefon, das tatsächlich noch auf ihrem Schreibtisch liegt, wirft die langen Haare über die Schulter und sieht mich an, als sie sich wieder umdreht.

»Sorry … wollte dich nicht so anpissen«, murmele ich.

Ivana lässt die Hände in den Taschen ihres langen Mantels verschwinden. Ein paar Sekunden lang bleibt sie einfach so vor mir stehen. Dann deutet sie ein kleines Nicken an.

»Willst du drüber reden?«, fragt sie.

»Worüber?«, bringe ich abwehrend hervor.

Ivana zuckt mit den Schultern. »Den Grund, weshalb du dich zu dieser Zeit im Label rumdrückst, anstatt zu Hause auf der Couch zu liegen.«

Mir liegt ein »Das geht dich nichts an« auf der Zunge, doch ich schlucke es runter. Es wäre unfair, meine schlechte Laune an Ivana auszulassen.

»Hier hat man wenigstens seine Ruhe …«, murmele ich. »Zumindest dachte ich das.«

»Stress mit Mila?«

Ich stocke, da Ivana damit voll ins Schwarze trifft.

»Vielleicht ist gerade alles ein bisschen anstrengend«, gebe ich zu.

Ivana deutet mit einem Kopfnicken zu unserer Sitzecke. Skeptisch beobachte ich, wie sie eine Glasflasche aus den Untiefen ihrer Tasche befördert und vor mir auf den Tisch stellt.

»Trägst du immer ’ne Notration mit dir rum?«

»Bin gleich noch verabredet«, erklärt sie knapp, dreht sich um, nachdem sie ihre Tasche auf die Couch geworfen hat, und kommt Sekunden später mit zwei Gläsern wieder.

»Ich darf eigentlich nicht …«, meine ich ausweichend, als sie sich neben mich fallen lässt und mir wie selbstverständlich einschenkt.

»Wer sagt das? Mila?«

Ich weiß nicht, warum ich sie nicht verteidige. Mein Verstand schreit mich an, abzulehnen. Aber ich tue es nicht. Weil ich ein

Idiot bin. Und weil ich es satthabe, verantwortungsvoll und so verdammt erwachsen zu sein.

»Ich hasse Jägermeister«, murmele ich.

»So sorry, Leo, aber was Besseres gibt es nicht.« Ivana mustert mich scharf, bevor sie auffordernd ihr Glas hebt. Also tue ich es ihr gleich.

Der Alkohol brennt wie Feuer in meiner Kehle, und während ich mich zusammenreißen muss, um nicht zu husten, verzieht Ivana keine Miene. Es ist genau wie früher, durchgefeierte Nächte, trinken, bis die Sonne wieder aufgeht, und am nächsten Morgen völlig verkatert in der Dreizehn-Uhr-Vorlesung erscheinen. Plötzlich fehlt mir das alles sehr.

»Weißt du noch?«, fragt Ivana in diesem Moment. Es ist beinahe unheimlich, wie sie meine Gedanken zu erraten scheint. »Erstes Semester, keine Ahnung von nichts …«

»Ja.« Ich schlucke. »Verrückt.«

»Dass du deine wilden Zeiten mit Mila an den Nagel hängen kannst, ist dir ja wohl klar gewesen.«

Ihre Sticheleien sollten mich eigentlich aufregen, doch heute ist das irgendwie anders. Vielleicht weil ich insgeheim etwas Ähnliches gedacht habe. Ich nehme einen weiteren großen Schluck aus meinem Glas und hoffe, dass es mich schnell betrunken macht. Heute ist so ein Tag, an dem das bitter nötig ist.

»Wenn das alles wäre …«, höre ich mich sagen. Ivana schweigt abwartend und hebt lediglich eine Augenbraue, als ich sie kurz ansehe. »Sie will ständig reden, alles zu Tode analysieren, und am Ende streiten wir doch immer. Ich muss mich andauernd rechtfertigen, egal ob ich hier mit euch zu tun habe oder in Potsdam. Es ist so anstrengend, Vana.«

»Und wegbleiben löst dieses Problem also?«

Ich werfe ihr einen scharfen Blick zu.

»Ach, Leo.« Das belustigte Zucken an Ivanas Mundwinkeln verrät sie. »Soll ich dir sagen, was dein Problem löst? Zumindest für heute?« Sie greift erneut zu der Flasche und schenkt mir nach.

Das ist absolut dumm. Ich bin es überhaupt nicht mehr gewohnt, zu trinken. Erst recht keinen harten Alkohol. Das hier wird böse enden. Ich weiß es, und ich tue es trotzdem.

»Kann es sein, dass du zurzeit ziemlich unter Strom stehst?« Ivana mustert mich, als ich das Glas wieder absetze. »Früher hast du die Dinge lockerer gesehen.«

»Früher hatte ich auch nicht zehn Projekte auf einmal.« Ich seufze. »Wäre ja nicht mal so schlimm, wenn Mila nicht ständig gegen mich arbeiten würde.«

»Tut sie das denn?«

»Also bezüglich der Villa auf jeden Fall.«

»Ich habe das nur am Rande mitbekommen … Ihr zieht in Willems Haus?«

»Ja, also zumindest habe ich mir das so vorgestellt. Mila fand die Idee von Anfang an dumm. Dabei dachte ich, sie würde sich auch freuen. Klar, jeden Tag von Potsdam nach Berlin zu pendeln ist im Vergleich zu jetzt eher suboptimal, aber das kann man für so ein Haus ja wohl in Kauf nehmen. Weißt du, was das für ein Privileg ist?« Es war eine rhetorische Frage, doch Ivana nickt trotzdem.

»Schade, dass sie das nicht schätzen kann.«

»Ja.« Ich schlucke. »Es nervt so.«

»Es wundert mich.« Ivana überschlägt die Beine. »Das müsste ihr doch gefallen. Mit dir in diesem Haus …«

»Ja, ich weiß doch auch nicht. Heute hatten wir eigentlich einen Termin beim Küchenplaner und wollten das gemeinsam machen, aber den hat sie natürlich vergessen.«

Ivana lacht leise. »Beim Küchenplaner … Gott, Leo, weißt du, wie das klingt? Kaum zu glauben, dass du noch derselbe bist wie vor anderthalb Jahren.«

»Was willst du damit sagen?«

»Nichts, ich finde das gut. Deine Prioritäten haben sich geändert.«

»Meine Prioritäten haben sich nicht geändert«, widerspreche ich. Warum mir das so wichtig ist, kann ich mir selbst nicht erklären.

»Leo, Mila ist das exakte Gegenteil von mir. Wir wissen das beide.« Ivana mustert mich, und ihre Stimme klingt absolut ruhig. Es macht mich wütend.

»Ja, und?«, gebe ich zurück.

»Nichts *und*. Ist doch schön. Du hast dich weiterentwickelt. Wir haben nicht zusammengepasst.« Sie schweigt, und sie muss es nicht aussprechen. Ich spüre es auch so. Wir haben nicht zusammengepasst, aber der Anziehung zwischen uns ist das egal. Sie ist immer noch da. Jetzt gerade vielleicht mehr denn je.

Ich stehe auf. Es ist das einzig Vernünftige. Ich muss von dieser Couch weg und von Ivana, deren Lippen weich sind. Ich weiß das, ich erinnere mich sehr gut daran.

Ich spüre den leichten Schwindel, während ich durch das Atelier gehe. Es ist angenehm. Er drängt den ganzen Mist in den Hintergrund.

»Wir haben wirklich nicht zusammengepasst«, sage ich.

»Ganz und gar nicht«, stimmt mir Ivana zu. Als ich mich wieder zu ihr umdrehe, drückt sie mir das Glas erneut in die Hand. »Auf uns und unsere Inkompatibilität.«

Ich lache auf, schüttele den Kopf, aber ich nehme das Glas.

Ein Schluck, nur noch einer.

Mein Handy auf dem Tisch vibriert, doch Ivana ist schneller als ich, drückt den Anruf weg und schiebt das Telefon in ihre eigene Jackentasche.

»Selbst ein Leonardo Wagner kann auch mal nicht erreichbar sein«, entscheidet sie. Ich habe dem nichts entgegenzusetzen.

»Wer war es?«, frage ich trotzdem.

»Ich weiß nicht.« Sie zuckt mit den Schultern. »Ist doch egal.«

»Ja …« Ich schlucke. »Eigentlich ist es das wirklich.«

»Also bist du glücklich mit ihr?«, fragt Ivana, und ihre Frage kommt so aus dem Nichts, dass ich zögere.

»Natürlich bin ich glücklich mit ihr«, entfährt es mir dann.

Ivana schweigt vielsagend. »Ist das die Wahrheit? Oder …«

»Wag es ja nicht«, unterbreche ich sie.

»Leo, ich will euch nicht auseinanderbringen oder sonst irgendwas. Das weißt du. Ich will, dass du glücklich bist.«

»Ich bin glücklich«, sage ich sofort, doch Ivana mustert mich nur.

»Hast du in letzter Zeit mal in den Spiegel geschaut?«

»Wow, vielen Dank auch …«

»Ich meine das nicht böse. Aber ich sehe, wie diese Beziehung die gesamte Energie aus dir heraussaugt. Kann es das wirklich wert sein?«

»Es saugt keine Energie aus mir heraus«, erwidere ich. »Und Streit gehört dazu. Wir haben auch ständig gestritten.«

»Aber wir haben uns auch nicht gut getan, Leo«, sagt Ivana, und für einen Moment weiß ich nicht, was ich darauf erwidern soll.

Schließlich seufze ich frustriert auf und stelle das Glas zur Seite. »Gott, hör auf damit. Du drehst mir jedes Wort im Mund um.«

»Das stimmt nicht.« Sie kommt wieder auf mich zu. »Ich sage nur, was du denkst. Die unangenehmen Dinge. Die, die du nicht aussprechen willst. Aber es bringt nichts. Du machst dir nur etwas vor.«

»Du hast überhaupt keine Ahnung.«

»Ach, nein?« Sie kommt noch etwas näher, und ich rieche ihr blödes Parfum. Es ist dasselbe wie früher. *Alien.* Warum habe ich mir den Namen gemerkt? Warum weiß ich noch genau, wie die Flasche aussieht? Warum sehen ihre Lippen so verflucht weich aus, und warum ist sie mir noch immer nicht egal? Warum?

»Nein«, entgegne ich leise, doch meine Stimme bricht dabei.

Gott, sie muss aufhören. Ich muss zurückweichen. Ich muss irgendetwas tun, aber nicht das, woran ich gerade denke.

Ich muss es beenden.

Ich muss es beenden.

Ich muss …

Im Nachhinein ist schwer zu sagen, wer zuerst einen Schritt nach vorne macht. Womöglich sind wir es beide. Gleichzeitig.

Ivanas Hände gleiten in meinen Nacken, als hätten sie nie etwas anderes getan. Es ist eine einzige fließende Bewegung, in der ich sie mit dem Rücken an die Wand drücke. Ihr Becken an meinem Becken, die Hitze zwischen meinen Beinen und ihre verflucht weichen Lippen. Ich habe mich geirrt. Sie sind noch viel weicher, als ich dachte.

Ivana wirkt nicht überrascht, dass ich sie küsse. Kein bisschen, und meine Alarmglocken schrillen.

Gott, Leo. Hast du den Verstand verloren?

Du küsst sie. Ivana. Hör verdammt noch mal auf!

Aber ich kann nicht aufhören. Es geht einfach nicht.

Ich greife in ihre Haare, und als sie den Kopf mit einem erstaunten Keuchen zurücknimmt, werde ich endgültig hart. Sie zieht mich näher zu sich, erwidert den Kuss. Er ist drängend und wütend. Voller Schmerz, den wir uns gegenseitig angetan haben. Zähne und Zunge, heißer Atem, geschlossene Augen.

Es ist falsch.

Das hier, das ist alles falsch.

Ich halte inne, und Ivana merkt es, denn ich spüre ihr Zögern. Als sie mich weiter küssen will, drehe ich den Kopf weg.

Scheiße. Scheiße, was tun wir hier? Was tue ich?

Und dann schießt eine eisige Kälte in meinen Bauch, als ich ein Geräusch höre.

Ivana und ich fahren gleichzeitig herum, und im gleichen Moment ist es, als würde mir das gesamte Blut in die Beine sacken.

Mila steht in der Tür zum Label. Sie steht da und starrt in unsere Richtung. Sie sagt kein Wort, aber das muss sie auch nicht. Ich erkenne alles in ihrem Gesicht. Die Fassungslosigkeit, den Schock. Den Schmerz.

Ich lasse von Ivana ab, als hätte ich mir soeben die Finger an ihr verbrannt. Als würde das jetzt noch einen Unterschied machen. Als hätte Mila nicht längst alles gesehen.

Ich will den Mund öffnen, etwas sagen, aber kein Ton verlässt meine Lippen. Mein Innerstes ist taub. Wie im Film ziehen die Geräusche an mir vorbei, während Mila noch immer bewegungslos in unsere Richtung sieht.

Und dann dreht sie sich um. Ohne ein Wort, ohne ein Kopfschütteln, irgendwas. Sie dreht sich einfach um und geht. Ich brauche viel zu lange, ehe ich Ivana endlich von mir stoße.

»Hab wohl ganz vergessen abzuschließen …«, meint sie.

Es ist ein einziger Schlag ins Gesicht. Ich schaue sie nicht mehr an, aber das muss ich auch gar nicht. Ich habe verstanden. Dass das hier kein Zufall war. Dass es alles war, außer unbeabsichtigt. Ich bin so dumm. So unendlich dumm.

Ich bin betrunkener als gedacht, muss mich an der Couch abstützen, während ich nach meiner Jacke greife, und fühle mich draußen, im kalten Berliner Nieselregen, mit einem Schlag wieder stocknüchtern.

Mein fahriger Blick geht die verlassene Straße entlang. Zunächst suche ich Mila vergeblich, dann erkenne ich sie im Schein einer Straßenlaterne einige Meter vor mir. Ich höre ihre schnellen Schritte auf dem Asphalt und beginne zu rennen.

»Mila, warte!« Trotz des Vorsprungs erreiche ich sie. Das Herz schlägt mir bis zum Hals, als ich sie am Jackenärmel zu fassen bekomme. »Bitte … Lass es mich erklären, okay?«

»Erklären?« Mila fährt zu mir herum. »Was zur Hölle gibt es daran noch zu erklären?!«

»Es ist nicht das, wonach es aussah.« Ich sage das tatsächlich.

Diesen absolut demütigenden Satz. In jedem Film, jedem Buch habe ich darüber nur den Kopf geschüttelt. Weil er so verdammt schmerzhaft ist. Ich sage ihn einfach.

Mila starrt mich an. Einen viel zu langen Moment scheint es ihr komplett die Sprache verschlagen zu haben, dann flammt eine solche Verachtung in ihrem Blick auf, dass mir kalt wird. Sie spuckt mir die nächsten Worte geradezu vor die Füße.

»Wirklich, Leo?! Das ist alles, was du dazu zu sagen hast? Aus welcher schlechten Liebesschnulze hast du dir diesen Spruch gemerkt, und noch viel wichtiger, wie oft hast du ihn schon benutzt?«

»Ich … Mila, bitte. Ich wollte das nicht.«

»Bist du betrunken?« Sie ignoriert meine Worte und lacht auf, als ich nichts sage. »Leo, ist das dein verdammter Ernst?«

»Nein, ich … Ja. Wir haben getrunken. Ich konnte nicht ablehnen, okay?«

»Ah, ja, natürlich konntest du das nicht. Auch nicht, als sie dir plötzlich die Zunge in den Hals gesteckt hat. Aber nein, warte. Wenn mich nicht alles täuscht, warst du ja derjenige, der sie gerade geküsst hat.« Milas Stimme ist mit jedem Wort leiser geworden. Und es ist schlimmer, als wenn sie einfach schreien würde. So viel schlimmer.

»Ich … ich wollte nicht …«

»Wenn du schon so dreist bist, sie hinter meinem Rücken zu vögeln, dann hab wenigstens die Eier in der Hose, mir das genau so ins Gesicht zu sagen!«

»Ich hab sie nicht …«

»Ja, ihr hättet garantiert aufgehört, wenn ich nicht zufällig …«

»Wir hatten keinen Sex, Herrgott noch mal!« Plötzlich schreie ich doch. »Sie … Es war nur ein Kuss, okay?«

Mila lacht bitter auf.

»*Nur* ein Kuss also? Und war es das die letzten Male auch? Als du *nur* im Label warst und *nur* noch ein bisschen länger gearbeitet hast, während ich zu Hause die Dumme war, die mit dem Abendessen auf dich wartet?«

»Mila, nein … Bitte, du musst …«

»Einen Scheiß muss ich! Ist dir klar, was du gerade gemacht hast? Ist es dir auch nur ansatzweise klar? Du hast gelogen! Die ganze verdammte Zeit. *Es ist nichts mit Ivana, du bildest dir das nur ein …* Und wie ich mir das *nur eingebildet* habe. Ich hasse dich, Leonardo Wagner!«

Ich kann nicht mehr atmen. Es geht nicht mehr. Mit jedem ihrer Worte weniger, denn sie bohren sich wie ein glühendes Schwert mitten in mein Herz.

»Wie oft?«, fragt Mila.

»Was …?«, bringe ich hervor.

»Wie oft, Leo?!«

»Wir haben nie …«

»Herrgott noch mal, lüg mich nicht an!«

»Es ist die Wahrheit, da war nichts, ich hätte nie …«

»Das nimmst du dir doch selbst nicht ab«, faucht sie.

»Es tut mir leid.« Ich betone jedes Wort einzeln, doch es bringt nichts. Ich spüre es.

»Oh nein.« Milas Stimme bebt. »Wag es ja nicht, dich auch noch bei mir zu entschuldigen. Wir sind fertig miteinander. Geh doch zu deiner dummen Ivana, verdammt, und nimm sie gleich richtig.«

»Genau, und du zu deinem inspirierenden Max. Jetzt hast du ja endlich freie Bahn für was Angemessenes.«

Selbst im dämmrigen Licht der Straßenlaterne erkenne ich, dass Mila die gesamte Farbe aus dem Gesicht gewichen ist.

Habe ich das gerade wirklich gesagt?

Milas Unterlippe zittert, völlig fassungslos steht sie vor mir, dann geht plötzlich alles ganz schnell.

Ich verstehe erst, dass sie mir gerade eine gescheuert hat, als meine linke Wange wie Feuer brennt und in Milas Augen bittere Tränen schimmern.

Es fühlt sich an wie damals, wie jeden Freitagabend, wenn er betrunken nach Hause kam und erst Mama und dann mich verprügelt hat. Die Erinnerungen tanzen so echt vor meinem inneren Auge, dass ich nicht anders kann. Es ist nur ein winziges Zucken, meine rechte Hand, die sich zur Faust ballt. Ein verdammter Reflex, aber er reicht, um Mila erschrocken zurückweichen zu lassen. Weil ich betrunken bin und stärker als sie. Weil das in diesen Sekunden genügt.

Mein Herz setzt aus. Sie stolpert gegen die Steinmauer hinter sich, hält den Atem an. Und ich spüre ihre Angst. Sie ist ein Schlag ins Gesicht. Eine Faust in die Magengrube, nur noch schlimmer, und ich stehe wie zu Eis erstarrt in der plötzlich herrschenden Stille, die sich schwer wie Blei zwischen uns gelegt hat.

Meine Wut schlägt binnen Sekunden in bittere Reue um. In Schock und in Ekel über mich selbst, denn in diesem Augenblick bin ich nicht mehr ich. Ich bin wie er, ganz genau so, wie ich nie werden wollte, betrunken und ohne Beherrschung. Es ist das schlimmste Gefühl, das ich je empfunden habe. Es ist purer Schmerz in meiner Brust.

Was in diesen Sekunden mit mir geschieht, scheint ihr nicht verborgen zu bleiben. Milas Gesichtsausdruck verändert sich von erschrocken zu bestürzt, und als sie nun beinahe zögerlich die Arme sinken lässt, bin ich es, der reflexartig vor ihr zurückweicht.

»Leo …«, beginnt sie, ihre Stimme zittert, und ich ertrage es nicht. Ich ertrage nichts mehr.

»Fuck, ich … es tut mir so leid.«

Ich muss das gesagt haben, aber ich bin mir nicht sicher. Ich kann nicht atmen. Ich habe es versaut. Ich habe alles kaputt gemacht.

Ich drehe mich um und gehe.

ACHT

Emilia

»Jojo?« Meine Stimme bebt vor unterdrückten Emotionen, als ich endlich die vertraute Stimme meines großen Bruders durch die Sprechanlage höre. »Ich bin's. Sorry …«

Noch bevor ich weitersprechen kann, höre ich den Summer und drücke die Tür des Mehrfamilienhauses auf. Die Angst, er könnte Nachtdienst haben und gar nicht da sein, löst sich in Luft auf, als Jojo am Ende der Treppe erscheint. Barfuß, in Boxershorts und einem simplen T-Shirt, auf der Nase die Hornbrille, die er immer nach einem anstrengenden Tag in der Klinik trägt.

Die Tränen schießen mir bereits in die Augen, noch bevor er den Mund geöffnet hat.

»Mila?« Ungläubig rückt er seine Brille zurecht und kommt mir die letzten Meter auf der Treppe entgegen. »Was ist passiert?«

Meine Schritte hallen laut im leeren Treppenhaus, und ich stolpere fast über meine eigenen Füße, so eilig nehme ich die letzten Stufen. Jojo ist die Überraschung deutlich ins Gesicht geschrieben. Beim Anblick meines Bruders kann ich mich plötzlich keine Sekunde länger beherrschen. Ohne ein weiteres Wort zu sagen, nimmt er mich in den Arm. Ich kann nicht anders, als hemmungslos zu schluchzen, und nehme nur am Rande wahr, wie er mich in seine Wohnung schiebt.

»Ist was mit Leo?«

Mein Versuch, gleichzeitig zu nicken und den Kopf zu schütteln, endet in einem völligen Chaos.

»Ja … er ist ein mega Arsch«, entfährt es mir, und Jojo lässt erleichtert die Schultern sinken. Aber er versteht nicht. Er hat keine Ahnung. »Ich hab ihn erwischt … im Label … mit Ivana.«

Jojo antwortet nicht sofort, ich spüre den leichten Druck seiner Hand an meinem Rücken und gebe ihm nach. »Jetzt komm erst mal rein. Du bist ja total durch den Wind.«

Noch immer laufen mir die Tränen über die Wangen. Ich muss atmen. Aber ich kann nicht. Nicht seitdem Leos Mund auf Ivanas Mund lag, so wie ich es mir schon viel zu oft vorgestellt habe. Schlimmer noch. Es war viel schlimmer.

»Danke«, bringe ich heraus, als Jojo mir Taschentücher in die Hand drückt und mich im Wohnzimmer auf die Couch drückt. Erst jetzt fällt mir auf, wie still es bei ihm ist. »Ist Louisa nicht da?«

»Nein, sie ist übers Wochenende mit Nina zu ihren Eltern gefahren. Ich habe leider nicht freibekommen.«

»Oh.« Mehr bringe ich nicht heraus.

Jojo winkt ab und geht in die Küche. »Ich mache uns jetzt erst mal einen Kakao, und dann erzählst du mir alles.«

Kurze Zeit später wärme ich meine Finger an einer dampfenden Tasse und kuschele mich in das Sweatshirt, das ich von ihm bekommen habe.

»Und dann dachte ich, er würde sich freuen, wenn ich ihn nach der Spätschicht im Label abhole, aber er war schon anderweitig beschäftigt.« Verärgert blinzele ich die Tränen weg, die erneut in meinen Augen zu brennen beginnen. Ivana direkt vor Leo, ihre Hände und Lippen überall. Das Bild will einfach nicht verschwinden.

Hat er mich überhaupt je so geküsst wie sie? So drängend und tief? Wäre er anschließend ganz normal in die Wohnung gekommen, neben mir eingeschlafen, so als sei nie etwas gewesen? Ich ertrage den Gedanken nicht.

»Okay, das ist heftig«, meint Jojo, als ich meine Erzählung

beendet habe und mir die Tränen aus den Augenwinkeln wische. »Aber ich kann mir kaum vorstellen, dass er dich ernsthaft hintergehen würde.«

»Ernsthaft hintergehen? Was war das denn?«

»Mila, du bist sauer, natürlich, und das darfst du jetzt auch sein, aber lass deine Emotionen erst mal etwas abkühlen, und hör dir dann an, was er dir zu sagen hat.«

»Jojo, ich fürchte, du verstehst nicht. Er hat sie geküsst. Er hat nur damit aufgehört, weil ich dummerweise aufgetaucht bin.«

»Ich verstehe sehr gut, keine Sorge. Und ich weiß, dass es wehtut. Aber ich weiß auch, wie er dich anschaut, wenn du es nicht merkst. So was kann man nicht spielen. Leo liebt dich, und du liebst ihn, und das ist scheiße gelaufen, aber es bedeutet nicht das Ende.«

»Ach, nein?« Ich schlucke. Denn gerade fühlt es sich verdammt noch mal danach an. Es ist so bescheuert. Wir wohnen zusammen. Keine vierzehn Tage ist es her, dass ich die WG, die ich ehemals mit Ivana geteilt hatte, endgültig aufgelöst und unserem Vermieter gekündigt habe. Ich habe nicht mal mehr ein Dach über dem Kopf.

Scheiße ...

Jojo winkt ab, als ich meine Gedanken äußere. »Das ist doch kein Problem. Du kannst hierbleiben, bis ihr euch ausgesprochen habt.«

Einen Moment lang bin ich mir nicht sicher, ob Jojo mich gerade nur auf den Arm nehmen will.

»Das meinst du jetzt nicht ernst?«

»Mila, das wird schon wieder.«

»Einen Scheiß wird das! Keine zehn Pferde bringen mich zurück da hin. Jojo, du hast keine Ahnung. Er hat mir so oft versichert, dass da nichts mehr mit Ivana sei, er hat gesagt, dass er nur mich will. Und jetzt ... das war alles gelogen. Alles, was er mir je gesagt hat.«

Und alles, was du je über ihn gedacht hast. Zumindest kurz. In diesem unerträglichen Moment, in dem ich genau gemerkt habe, wie er sich zusammenreißen musste, um nicht die Hand zu erheben.

Es war furchtbar. Und nur ein Sekundenbruchteil. Die Antwort darauf, dass ich ihm eine gescheuert habe. Aktion, Reaktion. Aber sie war da. Ich habe es gemerkt, und er hat es auch gemerkt. Ich konnte es in seinem Gesicht sehen, und es war unerträglich.

Noch nie hatte ich annähernd so etwas wie Angst vor Leo, doch was ich in diesen Sekunden gefühlt habe, kam erschreckend nah dran.

»Es war nicht gelogen. Er hat einen Fehler gemacht, und er wird sich dafür entschuldigen.« Jojo zögert. »Hör zu, Mila, ich erzähle dir das ganz sicher nicht, weil ich stolz darauf bin, aber ich … ich weiß, wie das ist. Wie schnell so etwas passiert. Ein Kuss, gerade, wenn Alkohol im Spiel ist.«

Der Mund ist mir während Jojos Beichte aufgeklappt. »Nicht wirklich?«

Er nickt mit aufeinandergepressten Lippen.

»Wann?«

»Vor ein paar Jahren. Louisa weiß es. Wir haben alles geklärt, aber … es hätte beinahe alles zerstört, was wir uns aufgebaut hatten. Es gibt nichts, was ich so sehr bereue wie das.«

»Wow.« Ich musterte ihn kopfschüttelnd. »Das ist … krass.«

»Ich weiß. Am liebsten würde ich es für immer vergessen, aber so ist es nun mal. Aber wir haben es trotzdem geschafft. Unsere Beziehung ist daran gewachsen, so hart es auch war.«

»Und Louisa hat dir das einfach so verziehen?«

»Nein, sie ist ausgeflippt. Und sie hatte jeden Grund dazu. Genau wie du. Wir haben eine Zeitlang getrennt gelebt, sie brauchte Abstand, und ja, das fühlt sich genauso beschissen an, wie es klingt, aber es war nötig. Ich habe es bitter bereut, und schließlich hat sie mir verziehen. So wie man es eben tut, wenn der Mensch, den man liebt, einen Fehler gemacht hat.«

Es klingt so leicht, wenn Jojo das sagt.

Es war nur ein Fehler, etwas, das er zutiefst bereut. Und in der Theorie stimmt das vielleicht auch. Aber praktisch fühlt es sich so an, als stünde mein Herz in Flammen, seit ich durch die Tür ins Label getreten bin. Stockender Atem, stechender Schmerz.

Er hat sie geküsst. Leo hat Ivana geküsst. Er hat es getan, als hätte er sich seit Ewigkeiten danach gesehnt.

Es ist der Albtraum, der heute Abend Realität geworden ist, und das Schlimme daran: Ich hätte es wissen müssen. Ich hätte es von Anfang an wissen müssen.

*

Benjamin

Es muss mitten in der Nacht sein, als ich neben meiner Frau aus dem Schlaf fahre und nach dem Schalter unserer Nachttischlampe taste.

»Hat da jemand geklingelt?«

Katha setzt sich ebenfalls auf. Aus zusammengekniffenen Augen sieht sie mich an, als das Licht aufflammt und ich reflexartig nach meinem Handy taste.

»Es ist halb zwei …«, murmele ich noch etwas benommen und fühle mich dann mit einem Mal hellwach, als mir klar wird, dass es nur eine Person gibt, die ich mitten in der Nacht vor meiner Haustür erwarten würde.

»Vielleicht hat sich da jemand einen Scherz erlaubt.« Katha sinkt wieder in ihr Kissen und hebt überrascht den Kopf, als ich kurz entschlossen meine Bettdecke zur Seite schlage.

»Ich sehe kurz nach.«

Mein mieses Bauchgefühl bestätigt sich, als ich kurz darauf unsere Haustür öffne.

»Himmel, Leo!«

Es ist tatsächlich mein kleiner Bruder, der vor unserem Eingang steht. Wobei man seine Körperhaltung kaum noch als *Stehen* bezeichnen kann. Dass er sturzbetrunken ist, erkenne ich auf einen Blick, bemerke erst dann die halb leere Flasche, an der er sich festklammert, und greife geistesgegenwärtig nach seinen Schultern.

»Komm rein.«

Leo stolpert über die Schwelle in unseren Flur, ich muss ihn festhalten und kann kaum glauben, dass er sich wirklich so dermaßen abgeschossen hat.

»Ich bin wie er«, bricht es aus ihm heraus.

Erst verstehe ich ihn kaum, so sehr lallt er. Dann beginne ich zu begreifen. »Was ist passiert?«

Ich nehme ihm die Flasche ab, als sie Leo aus der Hand zu rutschen droht, und bemerke Katha, die schockiert die Treppe herunterkommt.

»Ich hab sie fast geschlagen … ich hab's fast gemacht.«

Ich habe keine Ahnung, wovon Leo redet, halte ihn an der Schulter und wechsele einen Blick mit Katha.

»Jetzt komm erst mal mit.« Ich schiebe Leo ins Wohnzimmer und drücke ihn auf die Couch. »Wen hast du fast geschlagen?«

»Mila … Ich hab so Scheiße gebaut.« Leo sinkt völlig in sich zusammen.

»Wo ist sie jetzt?«, frage ich aus einem unguten Gefühl heraus.

Leo zuckt mit den Schultern. »Weiß ich nicht.« Kurz hält er inne und scheint seine Worte in diesen Sekunden erst zu begreifen. »Ich hab sie da einfach stehen lassen, mitten in der Nacht.« Er tastet hektisch an seine Hosentasche. »Fuck, mein Handy ist weg …«

»Das ist jetzt egal, Leo. Mit Sicherheit geht es ihr gut.«

Leo schüttelt nur den Kopf. Einige Sekunden lang sitze ich weiter vor ihm, dann fasse ich einen Entschluss. In seinem Zustand werde ich wohl kaum von ihm erfahren, was genau vorgefallen ist. Ich kann mich nicht erinnern, wann ich Leo zuletzt so fertig erlebt habe. Längst verdrängt geglaubte Erinnerungen an die Zeit nach den Gerichtsverhandlungen vor sechs Jahren zucken durch mein Gedächtnis. Leo, ständig sturzbetrunken, weil er anscheinend nur so vergessen konnte, was geschehen war. Wie der Alkohol immer härter, seine Nächte immer kürzer wurden. Ich dachte, das alles hätte sich längst geändert. Insbesondere jetzt nach seiner Nierentransplantation gefällt es mir noch weniger.

»Du gehörst ins Bett. Morgen sieht die Welt schon wieder ganz anders aus.«

Ich helfe Leo auf die Beine und schiebe ihn in Richtung Gästezimmer. Kaum angekommen, erscheint Katha hinter mir in der Tür und drückt Leo ein großes Glas Wasser in die Hand.

»Trink das«, fordert sie. Ob das Leos Zustand aber nun noch retten kann, wage ich zu bezweifeln. Als Katha wieder mit dem leeren Glas verschwindet und ich ihr folgen will, beginnt Leo noch mal zu sprechen.

»Ich bin wie unser Vater.«

Heiße Tränen rollen ihm über die Wangen, als ich mich umdrehe.

»Das ist Bullshit, Leo«, rede ich auf ihn ein, doch er scheint mich überhaupt nicht zu hören.

»Ich hab mir geschworen, dass ich nie so ein Monster werde.«

Ich denke nicht mehr nach, als ich ihn fest in den Arm nehme, seine heiseren Schluchzer höre. Es ist, als wäre kein einziger Tag vergangen, seit er sechzehn und so völlig kaputt von allem war. Als ich fast jede Nacht bei ihm im Zimmer saß, nachdem er zu mir nach Berlin gekommen war und ständig die schlimmsten Albträume hatte. In diesen Sekunden kommt es mir vor, als hätte sich seitdem überhaupt nichts geändert.

Aber er ist nur betrunken. Es muss daran liegen. Ich habe ihn seit Ewigkeiten nicht weinen sehen. Es geht ihm gut. Eigentlich … Aber gleichzeitig weiß ich es besser.

Ich bin wie er. Das können keine Gedanken sein, die Leo mal eben so durch den Kopf geschossen sind. Die Vorstellung, dass er so etwas ernsthaft glauben könnte, lässt eine bittere Wut in mir hochsteigen. Wut auf unseren Vater, unsere Mutter. Wut auf mich, weil ich so lange nicht gehandelt habe. Weil ich ihn in Stuttgart allein gelassen habe. Ich werde mir das nie verzeihen können.

Ich atme auf, als Leo allmählich ruhiger wird. Als er schließlich in unserem Gästebett liegt und eingeschlafen ist, bemerke ich Katha, die in der Tür steht.

»Sorry«, beginne ich und weiß nicht einmal, wofür ich mich entschuldige. Vielleicht dafür, dass meine Familie so verflucht kaputt ist. Dass ich damals nichts getan habe. Dafür wohl am allermeisten.

Katha schüttelt nur den Kopf. Sie nimmt meine Hand, und ich schließe für einen Moment die Augen, bevor ich ihr nach draußen folge. Ich lehne die Tür zu Leos Zimmer nur an und lösche das Licht. Im Schlafzimmer greife ich nach meinem Handy und werfe Katha einen kurzen Blick zu.

»Ich will noch schnell versuchen, Mila zu erreichen«, erkläre ich.

»Dann sehe ich kurz nach den Kleinen.«

Ich warte, bis Katha den Raum verlassen hat, und wähle Milas Nummer. Obwohl es mittlerweile fast zwei Uhr nachts ist, hege ich die Hoffnung, sie noch sprechen zu können, doch stelle nach dem fünften Klingeln ernüchtert fest, dass daraus wohl nichts mehr wird. Ich tippe eine kurze Nachricht an sie und lege das Handy schließlich zur Seite.

»Alles gut bei ihr?«, will Katha wissen und rutscht neben mir unter die Decke.

»Ich konnte sie nicht erreichen.«

»Sie ist sicher okay, Ben«, versucht sie mich zu beruhigen, und ich nicke.

Der Raum taucht erneut in die Dunkelheit, doch um zu schlafen, bin ich viel zu aufgewühlt.

Ich bin wie er …

Leos verzweifelte Worte spuken durch meinen Kopf, sie wollen einfach nicht verschwinden. Er glaubt das wirklich. Und ich weiß, dass es nur eine einzige Möglichkeit gibt, um das zu ändern.

In dieser Nacht schlafe ich nicht mehr. Ich wälze mich von einer Seite auf die andere und male mir alle Szenarien aus. Es sind viele. Aber es nützt nichts. Es wird Zeit.

*

Leonardo

Es ist hell. Viel zu hell. Diese verfluchte Sonne scheint mir mitten ins Gesicht. Ich will nicht blinzeln, ich will einfach wieder einschlafen und erst wieder aufwachen, wenn dieses unerträgliche Pochen hinter meiner Stirn nachgelassen hat. Was ist überhaupt passiert?

Mit einem Stöhnen öffne ich die Augen. Es dauert einen Moment, bis ich begreife, dass ich nicht in meinem eigenen Bett liege. Sondern … im Gästezimmer meines Bruders. Was zur Hölle?

Dann fällt es mir wieder ein. Gestern Abend. Kiezkind, Ivana, Jägermeister. Mehr Jägermeister. Und dann habe ich sie geküsst.

»Verdammte Scheiße«, flüstere ich und schließe die Augen noch mal. Das ist wirklich passiert. Ich habe wirklich Ivana geküsst, und Mila hat es gesehen. Wir haben uns angeschrien, das Schlimmste an den Kopf geworfen, und dann … Ich schlucke und hebe die Hand wie von selbst an meine linke Wange. Milas Ohrfeige habe ich verdient. Da gibt es nichts zu diskutieren.

Einen Moment lang lausche ich in die vollkommene Stille und lasse mich dann mit einem leisen Stöhnen zurück in die Kissen sinken. Mein Kopf macht mir zu schaffen, und als ich seitlich zum Nachttisch blinzele, steht dort ein Glas Wasser samt Schmerztabletten. Im Stillen danke ich meinem großen Bruder, schlucke eine davon und quäle mich anschließend aus dem Bett. Ben hat mir frische Klamotten von sich hingelegt, außerdem eine neue Zahnbürste, mit der ich mich ins kleine Gästebad verschanze.

Ben und Katha sind mit Sicherheit längst arbeiten, ihre Kids in der Kita, schließlich ist es mitten unter der Woche, wenn mich nicht alles täuscht. Als ich schließlich in den Flur trete, mein Handy vergeblich suche und leise Stimmen aus der Küche höre, bleibe ich erstaunt stehen.

Ist Ben doch zu Hause?

Ich schiebe mich durch die angelehnte Tür zum Wohnzimmer und sehe ihn tatsächlich mit dem Rücken zu mir auf einem der Barhocker an seinem Küchentresen sitzen, das Handy am Ohr und mitten in einem Telefonat. Er hat mich noch nicht bemerkt. Ohne es zu wollen, muss ich zuhören, merke aber bereits nach wenigen Sekunden, dass dieses Gespräch alles andere als für meine Ohren bestimmt ist.

»Es ist mir egal, was das bedeuten könnte, Charlie. Du hättest ihn sehen sollen, er war gestern Nacht völlig am Ende.« Ben redet energisch auf sein Telefon ein und trommelt mit den Fingern auf der Holztheke herum. Er macht das nur, wenn er nervös ist. »Ich übernehme dafür nicht länger die Verantwortung. Er glaubt das wirklich, ist dir das klar? Und er wird es so lange glauben, bis wir ihm sagen, dass er dazu keinen Grund hat.«

Was meine Schwester antwortet, weiß ich nicht, doch es scheint Ben nicht zu gefallen.

»Doch, bin ich! Ich lag die ganze verdammte Nacht wach und habe nachgedacht. Es kann so einfach nicht weitergehen. Wir müssen es ihm sagen, Charlie.« Ben verstummt wieder, scheint zuzuhören und nickt schließlich vor sich hin. »Ja, gut, dann machen wir's so. Ruf mich an, sobald du etwas herausgefunden hast. Bis bald also. Ciao.«

Mit einem langen Seufzen lässt er sein Handy auf die Küchenplatte sinken, massiert sich mit der anderen Hand die Nasenwurzel und fährt einen Moment später zusammen, als ich die Stimme hebe.

»Dann schieß mal los.«

»Leo ...« Ben weicht die gesamte Farbe aus dem Gesicht, während ich weiter erstaunlich ruhig an der Tür stehen bleibe. Ich habe keinen blassen Schimmer, worum es gerade ging. Also außer um mich. Ich weiß nur, dass meine Bauchschmerzen dumpf sind und alles auf einmal wie in Zeitlupe geschieht.

Meine Geschwister haben ein Geheimnis vor mir. Die beiden Menschen, denen ich ohne zu zögern mein Leben anvertrauen würde.

»Wie lange stehst du da schon?«

»Lange genug.« Ich schaffe es, das leise Zittern in meiner Stimme zu unterdrücken. Alles in mir will rennen, aber ich zwinge mich, stehen zu bleiben. »Also? Ich bin ganz Ohr.«

»Was, also?«

Ich lache freudlos auf. Versucht er jetzt tatsächlich so zu tun, als wäre nichts? Es ist beinahe witzig. Aber eben nur beinahe.

»Ich bin nicht blöd, Ben. *Was* müsst ihr mir sagen?«

Meinen schmerzenden Kopf habe ich längst vergessen. Er ist nicht länger von Bedeutung. Bens Blick geht fahrig von mir zum dunklen Laminat zu meinen Füßen. Er ringt deutlich mit sich, schluckt schwer und blickt mich schließlich mit finsterer Miene wieder an, ehe er zu sprechen beginnt.

»Weißt du noch, was du letzte Nacht gesagt hast?«

»Ben, ich hab jetzt echt keinen Nerv für diese Spielchen.«

»Ich auch nicht. Also, weißt du's noch?«

Ich ringe mir ein genervtes Stöhnen ab und zucke mit den Schultern. Keine Ahnung, worauf er hinauswill. Der gestrige Abend verschwimmt zu einer unscharfen Ansammlung unschöner Momente vor meinem inneren Auge.

»Du warst völlig aufgelöst wegen Mila und meintest, du hättest sie fast geschlagen.«

Es läuft mir kalt den Rücken hinunter, als ich wieder daran denken muss. Ich ziehe die Augenbrauen zusammen, während sich der Schmerz seinen Weg durch meine Brust gräbt. *Scheiße, ja … Ja, das habe ich tatsächlich. Weil ich …*

»Du hast mehrmals gesagt, dass du so bist wie unser Vater. Du konntest dich kaum beruhigen, es war wirklich schlimm.«

»Komm zum Punkt, Ben«, entfährt es mir. Ich will mich nicht mehr so fühlen oder daran erinnern. Es tut zu weh.

Ben schluckt schwer.

»Es kann überhaupt nicht sein, dass du so bist wie er. Er ist nämlich gar nicht dein richtiger Vater. Okay, ja, es ist nur eine Vermutung, die wir haben, aber es würde eine Menge erklären, und Charlie hat auch schon daran gedacht.«

Ich höre nichts mehr. Die Welt steht still, und das bereits nach Bens zweitem Satz.

»Was?«, bringe ich kaum hörbar heraus.

Die Zunge klebt mir tonnenschwer am Gaumen, in mir toben tausend Fragen, doch nicht eine einzige kommt mir über die bleiernen Lippen.

Ben hält inne. In seinen grünen Augen liegt eine solche Unsicherheit, dass ich wirklich glaube, mich verhört zu haben.

»Was hast du gesagt?«

»Unser … Charlies und mein Vater ist nicht dein leiblicher Vater. Wir glauben …«

»Woher wollt ihr das denn wissen?«, fahre ich ihn an. Gott, es ist so bescheuert. Mein Herz hämmert in meiner Brust, meine Hände zittern. Ich kann nicht ruhig bleiben. Nicht während Ben so tut, als sei es das Offensichtlichste der Welt, dass der Mann, der mir die gesamte Kindheit zur Hölle gemacht hat, eigentlich gar nicht mein Vater ist.

»Wir … wir dachten es uns schon eine Weile. Wir haben nie darüber gesprochen. Zumindest nicht, bis wir uns im Winter für deine Nierenspende testen lassen wollten. Leo, wir … Wir können überhaupt nicht dieselben Eltern haben. Unsere Blutgruppen schließen das aus, verstehst du? Wir vermuten, dass Mama damals eine Affäre hatte, aus der du entstanden bist. Es würde eine Menge erklären. Ich meine, schau uns doch mal an …«

Ich lache auf. »Warte, was? Und das sagst du mir jetzt einfach so zwischen Tür und Angel?«

»Ich sage es dir, weil ich nicht länger mitansehen kann, wie du dich fertigmachst, aus Angst, so zu sein wie unser Vater.«

»Das fällt dir aber früh ein!« Ich kann nicht anders, als zu schreien. Das kann gerade unmöglich die Realität sein. Ich muss träumen. Vielleicht habe ich Fieber.

Unsere Blutgruppen schließen das aus. Und warum weiß ich dann nichts davon? Warum erzählt man mir nie etwas? Ben hat doch keine Ahnung, er …

Er ist überhaupt nicht mein Bruder …

Die Erkenntnis trifft mich wie ein Schlag.

»Leo, versuch mich doch mal zu verstehen. Ich hatte keine Ahnung, dass du immer noch so unter all dem leidest.«

»Wie denn auch nicht?«, bricht es aus mir heraus. »Weißt du, wie oft ich noch von der ganzen Scheiße damals träume? Gott … Wie konntest du das so lange vor mir geheim halten? Wo war dein verdammtes Gewissen?«

Bittere Tränen brennen in meinen Augen und hinter meiner Stirn ein einziger Satz, der mein gesamtes Denken ausfüllt.

ER IST NICHT DEIN VATER.

»Ich hatte Angst! Ich hatte Angst und keine Ahnung, okay? Wir wussten es nicht. Bis vor Kurzem habe ich nie bewusst darüber nachgedacht, Leo. Und dann ... Es ging dir im Winter so schlecht. Hättest du wirklich gewollt, dass wir dir dann auch noch erzählen, dass wir vielleicht gar keine richtigen Geschwister sind?«

»Ja verdammt, das hätte ich! Dann hätte ich wenigstens Gewissheit gehabt und nicht diese riesen Angst vor mir selbst.«

»Leo, hör zu, es tut mir wirklich leid.« Ben ist einen Schritt auf mich zugekommen. Wie von selbst weiche ich zurück und versteife mich, als ich eine Wand im Rücken spüre. »Es war eine unfassbar schwierige Situation, und ja, wir haben es nicht besser gemacht, indem wir so lang damit gewartet haben, aber versuch doch mal, auch uns zu verstehen. Bisher konnten wir immer nur spekulieren und wollten dich damit nicht zusätzlich belasten. Charlie spricht mit Mama, und dann sehen wir weiter ...«

Keiner seiner behutsam ausgewählten Sätze erreicht mich. Es sind nur leere Worthülsen, bedeutungslos. In mir ist es leer. Ich fühle nichts mehr. Ich bin viel zu ruhig.

Ohne ein weiteres Wort drehe ich mich um.

»Leo, hau jetzt bitte nicht ab. Lass uns ganz in Ruhe über alles reden.«

Bens Hand schließt sich um meinen Unterarm, doch ich schüttele sie ab.

»Fahr zur Hölle, Ben.«

Meine Stimme zittert und ist plötzlich nicht mehr halb so fest wie eben noch. Ben schluckt schwer, öffnet den Mund und schließt ihn doch wieder, nur um einen Atemzug später ein kaum hörbares »Es tut mir leid« über die bebenden Lippen zu bringen.

Einen Moment lang werde ich festgehalten von seinen flehenden grünen Augen.

Grün.

Natürlich …

Ich bin so ein Idiot.

Hinter mir fällt die Haustür krachend ins Schloss.

NEUN

Leonardo

Es ist witzig, wie verschieden die Leute sind, die an einem Mittwoch mit der Berliner Ringbahn fahren. Frauen in Trenchcoats, Väter mit Kinderwagen, Schulkinder, Leute in meinem Alter mit Yogamatten und schwarzen Dr. Martens. Eines haben sie alle gemeinsam: den Blick starr auf ein kleines Display in ihrer Hand gerichtet, die Mundwinkel nach unten gezogen, die Augen leer. Blickkontakt muss sofort abgebrochen werden, es wird lieber gestanden, ganz so als sei es ein ungeschriebenes Gesetz, dass zwischen zwei Sitzenden immer ein Platz frei gelassen werden muss.

Ich weiß nicht, wie oft ich schon an der Haltestelle Westend vorbeigefahren bin, kann nicht mal sagen, wie spät es mittlerweile ist, schließlich habe ich kein Handy mehr, aber die Schulkinder werden mehr, also ist wohl Mittag. Ich kann nicht aussteigen. Ich kreise durch Berlin, so wie meine Gedanken kreisen.

Er ist nicht dein Vater.

Wir vermuten, dass Mama damals eine Affäre hatte.

Wir können überhaupt nicht dieselben Eltern haben.

Ich meine, schau uns doch mal an …

Fuck …

Ich schließe für einen Moment die Augen und lehne meinen Kopf an die Fensterscheibe der Bahn.

Was zur Hölle passiert gerade?

Von einem Tag auf den anderen weiß ich nicht mehr, wer ich bin. Geschweige denn, wo ich hin soll. In die Wohnung, wo ich vermutlich auf Mila treffen werde? Ins Label, wo ich Ivana sehen muss? Ich will einfach verschwinden. Es ist alles zu viel.

Der gestrige Abend kommt mir so unendlich weit entfernt vor, dass ich mich für einen kurzen Moment frage, ob das eigentlich wirklich passiert ist. Ich habe alles kaputt gemacht.

Ich muss Mila anrufen, mich entschuldigen, sie darum bitten, mich alles erklären zu lassen ... Aber ich habe keine Nerven mehr. Keine Nerven und kein Handy. Es ist alles so bescheuert. Wie ich Jägermeister mit Ivana trinke, obwohl ich ihn verabscheue. Obwohl ich *sie* verabscheue. Warum habe ich das gemacht? Warum bin ich nicht aufgestanden und gegangen? Spätestens dann, als sie mein klingelndes Telefon einfach eingesteckt hat. Moment. Dann muss es entweder noch bei ihr sein oder im Label.

»Nächster Halt: Hermannstraße – Übergang zur U-Bahn-Linie 8«, ertönt die Ansage der Ringbahn in genau diesem Moment. Ich stehe auf.

Jason steht im Label hinter der Kasse, summt viel zu fröhlich irgendein penetrant nerviges Radiolied mit, das im Hintergrund läuft, und hebt erstaunt den Kopf, als ich den Laden betrete.

»Na, so was. Du hier?«

»Ist Ivana da?«

Jason runzelt die Stirn, als ich ohne eine Begrüßung direkt zum Punkt komme.

»Nein, wieso?«

»Sie hat mein Handy.«

»Hinten bei den Sofas lag was ...«, beginnt Jason, und ich werfe schon einen Blick an ihm vorbei.

Tatsächlich. Wie freundlich von ihr, dass ich ihr diesbezüglich nicht auch noch hinterherrennen muss.

»Sag mal, ist irgendwas passiert?«, fragt Jason, als ich zurück aus dem Atelier komme. Obwohl er wirklich am allerwenigsten etwas für diese ganze Situation kann, habe ich keinen Nerv mehr für Small Talk.

»Nein, Mann«, grummele ich und sehe Jason irritiert die Augenbrauen heben.

»Schon gut, sorry … War ja nur eine Frage.«

Meine Laune sinkt auf den Tiefpunkt, als ich einen kurzen Blick auf mein Handy werfe und mir der leere Sperrbildschirm ins Auge springt.

Keine einzige Nachricht von Mila. Nichts.

»Fuck …«, murmele ich.

Ich merke erst, dass sich meine Gedanken verselbstständigt haben, als sich Jasons Blick forschend auf mich legt. Fragend sieht er mich an, und ich kann nicht verhindern, dass die Sätze plötzlich wie von selbst ihren Weg über meine Lippen finden.

»Mila hat mich gestern hier mit Vana erwischt. Ich … wir haben uns geküsst, und plötzlich stand sie in der Tür.«

Jasons Miene wird fassungslos, und es ist unerträglich. »Nicht dein Ernst, oder? Scheiße, Leo … Als ob du wieder mit Ivana …«

»Sehe ich aus, als wäre ich zu Scherzen aufgelegt?«

»Aber warum? Ich meine … das mit ihr, du willst doch nichts mehr von ihr, oder?«

»Natürlich nicht. Aber keine Ahnung, da war Alkohol und diese beschissene Spannung, und dann … ich habe erst schlecht vor ihr über Mila geredet und sie dann auch noch geküsst.«

»Aber ihr habt nicht …?«

»Nein. Ich … ich denke, ich hätte das nicht zugelassen.«

Ich denke das wirklich. Aber ich kann es nicht mit hundertprozentiger Sicherheit sagen, und diese Tatsache macht mich fertig.

Jason bläst die Backen auf und lässt die Luft langsam wieder entweichen. »Puh, also das ist echt hart.«

Ich schlucke das bittere Schuldgefühl in meiner Kehle hinunter und nicke nur. Ist ja nicht so, als wäre mir das nicht selbst klar. Verdammte Scheiße.

In mir brodelt nichts als unbändiger Hass auf Ivana, und gleichzeitig fühlt es sich feige an, nun alles auf sie zu schieben. Selbst wenn sie es darauf angelegt hat, dass so etwas passiert, gehören immer zwei dazu. Ich habe es zugelassen. Ich habe Mila betrogen. Ja, genau das habe ich.

Ihr schockierter Blick hat sich tief in mein Gedächtnis gebrannt. Ich habe ihr so oft versichert, dass ihre Bedenken bezüglich Ivana völlig unbegründet seien. Das war nicht nur so dahingesagt. Es war die Wahrheit, aber die Wahrheit ist auch, dass ich dann genau das getan habe, wovor sie Angst hatte. Ich habe wieder was mit meiner Ex-Freundin angefangen. Ich habe Milas Vertrauen missbraucht. Es gibt dafür keine Entschuldigung.

Und gleichzeitig weiß ich eine Sache mit hundertprozentiger Sicherheit. Wenn ich auch nur ansatzweise eine zweite Chance für Mila und mich möchte, geht es so nicht weiter. Jede Erklärung, jede Entschuldigung wird wertlos sein, solange sich hier im Label nichts ändert.

Jason hebt verunsichert die Augenbrauen, als ich ihn wieder ansehe.

»Das war Zeichen genug, dass es einfach nicht funktioniert.« Ich schlucke und atme durch. »Entweder Ivana verlässt Kiezkind ein für alle Mal, oder ich bin raus.«

*

Emilia

Es ist erstaunlich einfach, Leo so komplett aus dem Weg zu gehen. So einfach, dass es wehtut.

Seit fünf Tagen wohne ich bei Jojo und Louisa in Potsdam, gehe mittags vom Hörsaal in die Mensa und anschließend direkt weiter zu Dr. Weber auf die neurochirurgische Station. Ich habe die Betreuungsvereinbarung für die Doktorarbeit unterschrieben, die Anträge eingereicht und mit meiner Literaturrecherche begonnen. Es ist eine gute Ablenkung, aber sie reicht nicht, um mich vergessen zu lassen, was letzte Woche geschehen ist. Ich denke ununterbrochen daran.

Auch heute, bevor ich mich auf den Weg Richtung Neurochirurgie mache, nachdem ich mich mit meinen Kommilitonen aus dem Hörsaal gedrängt habe, in dem wir eben die Abschlussklausur unseres letzten Moduls geschrieben haben. Schweigend drücke ich mich an den Studenten vorbei, die sich vor dem Saal in kleinen Grüppchen einfinden, wild darüber diskutierend, ob bei Frage 19 nun doch Antwort A oder D die richtige Lösung war. Schon immer hat mich das Vergleichen nach den Prüfungen verrückt gemacht, doch heute ertrage ich es noch viel weniger. Um ehrlich zu sein, lief es beschissen. Mit Leo im Kopf habe ich mich die letzten Tage nicht wirklich aufs Lernen konzentrieren können und werde diese Prüfung, wenn überhaupt, nur mit einer großen Portion Glück bestehen.

Jetzt ruiniert er also nicht nur mein Privatleben, sondern auch noch mein Studium. *Toll …*

Ich atme auf, als ich endlich an die frische Luft komme, und kämpfe für einen kurzen Moment dagegen an, loszuheulen. Es ist so anstrengend. Ich will einfach wieder zurück zu letztem Herbst, als alles noch irgendwie in Ordnung war. Dabei war es das auch damals nicht. Ivana war von Anfang an überall. In meiner WG, in Leos Label, in meinem Kopf. Wie ein beschissenes Virus, gegen das es keine Impfung gibt. Mir hätte klar sein müssen, dass ich sie nicht losbekomme, doch irgendein erbärmlicher Teil von mir hatte gehofft, dass unsere Liebe stärker ist. Dass Leo wirklich nichts mehr mit ihr zu tun haben will. Anscheinend habe ich mich getäuscht.

Ihn zu sehen, wie er Ivana küsst, war unerträglich. Selten habe ich mich so gedemütigt gefühlt wie in diesem Moment, als ihr überraschter Blick für einen Sekundenbruchteil über seine Schulter hinweg zu mir ging. Sie wusste genau, was sie tat. Ich habe es in ihren Augen gesehen, bevor sie ihn erneut geküsst hat.

Und ich bin es so leid. Soll sie ihn doch haben, verdammt. Sie hat gewonnen, ich habe keine Energie mehr, weiter diese Spielchen zu spielen. Um einen Mann zu kämpfen, als wären wir verfluchte Konkurrentinnen. Das ist lächerlich.

Ich hätte einfach in München bleiben sollen, denn dort lief mein Leben noch in geregelten Bahnen ab, ohne irgendwelche Kerle, die es erst komplett auf den Kopf stellen und es dann auf einen Schlag zerstören. Und noch viel weniger hätte ich mich darauf einlassen sollen, nach so kurzer Zeit mein ganzes Dasein so völlig nach Leo zu richten. Meine WG zu kündigen, fast ausschließlich mit Leuten aus seiner Clique befreundet zu sein. Mir hätte klar sein müssen, dass das im Zweifel schwierig wird. Ich habe noch nicht einmal meine Sachen aus Leos Wohnung geholt. Keine zehn Pferde hätten mich dorthin gebracht. Glücklicherweise habe ich ein paar Sets frische Kleidung in meinem Schließfach in der Klinik, doch allmählich muss ich mir eine Lösung einfallen lassen. Irgendwann muss ich zu ihm, meine Sachen holen und endgültig einen Schlussstrich unter dieses Kapitel setzen. Mich nach einem neuen Zimmer umzusehen, könnte ebenfalls nicht schaden, doch wenn ich eines weiß, dann, dass ich unter keinen Umständen erneut in eine WG mit fremden Leuten ziehen werde. Lieber nehme ich noch zwei Nebenjobs an, um mir eine eigene Wohnung zu leisten. Ohne Mitbewohnerinnen, die mich hassen und Freunde haben, die mit meinen Gefühlen spielen.

Mein vibrierendes Handy reißt mich aus meinen Gedanken. Eigentlich will ich gar nicht nachsehen, wer mich gerade anruft. Bestimmt ist es wieder nur Leo. Leo, der *reden* will. *Bitte, lass es mich erklären.* Es gibt nichts mehr zu erklären. Ich habe es längst verstanden.

Mein Magen krampft sich zusammen, als ich seinen Namen

auf dem Display sehe. Ich sollte ihn endlich blockieren oder unter einer passenderen Bezeichnung einspeichern. *Verräter* vielleicht oder *Größter Idiot dieser Welt*. Stattdessen steht da ein Herz neben seinem Namen, und die Tränen brennen gemein hinter meinen Augen, während ich ihn zum wiederholten Mal in diesen Tagen wegdrücke. Ich will nicht seine blöde Stimme hören, mit der er all diese Lügen erzählt. Ich kann ihm nicht mehr glauben. Und ich kann nicht noch mal auf ihn hereinfallen. Ich bin es mir selbst schuldig, jetzt hart zu bleiben. Es genügt, einmal so von einem Mann verletzt zu werden.

Was war ich überhaupt für ihn? Eine willkommene Alternative, Ablenkung von seinem Schmerz, nachdem Ivana ihn fallen gelassen hat? Gerade recht, als es ihm so schlecht ging und von Ivana keine Spur war?

Mein Handy vibriert erneut, und mir entfährt ein frustrierter Laut. Ist es wirklich zu viel verlangt, dass er mich jetzt einfach in Ruhe lässt?

Doch diesmal ist es kein Anruf, sondern eine Nachricht, und sie stammt von Alessa.

Süße, ich weiß nicht, ob das unpassend ist, aber wenn du jemanden zum Reden brauchst, dann weißt du, wo du mich findest. Es tut mir total leid, was zwischen euch passiert ist …

Sekundenlang starre ich auf den kurzen Text und seufze leise. Wäre Alessa nicht ausgerechnet die Freundin von Leos bestem Freund, hätte ich ihr Angebot wohl auf der Stelle angenommen. Doch gerade will ich mit dieser ganzen Clique überhaupt nichts mehr zu tun haben. Dann kommt mir eine Idee.

Ohne lange zu zögern, rufe ich Alessas Kontakt auf und lausche einen Moment später dem Freizeichen. Es dauert keine drei Sekunden, ehe sie rangeht.

»Mila?«, Alessa klingt überrascht, und aus irgendeinem Grund bin ich mir plötzlich sicher, dass ich zumindest ihr noch immer vertrauen kann. »Das ging schnell …«

»Ist er im Label?«, frage ich ohne Umschweife und kann ihr Zögern geradezu hören.

»Nein, Leo und Jason sind gerade noch in der Uni, aber sie kommen gleich her. Wieso fragst du? Willst du ihn sehen? Ich kann dafür sorgen, dass ihr …«

»Gott, bloß nicht«, entfährt es mir, und Alessa verstummt. »Ich will nur meine Sachen aus seiner Wohnung holen und ihm dabei nicht begegnen.«

»Ach so.« Alessa schweigt kurz. »Wie geht's dir denn? Wo bist du?«

Eigentlich will ich es ihr nicht erzählen. Aber es ist Alessa. Sie war immer auf meiner Seite. Ich weiß, wie sie über Ivana denkt, und ich kann mir nicht vorstellen, dass sie es gutheißt, was zwischen ihr und Leo passiert ist.

»Wie soll's mir schon gehen?«, erwidere ich leise und kicke einen Stein mit der Schuhspitze vor mich her. »Ich wohne bei meinem Bruder. Jetzt brauche ich erst mal meinen Kram, und dann muss ich schauen, wie es weitergeht. Ich hoffe, dass ich irgendwo ein Zimmer bekomme. Vielleicht erst mal nur zur Zwischenmiete, Hauptsache ich habe ein Dach überm Kopf.«

»Du kannst auch jederzeit zu uns kommen.«

Mein Lachen klingt bitter. »Schon klar. Und dann kommen noch Leo und Ivana vorbei, und wir machen uns zu fünft 'nen netten Abend, oder wie stellst du dir das vor?«

»Ich weiß, es ist keine Entschuldigung, aber er ist auch komplett fertig wegen allem, Mila. Er bereut es.«

Obwohl ich sofort etwas erwidern möchte, sind meine Lippen plötzlich wie gelähmt.

»Denkst du nicht, es würde helfen, wenn ihr noch mal miteinander sprecht?«

»Ich wüsste nicht, was es noch zu sagen gäbe. Jetzt kann er sich ja endlich ohne schlechtem Gewissen mit Ivana vergnügen.«

»Mila, das ist totaler Unsinn. Leo spricht kein Wort mehr mit

Ivana. Im Gegenteil, er hat Jason vor die Wahl gestellt. Entweder sie fliegt endgültig aus dem Label oder er verlässt Kiezkind. Es geht ihm wirklich nicht gut. Und dann auch noch die Sache mit seinem Vater …«

»Was ist mit seinem Vater?«, frage ich, obwohl ich es eigentlich gar nicht wissen will. Ich will kein Mitleid haben, und gleichzeitig weiß ich, dass es mir nie egal sein könnte, wie es Leo geht. Und dafür hasse ich ihn noch mehr.

»Du weißt es noch gar nicht? Ben hat Leo erzählt, dass er einen anderen leiblichen Vater hat. Ich weiß nichts Näheres, Leo redet nicht darüber, nicht mal mit Jason, aber es hat ihm komplett den Boden unter den Füßen weggezogen. Er ist nur noch am Arbeiten und lässt keinen an sich heran.«

Ich schlucke, als ich mich in seinem Verhalten wiedererkenne. Rund um die Uhr beschäftigt sein, um den Schmerz nicht spüren zu müssen.

Verflucht, Leo …

»Das wusste ich wirklich nicht«, höre ich mich sagen.

Und es ist mir total egal.

»Ich bin auf deiner Seite, Mila«, erklärt Alessa. »Was Leo getan hat, war unterste Schublade. Ich würde genauso reagieren wie du. Und du musst mir glauben, dass ich nicht so darauf beharren würde, dass du dich auf ein Gespräch mit ihm einlässt, wenn ich mir nicht hundertprozentig sicher wäre, dass ihr absolut füreinander geschaffen seid. Er hat dich verletzt, das verstehe ich, aber er bereut es zutiefst.«

»Alessa«, bringe ich hervor. »Bitte. Ich weiß das alles, aber es ändert jetzt nichts daran, dass ich ihn nicht sehen will. Ganz egal, was gerade sonst noch bei ihm los ist. Vielleicht ist es egoistisch, aber es geht nicht.«

»Das verstehe ich.« Sie zögert. »Und es ist nicht egoistisch, Mila. Du musst jetzt an dich denken. Und du solltest dir alle Zeit nehmen, die du brauchst. Aber ich will dir trotzdem sagen, dass vielleicht nicht alles verloren ist, auch wenn es sich jetzt so anfühlt. In den letzten vier Jahren war ich mit Jason oft genug an dem Punkt, an dem ich genau das dachte. Dass es vorbei ist. Aber Liebe ist stärker als das. Bitte, vertrau darauf. Ich habe dich mit Leo gesehen. Du bist alles für ihn, das war für jeden offensichtlich.«

Ich schließe nur die Augen. Wozu erzählt sie mir das? Wenn es stimmen würde, hätte er nicht Ivana geküsst, nur weil wir Streit hatten.

Schließlich seufze ich. »Alessa, ich weiß, du meinst es nur gut. Aber gerade will ich wirklich nicht mit ihm sprechen. Es tut zu weh, verstehst du? Ich werde jetzt in Leos Wohnung fahren und meine Sachen holen. Und ich bitte dich, dafür zu sorgen, dass er so lange im Label beschäftigt ist.«

»Mache ich«, verspricht sie. »Danke, dass du mich angerufen hast, Mila.«

»Danke, dass du mir geschrieben hast«, erwidere ich.

»Immer doch. Und wenn du noch mal sprechen willst … mein Angebot steht jederzeit.«

Es ist mit Worten kaum zu beschreiben, wie seltsam es sich anfühlt, die Tür zu Leos Wohnung aufzuschließen, so wie ich es bereits Dutzende Male getan habe. Über die Dielen ins Wohnzimmer zu gehen, als wäre alles noch beim Alten. Es riecht nach ihm, und ich hasse es. Ich hasse es, weil ich nicht einmal durch den Flur gehen kann, ohne die Tränen in meinen Augen brennen zu spüren. Seine Schuhe liegen unordentlich vor der Garderobe, in der Küche stapelt sich benutztes Geschirr.

Mit einem schweren Seufzer lasse ich meinen Blick durch den Raum wandern. Das hier ist nicht nur Leos Wohnung, es ist mittlerweile auch mein Zuhause, auch wenn ich erst seit wenigen Wochen hier mit ihm gelebt habe. In jeder Ecke sitzen die Erinnerungen an gemeinsame Kochabende, faule Nachmittage auf der Couch oder einen schnellen Kuss zwischen Tür und Angel, wenn ich gerade aus der Uni kam und er schon wieder auf dem Sprung war.

Mein Blick bleibt an der Couch kleben. Als wäre es gestern gewesen, erinnere ich mich daran, wie Jason hier nach dem ersten Arztbesuch neben Leo saß und darauf gewartet hat, bis ich nach Hause kommen würde. Der Abend nach seiner Notoperation, als ich mit Jason hier war und stundenlang nervös durch die Wohnung getigert bin, ehe wir doch noch mal zurück in die Charité gerufen wurden. Unser Weihnachtsessen am Tag vor Heiligabend, als Leo zum ersten Mal wieder für ein paar Stunden aus der Klinik durfte und wir alle Mut schöpfen konnten. Das verregnete Wochenende nach seiner letzten Chemo im Januar, das wir zwei fast ausnahmslos mit Serien und Tee auf der Couch verbracht haben, wo er zwischendurch immer wieder mit dem Kopf in meinem Schoß eingeschlafen ist.

Verdammt, Mila.

Ich schüttele mich leicht und zwinge mich, an etwas anderes zu denken. Diesen Leo aus meinen Erinnerungen gibt es nicht. Er hat es eindrücklich unter Beweis gestellt.

Ich balle die Hände zu Fäusten und zwinge mich, mit dem Packen anzufangen. Besser, ich komme hier so schnell es geht wieder weg und dann hoffentlich nie mehr her.

In Leos kleinem Näh- und Arbeitszimmer klettere ich auf einen Stuhl und zerre meinen Koffer vom Schrank. Im Schlafzimmer pfeffere ich wahllos meine Kleidung hinein, räume im Bad meine Fächer im Schrank leer und suche in der Küche die wenigen Dinge zusammen, die ich aus der WG mitgebracht habe. Gerade greife ich nach meiner hellblauen Lieblingstasse, als sich mein Handy meldet. Erst ignoriere ich es, dann werfe ich doch einen kurzen Blick darauf. Während ich die wenigen Sätze lese, die Alessa mir gerade geschickt hat, wird mir kalt.

Mila, er hat eben Bescheid gegeben, dass er nach der Uni doch nicht sofort ins Label kommt, sondern noch kurz was von zu Hause holen muss!

Das darf doch jetzt nicht wahr sein.

Fahrig schaue ich mich noch mal in der Küche um, ehe ich zurück ins Schlafzimmer eile, meine Tasse verstaue und ein paar Schuhe mit in den Koffer quetsche, der eigentlich schon bis zum Anschlag gefüllt ist. Ich stopfe eine übrig gebliebene Jacke in meine Tasche und versuche dann mit vollem Körpereinsatz den Koffer zu schließen. Einen Moment später fahre ich hektisch herum, als ich Geräusche aus dem Flur höre. Die Wohnungstür wird geöffnet, meine Knie drohen unter mir nachzugeben, und ich verharre wie gelähmt über meinem Koffer, als er in meine Richtung schaut.

*

Leonardo

Die Parkplätze vor meiner Wohnung sind wie immer zu dieser Tageszeit gnadenlos belegt. Ich wette, nicht einmal die Hälfte der Autofahrer besitzt einen Bewohnerparkausweis für diesen Bezirk, und so halte ich schließlich verbotenerweise in zweiter Reihe. Ich muss sowieso nur schnell nach oben, mein iPad mit den aktuellen Skizzenentwürfen holen, das ich heute Morgen in der Hektik in meinem Arbeitszimmer habe liegen lassen. In den drei Minuten, die ich dafür brauche, werde ich schon keinen Strafzettel kassieren.

Der Aufzug kommt natürlich nicht, und ich bin nach den Treppen in den vierten Stock ziemlich außer Puste. Schwer atmend krame ich den Schlüssel aus der Jackentasche, stoße kurz darauf die Tür auf und bleibe einen Moment später wie zu Eis erstarrt stehen.

Was zur …?

Ich weiß nicht, wie lange Mila und ich uns wortlos anstarren und kein Wort herausbekommen. Sie kniet auf ihrem halb geschlossenen Koffer in der Tür zum Schlafzimmer und rührt sich nicht vom Fleck.

Sie ist hier. Und … sie packt. Die Erkenntnis trifft mich wie ein Schlag direkt in die Magengrube.

»Bin sofort wieder weg.« Mila spricht so schnell, dass ich sie kaum verstehe.

Ich muss etwas sagen, aber ich kann nicht. Ich kann nur auf die leeren Haken an der Garderobe starren, während sie den Koffer mit Müh und Not schließt. Als sie ihn in seine aufrechte Position wuchtet und aufsteht, erwache ich wieder zum Leben.

»Du packst?« Meine Stimme klingt so tonlos, dass Mila in ihrer Bewegung verharrt. Zwar steht sie mit dem Rücken zu mir, doch ich sehe, wie sich ihre Schultern senken.

»Ja.«

Sie greift nach ihrer Tasche und dreht sich um. Meinem Blick weicht sie aus, schaut konsequent zu Boden, während sie den Koffer an mir vorbeischiebt. Richtung Tür. Mein erster Reflex ist es, mich ihr in den Weg zu stellen, doch ich wage es nicht. Ich habe schon genug Schaden angerichtet. Und trotzdem kann ich die Worte nicht zurückhalten, die mir kurz darauf entfahren.

»Mila, das kannst du nicht machen.«

Ihr Blick streift mich, und er ist eiskalt. »Du konntest das schließlich auch, oder nicht?«

Sie hat so recht. Und ich bin nicht in der Position, mit ihr zu diskutieren. Das weiß ich, doch ich kann einfach nicht anders. Ich würde es mir für immer vorwerfen, sie jetzt wortlos gehen zu lassen.

»Es tut mir unfassbar leid«, flüstere ich. Sie bleibt tatsächlich stehen. »Es gibt für das, was ich getan habe, keine Entschuldigung, das ist mir klar, und ich weiß um ehrlich zu sein gar nicht, worüber ich schockierter bin. Dass ich wieder was mit Ivana hatte oder dass ich fast …« Ich bringe es nicht über die Lippen.

Mila schluckt »Das weiß ich auch nicht.«

»Das war nicht ich.« *Feige. Lügner. Erbärmlich.*

»Wer war es dann? Wer war es, der mir gesagt hat, er würde mich lieben, nur mich, und keinen Gedanken mehr an Ivana verschwenden? Warst das auch nicht du?«

»Doch.« Meine Stimme bricht. »Das war ich.«

»Ich kann dir nicht mehr glauben, Leo.« Ihr Blick huscht über mein Gesicht, dann wendet sie ihn ab. »Und es ist besser, wenn ich jetzt gehe.«

Noch nie hat etwas so wehgetan wie der Moment, in dem sie an mir vorbeigeht und ihren Schlüssel kommentarlos auf den Schuhschrank legt. Ich habe es verdient, denn ich habe ihr noch viel mehr wehgetan. Ich weiß das, aber ich ertrage es trotzdem nicht. Sie geht. Sie zieht aus. Das hier ist endgültig, ich spüre es. Und ich allein bin schuld daran.

Ich will ihr nachlaufen, sie anflehen, zu bleiben, mir zuzuhören, aber ich wage es nicht. Ich bleibe stehen, während sie ihren Koffer über die Türschwelle zieht. Das Geräusch der Rollen hallt im Treppenhaus. Als unsere Blicke sich für den Bruchteil einer Sekunde kreuzen, verknotet sich mein Magen.

Bitte. Geh nicht …

Sie dreht sich um, und die Tür fällt zurück ins Schloss.

ZEHN

Emilia

»Die Ergebnisse sind da.« Rahel starrt angespannt auf ihr Handy, dämpft die Stimme etwas, als unser Anatomie-Dozent unten am Rednerpult tadelnd in seinem Monolog innehält und ihn schließlich fortführt, wohl wissend, dass ihm für die nächsten fünf Minuten sowieso keiner mehr wirklich zuhören wird. Rund um mich herum zücken meine Kommilitonen und Kommilitoninnen die Handys, um die Prüfungsergebnisse im Online-Portal unserer Fakultät aufzurufen. Als ich mit zittrigen Fingern nach meinem eigenen Telefon greife, höre ich die Ersten bereits erleichtert aufseufzen. Das Tuscheln beginnt, vermischt sich mit leisem Lachen und dem Geräusch von High-Fives, während ich nur noch eine Sache denken kann. *Gott, bitte mach, dass ich dieses Ding irgendwie bestanden habe.*

Das Fenster lädt unendlich langsam, dann endlich ploppt die Seite auf, und ich starre auf das Handydisplay. Lese die wenigen Sätze und verstehe doch nicht, was da steht.

»Und bei dir, Mila?« Rahel flüstert so nervtötend laut, dass ich am liebsten die Augen schließen würde. Doch ich kann den Blick nicht abwenden.

Note: 5

Nicht bestanden

Ich merke, wie mir die Tränen in die Augen schießen, und es kostet mich all meine Selbstbeherrschung, um sie zurückzudrängen.

»Das war wohl nichts bei mir«, bringe ich irgendwie heraus und sehe Rahels bestürzte Miene.

»Was? Oh nein, wieso das denn? Die Klausur war doch wirklich fair gestellt. Vielleicht liegt ein Fehler vor, und du kannst in der Einsicht …«

Ich höre ihr längst nicht mehr zu, deute nur ein kurzes Kopfschütteln an und werfe einen Blick zur Seite. »Bin kurz auf der Toilette.«

Die Klapptische der Hörsaalbänke ziehen laut quietschend erneut die Aufmerksamkeit des Dozenten auf sich, während meine Nebensitzer aufstehen, um mich freundlicherweise durchzulassen. Noch immer kämpfe ich gegen die Tränen, weiß, dass es albern ist, doch in diesen Sekunden wird mir alles zu viel. Ich flüchte in die Toilettenräume, unterdrücke ein Schluchzen, als die Tür hinter mir zuschwingt, und schließe mich in einer der Kabinen ein.

»Oh Mann …« Mein heiseres Flüstern geht in einem Schluchzer unter, der einfach aus mir herausbricht. Heiße Tränen, schmerzende Lungen. Es tut weh, und es ist nur eine Prüfung, aber ich kann nicht mehr. Ich kann wirklich nicht mehr.

Ich verberge das Gesicht in den Handflächen und versuche nicht einmal mehr, die Tränen zurückzuhalten. Ich weine, auf diese Art, die einen nicht mehr atmen lässt. Bitterste Verzweiflung, zusammengezogener Brustkorb.

Verdammte Scheiße. Alles geht schief. Mein Freund hat mich betrogen, ich habe keine Wohnung mehr und falle durch meine Uniprüfungen. Es fühlt sich an, als würde mir damit endgültig alles entgleiten. Quälend langsam und doch viel zu schnell.

Ich halte die Luft an, als ich ein Geräusch höre. Schritte im Vorraum der Toiletten. Es gelingt mir kaum, die Schluchzer zu unterdrücken, so heftig bebt mein zitternder Körper.

»Mila?«

Ich schließe die Augen.

»Ist alles in Ordnung?«

Ich gebe mir einen Moment, ehe ich zu einer Antwort ansetze. »Klar.«

Selbst Rahel, die mich kaum kennt, dürfte anhand meiner heiseren Stimme genau merken, dass ich heule.

»Weinst du?« Sie klingt verunsichert.

»Mir ist nicht so gut. Aber ich bin gleich wieder da«, versuche ich sie abzuwimmeln.

»Mach mal auf«, fordert sie, und der sanfte Klang ihrer Stimme überrascht mich so, dass ich tatsächlich tue, was sie sagt. Sie öffnet die Tür, sobald ich den Knopf herumgedreht habe, und mustert mich einen kurzen Moment lang. Dann zieht sie mich in eine Umarmung.

»Es tut mir so leid für dich, Mila. Aber es ist nur eine dumme Prüfung. Ich bin letztes Semester auch durch Pharma gefallen. Und durch Statistik, obwohl das fast alle außer mir bestanden haben. Du bestimmt auch.«

Ich zucke nur hilflos mit den Schultern.

»Es bedeutet nichts«, fährt sie fort. »Wirklich nicht. Ich kenne kaum jemanden, der noch nie eine Prüfung wiederholen musste. Du hattest einfach einen schlechten Tag, falsch gelernt oder vielleicht deine Kreuze nicht richtig übertragen. Wie auch immer, beim nächsten Mal schaffst du es. Ganz bestimmt. Wir können zusammen lernen, wenn du magst.«

Mir kommen bei ihren tröstenden Worten erneut die Tränen, und so nicke ich nur stumm.

»Oder ist da noch etwas anderes?«, vermutet sie schließlich, und mir entfährt ein erneutes Schluchzen.

Rahel gibt mir die Zeit, die ich benötige, bis ich mich wieder annähernd beruhigt habe und sprechen kann.

»Es ist gerade einfach alles ein bisschen viel«, bringe ich heraus und nehme dankbar das Papiertuch, das sie vom Spender neben den Waschbecken abreißt, nachdem sie mich aus der kleinen Kabine zurück nach draußen gezogen hat. »Ich habe mich von meinem Freund getrennt. Es war ziemlich unschön.«

Rahels Augen weiten sich leicht. »Der, der im Winter oben auf Intensiv bei uns lag?«

Ich nicke stumm. *Genau der …*

»Oh nein … Wirklich? Das tut mir leid, ihr wart so ein schönes Paar.« Sie stockt, und ich merke genau, wie sie eigentlich nachfragen will. Doch sie tut es nicht.

Ich zucke nur mit den Schultern und putze mir die Nase. »Tja.«

»Mensch, Mila.« Rahel mustert mich mitfühlend, und plötzlich bin ich doch ganz froh, dass sie mir gefolgt ist.

»Seinetwegen hatte ich auch so überhaupt keinen Kopf fürs Lernen. Das war dann wohl die Quittung dafür.«

»Aber dann siehst du doch, dass es nicht daran lag, dass du den Stoff nicht kannst, sondern einfach in einer Extremsituation warst. Ich hätte so auch niemals richtig lernen können. Manchmal durchkreuzt das Privatleben einfach alle Lernpläne. Wir können für die Wiederholklausur wirklich gemeinsam lernen, wenn du magst. Ich frage dich so lange ab, bis du alles auswendig kannst. Dann klappt das definitiv.«

»Würdest du das wirklich tun?«

»Wenn du möchtest, natürlich.«

Rahel lächelt mich aufmunternd an, und auch ich zwinge mich zu einem Lächeln.

»Und jetzt Kopf hoch, okay? Kein Typ dieser Welt ist es wert, dass man seinetwegen auch nur eine einzige Träne vergießt.«

*

Leonardo

Gelangweilt habe ich die Ellenbogen auf der Tischplatte vor mir abgestützt und das Kinn in den Handflächen abgelegt, während der Dozent vorne etwas über die wirtschaftspsychologischen Vorgehensweisen im Modemarketing erzählt und erfolgreich den gesamten Saal einschläfert. An einem Montagmorgen Pflichtveranstaltung. Es ist unerträglich.

Selbst Jason, der sich für solche Banalitäten wie Marketingquatsch normalerweise begeistern kann und sie für Kiezkind aufsaugt wie ein Schwamm, kämpft neben mir dagegen an, einfach die Augen zu schließen. Alessa streichelt abwesend über ihren inzwischen deutlich erkennbaren Bauch und ist unter dem Tisch am Handy.

Ich schüttele leicht den Kopf, als mir bewusst wird, wie sehr sich dieser Anblick in den letzten Monaten verändert hat. Normalerweise säße rechts neben einer nicht schwangeren Alessa noch Ivana. Jetzt ist der Platz leer, doch in Gedanken blicke ich noch immer in ihre blassblauen Augen, wenn ich auch nur in die Nähe schaue.

Ivana ist völlig ausgeflippt, als Jason sie vor mein Ultimatum gestellt hat. Sie wäre mit großer Wahrscheinlichkeit auf mich losgegangen, wenn die anderen nicht auch noch dagewesen wären. So hat sie lediglich rumgeschrien, mir an den Kopf geworfen, was für ein elendiger Mistkerl ich sei, und schließlich doch den Rückzug angetreten, als ihr klar wurde, dass ich es diesmal wirklich ernst meine. Sowohl Jason als auch Alessa standen hinter meiner Entscheidung. Ich fühle mich furchtbar, aber es ist besser so. Ein endgültiger Schlussstrich.

Auch wenn ich weiß, dass ich Mila damit nicht zurückbekomme, kann und will ich keinen Tag länger mit Ivana zusammenarbeiten. Vielleicht ist es kindisch, keine Ahnung. Aber es geht nicht mehr. Es hätte mir schon klar sein müssen, als wir uns damals getrennt haben. In meinem Leben ist kein Platz mehr für Ivana, und ich wünschte, dass ich diese Erkenntnis schon viel früher gehabt hätte. Von Anfang an hat sie nur Unruhe gestiftet. Ich hatte auch schöne Phasen mit ihr, das zu leugnen, wäre falsch, doch das Negative überwiegt.

Ich seufze tief und wünschte, ich würde nicht wieder und wieder daran denken, dass Mila davon erfahren sollte. Ich habe diese Entscheidung nicht getroffen, weil ich hoffe, Mila damit zurückzugewinnen. So einfach ist es nicht, dessen bin ich mir bewusst. Aber ich vermisse sie. Ich will mit ihr reden, ihr alles erklären, mich entschuldigen, so lange, bis sie mir vielleicht noch eine Chance gibt. Es ist erbärmlich, das weiß ich. Aber es tut so weh.

Meine Nummer scheint Mila mittlerweile blockiert zu haben, denn ich komme überhaupt nicht mehr zu ihr durch. Inzwischen versuche ich nicht mehr, sie anzurufen. Es nützt nichts. Mila will nichts mehr mit mir zu tun haben, und das ist ihr gutes Recht.

Seit sie vor zwei Wochen plötzlich mit gepackten Koffern in meiner Wohnung stand, habe ich nichts mehr von ihr gehört. Schon länger spiele ich mit dem Gedanken, einfach bei ihrem Bruder vorbeizufahren, stand schon mehrmals am frühen Abend auf dem Besucherparkplatz vor der Charité, habe sie in den Menschenmengen entdeckt und es doch nicht gewagt, auszusteigen und zu ihr zu gehen. Sie würde mich dafür nur noch mehr hassen.

Meine Wohnung fühlt sich fremd an ohne sie. All ihre Sachen sind weg, als wäre sie nie dort gewesen. Als wären all die gemeinsamen Abende nie passiert. Eine unbeschreibliche Leere überkommt mich jedes Mal, wenn ich abends nach Hause komme und von nichts als dieser drückenden Stille erwartet werde. Keine festen Umarmungen, keine warmen Finger, die über meinen Nacken streichen. Es ist verrückt, wie schnell man sich daran gewöhnt, nicht mehr allein zu sein. Und wie weh es tut, wenn man es dann plötzlich wieder ist.

Mein Handy kündigt summend eine Nachricht an. Wie automatisch taste ich an meine Hosentasche. Ich scrolle durch meine Mails und öffne stirnrunzelnd die neueste. Der Absender sagt mir nichts, doch der Betreff lässt mich stutzig werden.

Request Fashion Week Milano Spring/Summer

Ich überfliege die englischen Zeilen und kann plötzlich nicht mehr atmen.

»Was zur Hölle …«, murmele ich leise, doch Jason zuckt trotzdem neben mir zusammen. »Hey, schau dir das an.«

Er wirkt noch nicht wieder richtig zurechnungsfähig, doch das ändert sich schlagartig, als ich ihm mein Handy hinhalte.

»Die wollen dich für Mailand!?«, entfährt es ihm viel zu laut, und augenblicklich hat er die Aufmerksamkeit des ganzen Saals auf uns gezogen. Ich würde am liebsten im Erdboden versinken, sehe die teils erstaunten, teils vor Neid erblassten Gesichter und entreiße ihm das Handy.

»Ja, vielen Dank auch, dass das jetzt alle wissen«, zische ich und versenke das Telefon wieder in meiner Jackentasche.

»Sorry, aber ist das gerade dein Ernst? Mailand, Fashion Week … Leonardo Wagner, wie geil ist das denn?«

»Nein, wie *unrealistisch* ist das denn? Die Show ist schon im September. Da hat sich wohl jemand einen Scherz erlaubt«, meine ich mit gedämpfter Stimme, während die Vorlesung weiter ihren Lauf nimmt.

Jason schüttelt vehement den Kopf. »Quatsch. Die schreiben doch, dass ihnen jemand abgesprungen ist und sie sich bewusst sind, dass es zeitlich sehr eng wird, aber du ihr absoluter Top-Kandidat bist.«

»Mag sein, aber da kann ich jetzt leider auch nichts machen.«

»Leo, du musst sofort zusagen! Wir halten dir bei Kiezkind den Rücken frei, das ist überhaupt kein Thema. Sven und Toni meinten, dass sie langfristig gerne mit einsteigen wollen, und dann kriegen wir das definitiv auch erst mal ohne dich hin. Du hast genug Zeit für die Kollektion, das schaffst du locker.«

»Alter, warum gehst du überhaupt davon aus, dass ich zusagen werde?«

»Weil es die Chance deines Lebens ist.«

»Mein Leben hat gerade definitiv andere Baustellen.«

»Leo, ich bitte dich. Es geht um einen verdammten Slot auf der Fashion Week.«

»Ich fürchte, du verstehst nicht«, zische ich in Jasons Richtung. »Ich habe gerade absolut keinen Kopf, auch noch eine spontane neue Kollektion auf die Beine zu stellen.«

Jason starrt mich ungläubig an, und ich wende den Blick ab. Herrgott noch mal, ist das wirklich so schwer zu verstehen? Ich kann nicht. Nicht jetzt. Nicht, nachdem alles um mich herum in die Luft geht.

Mila ist weg. Meine Geschwister sind nicht meine Geschwister. Ich habe keinen blassen Schimmer, was überhaupt passiert, und ganz bestimmt nicht die Nerven, jetzt auch noch neue Kleider für eine Fashion Week zu entwerfen. Ich bin müde. Ich will weinen, aber ich kann nicht, denn seit Mila weg ist, bin ich leer.

Ich schiebe die Mail in den Papierkorb und stecke das Handy weg.

*

Emilia

Max sitzt mit einem Arm voll Akten hinterm Patientenempfang, hebt nur kurz den Blick, als er mich kommen sieht, und murmelt abwesend einen Gruß in meine Richtung. Dann schnellt sein Kopf doch wieder nach oben.

»Warte … Es ist Samstag. Es ist doch Samstag, oder?«

Ich schiebe beide Hände in die Taschen meines weißen Kittels und zucke mit den Schultern.

»Was machst du hier?«

Vor meinen Gefühlen flüchten. Wonach sieht es denn aus?

»Ich wollte noch ein paar Dinge für meine Doktorarbeit erledigen«, lüge ich also und versuche halbwegs überzeugend zu klingen. Anscheinend ohne Erfolg.

»Mila, es ist Wochenende. Geh sofort nach Hause.« Max sieht mich kopfschüttelnd an.

»Du bist doch auch hier.«

»Ja, weil ich Geld dafür bekomme. Komm schon, du bist Studentin. Du solltest verkatert im Bett liegen, ausschlafen oder mit deinen Freunden frühstücken gehen.«

»Hast du neue Patienten, die sich fürs Register anbieten?«, frage ich wie jedes Mal, wenn ich hier bin und die Chance habe, weitere Daten für Dr. Webers Studie zu sammeln.

Max zögert einen Moment, dann scheint er zu begreifen, dass ich es wirklich ernst meine. »In meiner Ablage im Arztzimmer liegen ein paar Dokumente.«

»Super, danke. Sag Bescheid, wenn ich irgendwie helfen kann.«

Er betrachtet mich mit einem Kopfschütteln, während ich um die Ecke biege. Ich habe Glück, das Arztzimmer ist leer, sodass ich mich nicht noch mal erklären muss. In Max' Ablage finde ich tatsächlich Ausdrucke zu mehreren möglichen Probanden. Ich will gerade in den kleinen Raum am Ende des Flurs, der mir für die Arbeit zur Verfügung gestellt wurde, als die Tür auffliegt.

»Tut mir leid, ich wurde aufgehalten, aber hier bin ich …« Dr. Weber unterbricht sich selbst, als er mir statt seinen Assistenzärzten gegenübersteht.

»Morgen.« Schnell wende ich den Blick ab und greife nach meinen Papieren. »Dr. Hermann ist vorne auf Station.«

»Was tun Sie hier, Emilia?«

»Ich hatte spontan Zeit und wollte noch mal …«

»Es ist Wochenende. Gehen Sie nach Hause.«

»Ich wollte nur …«

»Ich bitte Sie. Sie brauchen eine Pause. Sie waren erst gestern wieder bis spät abends hier, oder täusche ich mich?«

Beschämt senke ich den Blick. Seit wann bekommt der Chefarzt davon mit, wie lange seine Doktorandinnen arbeiten?

»Das macht mir nichts aus, ich packe gerne mit an«, erkläre ich.

»Das ehrt Sie sehr, aber Sie sind nicht der amtliche Wohltätigkeitsverein. Gehen Sie nach Hause, Emilia, genießen Sie Ihr Wochenende. Ich bin mir sicher, dass ein junger Mensch wie Sie Besseres zu tun hat, als sich an einem Samstagmorgen im Krankenhaus herumzutreiben. Dazu werden Sie später noch genügend Gelegenheit haben, glauben Sie mir.«

Ich will Dr. Weber widersprechen, doch traue mich nicht. Zwar mag ich ihn wirklich gern, habe aber zu viel Respekt vor ihm, um mich ihm zu widersetzen. Also nicke ich. »Ich bringe noch die Daten nach hinten und gehe dann …«

»Auf direktem Weg nach Hause, und die Daten geben Sie mir, besten Dank.«

Ich kann gar nicht so schnell schauen, wie er mir die Zettel weggenommen hat und mich mit einem tadelnden Blick bedenkt.

»Okay«, sage ich also und schlucke. »Dann bis Montag.«

»Bis Dienstag. Montag haben Sie frei. Wehe Ihnen, ich sehe Sie hier.« Obwohl Dr. Weber streng klingt, sehe ich das belustigte Funkeln in seinen Augen.

»Ruhigen Dienst noch.«

»Und Ihnen ein ruhiges Wochenende.«

Er bleibt so lange im Flur stehen, bis ich Richtung Treppenhaus gegangen bin, Max zuwinke, der grinsend den Kopf schüttelt und mir ein »Ab mit dir« hinterherruft. Draußen erwische ich einen der Fahrstühle, seufze lautlos und frage mich, was Dr. Weber jetzt wohl von mir denkt. Ich muss wie die größte Streberin wirken, dabei ist alles, was ich gerade brauche, ein bisschen Ablenkung. Ich könnte für die Wiederholklausur lernen, die allerdings erst in den nächsten Semesterferien stattfinden wird.

Wow… Außer der Uni und meiner Doktorarbeit habe ich also wirklich nichts mehr in meinem Leben.

Drei Wochen und zwei Tage ist es mittlerweile her, seit ich Leo mit Ivana erwischt habe, und trotzdem tut es nicht weniger weh. Die Zeit heilt wohl doch nicht alle Wunden.

Ich wohne immer noch bei Jojo, und obwohl er mir kontinuierlich versichert, dass ich so lange bleiben kann, wie ich will, wird mein schlechtes Gewissen mit jedem weiteren Tag größer. Louisa ist superlieb und hat mir kein einziges Mal das Gefühl gegeben, ich würde stören. Sie betont ständig, wie froh sie ist, mich zu haben, wenn ich als Babysitterin für meine Nichte einspringe, doch insgeheim muss auch sie sich fragen, wann sie mich wohl endlich wieder loswerden. Zumindest heute will ich mal nicht mittags bei ihnen aufkreuzen. Vielleicht setze ich mich tatsächlich in die Bibliothek. Oder irgendwo in ein Café, das ist vielleicht weniger erbärmlich.

Unten in der Umkleide schlüpfe ich in meine Klamotten und schultere meine Tasche. Seit einigen Tagen ist richtiges Frühsommerwetter in Berlin angekommen. Der Himmel ist blau, die Parks grün und voller lächelnder Menschen. Bisher kenne ich Berlin nur im Herbst und Winter, oft ungemütlich, grau und verregnet. Dieses miese Wetter würde nun deutlich besser zu meiner Stimmung passen.

Draußen schirme ich meine Augen vor der Sonne ab und mache mich Richtung Innenstadt auf. Ich sollte mir wirklich einen Kaffee besorgen und mich dann mit einem guten Buch an die Spree setzen.

»Mila?«

Ich fahre herum und traue meinen Augen kaum. Das darf jetzt nicht wahr sein.

Ich starre in Ivanas Gesicht, und mein erster Reflex ist, mich einfach wieder umzudrehen. Doch ich bleibe stehen. »Was willst du?«

Ivana beißt sich leicht auf die Lippe. »Mit dir reden.«

Ich kann nicht anders, als aufzulachen. »Und mir noch mal eins reindrücken? Dann los, tu dir keinen Zwang an. Du hast gewonnen, Ivana, herzlichen Glückwunsch.«

Ivana bleibt völlig ruhig, was mich nur noch wütender macht. »Ich versuche gar nicht erst zu sagen, dass es mir leidtut, okay? Ich weiß, dass du mir dann vermutlich erst recht ins Gesicht springen würdest. Ich will lediglich etwas klarstellen.«

Ich sehe sie noch immer mit zusammengezogen Augenbrauen an. Was wird das hier? Ist das ein Trick? Woher wusste sie überhaupt, dass sie mich selbst an einem Samstag vor der Klinik erwischen kann?

»Also … frag mich nicht, warum ich das mache, ich versteh's selbst nicht, aber du musst das wissen, weil dein Kerl ohne dich völlig vor die Hunde geht. Es war allein mein Verdienst, dass es neulich so weit gekommen ist, wie es eben gekommen ist. Ich habe ausgenutzt, dass Leo so genervt von allem war. Nüchtern hätte er da niemals mitgemacht, und ihn abzufüllen war erstaunlich einfach. Ich hatte das wirklich nicht geplant, und es ist ziemlich aus dem Ruder gelaufen. Er hat die ganze Zeit nur von dir geredet, Mila, okay? Du bist in seinem Kopf, und das wirst du auch für immer sein, machen wir uns nichts vor. Das mit ihm und mir ist vorbei, auch wenn ich's nicht wahrhaben wollte. Du tust ihm gut, ich nicht. Also bitte, spring über deinen Schatten, hasse von mir aus mich, aber verzeih ihm, er hat's verdient.«

Völlig perplex starre ich Ivana an. »Womit haben sie dich erpresst, damit du mir das sagst?«

Sie seufzt leise auf. »Mit gar nichts, okay? Auch wenn es vermutlich nicht so wirkt, aber ich habe so was wie ein Gewissen. Leo ist dabei, sein gesamtes Leben in die Tonne zu treten. Es geht ihm richtig scheiße. Er hat ein Angebot für Mailand und will es ernsthaft ablehnen.«

»Für die Fashion Week?«, frage ich, und Ivana nickt. »Dann freu dich doch. Es war dir doch sowieso immer ein Dorn im Auge, dass er erfolgreicher ist als du, oder nicht?«

»Ich weiß. Aber was habe ich davon, wenn er scheitert?«

Überrascht blinzele ich.

»Ihr gehört zusammen, das ist alles, was ich dir zu sagen hatte. Ich habe das Label verlassen, ich werde aus eurem Leben verschwinden. Diesmal wirklich. Es tut mir leid, was ich dir angetan habe. Es war verdammt unnötig von mir.«

Ohne meine Antwort abzuwarten, dreht sie sich um und lässt mich einfach so zurück. Und ich kann nicht glauben, dass das gerade wirklich passiert ist. Auch noch nicht, als ich in der Bahn und schließlich in einem Café sitze. Ivana hat sich bei mir entschuldigt.

Ich werde aus eurem Leben verschwinden.

Es kann mir egal sein, denn es ändert nichts daran, was Leo getan hat. Aber irgendwie fühlt es sich trotzdem so an, als könnte ich plötzlich ein winziges bisschen besser atmen.

*

»Ach komm schon, du musst auch mal wieder raus und unter Menschen.« Alessa sieht mich über den Rand ihrer Teetasse hinweg bittend an. Wir haben uns in einem Café in Friedrichshain verabredet, und gerade bereue ich diese Tatsache ziemlich. Seit Minuten schon liegt sie mir damit in den Ohren, ich solle doch zu einer Vernissage der UdK mitkommen, bei der einer ihrer Freunde heute Abend die Bilder seiner Abschlussarbeit präsentiert. Immerhin hat sie Leo noch in keinem Satz erwähnt, aber die Möglichkeit besteht, dass er auch da sein wird. Und allein deswegen muss ich ablehnen.

»Ich weiß nicht, was soll ich denn da?«, meine ich ausweichend. »Ich habe keine Ahnung von Kunst.«

»Eben, das müssen wir schleunigst ändern. Friedrichs Bilder sind pure Ästhetik, das wird dir gefallen.«

»Da passe ich doch überhaupt nicht hin. Ich wette, es werden nur so super individuelle Leute von eurer Uni da sein.«

»Ja, aber die sind sehr nett. Ich verspreche es dir. Außerdem gibt es kostenloses Essen.«

Ich unterdrücke ein Augenrollen.

»Damit habe ich dich, gib's zu.«

»Ich überlege es mir«, murmele ich. »Aber ... er kommt sicher auch, oder?«, frage ich dann. Ich muss Leos Namen gar nicht erst aussprechen, Alessa versteht auch so, wen ich meine.

»Niemals, Leo kriegst du im Moment überhaupt nicht motiviert. Der hängt nur noch daheim und versinkt im Selbstmitleid.«

Ich beschließe, diese Aussage lieber geflissentlich zu ignorieren. »Und Jason?«

»Der ist auf einen Geburtstag eingeladen und konnte nicht absagen.«

»Warum gehst du nicht mit ihm hin?«

»Fragst du mich das gerade wirklich?« Alessa lacht und legt eine Hand auf ihren kugelrunden Bauch. »Unser Zwerg hält nicht allzu viel von brechend vollen Bars. Diese Vernissage ist das Höchste der Gefühle. Vermutlich bin ich nach einer Stunde sowieso todmüde, dann können wir wieder gehen.«

»Wir könnten auch Essen bestellen und einen Film schauen.«

»Mila ...« Alessa seufzt. »Du bist in Berlin. Komm schon, das wird super!«

Ich seufze leise und nicke schließlich. »Okay, wenn du meinst.«

»Du bist die Beste!« Alessa strahlt mich an.

»Aber wenn Leo da auftaucht, bin ich sofort wieder weg.«

»Natürlich.« Wieder ernster sieht sie mich an und nickt. »Wie läuft es denn mit den Besichtigungen? Hast du schon ein Zimmer gefunden?«

Ich schüttele den Kopf und verrühre den Milchschaum in meinem Kaffee. »Nein, es ist wirklich wie verhext. Der Wohnungsmarkt ist leer gefegt. Ich konnte mir ein paar Wohnungen ansehen, habe dann aber nichts mehr von den Vermietern gehört.«

»Oh Mann, das ist echt blöd.«

»Du sagst es.« Ich zögere einen Moment und beschließe, Alessa dann doch die Frage zu stellen, die mir seit dem Wochenende unter den Nägeln brennt.

»Sag mal, stimmt es, dass Leo ein Angebot für die Fashion Week in Mailand bekommen hat und es ablehnen will?«

Erstaunt hebt Alessa den Kopf. »Das hat er, ja. Woher weißt du das?«

»Ivana hat mich vor der Charité abgefangen. Ich … es war total seltsam.«

»Ach Quatsch.« Alessa starrt mich ungläubig an. »Was wollte sie denn?«

»Sie hat sich entschuldigt.«

»Nicht dein Ernst?«

»Da steckt doch bestimmt ihr dahinter.«

»Nein, also zumindest nicht direkt.«

»Was soll das denn schon wieder bedeuten?«

»Sie musste das Label verlassen, nachdem Leo uns vor die Wahl gestellt hat: entweder sie oder er. Ivana hat natürlich erst den Stress ihres Lebens geschoben, wie du dir sicher vorstellen kannst, aber als sie dann später bei uns war, um den Austritt vertraglich zu bestätigen, hat Jason ihr einen ziemlichen Vortrag gehalten. Ob sie jetzt endlich erreicht habe, was sie wollte. Ihr beide getrennt, Leo am Boden und Kiezkind erneut auf der Kippe. Ich hätte nicht gedacht, dass sie tatsächlich so etwas wie ein Gewissen besitzt.«

»Also ich weiß immer noch nicht, was ich davon halten soll«, gebe ich zu.

Alessa mustert mich. »Und wie stehst du der Sache jetzt gegenüber?«

»Ich habe keine Lust mehr, ständig über *die Sache* nachzudenken.« Ich klinge vielleicht etwas bissiger als nötig, doch in Alessas Blick hat sich trotzdem etwas verändert.

»Gut.«

Misstrauisch sehe ich sie an.

Ist das alles?

»Dann kommt dir die Abwechslung heute Abend ja genau recht. Zwanzig Uhr, in Kreuzberg. Lass uns am besten am Kotti treffen. Ich hole dich ab.«

Nervös zupfe ich am Ärmel meines Kleids herum und klammere mich an mein Getränk, während Alessa sich im Getümmel aus Fashion-Bloggern und Influencerinnen auf einen Typen in zu großem Anzug stürzt.

»Friedrich, hey! Wie geht's dir?«

»Alessa, du hast es geschafft.« Er lächelt und zuckt mit den Schultern. »Berlino, wie immer nice, was soll ich sagen?«

Nicht die Augen verdrehen, Mila. Lächeln, mehr Sekt trinken.

Wo bin ich hier bitte gelandet?

»Herzlichen Glückwunsch zur Ausstellung, es ist der Wahnsinn, mein Lieber.« Alessa greift hinter sich und zieht mich am Handgelenk näher. »Friedrich, das ist Emilia. Eine Freundin von mir.«

»Oh, wow. Schön, dass du hier bist, Emilia. Es ist mir eine Ehre«, meint Friedrich und schenkt mir ein einstudiert wirkendes Lächeln.

»Ich freue mich. Deine Bilder sind echt toll«, gebe ich zurück, weil mir nichts Besseres einfällt. Friedrich wird zum Glück bereits von den nächsten Gästen in Beschlag genommen. Alessa zieht mich zu den Bildern, während sie einen Schluck Orangensaft trinkt.

»Ist er nicht cool? Ich finde solche Events immer unglaublich inspirierend. Heute Nacht muss ich mindestens hundert Skizzen anfertigen, dieses Abstrakte in den Bildern lässt sich so gut auf unsere Mode übertragen, weißt du?«

Ich nicke, obwohl ich keinen blassen Schimmer habe, was sie meint, muss grinsen und lasse Alessa weiterschwärmen. Fast erinnert sie mich an Leo, der ebenso begeistert von seltsamen Kunstwerken und Kleidungsstücken erzählen kann. Vermutlich ist das die Grundvoraussetzung für ein Studium an der Universität der Künste, denn wenn ich mir diese *Kunstwerke* anschaue, erkenne ich nichts als ein paar wahllos gesetzte Striche und geometrische Formen, die auch ein Grundschüler gemalt haben könnte. Trotzdem ist es ganz amüsant, Alessas Interpretationen der Bilder zu lauschen. Vielleicht trägt auch der Alkohol dazu bei, dass ich mich immer wohler fühle und seit Langem wieder alle übrigen Gedanken aus meinem Kopf verbannen kann.

Wir bleiben tatsächlich fast zwei Stunden auf der Vernissage, unterhalten uns mit unzähligen Freunden und Bekannten von Alessa und machen uns erst gegen halb elf auf den Nachhauseweg. Draußen vor dem Atelier werden wir von einem Gewitter überrascht, das uns bis auf die Knochen durchnässt, und obwohl der Abend lau war, zittere ich nur zwei Minuten später vor Kälte. Alessa greift nach meinem Handgelenk.

»Lass uns hier lang, zwei Straßen weiter, und wir können uns im Label aufwärmen, bis es aufhört zu regnen.«

Erst will ich ablehnen, dann komme ich zu dem Schluss, dass zu dieser späten Stunde wohl kaum noch jemand bei Kiezkind an der Arbeit sein wird. Der Regen prasselt weiter auf uns nieder, und ich wische mir über das nasse Gesicht, als Alessa endlich die Tür zum Laden öffnet.

»Warte, ich hole uns was zum Abtrocknen«, erklärt sie, als wir endlich den dunklen Vorraum betreten. »Und dann mache ich uns einen Tee.«

»Das wär echt nicht schlecht«, meine ich zustimmend, ehe ich Alessa nach hinten ins Studio folge und fast gegen sie knalle, als sie urplötzlich stehen bleibt.

»Oh …«

Ich will gerade fragen, was los ist, da sehe ich es schon selbst.

Oh nein …

Leo, wer sonst, sitzt an einem der Schreibtische, Nadel und Faden noch in der Hand, und starrt uns mindestens so überrascht an wie wir ihn. Seine dunklen Augen genügen, und ich kann mich keinen Zentimeter mehr bewegen. Ich weiß nicht, wie lange es her ist, dass ich ihn zuletzt gesehen habe, doch in diesen Sekunden ist alles, was ich will, loszuheulen und mich in seine Arme zu werfen.

Erst als er den Stuhl zurückschiebt und aufsteht, kommt wieder Bewegung in meinen Körper.

»Sorry, ich … Ich glaube, ich gehe besser wieder«, bringe ich über die Lippen. Mein Blick streift Alessas erschrockenes Gesicht, dann habe ich mich bereits umgedreht.

Verdammt, es hätte mir doch klar sein müssen, dass so etwas passiert! Dass er hier ist und mich so anschaut und …

Ich habe die Ladentür gerade erreicht, als ich spüre, wie jemand nach meinem Handgelenk greift. Ich wirbele sofort herum. Will ihn anschreien, was ihm eigentlich einfällt, und bringe keinen Ton über die Lippen, als ich in seine dunkelbraunen Augen blicke. Ein Fehler, denn mit einem Mal kann ich mich nicht mehr bewegen.

»Mila …«

Seine brüchige Stimme lässt meine Knie weich werden.

Verflucht, ich hätte vorhin nichts trinken sollen.

Der Klang seiner Stimme hallt in meinem leeren Kopf wider, und ich habe noch immer nichts gesagt. Will mich losreißen, ihm sagen, dass er mich auf der Stelle loslassen soll, und möchte gleichzeitig, dass er die Hand nie wieder wegnimmt. Ohne dass ich es verhindern kann, passiert es plötzlich. Mir schießen die Tränen in die Augen, einfach so, völlig grundlos.

Leos Kiefermuskeln verhärten sich. Er schluckt und schüttelt leicht den Kopf.

»Mila, bitte.«

Er darf das nicht. Er darf meinen Namen nicht sagen. Nicht *so*. Es fühlt sich viel zu vertraut an.

»Können wir reden?«

Ich nicke mechanisch, obwohl ich es gar nicht will.

Leo scheint damit nicht gerechnet zu haben. Er wirkt komplett überfordert, dann lässt er mich los. Eine Sekunde lang habe ich das furchtbare Gefühl zu fallen, reiße mich zusammen und ziehe die Arme schützend unter meine Brust. Plötzlich fühle ich mich schrecklich klein und hilflos, spüre die Stelle, an der eben noch seine Haut auf meiner lag, wie Feuer brennen.

»Es tut mir so unendlich leid.« Er schluckt erneut, und dann sehe ich es. Die Tränen, die in seinen Augen schimmern. »Ich weiß, es gibt nichts, womit ich mein Verhalten wiedergutmachen kann, aber ich halte es nicht mehr aus. Ich denke jeden Tag an dich, und es hört nicht auf, wehzutun. Ich verachte mich für das, was passiert ist. Aber ich schwöre dir, es war eine einmalige Sache.«

»Wie soll ich dir glauben können?«, höre ich mich fragen und verstehe erst, dass ich das war, als Leos Miene einfriert. »Du hast mich angelogen, ohne mit der Wimper zu zucken. Alles weggeschmissen, was wir zwei waren, und jetzt soll ich dir einfach so verzeihen? Wer sagt mir, dass es in zwei Monaten nicht wieder ganz genauso läuft?«

»Ich … verdammt! Ich sage es dir, mit allem, was ich bin und habe. Mehr kann ich nicht tun, okay? Wenn das nicht reicht, dann weiß ich auch nicht weiter.«

Irgendetwas explodiert in diesen Sekunden in mir. »Dann sag mir einen guten Grund, warum ich dir noch glauben sollte.«

»Du willst einen Grund? Du kannst mir glauben, weil ich nichts bin ohne dich, und mit dir alles.«

Mir stockt der Atem.

»Da hast du deinen Grund.«

In seinen Augen flackert etwas auf. Schwer atmend steht er vor mir, seine Brust bebt, sein Blick lässt mich nicht los. In mir schreit alles danach, ihn einfach zu küssen, doch mein Verstand ist dagegen. *Ich muss hier weg.*

Den Bruchteil einer Sekunde später fahren Leo und ich herum und starren in Richtung Studio. Habe ich mir das Geräusch gerade nur eingebildet? Als nun erneut ein leises Stöhnen an meine Ohren dringt, beginne ich zu begreifen.

»Alessa …?« Leo weicht zurück, als ich an ihm vorbeigehe. Ich bleibe mitten im Türrahmen stehen. Alessa steht im Atelier, hält sich mit einer Hand an der Couch fest, die andere presst sie auf ihren Bauch.

Scheiße.

Ich spüre Leo an meinem Rücken und laufe auf Alessa zu.

»Alessa, was ist los?«

»Es tut weh«, bringt sie heraus und krümmt sich dabei weiter zusammen. Mein Blick gleitet über ihren zitternden Körper, bleibt an Leo hängen, der wie festgefroren in der Tür steht.

»Ruf 'nen Krankenwagen«, weise ich ihn an und sehe ihn völlig verstört nicken, ehe er sein Handy aus der Tasche zieht.

Alessa geht in die Knie.

»Leg dich hin.« Das leichte Zittern in meiner Stimme verrät mich, ansonsten klinge ich beinahe unnatürlich ruhig, während ich sie zur Couch führe. »Und jetzt einfach atmen, das ist erst einmal das Wichtigste. Leo ruft einen Arzt, es kann euch nichts passieren.«

»Was sind das für Schmerzen? Es fühlt sich an, als ...« Alessa bricht mitten im Satz ab und presst die Lider zusammen.

»Alessa, du musst atmen. Schau mich an. Nicht die Luft anhalten, okay?«

»Da stimmt was nicht.« Ihre Stimme bricht. »Gott, Mila, ich ...«

Ich greife nach ihrer Hand.

»Bist du gestürzt?«, frage ich.

»Nein, ich ... Es war nichts. Wirklich. Vorher, kurz bevor ich zu Hause losgegangen bin, war da so ein leichtes Ziehen. Ich hatte das immer mal wieder, aber die Gynäkologin meinte, es hat nichts zu bedeuten. Aber jetzt ... Es ist stärker geworden.«

»Warum hast du mir nichts gesagt?«

»Ich weiß nicht, ich dachte ...«

»Okay, Alessa, alles wird gut.«

»Sind das Wehen? Es sind Wehen, oder, Mila?« Die Tränen schießen ihr in die Augen.

»Ich weiß es nicht«, sage ich wahrheitsgemäß. Ich habe keinen blassen Schimmer. Gynäkologie und Geburtshilfe waren im Studium noch nicht an der Reihe, und auch ansonsten hatte ich dazu bisher kaum Berührungspunkte. Aber das muss Alessa nicht wissen. Es reicht, wenn ich selbst weiß, dass ich völlig überfordert bin. Leo ruft einen Krankenwagen, sie muss nur so lange ruhig bleiben, und alles wird gut. Ganz einfach.

»Es ist viel zu früh. Das darf nicht passieren. Gott ...« Alessas Atem beschleunigt sich. »Wo ist Jason? Ich muss ihn anrufen, ich muss ...«

»Ich habe es gerade versucht.«

Leos Stimme lässt mich herumfahren. Er steht in der Tür zum Atelier und ist blass geworden. »Der Krankenwagen ist unterwegs, aber Jason konnte ich nicht erreichen. Ich habe ihm geschrieben. Ich bin sicher, er sieht es gleich.«

Es scheint völlig egal zu sein, was Leo und ich nun sagen,

Alessa wirkt völlig panisch. Sie scheint erneut Schmerzen zu haben und zerquetscht meine Hand beinahe, während sie sich zusammenkrümmt.

»Du bist nicht allein, wir kriegen das gemeinsam hin«, rede ich auf sie ein.

Die Tränen rollen ihr weiter über die Wangen, doch sie nickt, bevor sie das Gesicht erneut vor Schmerzen verzieht. In mir arbeitet alles. Warum kommen die Schmerzen in so kurzen Abständen? Sind das wirklich Wehen? Was würde ich in der Klinik tun?

Mein Blick geht zu Alessas Unterleib, und mein Magen krampft sich zusammen, als ich dunkle Flecken auf ihrer hellen Hose sehe. *Verdammt.*

»Okay.« Mit einem Mal klinge ich ganz ruhig. Mein Blick geht zu Leo. »Habt ihr Handtücher? Leo?«

Er zuckt deutlich zusammen. »Ja, ich ... ich hole welche.«

Alessa hebt den Kopf. »Wieso? Was ist? Mila, ich ...«

»Alles wird gut«, wiederhole ich. Leere, inhaltslose Worte. Ich habe keine Ahnung. Das hier kann alles bedeuten. Dieser verfluchte Krankenwagen soll sich beeilen.

»Ist das Blut? Oh mein Gott ...« Alessas Stimme bricht, als sie die Hand an ihren Oberschenkel schiebt und wieder hochhält. Das Schluchzen, das ihr entfährt, geht mir durch Mark und Bein. Ich sehe zur Seite, als Leo neben uns tritt. Er hat tatsächlich Handtücher dabei. Ich schiebe sie notdürftig zwischen Alessas Beine, doch es ist viel Blut. Mein Herz rast, aber ich muss ruhig bleiben. Es nützt nichts, wenn ich auch noch die Nerven verliere.

»Was ist das? Mila, du musst schauen, bitte ...«

»Ist das in Ordnung?«, frage ich, und Alessa nickt unter Tränen.

Das Blut wird mehr, als sie die Hose ein Stück nach unten schiebt. Aus dem Augenwinkel nehme ich wahr, wie Leo hinter mir einen Schritt zurückstolpert.

»Oh Gott …«

Ach Scheiße, wehe er kippt jetzt um. Er ist weiß wie die Wand, als ich mich zu ihm umdrehe.

»Hey!«, spreche ich ihn an.

Sein Blick zuckt von Alessa zu mir.

»Leo, atmen. Das ist nur Blut, okay?«

Er ringt sich ein Nicken ab.

»Komm her. Setz dich hin. Jetzt sofort.«

Er tut tatsächlich, was ich von ihm verlange, ist so im Fall der Fälle zumindest näher am Boden, und ich zwinge ihn, Alessas Hand zu nehmen, die sich erneut vor Schmerzen windet.

»Warum ist da Blut? Da darf kein Blut sein!«, presst sie heraus und umklammert Leos Hand so fest, dass ich befürchte, sie könnte sie ihm jeden Moment brechen.

Keine Ahnung, warum da Blut ist.

Keine Ahnung, was ich hier überhaupt gerade tue.

Verdammte Scheiße …

»Ich weiß es nicht, Lessi. Aber wir sind bei dir, und der Notarzt wird jeden Moment hier sein. Bis dahin ist unsere einzige Aufgabe, ruhig zu bleiben, ja?«

Es ist egal, was ich sage, Alessa kann sich nicht beruhigen. Da ist nur ihr Weinen und Zittern, das Geräusch ihrer aufeinanderschlagenden Zähne und dieses verdammte Blut. Das weiße Handtuch zwischen ihren Beinen ist dunkelrot, ihre Lippen gefährlich weiß. Mein Kopf ist komplett leer, während ich versuche, mich an alle Notfallmedizin-Vorlesungen, in denen vielleicht doch schon etwas zum Thema Geburt vorkam, zu erinnern. Ihr Puls ist viel zu schnell, auf ihrer kalkweißen Stirn steht der Schweiß. Und ich kann nichts tun, außer zu beten, dass der verdammte Krankenwagen endlich kommt und noch nicht alles zu spät ist.

Leo hebt den Kopf, und endlich höre auch ich es, das nahende Martinshorn, stehe mit zittrigen Knien auf und befürchte, sie könnten jeden Moment nachgeben, als ich dem Notarzt in wenigen Sätzen berichte, was passiert ist.

Leo greift nach mir, während ich zur Seite trete, um den Profis Platz zu machen, dabei fast über die Trage stolpere, die die Sanitäter bereits hergebracht haben, und mich mit meinen zitternden Händen kaum an der Tischplatte zu meiner Linken festhalten kann.

Überall Blut. Alessas Blut.

Leo legt die Hand an meinen Rücken, kurz kann ich nicht anders, als mich haltsuchend gegen seinen Arm sinken zu lassen, so sehr muss ich kämpfen, um nicht von diesem Adrenalinflash von den Beinen gerissen zu werden. Ich atme seinen beruhigenden Geruch ein, spüre seinen starken Arm an meinem bebenden Körper und verkrampfe den Bruchteil einer Sekunde später, als mir bewusst wird, was ich tue.

Ich reiße mich los, und Leo weicht ertappt zurück. Kurz trifft mein Blick auf seinen, dann verschränke ich abwehrend die Arme vor der Brust, zwinge mich, tief durchzuatmen, und schaue starr auf das Gewusel aus Notarzt und Sanitätern vor uns. Mir bleibt keine Zeit, weiter nachzudenken. Sie bringen Alessa sofort in die Klinik, und ich steige trotz deutlichem Widerstreben neben Leo auf den Beifahrersitz seines Wagens, nachdem ich mir notdürftig die blutverschmierten Hände gewaschen habe. Der Rettungswagen hat uns bald abgehängt, doch mein Herz schlägt mir auch auf dem verlassenen Parkplatz der Charité bis zum Hals. Wenn Alessa und ihr Nachwuchs das nicht schaffen … Ich kann daran nicht denken. Ich will weinen, aber es geht nicht.

»Hey.« Ich zucke zusammen, als Leo nach meiner Hand tastet. »Es wird alles gut.«

Ein paar Sekunden lang sehe ich ihn nur an. Sein blasses Gesicht im schummerigen Licht der Parkplatzlaternen. Dann explodiere ich.

»Es wird alles gut?! Du hast keine verdammte Ahnung, Leo!«, schleudere ich ihm entgegen und löse meinen Sicherheitsgurt. Ich öffne die Wagentür, will in Richtung Klinik laufen, doch komme nicht weit. Leo ist bereits um das Auto herumgekommen, packt mich am Ärmel und hat mich diesmal so fest im Griff, dass ich mich nicht losreißen kann.

»Nein, habe ich nicht, aber du kannst jetzt nicht durchdrehen. Du hast alles getan, was du konntest. Du warst so verflucht ruhig, Himmel, Mila! Wie zur Hölle ist das überhaupt möglich?«

Die Tränen schießen mir in die Augen. Mit ihnen überwältigt mich die eiskalte Angst um Alessa. Leo zögert den Bruchteil einer Sekunde, dann zieht er mich zu sich. Ich stolpere gegen seine Brust, er legt die Arme um meinen Rücken, und dann weine ich. Es sind heisere Schluchzer, die aus mir herausbrechen und mich nicht mehr atmen lassen.

Ich kralle die Finger in sein Shirt, weil ich nicht mehr kann. Weil plötzlich alles zu viel wird. Weil Alessa vielleicht ihr Kind verliert und weil ich ihn liebe. Weil ich Leo verflucht noch mal liebe.

»Ich hasse dich«, schluchze ich und spüre, wie Leo versteinert. Ich will mich von ihm lösen, aber er hält mich fest. »Verdammt, Leo! Warum? Warum hast du das gemacht?«

Ich will ihn von mir stoßen und gegen seine Brust boxen. Ich will ihm so wehtun, wie er mir wehgetan hat. Ich will ihm *mehr* wehtun. Und gleichzeitig will ich es nicht.

»Warum hat es nicht gereicht?«, wimmere ich. Es ist mir egal, dass ich erbärmlich bin. Dass er mich weinen sieht. Seinetwegen. Er weiß doch sowieso, dass es mir furchtbar geht.

»Es hat gereicht«, sagt er, und ich schließe die Augen. »Es hat von Anfang an gereicht, und ich habe es trotzdem kaputtgemacht.«

Als ich mich erneut von ihm lösen will, lässt er es zu. Das gesamte Blut weicht mir aus dem Gesicht, als ich sehe, dass er weint.

»Und ich weiß nicht, warum ich das gemacht habe. Ich weiß es nicht, Mila. Ich weiß nur, dass ich mich dafür verabscheue. Dass ich nichts so sehr bereue wie das. Dass ich den Gedanken nicht ertrage, dir das alles angetan zu haben. Es tut mir so verdammt leid. Aber ich liebe dich. Ich habe noch nie jemanden so sehr geliebt, und es reißt mir das Herz raus, weil ich weiß, dass ich dir wehgetan habe. Ich wollte es nicht. Ich wollte es nie.«

»Küss mich«, flüstere ich, und er verstummt. »Wenn es wirklich stimmt, dann … dann küss mich jetzt einfach.«

Weiter komme ich nicht, denn Leo hat mein Gesicht längst in seinen Händen. Er zögert den Bruchteil einer Sekunde, sein Blick huscht über mich. Und dann tut er es. Sein Mund auf meinem Mund ist immer noch das überwältigendste Gefühl der ganzen Welt.

Es ist Sehnsucht und Schmerz, salzige Tränen und heiße Erlösung. Es ist richtig, auch wenn ich nicht aufhören kann, dabei zu weinen.

Doch Leo lässt mich schon wieder los, und als ich um Atem ringend in sein Gesicht blicke, ist seine Miene todernst geworden.

»Es war wahr. Jedes einzelne Wort, das ich dir jemals gesagt habe. Ich hätte es nie für möglich gehalten, dass ich so etwas tun würde, niemals …«. Beim Anblick seiner plötzlich ermatteten Augen läuft es mir kalt den Rücken hinunter.

»Du warst betrunken«, höre ich mich sagen, will das eigentlich gar nicht, doch ich kann nicht anders. Leos unergründlicher Blick lässt mich die Luft anhalten.

»Das ist keine Entschuldigung.«

Ich zucke mit den Schultern und kann nicht verhindern, dass mir weitere Tränen über die Wangen rollen.

»Ich wollte das nicht.« Seine Stimme bricht, und mit ihr tut es mein Herz. »Ich wollte dir niemals wehtun.«

Die Zweideutigkeit seiner bitteren Worte legt einen verborgenen Schalter in meinem Inneren um, und plötzlich ist mir alles egal. Schrecklich irrelevant, die letzten Wochen, die Demütigung, der Streit, der mühsam aufrechterhaltene Hass. Alles in mir sehnt sich nach Leo, und dann gehe ich erneut auf ihn zu. Diesmal zögert er, legt die Arme erst nach einer Sekunde fest um mich.

»Ich konnte einfach nicht glauben, dass du wirklich wieder mit Ivana …« Meine Stimme versagt, und ich spüre sein vehementes Kopfschütteln.

»Ich weiß, Mila, das macht alles ja noch so viel schlimmer. Ich hab dir so oft versichert, dass da nichts mehr ist … Ich kann es absolut nachvollziehen, dass du mir nicht mehr glauben kannst, aber es ist wahr. Du bist alles für mich.«

»Es ist okay«, flüstere ich und spüre, wie Leo den Kopf senkt. Als seine Stirn auf meiner Schulter liegt, wiederhole ich es. »Es ist okay, und ich verzeihe dir.«

»Ich habe das nicht verdient.«

»Doch.« Ich schlucke. »Du hast dich entschuldigt, und ich habe die Entschuldigung angenommen.«

Ich löse mich ein winziges Stück von ihm. Nur so viel, dass ich ihn ansehen kann. Sein tränenverschmiertes Gesicht vor meinem, während ich auf die Zehenspitzen gehe, um ihn noch mal zu küssen.

»Ich liebe dich auch«, flüstere ich, bevor ich meine Stirn gegen seine sinken lasse.

Leo zieht mich näher. Mitten auf diesem Krankenhausparkplatz, dunkelste Nacht. Ich sage es voller Wahrhaftigkeit, und ich spüre, dass es stimmt. Dass ich wieder atmen kann, obwohl Leo mich so fest hält, dass ich für einen Moment kaum Luft bekomme.

ELF

Emilia

Alessa und Jason sind noch in derselben Nacht Eltern geworden. Notkaiserschnitt, Stunden auf leeren Krankenhausfluren, Jason, der völlig panisch von dieser Geburtstagsparty in die Charité kam. Gerade rechtzeitig, um seine Tochter zum ersten Mal im Arm zu halten, während Alessa noch operiert wurde.

Die Kleine ist aufgrund der Komplikationen viel zu früh auf die Welt gekommen, aber sowohl sie als auch Alessa haben die Nacht überstanden. Das schreibt mir Jason direkt am nächsten Morgen, als ich neben Leo aufwache und zuallererst nach meinem Handy greife.

Gott sei Dank. Ich lasse langsam die Luft entweichen. Es ist alles in Ordnung. Das letzte bisschen Anspannung weicht aus meinen Schultern, während ich mein Handy wieder zur Seite lege. Dann erst nehme ich meine Umgebung richtig wahr. Das in die Decke eingelassene Dachfenster, die weißen Wände. Der warme Körper hinter mir, Leos Arm um meine Taille, mit dem er mich selbst im Schlaf an sich gezogen hält. Das hier ist die Realität.

Eine unbeschreibliche Welle der Zuneigung überrollt mich, als ich mich vorsichtig zu ihm drehe. Er schläft tatsächlich noch. Geschlossene Augen, entspannter Mund. Ich will ihn küssen, durch diese wirren dunkelbraunen Haare streichen und seine Hände überall an meinem Körper spüren.

Nach der nervenaufreibenden Nacht bin ich wie selbstverständlich mit Leo nach Hause gefahren, nachdem wir uns versichert hatten, dass es Alessa, ihrer Kleinen und auch Jason gut ging. Die Fahrt verlief schweigend, alles war noch angespannt und seltsam. Leo, der sich noch ungefähr eine halbe Milliarde Mal entschuldigt hat, bis ich irgendwann dazu übergegangen bin, seine Worte einfach wegzuküssen.

Ich habe ihm verziehen, und es war das Richtige. Ich bin mir dessen sicher, denn seit ich die Sätze ausgesprochen habe, ist mein Magen kein schmerzhafter Knoten mehr. Ich spüre pure Erleichterung und unendliche Sehnsucht. Diese Art von Sehnsucht, die nicht einmal dann verschwindet, wenn man nebeneinander liegt und sich die ganze Zeit berührt.

Stumm hebe ich die Hand, fahre mit der Fingerspitze über seinen Nasenrücken, so lange, bis Leo blinzelt und ein verschlafenes Murren von sich gibt. Ich muss lächeln, beuge mich zu ihm und küsse ihn. Sein Griff um meine Taille wird fester, dann vergräbt er das Gesicht an meiner Seite.

»Hallo«, flüstere ich, was Leo erneut einen unverständlichen Laut entlockt. Gott, ich hab das vermisst. Seinen schweren Körper an meinem, die ersten Minuten nach dem Aufwachen, während denen er zu müde ist, um zu sprechen, aber nicht zu müde, um mich festzuhalten. Heute sind es nur ein paar Sekunden, in denen sich sein Rücken weiter gleichmäßig unter meiner Hand hebt.

Leo dreht sich leicht auf die Seite und blinzelt mich an.

»Hi«, murmelt er mit seiner viel zu rauen Aufwach-Stimme. »Du bist hier.«

»Ich bin hier«, bestätige ich und muss lächeln.

»Alessa hat ein Kind bekommen …« Leo räuspert sich leise. »Oder hatte ich irgendwelche wirren Fieberträume?«

»Nein, ich denke, das ist wirklich passiert.«

»Wow.« Er lacht leise. Als sein Blick zu seinem Handy auf dem Nachttisch geht, weiß ich sofort, woran er denkt.

»Ich habe Jason gerade geschrieben. Allen geht es gut.«

Leo entspannt sich wieder. »Ein Glück.«

»Du sagst es. Das war wirklich wild.«

»Aber alles ist gut gegangen«, murmelt Leo, und kurz bin ich mir nicht sicher, ob er damit nur Alessas Geburt meint.

Ich nicke trotzdem. »Ja.«

»Ich liebe dich«, flüstert er. Einfach so, aus dem Nichts, und vermutlich kann ich nie wieder aufhören zu lächeln. »Emilia-Mila …« Der Blick aus seinen dunklen und noch ein bisschen müden Augen huscht über mein Gesicht.

»Es war schrecklich ohne dich«, sage ich.

Er nickt. »Es war wirklich schrecklich. Aber jetzt ist es nicht mehr schrecklich.« Leo zögert. »Ziehst du wieder ein?«

»Leo …« Ich stocke.

»Bitte.«

Mein erster Reflex ist, Nein zu sagen, aber es fühlt sich nicht richtig an.

»Okay«, flüstere ich.

Er hebt eine Augenbraue.

»Was?«, will ich wissen und stütze mich neben ihm auf dem Ellbogen auf.

»Echt jetzt?« Er mustert mich. »Das war einfach.«

»Hättest du nicht gedacht, oder?«

»Tatsächlich habe ich mir die ganze Nacht Argumente für eine längere Diskussion zurechtgelegt, nachdem du eingeschlafen bist.«

»Schade, jetzt waren sie ganz umsonst.«

»Nein, ich sage sie einfach trotzdem.« Er räuspert sich leise. »Also, hör zu: Ich liebe dich und kann ohne dich nicht einschlafen, wirklich, das ist kein Scherz, und überhaupt ist diese Wohnung viel zu groß für eine einzelne Person, zumindest meine ich mich zu erinnern, dass das mal jemand zu mir gesagt hat.«

Ich muss grinsen, als ich mich erinnere, worauf Leo anspielt. Den Abend, an dem ich zum ersten Mal bei ihm übernachtet habe, nachdem er mich aus der Notaufnahme abgeholt hat.

Gott, ist das lang her. Seitdem ist so viel passiert …

»Es wäre tatsächlich eine ziemliche Verschwendung«, sage ich.

»Hast du dir in der Zwischenzeit was eigenes gesucht?«, fragt er nun ernster.

Ich schüttele den Kopf. »Ich hatte ein paar Besichtigungen, aber es war aussichtslos. Ich wohne noch bei Jojo.«

Leo schmunzelt. »Ich glaube, das ist das erste Mal, dass ich mich über den Berliner Wohnungsmarkt freue.«

»Ach ja?«

»Vielleicht ein winziges bisschen.« Er zuckt mit den Schultern.

»Warum willst du die Anfrage für die Fashion Week ablehnen?«, frage ich so unvermittelt, dass Leo für einen Moment den Atem anhält.

»Woher weißt du das?«, fragt er dann.

»Unwichtig.«

Er zögert, und ich kann spüren, dass er eigentlich nicht darüber reden will. Aber so funktioniert das nicht. Er scheint sich das Gleiche zu denken, denn er spricht tatsächlich weiter.

»Ich habe dafür jetzt keinen Kopf.« Er hat den Blick auf die weiße Bettwäsche gerichtet.

»Wieso nicht? Das ist deine Chance, auch international durchzustarten. Du hast immer so begeistert von Mailand gesprochen.«

»Ich … es geht nicht. Du hast es selbst gesagt, wir haben viel zu wenig Zeit füreinander. Ich sollte jetzt nicht an meine Karriere denken.«

»Sag mir die Wahrheit, Leo.«

Er wirkt überrascht, mustert mich ein paar Sekunden lang, dann scheint er aufzugeben und seufzt resigniert. »Ach, ich weiß auch nicht.«

»Ist es wegen deines Vaters?«, vermute ich, und sein Blick klebt sofort auf mir.

»Woher …?«

»Alessa hat es mir gesagt«, gebe ich zu.

»Das heißt, du weißt Bescheid?«

»Mehr oder weniger, ja. Ben hat dir gesagt, dass du einen anderen Vater hast als er und Charlie?«

Leo seufzt. »Anscheinend ist das so.«

»Weißt du denn Genaueres? Haben deine Geschwister gesagt, wer er ist? Und willst du ihn kennenlernen?«

»Ich weiß überhaupt nichts«, sagt Leo, und ich schaue ihn überrascht an.

»Wie meinst du das? Hat Ben dir nicht …?«

»Ich rede nicht mehr mit Ben.«

»Was? Leo, wieso nicht?«

»Der kann mir gestohlen bleiben, und Charlie gleich mit.« Er klingt so bitter, dass sich mein Magen zusammenzieht.

Wow, Leo so zu verletzen, dass er nicht mal mehr mit seinen Geschwistern redet, muss man auch erst mal hinkriegen. Ich weiß, dass Ben und Charlie die beiden wichtigsten Menschen in seinem Leben sind. Und gleichzeitig kann ich mir kaum vorstellen, wie es sich anfühlen muss, nach all den Jahren zu erfahren, dass sie ihm etwas so Wichtiges vorenthalten haben.

»Das tut mir alles so leid«, flüstere ich.

Leo weicht meinem Blick aus.

»Wie geht's dir mit der ganzen Sache?«, frage ich leise.

»Ach, keine Ahnung. Es ist lächerlich. Ich fühle mich so richtig verraten. Vielleicht ist es völlig übertrieben, aber ich kann nicht anders. Wir sind gar keine richtigen Geschwister, und sie haben mir das nie gesagt. Weißt du, wie weh das tut? Sie haben das schon länger vermutet, und im Winter waren sie sich dann sicher, als sie sich für eine mögliche Nierenspende haben testen lassen. Unsere verdammten Blutgruppen haben es verraten. Und trotzdem haben sie geschwiegen. Als würde es überhaupt keine Rolle spielen.«

»Vielleicht tut es das nicht für sie«, meine ich vorsichtig. »Sie sind trotzdem deine Geschwister. Egal, was auf dem Papier steht.«

»Mila, du verstehst nicht.« Er schluckt. »Sie haben mir nichts erzählt. Sie hätten doch mit mir darüber reden müssen. Es hätte so vieles erklärt. Dass ich einen anderen Vater hab, ist zwar nur eine Vermutung, aber je länger ich darüber nachdenke, desto mehr Sinn ergibt es. Von Ben weiß ich, dass es ganz früher noch keine Streitereien zwischen unseren Eltern gab. Das alles hat anscheinend erst begonnen, als ich auf der Welt war. Ben war damals auch erst acht, Charlie fünf, natürlich kann er das nicht mehr genau wissen, aber man merkt das doch. Ich bin schuld daran, dass unsere Familie so auseinandergebrochen ist. Meine Mutter ... mit Sicherheit bereut sie das alles, und ich ...«

»Leo.« Obwohl ich ihn nicht unterbrechen möchte, kann ich mich plötzlich nicht länger zurückhalten. »Hör auf, so was auch nur zu denken.«

»Es ist doch wahr.«

»Überhaupt nichts davon ist wahr. Es sind Entscheidungen, die deine Mutter getroffen hat, nicht du. Du kannst dafür am allerwenigsten etwas, also hör auf, dir das einzureden.«

Leo seufzt tief und richtet den Blick nach oben an die Decke. »Was für ein dummes Chaos.« Ich weiß darauf keine Antwort, betrachte sein Profil und will gerade etwas sagen, als er doch weiterspricht. »Aber immerhin bedeutet das, dass ich nicht so ein riesen Arschloch sein kann wie er. Auch wenn echt alles danach aussah, als ich letztens ...« Er scheint es nicht über die Lippen zu bringen.

»Das war einfach nur völlig unglücklich«, entgegne ich sofort. »Wenn ich dir keine runtergehauen hätte, hättest du nicht ...«

»Ja, aber Fakt ist, ich habe es fast gemacht.«

»Es war ein Abwehrreflex.«

Leo schluckt. »Es hat sich so unendlich scheiße angefühlt.«

»Ich weiß. Aber bitte hör auf, dir weiter so einen Unsinn einzureden.«

Er seufzt nur. »Ich weiß nicht, was ich machen soll.«

»Du könntest noch mal mit Ben und Charlie reden. Oder mit deiner Mutter«, schlage ich vor. Als Leo nichts sagt, spreche ich weiter. »Oder willst du gar nicht mehr über diese ganze Sache wissen?«

»Doch, ich muss es wissen. Ich war ein paar Mal kurz davor, einfach nach Stuttgart zu fahren und sie zur Rede zu stellen. Aber irgendwie habe ich mich doch nicht getraut.«

»Wenn du magst, komme ich mit.«

Ein müdes Lächeln umspielt seine Lippen. »Das ist lieb von dir, aber ich glaube, das ist eine Sache, die ich allein klären muss.«

»Ich weiß, aber ich wäre anschließend trotzdem gerne für dich da.«

Leo mustert mich stumm, und ich kann die Gedanken nicht zurückhalten.

Ob er seinem leiblichen Vater wohl sehr ähnlich sieht?

Sowohl Ben als auch Charlie haben deutlich hellere Augen als Leo. Ich habe mir nie wirklich etwas dabei gedacht, doch jetzt ergibt es irgendwie Sinn.

»Weißt du, zwar wünschte ich, du müsstest jetzt nicht auch noch so etwas durchmachen, aber ich hoffe, dass du vielleicht endlich den Vater bekommst, den du so sehr verdient hast«, sage ich schließlich.

Leo zuckt nur mit den Schultern. »Meinst du, Willem und Élaine wussten es auch?«, fragt er, ohne mich anzusehen.

»Ich weiß es nicht. Du könntest sie fragen.«

»Ich will es eigentlich gar nicht wissen. Am Ende haben sie auch gelogen.«

»Leo, sie alle werden ihre Gründe gehabt haben.«

»Verdammt beschissene Gründe«, murmelt er. Ich widerspreche ihm nicht, auch wenn ich das bezweifle. Ich kann mir nicht ansatzweise vorstellen, wie sich das alles für ihn anfühlen muss.

Ich wüsste nicht, was ich empfinden würde, wenn Jojo mir plötzlich so etwas eröffnet hätte. Vermutlich hätte es meine gesamte Welt auf den Kopf gestellt. Leos Familiengeschichte ist auch so schon kompliziert genug, doch diese neue Erkenntnis setzt dem Ganzen die Krone auf. Sein Vater ist nicht sein Vater, seine Mutter hatte mit großer Wahrscheinlichkeit eine Affäre. Und keiner hat ihm etwas gesagt. Das alles ist für mich unvorstellbar. Hätte seiner Mutter nicht klar sein müssen, dass er auf lange Sicht davon erfahren würde? Wollte sie nicht, dass Leo seinen leiblichen Vater kennenlernt? Hat sie noch Kontakt zu ihm? Wie konnte sie ihm guten Gewissens diese Chance vorenthalten? Selbst wenn sie ihn schützen wollte, spätestens zu seinem achtzehnten Lebensjahr hätte sie ihm doch davon erzählen müssen. Leo die Möglichkeit lassen, herauszufinden, wer er ist. Aber sie hat sich offensichtlich dagegen entschieden. Und ich bin mir nicht sicher, ob ich die Gründe dafür wirklich wissen will.

Gute zwei Stunden später stehe ich in der Küche und beseitige unser Frühstücks-Chaos. Leo hat Pfannkuchen gemacht, jetzt duscht er. Ich trage nur eines seiner großen Flanellhemden, habe die Haare zu einem lockeren Knoten gebunden und summe leise einen Taylor-Swift-Song mit, der im Hintergrund läuft. Durch die Balkontür fallen Sonnenstrahlen auf den Küchenfußboden. Es ist beinahe beängstigend, wie gut meine Laune auf einmal wieder ist. Zwischen mir und Leo ist alles wieder in Ordnung, Alessa und Jason sind Eltern geworden, und vielleicht können wir ihnen demnächst einen kurzen Besuch im Krankenhaus abstatten, um ihnen richtig zu gratulieren.

Ein leises Vibrieren lässt mich den Kopf drehen, und mein Handy, das auf dem Küchentresen liegt, blinkt auf. Als ich sehe, dass Alessa mir eine Nachricht geschickt hat, rufe ich sie sofort auf und kann nicht anders, als übers ganze Gesicht zu grinsen.

Danke für alles, Mila! Jason, Jonna und mir geht es blendend. Wir sind noch ein bisschen müde, aber alles ist gut – bei dir und Leo hoffentlich auch??

Kopfschüttelnd betrachte ich das Foto von Jason, der seine schlafende Tochter an der nackten Brust hält. Alessa sitzt neben den beiden und lächelt in die Kamera, zwar blass und mit dunklen Schatten unter den Augen, aber so glücklich, dass ich unwillkürlich mitlächeln muss.

Jonna …

Was für ein wunderschöner Name.

Ich seufze leise, als ich mich an die chaotische letzte Nacht erinnere, und bin gottfroh, dass es ihr und Alessa gut geht. Das war wirklich Glück im Unglück und offenbar genau der Weckruf, den Leo und ich gebraucht haben, um uns wieder darauf zu besinnen, was wirklich zählt.

Ich will gerade ins Schlafzimmer gehen, um mich umzuziehen, als es an der Tür klingelt. Leo hat das Wasser im Bad bereits abgedreht, und ich lausche für einen Moment in die Stille, ehe ich die Stimme hebe.

»Kriegst du Besuch?«, rufe ich.

»Keine Ahnung, vielleicht der Postbote …«, tönt es aus dem Bad, und ich knöpfe das Hemd schnell richtig zu, ehe ich zur Tür gehe.

Ich drücke auf den Öffner, mache auf und erschrecke mich einen Moment später beinahe zu Tode, als bereits jemand oben vor dem Wohnungseingang steht. Mein Blick wandert vom schwarz-weißen Kostüm zum silbernen Handgepäckkoffer.

»Charlie?«

»Hi, Mila.« Leos Schwester schenkt mir ein unsicheres Lächeln. Nervös zupft sie das gestreifte Halstuch ihrer Uniform zurecht und wirft einen kurzen Blick an mir vorbei ins Innere der Wohnung. »Tut mir leid, dass ich einfach so aufkreuze. Wir sind heute Morgen in Berlin gelandet, und ich habe einen halben Tag Aufenthalt, ehe es weitergeht, also dachte ich, es wäre vielleicht eine gute Idee …«

Weiter kommt sie nicht, denn ihr Blick geht über meine Schulter hinweg. Etwas Flehentliches legt sich über ihr Gesicht, und Charlie öffnet den Mund, nur um ihn einen Moment später wieder zu schließen. Ich muss mich nicht umdrehen, um sicher zu sein, dass Leo hinter mir steht.

»Was willst du hier?« Seine Stimme klingt so kühl, dass ich eine Gänsehaut bekomme. Ich will mich nicht einmischen, doch in diesen Sekunden würde ich ihn am liebsten einmal kräftig durchschütteln und zwingen, Charlie zuzuhören. Es ist offensichtlich, dass seine ältere Schwester mindestens so sehr unter der Situation leidet wie Leo.

»Mit dir reden«, beginnt sie und schluckt.

Leos Miene ist undurchdringlich, als ich mich etwas zu ihm drehe. Nur ein Handtuch um die Hüften geschlungen steht er am Ende des Flurs und macht keine Anstalten, näher zu kommen.

»Den Weg hättest du dir sparen können«, entgegnet er so eisig, dass Charlie schluckt.

Leo dreht sich ohne ein weiteres Wort um und verschwindet im Schlafzimmer. Ich stehe noch immer mit Charlie an der Wohnungstür und bekomme noch mehr Mitleid, als ihre grünen Augen plötzlich in Tränen schwimmen.

»Tja, das hätte ich wohl«, bringt sie heraus und schenkt mir ein verkrampftes Lächeln, das gründlich in die Hose geht. Ich habe sie schon am Ärmel gefasst, als sie Anstalten macht, sich umzudrehen.

»Komm erst mal rein«, sage ich und dämpfe die Stimme etwas. »Du hast ihn vielleicht ein bisschen überrumpelt.«

Charlie wischt sich die Träne weg, die sich aus ihrem Augenwinkel gestohlen hat, und nickt. Ich nehme ihr den Koffer ab und ziehe sie im Wohnungsflur in eine Umarmung. Zwar habe ich sie erst einige Male gesehen, doch die Stunden, die wir letzten Winter gemeinsam bei Leo im Krankenhaus verbracht haben, haben uns zusammengeschweißt. Charlie ist mir unfassbar sympathisch, und ich weiß genau, wie abgöttisch sie ihren kleinen Bruder liebt – anderer Vater hin oder her.

»Schön, dich zu sehen«, flüstere ich und spüre ihr Nicken an meiner Seite.

»Danke, Mila.«

Ich lächele sie ermutigend an und deute in Richtung Wohnzimmer.

»Spricht er wenigstens wieder mit dir?«

»Wohl eher andersrum«, meine ich und ziehe sie mit in die Küche. »Aber ja, wir haben uns wieder vertragen.«

»Na immerhin etwas.«

»Kaffee?«

Charlie nickt dankbar und klammert sich kurz darauf beinahe haltsuchend an ihre Tasse. Mir brennen die Fragen unter den Nägeln, gerne würde ich von Charlie erfahren, wie lange sie schon von Leos Vater wusste und wieso sie und Ben es ihm verschwiegen haben. Doch dieses Gespräch muss sie mit Leo führen, nicht mit mir.

Ich hebe den Kopf, als er in der Tür zum Wohnzimmer erscheint, mittlerweile angezogen, die Haare immer noch etwas feucht. Seinen angepissten Blick ignoriere ich und stoße mich vom Tresen.

»Ich hab dir gestern auch zugehört«, bemerke ich leise, während ich an ihm vorbeigehe. »Rausschmeißen kannst du sie hinterher immer noch.«

Leos Kiefermuskulatur arbeitet deutlich, doch er widerspricht mir nicht. Meine Hand streift seine Schulter im Vorbeigehen, kurz trifft mein Blick auf seinen, dann lasse ich die beiden allein und verziehe mich ins Schlafzimmer. Am liebsten würde ich lauschen, doch ich wage es nicht. Das ist eine Sache zwischen Leo und seinen Geschwistern.

Ich werde es schon noch früh genug erfahren.

*

Leonardo

Fast könnte man Mitleid mit Charlie bekommen, wie sie da sitzt, mit hochgezogenen Schultern und einer so angespannten Körperhaltung, als hätte ihr letztes Stündlein geschlagen.

Ich kämpfe gegen das in mir aufkeimende Mitleid an, als ich meine Schwester so sehe. Ist ja nicht so, dass ich sie nicht vermissen würde und es mir Spaß macht, ihre Anrufe und Nachrichten zu ignorieren. Aber irgendetwas in mir wehrt sich weiterhin mit Händen und Füßen gegen all die dahingesagten Entschuldigungen meiner Geschwister, von denen ich keine einzige glaube. Seit ich denken kann, waren die beiden die wichtigsten Bezugspersonen in meinem Leben, und trotzdem haben sie es nicht für nötig gehalten, mir diese alles verändernde Wahrheit zu sagen. Und jetzt soll ich ihnen das einfach so verzeihen?

»Leo, ich weiß, dass du unfassbar wütend bist«, höre ich Charlie sagen und hebe wie automatisch die Hand.

»Verletzt«, korrigiere ich, und sie verstummt wieder. »Unfassbar verletzt, weil ich einfach nicht glauben kann, dass ihr es wirklich so lange schon wusstet und trotzdem nie etwas gesagt habt. Das geht einfach nicht in meinen Kopf, verstehst du?«

Charlie schluckt. »Das tue ich. Aus deiner Sicht muss es wirklich komplett unverständlich wirken, aber du weißt, dass wir dir das niemals aus böser Absicht verschwiegen hätten. Es war nur zu deinem Besten.«

Mir entfährt ein ungläubiges Lachen. »Das kannst du nicht ernst meinen?«

Charlie schweigt, und ich schüttele leicht den Kopf. »Und ich habe wirklich gedacht, wir würden uns immer alles sagen.«

»Das haben wir auch, Leo! Aber diese Sache hat sowohl Ben als auch mich überfordert. Weißt du, wie furchtbar es war, als ich die ersten Vermutungen hatte? Ich wusste nicht, was ich tun sollte. Und dann, nachdem es so mit Papa eskaliert ist, wusste ich erst recht nicht mehr weiter. Dir ging es so schlecht, wir waren alles, was du noch hattest. Hättest du wirklich gewollt, dass wir dir dann auch noch von unseren wirren Theorien erzählen und alles noch schlimmer machen?«

»Hörst du dir eigentlich selbst zu? Das klingt so was von absurd. Vielleicht wäre genau dieses Detail hilfreich gewesen.«

»Ja, rückblickend denke ich das auch, aber es war nun mal nicht halb so einfach, wie es sich anhört. Bei Ben in Berlin ging's dir irgendwann besser, du konntest abschließen, zumindest dachten wir das, und du hast uns permanent das Gefühl gegeben, klarzukommen. Ich dachte wirklich, du wärst okay, Leo, bis zu dem Zeitpunkt, als du im Krankenhaus lagst und diese Halluzinationen nach der OP hattest. Als du am nächsten Tag zu mir meintest, es sei alles halb so schlimm, wusste ich, dass du uns all die Jahre angelogen hattest und wir feige genug waren, es einfach so zu glauben.« In Charlies Augen schimmern die Tränen.

»Soll ich mich dafür jetzt entschuldigen oder was?«

»Um Gottes willen, nein! Aber hast du uns wirklich so wenig vertraut?«

»Ich habe euch vertraut wie sonst niemandem! Du und Ben, ihr wart alles, was ich noch hatte, und ich habe jeden einzelnen Tag gespürt, wie ich euch überfordere. Euch hat das doch mindestens so kaputt gemacht wie mich, und ihr hättet es niemals gepackt, wenn ich mich nicht zusammengerissen hätte. Manchmal lügt man Menschen, die man liebt, eben an, um sie vor der beschissenen Wahrheit zu schützen!«

Charlie ist ganz ruhig geworden und sieht mich einfach nur an. »Du sagst es.«

Meine eigenen Worte hallen laut in meinem Kopf, während mir klar wird, was ich gesagt habe.

Verdammt, das war unklug …

»Dich zu beschützen war die ganze Zeit über alles, was wir wollten. Vielleicht haben wir nicht nur dich belogen, sondern auch uns selbst, in der Hoffnung, dass diese Lüge so in Erfüllung gehen würde. Dass du es ebenso vergessen würdest, wenn wir es nur gut genug verdrängen. Und dann stand da dieser Arzt in der Charité vor uns und wollte wissen, ob wir dir eine Niere spenden würden, und Leo, in diesem Moment hätte ich dir sogar alle beide gegeben, doch aus irgendeinem Grund wusste ich, dass es jetzt ans Licht kommen würde. Natürlich haben wir uns testen lassen, und mit den verschiedenen Blutgruppen bestand plötzlich kein Zweifel mehr an unserer Vermutung. Und es hat mir das Herz gebrochen – einerseits, weil ich dir nicht helfen konnte, andererseits, weil es so beschissen feige von uns war, dir weiter etwas vorzulügen. Es war falsch von uns, und es tut mir unendlich leid, doch das Allerschlimmste daran ist, dass genau das eingetreten ist, wovor ich so große Angst hatte. Wir haben es versaut, dich so sehr verletzt, und du hast dich von uns abgewandt, weil du allen Grund dazu hast.«

Ich kann nicht mehr denken. Es sind zu viele verschiedene Emotionen, die in mir hochkochen und meine Zunge lähmen. Doch Charlie scheint keine Antwort zu erwarten, strafft kaum merklich die Schultern und atmet tief durch.

»Das wollte ich dir sagen. Danke, dass du mir zugehört hast.« Sie geht an mir vorbei in den Flur, greift nach ihrem Koffer und sofort darauf nach der Türklinke. Ich stehe weiter wie paralysiert im Wohnzimmer, dann durchfährt es mich wie ein Stromschlag.

»Wer ist er?«, bringe ich heraus, und Charlie dreht sich zu mir um. Ich muss nicht konkreter werden, denn sie weiß genau, wen ich meine.

»Das musst du Mama fragen. Wir haben nie mit ihr darüber gesprochen«, sagt sie und klingt so ehrlich, dass ich ihr sofort glaube. Ich öffne den Mund, doch Charlie spricht weiter. »Sie wohnt noch in Stuttgart, alles wie früher … Fahr bitte vorsichtig. Und wenn du Hilfe brauchst, kannst du uns jederzeit anrufen.«

Mit diesen Worten dreht sie sich um und öffnet die Tür. Das leise Rollen ihres Koffers hallt im Treppenhaus und weiter in meinem Kopf, nachdem ich die Tür geschlossen habe und mich mit dem Rücken dagegen lehne. In mir ist alles taub, und ich fühle mich wie in Trance, als Mila aus dem Schlafzimmer tritt. In ihrem Blick pure Sorge.

»Alles okay?«, fragt sie, und ich bringe nur ein Kopfschütteln zustande. »Sag mir, was ich tun kann, Leo.«

Ihre flehende Stimme löst etwas in mir aus, und diese hellgrauen Augen blicken bis auf meine Seele. Ich höre mich sprechen, noch bevor ich es so wirklich verstanden habe.

»Deine Tasche packen …« Ich klinge tonlos, und Mila wird blass. Sie scheint mich völlig falsch zu verstehen. Ich beeile mich weiterzusprechen. »Ich muss nach Stuttgart. Und ich bitte dich, mich zu begleiten.«

ZWÖLF

Leonardo

Meine Hände sind so schwitzig, dass ich beinahe am glatten Leder des Lenkrads abrutsche, während ich meinen Wagen von der A81 auf die Ausfahrt nach Stuttgart lenke. Von hier trennen mich keine zwanzig Kilometer mehr von meiner ehemaligen Heimat, und das Herz schlägt mir schon jetzt bis zum Hals.

Es ist kurz nach fünf an diesem Sonntagabend, und Stuttgart präsentiert sich wie eh und je in bestem Feierabendverkehr. Die kurze Strecke zum Haus meiner Eltern im Norden der Stadt zieht sich so fürchterlich in die Länge, dass ich nervös mit den Fingerspitzen auf dem Lenkrad zu trommeln beginne und ein Fluchen nicht unterdrücken kann, als die beschissene Ampel genau vor mir auf Rot springt.

Milas Hand ist angenehm kühl, als sie sie auf meinen Unterarm legt. Sie braucht kein Wort zu sagen. Ein einziger Blick in ihre Augen genügt, und ich werde etwas ruhiger. Ich weiß nicht, wie sie das macht, aber ich weiß, dass ich schon während der Autofahrt den Verstand verloren hätte, wenn sie nicht bei mir wäre. Sie ist mitgekommen, ohne eine Sekunde zu zögern, und es bedeutet mir alles. Ich hätte es ebenso getan, wenn sie an meiner Stelle wäre, und trotzdem ist es keine Selbstverständlichkeit.

Nur eine halbe Stunde nachdem Charlie weg war, saßen wir in meinem Wagen, haben kurz bei ihrem Bruder in Potsdam gehalten, wo Mila einige Sachen geholt hat, und waren wenig später auf der Autobahn Richtung Süden.

Wir passieren meine ehemalige Grundschule, und mir fällt auf, dass ich wirklich unfassbar lange nicht mehr hier war, während ich schließlich in eine kleinere Straße abbiege. Obwohl wir schon über sechs Stunden unterwegs sind, habe ich immer noch keinen blassen Schimmer, was ich hier eigentlich tue. Was ich meiner Mutter sagen werde und was ich tun soll, wenn *er* da ist. Mein Herz klopft mit jedem Meter, dem ich mich unserem Wohngebiet nähere, lauter. Ich bin kurz davor, einfach umzudrehen, als ich schließlich in die verkehrsberuhigte Sackgasse biege, in der ich groß geworden bin.

Absolut nichts hat sich hier verändert. Die Reihenhäuser wirken bis auf ihre unterschiedlichen Vorgärten fast lächerlich gleich und lassen das Viertel so scheinheilig idyllisch wirken, dass ich am liebsten kotzen möchte. Kinder rennen kreischend von einer Straßenseite zur anderen, haben mit Kreidefarben kleine Wege auf den Asphalt gemalt und finden sich brav am Bürgersteig ein, damit ich vorbeifahren kann. In mir ist alles bereit zur Flucht, als ich das Reihenendhaus erblicke. Sie haben einen neuen Briefkasten, ansonsten sieht alles so verdammt gleich aus.

»Ist es das?« Milas Stimme reißt mich aus meinen Gedanken, und ich ringe mir ein fahriges Nicken ab. Diesmal weiche ich ihrem Blick aus. Es geht nicht anders. Ich kann nicht mehr atmen, als ich den dunkelblauen Renault in der Einfahrt stehen sehe. *Warum ist er nicht arbeiten oder sonst wo?*

»Es ist doch Sonntag, Leo.«

Ich zucke zusammen, habe gar nicht bemerkt, dass ich meine Gedanken laut ausgesprochen habe, und spüre Milas Blick auf mir.

»Ja, stimmt …« Ich atme tief durch.

Entspann dich, Mann. Er kann dir nichts mehr. Du bist stärker, du bist mit dem Auto hier. Wenn es eskaliert, bist du in weniger als fünf Sekunden wieder weg.

Milas Hand geht wie automatisch zu ihrem Sicherheitsgurt, als ich meinen Wagen seitlich an die Straße gestellt habe. Es dauert einen Moment, bis ich verstehe, was sie vorhat.

»Du wartest im Auto«, entscheide ich und hasse, wie autoritär ich klinge. Doch in dieser Sache bin ich nicht bereit zu verhandeln. Nicht, wenn es um Milas Sicherheit geht, denn ich habe keinen blassen Schimmer, was mich in diesem Haus gleich erwartet. »Bitte«, schiebe ich leiser hinterher, als Mila mich flehend ansieht.

»Okay.« Sie scheint zu verstehen. »Aber wenn du länger als eine halbe Stunde nicht wieder rauskommst, werde ich …«

»So lange wird es nicht dauern.«

Ihre Hand findet meine ein weiteres Mal. Es ist nur eine kleine Geste, aber in diesen Sekunden gibt sie mir das letzte bisschen Kraft, das ich benötige, um tatsächlich auszusteigen.

»Ich warte auf dich.«

Ich nicke dankbar, löse meine Finger von ihren und taste nach meinem Gurt. Der Abend ist lau, als ich die Fahrertür öffne und auf die Straße trete. Weiter unten spielt noch immer eine Meute von Kindern, wird nach und nach zum Essen in die umliegenden Häuser gerufen. Mein Magen verknotet sich, als ich an früher denke. Meist war ich derjenige von ihnen, der am längsten draußen herumhing, stundenlang im Dreck gespielt hat. Alles war besser, als zurück nach Hause zu müssen.

Meine Schritte sind mechanisch, alles in mir wehrt sich dagegen, diesem Haus auch nur einen Meter näher zu kommen, doch ich bin die sechshundert Kilometer von Berlin sicher nicht umsonst gefahren. Ich brauche endlich Gewissheit.

David & Daniela Wagner mit Familie, lese ich auf dem Klingelschild und unterdrücke ein Würgen.

Mit Familie …

Es ist so unendlich lächerlich. Es steht da tatsächlich noch immer, als wäre nie etwas gewesen. Mit einem Schlag fühle ich mich wieder wie ein Kind. Hilflos, schwach. Schulranzen auf dem Rücken, eine schlechte Klassenarbeit im Gepäck, für die ich spätestens am Wochenende die Konsequenzen zu tragen habe. Meine Wangen beginnen unangenehm zu brennen.

Zeig sie nicht Papa, es macht ihn nur wütend. Du musst dich beim nächsten Mal mehr anstrengen, Leo.

Ein lautes Kinderlachen lässt mich zusammenfahren, und ich schüttele mich.

Beruhig dich. Du bist erwachsen, erfolgreich, unabhängig. Das hier ist nichts als Vergangenheit.

Ich atme ein letztes Mal tief durch und hebe dann die Hand. Die Klingel kommt mir unfassbar weit weg vor, meine Finger zittern, und ich balle meine Hand für einen kurzen Moment zur Faust, ehe ich mich zusammenreiße und den Knopf drücke. Dumpf dringt die alberne Melodie an mein Ohr. Kurz darauf höre ich Schritte und werde eine Spur ruhiger. Mit an Sicherheit grenzender Wahrscheinlichkeit kann ich die sich einer Tür nähernden Schritte richtig vorhersagen. Jahrelange Übung. Ein bitteres Grinsen zuckt an meinen Mundwinkeln, dann trete ich einen Schritt zurück.

Sie ist alt geworden. Es ist das Erste, das mir durch den Kopf schießt, als sich die grünen Augen auf mich richten und leicht weiten. Mama sieht mich an, für einen Moment verwirrt, dann scheint sie zu begreifen. Ich bringe kein Wort heraus. Diese Augen, genauso teilnahmslos apathisch wie damals. Doch nun ist mir, als sähe ich einen winzigen Funken Leben in ihnen aufblitzen.

»Leo?«

Ich bekomme eine Gänsehaut. Sie soll mich nicht so nennen. Ich bin nicht mehr der Leo von damals, und das will ich ihr sagen, aber ich tue es nicht. Stattdessen zwinge ich mich zu einem kurzen Nicken. Offensichtlich weiß sie nicht, ob und wie sie mich begrüßen soll. Sie hält inne, als ich auf ihre kleine

Bewegung einen kaum wahrnehmbaren Schritt zurückweiche, und beschränkt sich darauf, den Arm wie schützend unter ihre Brust zu ziehen.

»Ist er da?«, frage ich und setze alles daran, dass meine Stimme fest bleibt.

»Dein Vater? Nein, er … er liegt seit letzter Woche im Katharinenhospital. Leberversagen, es sieht nicht gut aus.«

Ich unterdrücke ein bitteres Lachen. Er liegt in jener Klink, in die ich vor sechs Jahren eingeliefert wurde, nachdem er mich so verprügelt hatte, dass beinahe alles zu spät war. Das nennt man dann wohl Ironie des Schicksals.

»Bist du deswegen hier? Haben Ben und Charlie dir doch Bescheid gesagt?«

Meine Kehle schnürt sich zu, während ich mechanisch den Kopf schüttele. Darüber hat keiner der beiden ein Wort verloren. Sofort verpufft jegliches Vertrauen, das ich durch Charlies Erklärung vorhin wieder fassen konnte. Was kann ich meinen Geschwistern eigentlich überhaupt noch glauben?

»Das tut mir leid«, sage ich reflexartig und aus reiner Höflichkeit. *Lügner*, schreit mein Unterbewusstsein. *Er ist dir scheißegal.* Wie recht es hat. »Es ist etwas anderes.«

»Möchtest du reinkommen?«

Nein.

»Danke.« Das Blut rauscht mir in den Ohren, während ich über die Schwelle in den Flur trete. Sie haben gestrichen. War vermutlich auch bitter nötig, nachdem es hier aussah wie beim Schlachter. Es riecht noch wie damals. Irgendwie vertraut, aber auch so, dass mir übel wird. Ich will mich nicht erinnern. An nichts, was in diesen Räumen geschehen ist. Es ist nicht mehr von Bedeutung.

Obwohl ich es nicht will, geht mein Blick in die Küche, und meine Knie werden weich. Diese Ecke zwischen Kühlschrank und der Spülmaschine. Der Messerblock steht jetzt weiter oben im Regal. Die Arbeitsflächen sind sauber, aufgeräumt. Ohne braunes Altglas. Er muss wirklich schon länger nicht mehr hier gewesen sein.

»Setz dich doch. Bist du von Berlin hergefahren? Ich hole dir etwas zu trinken. Die Fahrt war sicher anstrengend.«

»Nicht nötig. Ich bleibe nicht lange«, sage ich, und Mama verstummt. Ich räuspere mich, reiße meinen Blick von der Wohnzimmereinrichtung los und schaue ihr zum ersten Mal richtig ins Gesicht. »Machen wir es am besten kurz: Gib mir Name und Adresse meines Vaters, ich will ihn kennenlernen, nachdem du es die letzten zweiundzwanzig Jahre nicht für nötig gehalten hast, mir von ihm zu erzählen.«

Es ist genau, wie ich erwartet habe. Ihre hellen Augen weiten sich kaum sichtbar, sie öffnet den Mund, nur um ihn eine Sekunde später wieder zu schließen.

»Ich weiß nicht, was du meinst«, bringt sie schließlich heraus, und ich würde am liebsten laut auflachen.

»Oh nein, versuch es gar nicht erst.« Nur mit viel Selbstbeherrschung gelingt es mir, ruhig zu bleiben. Am liebsten würde ich schreien. Hält sie mich für völlig bescheuert?

Ich rechne mit einer erneuten Ausrede, doch als hätte jemand einen Schalter in ihr umgelegt, scheint plötzlich etwas in Mama zu brechen.

»Ich wollte, dass du es nie erfährst.« Sie will erneut nach mir greifen, und obwohl sich alles in mir dagegen sträubt, lasse ich es zu. Stocksteif verharre ich unter den kalten Händen, die sich links und rechts an meine Arme legen.

»Wer ist er?«

»Leo, ich …«

»Nein, verflucht. Hör auf damit! Sag mir ein einziges Mal die Wahrheit.«

Sie zuckt zusammen und zieht die Hände zurück. »Es tut mir so leid, Leo. Aber es war unendlich kompliziert. Dein Vater, er … er hat sich immer Mühe gegeben, dich zu akzeptieren. Es war nicht leicht für ihn, das verstehst du doch? Nach dem Vaterschaftstest war er am Boden zerstört!«

Vaterschaftstest.

Für einen viel zu langen Moment habe ich das Gefühl, mir würden die Beine versagen. Ich zwinge mich, weiter zu atmen.

»Wag es ja nicht, ihn noch einmal so zu nennen.«

»Wie … Deinen Vater?« Mama stockt. »Leo, aber er ist doch …«

»Er ist ein Monster. Ich hasse ihn. Er war nie auch nur ansatzweise ein Vater für mich.«

Tränen treten ihr in die Augen. »Ich wollte das doch alles nicht.«

Es ist so schwer, weiter zu atmen. Sie wollte es nicht. Mich … Weil meinetwegen alles schwierig wurde.

»Kenne ich ihn?«, bringe ich hervor. »Oder noch viel wichtiger: Weiß er überhaupt, dass es mich gibt?«

Ein Muskel zuckt an ihrem Kiefer, während sie den Kopf schüttelt. »Du kennst ihn nicht, nein. Paolo, er lebt in Italien. Früher hat er Briefe geschickt, ich habe sie gesammelt und versteckt. Ich wollte sie dir geben, Leo, bitte, glaub mir! Ich wollte das wirklich. Es hat sich nur nie der richtige Zeitpunkt geboten, und ich musste vorsichtig sein. David war … er hat darauf immer sehr empfindlich reagiert, und ich hatte Angst, es würde alles nur noch schlimmer werden. Du hättest Paolo sicher kennenlernen wollen. Ich wollte doch nur verhindern, dass unsere Familie vollends auseinanderbricht. Ich habe alles kaputtgemacht.«

Paolo.

Italien.

Atmen. Ich muss atmen.

Aber es ist so unendlich schwer.

Trotz ihrer Tränen empfinde ich kein Mitleid. In mir ist alles taub. Es hätte einen Ausweg gegeben. Einen Mann, der mein

Vater hätte werden können. Vielleicht wäre mir das alles erspart geblieben, wenn sie den Mut gehabt hätte, mir einfach die verdammte Wahrheit zu sagen.

»Wie konntest du …?« Meine Stimme zittert vor unterdrückten Emotionen, mein ganzer Körper bebt. Ich bin nicht sauer, nicht traurig, nicht schockiert. In diesem Moment bin ich komplett leer.

»Es tut mir so unglaublich leid, Leo.«

»Du hättest das alles verhindern können. Du hattest eine verdammte Wahl!« Plötzlich schreie ich doch. »Du hast ihm nie gesagt, was bei uns los war? Herrgott noch mal, du hättest zu ihm nach Italien gehen können, du hattest die Wahl, mir eine Kindheit zu geben, und du hast es nicht getan … Kein Mensch hat dich dazu gezwungen, bei diesem Psycho zu bleiben!«

»Es war kompliziert Leo, es ging nicht … Dass du das einfach nicht verstehst! Dein Vater hat …«

»Oh nein, wag es nicht, nenn ihn nicht so. Es reicht, dass du das mein Leben lang getan hast.« Ich spucke Mama die letzten Worte geradezu vor die Füße und sehe, dass ihr das letzte bisschen Farbe aus dem Gesicht gewichen ist. Mein erster Impuls ist, mich umzudrehen, sie stehen zu lassen, dann fällt mir etwas ein.

»Die Briefe«, fahre ich sie an. »Du hast gesagt, du hast sie aufgehoben.«

»Ja.« Mama zuckt unter meiner scharfen Stimme zusammen und dreht sich um. Ihr demütiges, fast unterwürfiges Verhalten ist wie ein Schlag direkt in den Magen. Das ist es, wozu er sie gemacht hat. Eine Gehorsame. Es hätte eine Möglichkeit für sie gegeben, ihm zu entkommen. Aber anstatt gegen ihn auszusagen, hat sie sich für ihn entschieden, und in diesen Sekunden bin ich mir sicher, dass ich es niemals verstehen werde.

Noch immer am ganzen Körper zitternd beobachte ich, wie sie das Wohnzimmer mit schnellen Schritten durchquert und an den alten Sekretär tritt, der seit ich denken kann neben der

Terrassentür steht. Fassungslos sehe ich ihr dabei zu, wie sie eine der Schubladen öffnet, tief in die darin aufbewahrten Papiere greift und einen Stoß Briefe von ganz unten hervorzieht.

Einen Moment lang habe ich das Gefühl, keine Luft mehr zu bekommen. Jahrelang saß ich Mittag für Mittag an diesem Tisch und habe meine Hausaufgaben gemacht. Lagen die Briefe schon immer in dieser Schublade? Mir wird übel.

»Er wusste von dir, seit du acht warst. Die Briefe wurden weniger, als ich ihn darum bat, nicht mehr zu schreiben. Einmal konnte ich einen Brief nicht schnell genug aus der Post nehmen. David hat ihn gelesen.« Mama schluckt, und mir wird kalt, als ich die aufflackernde Panik in ihren Augen erkenne. »Es war der letzte, der kam. Zu deinem sechzehnten Geburtstag.«

*

Emilia

Seit vierzehn Minuten starre ich abwechselnd auf die in die Fahrzeugarmaturen eingelassene Uhranzeige und die Haustür mit der Nummer vierunddreißig. Nervös zwirbele ich eine meiner Haarsträhnen zwischen den Fingern, seufze leise und werfe erneut einen Blick auf die Uhr. Die Zeit kriecht, und mit jeder weiteren Sekunde werde ich nervöser.

Es wird nichts passieren. Leo hat alles im Griff. Ich muss nur fest daran glauben, dann wird es hoffentlich wahr.

Die ganze Fahrt über hatte ich gebetet, dass sein Vater nicht da sein würde. Was, wenn er komplett austickt, sobald Leo ihm wieder gegenübersteht? In Gedanken habe ich mir längst die schlimmsten Szenarien ausgemalt, halte mein Handy griffbereit, jederzeit gewappnet, die 110 zu wählen.

Ich lasse meinen Blick die Straße entlangwandern und beobachte die unbeschwert spielenden Kinder. Ob Leo je auch so war? Gedankenlos, fröhlich, einfach ein Kind? Einer dieser lachenden Zwerge, die sich auf ihren City-Rollern die Spielstraße hinabjagen und bei ihren waghalsigen Bremsmanövern die Knie aufschürfen? Ich kann es mir fast nicht vorstellen.

Mein Kopf zuckt zur Seite, als ich aus den Augenwinkeln eine Bewegung wahrnehme und sehe, wie sich die Haustür der Wagners öffnet. Meine Hand liegt bereits am Öffner der Beifahrertür, noch ehe ich die Situation so recht überblickt habe.

Leo ist kreidebleich, in den Händen hält er einen ordentlich zusammengebundenen Stapel Briefe und würdigt die Frau, die ihm verzweifelt hinterherläuft, keines Blickes. Ich hatte mir seine Mutter komplett anders vorgestellt. Herzloser, unsympathischer, nicht halb so mitleiderregend. Jetzt ist alles, was ich sehe, eine zierliche Dunkelblonde mit eingefallenen Wangen, ermattetem Blick und Leos Mund. Bereits jetzt fällt es mir schwer, sie weiter zu hassen, denn sie strahlt etwas Zerbrechliches, Resigniertes aus, das mich eine Gänsehaut bekommen lässt, wenn ich daran denke, was diese Frau alles mitgemacht hat.

Einige Atemzüge lang verharre ich weiter im Auto, starre auf die Haustür, doch sie bleibt leer. Keine Spur von Leos Vater. Vielleicht besser so, denn gerade könnte ich nicht mehr dafür garantieren, beim Anblick dieses schrecklichen Menschen weiter ruhig zu bleiben.

Leos Mutter verharrt am Hauseingang, als zwei Mütter mit Kinderwagen Blicke in ihre Richtung werfen. Sofort verstummt sie, lässt Leo ziehen und nickt den Frauen mit einem aufgesetzten Lächeln zu. Den Schein wahren, nicht auffallen in dieser Reihenhaussiedlung, die gemacht ist für perfekte, mustergültige Familien.

Was für ein riesengroßer Witz.

Leo scheint sich einen Dreck darum zu scheren, was die Nachbarn von ihm denken, steuert zielstrebig auf seinen Wagen zu, und ehe ich so wirklich weiß, was ich eigentlich tue, bin ich ausgestiegen und gehe auf ihn zu. Seine Kiefermuskulatur zuckt, so angespannt ist er.

»Lass uns fahren.« Leo klingt viel zu ruhig dafür, dass er aussieht, als würde er jeden Moment die Fassung verlieren. Gefährlich ruhig.

Mein Blick zuckt für den Bruchteil einer Sekunde zurück zu seiner Mutter, die da noch immer in der sperrangelweit geöffneten Tür steht. Mit Sicherheit hat sie keinen blassen Schimmer, wer ich überhaupt bin. Erst in diesen Sekunden wird mir klar, dass sie nicht den Hauch einer Ahnung hat, wie sein Leben in Berlin eigentlich aussieht. Ich wende den Blick ab.

»Gib mir die Schlüssel«, fordere ich mit ebenso leiser Stimme, halte Leos Blick stand, der sich für einen Moment auf mein Gesicht legt, und halte ihm die geöffnete Hand hin. »Ich möchte nicht, dass du jetzt fährst.«

Ich bin mir sicher, er hätte widersprochen, würde er nicht noch immer den Blick seiner Mutter im Rücken spüren. So lässt er den Schlüsselbund kommentarlos in meine Hand fallen, ehe er auf der Beifahrerseite in den Wagen steigt.

»Jetzt fahr schon«, zischt Leo, als ich neben ihm sitze, und obwohl ich bei seinen scharfen Worten zusammenzucke, sage ich nichts. Ich weiß, dass er es nicht so meint, überfordert und aufgewühlt ist. Ich lasse den Motor an und trete so fest aufs Gaspedal, dass der Wagen einen Satz nach vorn macht.

Leo sagt kein Wort, sein Blick ist starr durch die Windschutzscheibe gerichtet, und nachdem ich dreimal wahllos abgebogen bin, setze ich den Blinker erneut und halte kurzerhand am Straßenrand. Drückende Stille legt sich über uns, als der Motor erstirbt.

»Bist du okay?«

Einen kurzen Moment lang bezweifle ich, ob Leo mich überhaupt gehört hat, dann zuckt er kaum wahrnehmbar die Schultern. Seine Finger krampfen sich um die Umschläge in seinen Händen.

»Keine Ahnung.« Seine tonlose Stimme jagt mir eine Gänsehaut über die Arme. Erst jetzt reißt Leo den Blick von der Straße vor uns los und sieht mich wieder an. Er sieht völlig verstört aus.

»War dein Vater da?«, frage ich und bemerke meine falsche Formulierung noch im gleichen Moment. Gott, wie soll ich ihn denn nun nennen? Es ist alles so verdammt kompliziert.

Leos erneutes Kopfschütteln lässt mich erstaunt die Augenbrauen heben. Ich hatte felsenfest damit gerechnet, dass er nur seinetwegen so durch den Wind ist.

»Das Schicksal zahlt es ihm wohl endlich heim. Er liegt im Krankenhaus und ist dabei, an seiner verdammten Alkoholiker-Leber zu krepieren.«

Ich glaube, ich habe Leo noch nie so abfällig über jemanden sprechen hören, und zwinge mich zu einem mechanischen Nicken. *Auch das noch …*

»Also war nur deine Mutter da?«, hake ich nach. »Was hat sie dir gesagt?«

»Sie hat mir die hier gegeben.« Leo scheint sich wieder an die Briefe in seinen Händen zu erinnern. »Mein echter Vater wusste von mir. Er hat Briefe geschrieben.«

Ich ziehe scharf die Luft ein. »Warum hat sie dir nie davon erzählt?«

Leo presst die Lippen aufeinander und zuckt mit den Schultern.

»Das ist doch …« Ich beiße mir auf die Unterlippe und starre Leo ungläubig an.

»Kaum zu fassen, ist das, ja«, beendet er meinen Satz.

»Und wie heißt er?«

Leos Blick wird leerer.

»Sie hat Paolo gesagt«, meint er wie zu sich selbst und zieht einen der Briefe unter dem Band hervor, um den Absender auf seiner Rückseite zu studieren. »Paolo Vassallo. Aus Italien … Trentino, Südtirol.«

»Was?« Ich schlucke. »Wirklich, du meinst …?«

Doch Leo nickt bloß.

»Und jetzt?«, bringe ich heraus.

Leo sitzt weiter stocksteif neben mir, braucht nicht mal mit den Schultern zu zucken. Ich sehe ihm auch so an, dass ihn die gesamte Situation komplett überfordert.

»Ich muss da hin.« Seine Stimme klingt wackelig, und ich glaube für einen kurzen Moment, er macht Witze. Als er dann jedoch über das Navi-Display die Straßenkarte aufruft, verstehe ich, dass er das wirklich ernst meint. Wortlos verfolge ich, wie er die Adresse eingibt und die Navigation startet. Sekunden später erscheint die vorgeschlagene Route vor unseren Augen. Sie endet nur knapp oberhalb des Gardasees, irgendwo mitten in den Südtiroler Dolomiten.

»Warte, was? Du meinst, jetzt sofort?« Ich stocke. »Glaubst du nicht, es wäre besser, du würdest noch mal in Ruhe mit deiner Mutter sprechen und sie nach einer Telefonnummer fragen?«

Weiter komme ich nicht, denn Leo fällt mir ins Wort, und bei der Schärfe, die in seiner Stimme mitschwingt, verstumme ich sofort.

»Es geht hier nicht um eine Reservierung in einem Hotel oder irgendein Meeting … Es ist mein Vater, und ich werde nach zweiundzwanzig Jahren sicher nicht noch länger warten und erst mal anrufen, wann es ihm denn passt.«

Ich beiße mir auf die Unterlippe und verkneife mir meine Antwort. Gerade bei zweiundzwanzig Jahren sollte eine Nacht mehr oder weniger ja wohl kaum noch ausschlaggebend sein. Gleichzeitig kann ich verstehen, dass Leo nun Gewissheit braucht.

Mein Blick geht erneut zum Navi.

535 Kilometer bis zum Ziel.

Errechnete Ankunftszeit: 23:48 Uhr.

Ich schlucke.

»Also ziehen wir das echt durch?«, frage ich vorsichtig, als ich Leos Blick auf mir spüre.

»Mila, ich muss das machen. Es tut mir leid, vielleicht wäre es besser gewesen, wenn du in Berlin geblieben wärst. Ich weiß, dass du Montag Uni hast. Ich kann dich zum Bahnhof bringen, es sollte kein Problem sein, noch einen ICE nach Berlin zu bekommen.«

Mir klappt der Mund auf, und ich verstehe, dass Leo das gerade bitterernst meint. Er wird heute keine Kompromisse eingehen.

Kurz denke ich an Berlin und die Uni. Daran, dass ich Montagmorgen Vorlesung habe und am Dienstag bei Dr. Weber aufkreuzen soll. Auch mein Doktorarbeitszeitplan sieht definitiv keinen spontanen Italientrip vor … Aber das hier ist wichtig. Für Leo und daher auch für mich.

Ich merke bereits, wie ich nicke. »Nein, ich komme mit.«

Leo wirft mir einen argwöhnischen Blick zu, während ich wieder nach dem Schlüssel taste, der noch in der Zündung steckt.

»Bist du sicher, dass …?«

»Leo, ja. Ich habe ernst gemeint, was ich dir heute Morgen gesagt habe.«

Heute Morgen. Es kommt mir vor, als wäre es Wochen her, dass ich neben ihm aufgewacht bin. Nicht im Traum hätte ich mir einfallen lassen, dass ich noch am gleichen Tag mit Leo auf dem Weg nach Italien sein würde. Zu seinem leiblichen Vater.

Leo zögert, fast so, als wolle er mir eine letzte Chance geben, mich doch noch umzuentscheiden. Doch ich erwidere seinen Blick so lange, bis er nickt.

»Lass mich fahren, okay?«, bittet er, und erst will ich den Kopf schütteln, glaube nicht, dass Leo sich nun angemessen auf den dichten Feierabendverkehr der Autobahnen konzentrieren kann, doch verstehe dann, dass es genau das ist. Er will fahren, um nicht nachdenken zu müssen und tatenlos neben mir zu sitzen. Es ist nachvollziehbar, also nicke ich.

Wir tauschen die Plätze, dann fädelt Leo sich wieder in den Verkehr ein. Wir reden nicht mehr, während er seinen Wagen auf die Autobahn lenkt. Ich werfe einen kurzen Blick auf mein Telefon, sehe gleich mehrere Textnachrichten und Anrufe von Ben.

Leo ist nicht wirklich nach Stuttgart gefahren?? Mila, bitte! Bist du bei ihm? Er geht nicht ans Handy.

Hat er mit unserer Mutter gesprochen?

Schreib mir einfach kurz, dass es euch gut geht und ihr sicher von der Straße runter seid. Bitte, ich dreh hier bald durch!

Ich schlucke und werfe einen verstohlenen Blick zu Leo, der jedoch weiter die Straße vor uns fixiert.

Ja, wir sind in Stuttgart. Eure Mutter hat Leo gesagt, wer sein leiblicher Vater ist. Wir sind jetzt auf dem Weg zu ihm.

Kaum ist mein Text verschickt, hat Ben ihn schon gesehen. Er beginnt sofort zu schreiben.

Und wohin genau?

Nach Italien, aber den Rest muss Leo dir erzählen. Ich melde mich wieder, wenn wir angekommen sind. Mach dir keine Sorgen, es geht ihm gut.

Schuldbewusst versenke ich das Handy wieder in meiner Tasche und bin froh, dass Leo nicht mitbekommen hat, wem ich da schreibe. Zwar verstehe ich, dass er abgrundtief von seinen Geschwistern enttäuscht ist, jedoch muss Ben sich unglaubliche Vorwürfe machen. Und ich fühle mich, als würde ich zwischen allen Stühlen sitzen.

Warum, verflucht, hat seine Mutter jahrelang gelogen? War ihr nicht klar, dass sie damit alles nur noch schlimmer machen würde? Irgendwann würde die Bombe schließlich platzen. Sie hätte Leo so viel Schmerz ersparen können. Ich unterdrücke ein Seufzen und schließe für einen Moment die Augen.

Leo schweigt noch immer, fährt schneller als sonst, aggressiver, und zum ersten Mal seit ich ihn kenne ertappe ich mich dabei, wie ich alles andere als entspannt neben ihm im Wagen sitze und mich am liebsten mit einer Hand am Innengriff der Beifahrertür festhalten würde.

»Leo, hier ist 120«, bemerke ich, als er ohne mit der Wimper zu zucken mit guten sechzig Stundenkilometern mehr auf dem Tacho in die tempobegrenzte Zone brettert.

»Ich weiß«, pampt er mich an.

Es tut weh, auch wenn mir bewusst ist, dass er es nicht so meint. Ich hasse es, dass er so angespannt und überfordert ist. Ich will irgendetwas tun, um ihm zu helfen, aber ich habe keinen blassen Schimmer, was es sein könnte.

Ich sage nichts mehr, doch Leo fährt tatsächlich wieder vorsichtiger. Kilometer um Kilometer fliegen an uns vorbei, die Sonne senkt sich rotorange über die Autobahn, wirft lange Schatten auf den Asphalt und verschwindet schließlich hinter den in der Ferne bereits zu erahnenden Alpen. Das ist so verrückt. Vor wenigen Stunden waren wir in Berlin, jetzt habe ich keinen blassen Schimmer, wo wir die Nacht verbringen werden.

Ich unterdrücke ein Gähnen und kämpfe dagegen an, einfach meine Augen zu schließen. Obwohl ich den ganzen Tag über nur im Auto saß, bin ich komplett erledigt. Wie es Leo gehen muss, der die ganze Strecke gefahren ist, will ich lieber gar nicht wissen. Unauffällig lasse ich meinen Blick nach links wandern, betrachte ihn von der Seite, während er die Straße vor sich fixiert. Das Adrenalin scheint langsam, aber sicher seinen Körper zu verlassen. Sein Blick ist leer, er hält das Lenkrad mit nur einer Hand, vor uns die schier endlos lange Autobahn gen Süden. Ich fasse einen Entschluss, als ich bemerke, wie Leo angestrengt blinzelt.

»Können wir da vorne kurz raus fahren? Ich muss auf die Toilette«, frage ich, als am Straßenrand eine Tankstelle angekündigt wird, und reiße Leo damit aus seinen Gedanken.

Er nickt abwesend. »Klar.«

Tatsächlich setzt er den Blinker und hält schließlich auf dem Parkplatz. Er dreht den Kopf zu mir, als wir stehen und ich, anstatt auszusteigen, sitzen bleibe. Zögerlich lege ich meine Hand auf seinen Arm.

»Lass uns bitte einen Zwischenstopp einlegen und morgen weiterfahren«, sage ich. »Du bist völlig durch den Wind.«

Leo sieht mich einfach nur weiter an, und einen Moment lang bin ich mir sicher, dass er sich weigern wird. Dann verändert sich sein Blick. Er sieht mit einem Mal nur noch fürchterlich erschöpft aus. Langsam nickt er.

Ich lasse meine Hand seinen Arm hinunterwandern und spüre, wie er sie ergreift. Die erste kleine Geste, seit dem Gespräch mit seiner Mutter. Die ersten Emotionen, die er wieder vor mir zulässt.

»Ja«, sagt er resigniert.

Ich sehe ihn an, möchte ihm in diesem Augenblick einfach nur versichern, dass alles wieder gut wird, und bleibe trotzdem stumm, da ich ihn nicht anlügen kann. Wir wissen nicht, was uns in Italien erwartet. Ich kann nur beten, dass es keine böse Überraschung wird.

»Lass uns gleich beim Autobahnkreuz Richtung München weiterfahren«, schlage ich vor. »Wir können bestimmt bei Mary übernachten. Ich rufe sie an.«

»Mary?« Leos Stirn legt sich in Falten.

»Meine Mitbewohnerin von damals«, helfe ich ihm auf die Sprünge.

Er nickt abwesend. »Ach, ja.«

»Oder wir nehmen ein Hotelzimmer, wenn dir das lieber ist.«

»Mir wäre es lieber, wir würden die Strecke einfach so schnell wie möglich hinter uns bringen.«

»Leo, bitte. Sei vernünftig. Du bist heute schon fast achthundert Kilometer am Stück gefahren, du brauchst eine Pause.

Außerdem ist es vielleicht klüger, morgen im Laufe des Tages bei deinem Vater aufzuschlagen und nicht mitten in der Nacht.«

Leo seufzt leise. »Ich weiß.«

»Dann ruf ich Mary an?«

»Ruf sie an, ja.«

Ich suche die Nummer meiner ehemaligen Kommilitonin, während Leo draußen seinen Wagen volltankt, lausche dem Freizeichen und kurz darauf Marys überraschter Stimme.

»Mila …?«

»Oh mein Gott, Mila, wie lang ist es bitte her?!«

Mary fällt mir sofort um den Hals, kaum dass sie die Tür zu meiner früheren Wohnung aufgerissen hat. Obwohl mir nicht wirklich danach zumute ist, muss ich lachen, erwidere ihre feste Umarmung und werfe über ihre Schulter einen Blick in den Flur. Alles sieht noch genauso aus wie zu meinem Auszug.

»Viel zu lange«, erwidere ich wahrheitsgemäß. Seit ich in Berlin lebe, wurden unsere Telefonate erst immer weniger und haben schließlich sogar ganz aufgehört. Es ist schade, denn vermutlich hat Mary mittlerweile nicht mehr den Hauch einer Ahnung, was in den letzten Wochen alles in meinem Leben passiert ist. Und diese Tatsache beruht mit Sicherheit auf Gegenseitigkeit.

»Du sagst es«, meint sie und zieht mich in den Flur. »Und du musst Leo sein! Mila hat von dir erzählt, ich bin Mary«, fällt sie nun über ihn her, und augenblicklich bereue ich es, Leo mit hierhergeschleppt zu haben. Ich liebe Mary, aber manchmal ist ihr Gefühl dafür, wann es jemandem zu viel wird, nicht das Beste. Und ich kenne Leo gut genug, um mir sicher zu sein, dass ihm heute Abend alles zu viel ist. Mary weiß nicht annähernd, weshalb wir hier sind, und hat mir meine Behauptung, wir würden Freunde am Bodensee besuchen, sofort abgenommen.

»Schön, dich kennenzulernen, Mary. Danke, dass du uns so spontan aufnimmst.«

»Aber immer doch, kommt rein.«

Es ist verrückt, aber Leo schafft es, völlig unbeschwert zu klingen. Ich weiß nicht, ob ich beeindruckt oder besorgt sein soll. Plötzlich steht wieder dieser Leo vor mir, den ich vor Monaten in Berlin kennengelernt habe. Keine schlechten Tage, mit jedem befreundet.

Zum ersten Mal, seit wir zusammen sind, wird mir klar, wie verrückt es ist, dass ausgerechnet ich diejenige bin, vor der er diese Maske ablegt und Gefühle zulässt. Mit einem Mal will ich ihn einfach nur in den Arm nehmen, festhalten und ihm versichern, dass alles gut werden wird.

Stattdessen folgen wir Mary durch den Flur in die geräumige Küche. Nachdem ich ausgezogen bin, hat sie ihr Schlafzimmer in mein ehemaliges Zimmer verlegt und den anderen Raum, der den nicht zu verachtenden Vorteil eines direkten Zugangs auf einen kleinen, aber feinen Balkon hat, zum Wohnzimmer umfunktioniert. Das ausklappbare Sofa wird heute Nacht Leos und mein Schlafplatz sein.

Da mein Magen unüberhörbar knurrt, bestellen wir kurzerhand Pizza. Wenig später sitzen wir zu dritt am runden Küchentisch, und wäre der Grund, weshalb wir überhaupt hier sind, nicht so unglaublich verkorkst, hätte ich fast das Gefühl, alles sei noch ganz genau wie damals. Mary erzählt mir haargenau von all meinen ehemaligen Kommilitonen, und kurz vermisse ich es schrecklich, das Medizinstudium an der LMU und die vielen Freunde, die ich hier hatte.

Aber immer wenn mein Blick zur Seite geht, an Leo kleben bleibt, der sich neben mir zurückgelehnt und einen Arm auf meiner Stuhllehne hinter meinem Rücken abgelegt hat, verbanne ich diesen Gedanken sofort wieder aus meinem Kopf. Für nichts auf dieser Welt würde ich mein jetziges Leben wieder gegen das in

München eintauschen. Seltsam, wie irrational weit weg das alles plötzlich scheint, obwohl es noch kein Jahr her ist.

Leo nippt an seinem Wasser, hat sich unauffällig aus dem Gespräch ausgeklinkt, während ich Mary von meiner Doktorarbeit erzähle und im Gegenzug von ihren Plänen für die Dissertation lausche. Er kann damit nichts anfangen, dessen bin ich mir bewusst, doch selbst als ich das Gespräch wieder auf nicht-medizinische Themen lenke, merke ich, dass Leo heute Abend doch an seine Grenzen stößt. Mit Voranschreiten der Zeit wirkt er unkonzentriert, apathisch, sein Lächeln aufgesetzt und unnahbar. Von der Pizza hat er kaum etwas herunterbekommen, und auch mir liegt das ganze Drama wie ein Stein im Magen. Die Erschöpfung packt mich nur wenig später, und auch Leo scheint sie plötzlich fest in ihrem Griff zu haben. Ich merke genau, wie sehr er dagegen ankämpft, einfach die Augen zu schließen.

Als ich uns schließlich entschuldige, reagiert Mary mehr als nur verständnisvoll. Sie bringt uns Handtücher und Bettzeug, wir helfen ihr trotz ihres Protestes dabei, die Spuren des Abends in der Küche zu beseitigen, und wünschen uns anschließend eine gute Nacht.

Nachdem ich geduscht habe und Leo noch im Bad ist, greife ich erneut nach meinem Handy. Mit noch feuchten Haaren sitze ich auf dem provisorischen Bett und scrolle durch die Nachrichten von Ben. Auch Jojo hat mir geschrieben.

Ich werfe einen verstohlenen Blick zu Leos Rucksack, in den er vorhin den Stoß Briefe gestopft hat. Wohlbemerkt ohne auch nur einen einzigen davon gelesen zu haben. Es geht mich nichts an, doch in diesen Sekunden wüsste ich wirklich gerne, was darin steht. Vielleicht die Antworten auf all seine Fragen. Ich wünsche es mir so sehr für ihn.

Ich hebe den Kopf, als sich die Tür öffnet und Leo mit schweren Schritten ins Zimmer kommt. Unauffällig lege ich mein Handy weg.

»Leo, wenn du reden magst«, fange ich vorsichtig an, doch er schüttelt sofort den Kopf.

»Alles okay«, sagt er, dabei wissen wir beide, dass er gerade alles andere als okay ist.

»Leo …«

»Mila, bitte. Ich bin müde. Ich weiß nicht, was ich denken soll. Wir müssen schlafen, damit wir morgen früh loskommen.«

Ich schlucke. Am liebsten würde ich widersprechen, aber ich lasse es.

Es ist seine Entscheidung, wann er mit mir sprechen will. Und auch wenn es mich quält, dass er es nicht tut, kann ich es irgendwie nachvollziehen.

»Okay«, flüstere ich, während er neben mir unter die Decke schlüpft.

Ich lösche das Licht, die Decke raschelt, als ich eine bequeme Position suche. Es ist so seltsam, hier neben Leo zu liegen. In der Wohnung, die zwei Jahre lang mein Zuhause war, mit der Person, die es jetzt ist.

Mein Körper ist unendlich müde, doch mein Kopf will nicht zur Ruhe kommen. Ich denke an endlose Autobahnen, Leos angespannte Kiefer. Das Haus, in dem er aufgewachsen ist, und die flehenden Augen seiner Mutter. Es ist alles zu viel, selbst für mich, und nicht im Ansatz kann ich mir vorstellen, wie es ihm gehen muss.

Ich weiß nicht, wie viel Zeit vergeht, während wir uns immer wieder von einer Seite auf die andere wälzen. Ich bin mir sicher, dass Leo nicht schläft. Dafür geht sein Atem zu unregelmäßig. Als er sich nun erneut auf meine Seite dreht, halte ich für einen Moment die Luft an. Und dann lege ich den Arm um ihn.

Ich spüre, wie Leo sich erst anspannt, dann werden seine Muskeln locker, während er den Kopf an meine Seite sinken lässt. Er umschlingt meinen Oberkörper, ich drehe das Gesicht ein wenig zu ihm und spüre seine Stirn an meiner Wange. Höre anschließend sein erschöpftes Flüstern, schließe die Augen und weiß, dass alles gut werden wird.

Irgendwie.

»Ich liebe dich.«

DREIZEHN

Leonardo

Es hat eine gefühlte Ewigkeit gedauert, bis Milas Atem endlich so ruhig und gleichmäßig ging, dass ich mir sicher sein konnte, sie würde wirklich schlafen und nicht sofort wieder aufwachen, sobald ich auch nur eine falsche Bewegung mache. Ihr Atem kitzelt leicht an meinem Hals, den rechten Arm habe ich angewinkelt unter meinen Kopf gezogen, der linke ruht auf ihrer Taille. Ich liege auf der Seite, ihr gegenüber, streichele vorsichtig ihren schlafenden Körper, weil ich viel zu wach bin.

Sie ist tatsächlich mit mir hier, nur einen Tag nachdem wir uns wieder versöhnt haben. Hat ohne ein Wort eingewilligt, mit mir nach Italien zu fahren, und respektiert mein Schweigen, obwohl ich genau merke, dass sie mich am liebsten mit Hunderten Fragen löchern würde. Fragen, die mir selbst alle im Kopf herumtoben, mich einfach keine Ruhe finden lassen und nur noch lauter werden, je leiser es um mich herum ist.

Warum?

Warum, verdammt?

Was ist das alles, und warum passiert es ausgerechnet mir?

Dass meine Mutter mich jahrelang belogen hat, kann ich zwar nicht verstehen, aber irgendwie akzeptieren – sie wird ihre Gründe gehabt haben, und um ehrlich zu sein, will ich die überhaupt nicht wissen –, was aber immer noch nicht in meinen Kopf hineingeht, ist, wie Ben und Charlie schweigen konnten. Obwohl sie längst eine Ahnung hatten. Obwohl sie gesehen haben, wie fertig es mich gemacht hat.

Wie oft bin ich schweißgebadet aufgewacht, habe von unserem – von *ihrem* Vater geträumt und Ben an meinem Bett sitzen gehabt, als ich panisch wach wurde. Er hätte eine Milliarde verdammte Gelegenheiten gehabt, mir reinen Wein einzuschenken, und trotzdem hat er es nicht getan. Er hat mich lieber weiter im Glauben gelassen, dass tief in mir das gleiche Monster stecken könnte wie in ihrem Vater.

Ich verstehe es nicht. Warum hat er nichts gesagt? Hat ihn wirklich die Angst abgehalten, mich zu verlieren, oder war es schlicht und ergreifend einfacher? Die Augen vor der Wahrheit zu verschließen, als würde sie dann nie ans Licht kommen. Anscheinend liegt das in der Familie.

Ein bitterer Laut findet den Weg über meine Lippen, und ich presse sie anschließend fest aufeinander, als Mila sich neben mir regt. *Mist …*

Als sie leise seufzt, bekomme ich eine Gänsehaut, streiche ihr beruhigend übers Gesicht und wage es erst wieder zu atmen, als ihre Augen geschlossen bleiben. Erst als mein Arm allmählich taub wird, richte ich mich vorsichtig auf. So leise wie möglich rutsche ich zur Seite.

Meine nackten Füße berühren den Holzboden, huschen lautlos in Richtung Balkontür. Meine Gedanken drehen sich im Kreis, an Schlaf ist nicht zu denken, auch wenn ich unendlich müde bin. Vielleicht hilft frische Luft.

Vorsichtig öffne ich die Tür und trete schließlich nach draußen. Die Sommernacht ist lau, und trotzdem fröstele ich leicht, als ich mich draußen mit den Unterarmen auf dem Geländer abstütze. Wir befinden uns mitten in München, ein paar Stockwerke weiter unten laufen junge Leute durch die Nacht. Ich höre ihr Lachen, die betrunkenen Stimmen, und frage mich, was ich hier tue. Ich bin in München, morgen in Italien. Bei meinem Vater. Und ich habe Angst. Vor allem.

Davor, dass ich ihn jetzt schon idealisiere, noch bevor ich ihn zum ersten Mal gesehen habe.

Dass in seinem Leben kein Platz für mich ist.

Dass er mich überhaupt nicht kennenlernen will oder, schlimmer noch: dass er ein ebensolches Arschloch ist wie der Vater meiner Geschwister.

Es ist die gleiche Angst, die mich noch keinen Blick in die Briefe hat werfen oder ihn in den Sozialen Medien suchen lassen. Ich muss ihn unvoreingenommen kennenlernen. Ich muss seine ungefilterte Reaktion sehen, wenn ich ihm das erste Mal gegenüberstehe. Vermutlich wird er mich überhaupt nicht erkennen. Gott, es ist alles so bescheuert. Ich kann mir jetzt keine Hoffnungen machen, dass er mich mit offenen Armen empfängt und eine Entschädigung für all die grausamen Jahre sein könnte. Es ist naiv, daran zu glauben, also rechne ich mit dem Schlimmsten. Alles ist besser, als enttäuscht zu werden.

Paolo Vassallo.

Ich versuche, ihn mir vorzustellen, doch es ist albern. Wie alt er wohl ist? Ob er verheiratet ist, vielleicht sogar weitere Kinder hat?

Beim Gedanken daran, dass ich möglicherweise noch mehr Halbgeschwister habe, wird mir ganz kalt. Ich werfe einen kurzen Blick über die Schulter nach drinnen. Mein Rucksack steht neben dem Gästebett. Ich werde diese Briefe lesen, ganz sicher, aber erst, wenn es sich richtig anfühlt. Und gerade tut es das nicht. Gerade bin ich verloren und überfordert. Auch wenn da vorsichtige Hoffnung in mir aufkeimt. Vielleicht war ich ihm nicht komplett egal, wenn er wirklich Briefe geschickt hat, bis ich sechzehn war.

Ich spüre eine Berührung an der Schulter und fahre erschrocken zusammen. Mila steht neben mir. Sie sagt kein Wort, sieht mich kurz an und lehnt sich dann leicht gegen mich. Ihr Körper ist warm, und ich muss die Augen schließen.

Gott, tut das gut …

»Alles okay?«

Ihre Stimme ist leise, aber ich habe sie genau verstanden. Ich nicke mit geschlossenen Augen.

»Jetzt schon«, flüstere ich wahrheitsgemäß und drehe mich etwas zu ihr. »Hab ich dich geweckt?«

»Nein, es war nur kalt ohne dich. Und ich habe von Autobahnen geträumt.«

Ich muss lächeln.

»Platzt dein Kopf auch?«, fragt sie leise, und ich nicke nach kurzem Zögern.

»Ja. Zu viele Gedanken.«

»Morgen wissen wir mehr«, sagt sie.

Ich weiß nicht, warum, aber irgendwie ist es sehr schön, dass sie *wir* sagt. Nicht *du*. Ich schließe die Augen.

»Komm wieder ins Bett«, bittet Mila leise. »Es ist kalt, du musst aufpassen wegen der Immunsuppressiva. Am Ende wirst du krank.«

Ich muss lächeln und öffne die Augen wieder. »Das habe ich am allermeisten vermisst.«

»Ich weiß, Leo.«

Und sie hat recht. Ich sollte wirklich wieder nach drinnen gehen. Oder mir etwas Wärmeres anziehen. Ich habe eine Gänsehaut, aber die frische Luft tut gut. Trotzdem bleibe ich stehen, und Mila zögert.

»Was, wenn er noch schlimmer ist?« Ich spreche die Gedanken einfach aus. Es ist leichter, Mila dabei nicht ansehen zu müssen.

»Glaubst du wirklich, diese Möglichkeit besteht?«

Sie klingt ernst, und ihre Stimme ist ruhig. Ich zucke nur mit den Schultern.

»Vielleicht.«

»Wenn er wirklich dein Vater ist, dann kann er gar nichts anderes sein als ein unglaublich aufmerksamer und liebenswürdiger

Mensch«, sagt Mila, und das ist der Moment, in dem meine Augen zu brennen beginnen. Weil ich mir wünsche, dass sie recht hat. So sehr.

»Und wenn in seinem Leben kein Platz für mich ist?« Meine Stimme klingt heiser, doch es ist mir egal. Mila kennt mich. Sie weiß, dass ich weine, und es macht mir nichts aus. Es war ein nervenaufreibender Tag, ich bin übermüdet und schlaflos. Aber ich bin nicht allein.

»Dann werdet ihr euch diesen Platz gemeinsam schaffen.« Mila schaut zu mir und hebt die Hand, um mir vorsichtig über die Wange zu streichen. »Du musst darauf vertrauen, Leo.«

»Aber was, wenn nicht?«

Sie antwortet nichts. Sie sieht mich nur an.

»Du verdienst das Allerbeste«, flüstert sie schließlich. »Nichts Geringeres.«

Ich schließe die Augen und atme tief durch.

»Und jetzt musst du aufhören, nachzudenken.«

»Es geht nicht anders«, antworte ich.

»Ich weiß. Aber dann denk daran, dass von all den Sorgen, die du dir jetzt machst, mit großer Wahrscheinlichkeit nicht einmal ein Bruchteil berechtigt ist.«

»Wenn du das sagst ...«

»Dann muss es stimmen.« Sie lächelt mich an.

Ein Windstoß lässt Mila fröstelnd die Schultern zusammenziehen, und ich schiebe sie behutsam in Richtung Bett. Sie scheint wirklich zu frieren, und ich ziehe sie unter der Bettdecke wieder enger an mich. Eine Weile liegen wir einfach schweigend so nah beieinander, ihre Hand ruht auf meinem Brustkorb, und sie streichelt beruhigend über den dünnen T-Shirt-Stoff. Meine Gedanken werden allmählich langsamer, zäher, bis sie irgendwann ganz ins Stocken geraten und ich an Milas Seite lautlos zu fallen beginne. Dieses eine Gefühl in mir, das ich nun in Worte fasse, ohne es überhaupt noch so recht mitzubekommen, und lediglich spüre, wie Mila die Arme daraufhin fester um mich legt.

»Man fühlt sich einfach nur so krass verarscht.«

*

Emilia

San Lorenzo in Banale – 22 Kilometer.

Seit guten vier Stunden sind wir unterwegs, haben erst München, dann Innsbruck hinter uns gelassen, sind über den Brenner nach Italien, vorbei an Bozen und schließlich auf Höhe von Trient einen kleinen Pass mit engen steilen Serpentinen hinaufgefahren, nach denen mir kotzübel war. Jetzt türmt sich das mächtige Bergmassiv vor uns auf, wann immer ich einen Blick durch die Windschutzscheibe nach draußen werfe.

Hier liegen also Leos Wurzeln. In den Südtiroler Dolomiten, keine dreißig Kilometer vom Gardasee entfernt.

Ich werfe ihm einen unauffälligen Blick zu, den er nicht bemerkt, während er konzentriert die schmale Straße vor sich fixiert. Nachdem ich ihn gestern Nacht in München draußen auf dem Balkon gefunden habe, fühle ich mich ihm wieder so nah wie lange nicht. Auch wenn Leo unter dieser ganzen Situation leidet – sie lässt uns erneut so nah zusammenrücken wie zuletzt im Dezember. Und diesmal ist es anders. Es geht nicht um Leben und Tod, es geht um Verarbeiten und neue Chancen.

Ich bekomme eine Gänsehaut, als mir wieder einfällt, was Leo gesagt hat, kurz bevor er eingeschlafen ist. Wie hintergangen er sich von allem fühlt. Ich wünschte, ich könnte irgendetwas tun, um es ihm leichter zu machen, aber ich scheine nicht viele andere Möglichkeiten zu haben, außer für ihn da zu sein.

Minuten später starre ich angestrengt durch die Scheiben nach draußen, als wir das Ortsschild von San Lorenzo passieren und die ersten Häuser an uns vorbeiziehen. Es ist eine winzige Gemeinde, die aus nicht viel mehr als ein paar Wohnhäusern und Läden besteht. Keine Hotels, kaum ausländische Autokennzeichen. Dafür Berge, egal in welche Richtung ich schaue, und schmale steile Straßen.

Leo sieht mindestens so skeptisch aus, wie ich mich fühle, und lenkt den Wagen die letzten Kilometer durch die immer enger werdenden Gassen. Vereinzelt ernten wir Blicke der Einheimischen, die in ihren Vorgärten arbeiten oder sich am Straßenrand unterhalten. Ortsfremde scheinen sich nur selten hierher zu verirren.

Die bis eben noch feste Straße wird plötzlich zum Schotterweg, vor dem Leo den Bruchteil einer Sekunde zögert. Ich werfe einen verunsicherten Blick auf das Navi. Ich bezweifle stark, dass wir hier noch richtig sind ... Der einsame Weg zieht sich weiter durch Bergwiesen und Weinreben, und dann sehe ich es plötzlich hinter der nächsten Kurve. Ein überraschend großes Anwesen, das inmitten der Weinberge auf einer leichten Anhöhe thront und die restliche Stadt überschaut. Meine Hände beginnen zu schwitzen, mein Herz schlägt schneller, je näher wir unserem Ziel kommen. Leo umklammert das Lenkrad so fest, dass das Weiß seiner Fingerknöchel hervortritt. Seine Kiefermuskulatur ist angespannt, während er nach vorne sieht.

Das Weingut verschwindet hinter der nächsten Kurve, und Minuten später taucht es erneut direkt vor uns auf. Auf dem großen Parkplatz stehen mehrere Autos mit italienischem Kennzeichen, beim genaueren Hinsehen entdecke ich plötzlich einen geschwungenen Schriftzug an der Fassade des Hofs. *Hotel Vassallo*

Vassallo ... Das ist der Name, den Leo gestern erwähnt hat.

Sein Vater betreibt ein Hotel. Ich falle fast vom Glauben ab.

Auch Leo sieht völlig perplex aus, als er den Wagen auf dem akkurat gepflasterten Parkplatz geparkt hat. Der Motor erstirbt, und dennoch macht keiner von uns beiden Anstalten, den Wagen zu verlassen. Ich taste nach seiner Hand, er lässt es zu, und wir wechseln einen kurzen Blick. Das Herz schlägt selbst mir bis zum Hals.

Vogelgezwitscher und eine beinahe unwirkliche Stille umgeben uns, kaum dass wir ausgestiegen sind. Ich atme die frische Bergluft ein und sehe mich etwas um. Der Blick über die Weinberge ins Tal ist unbeschreiblich. Was für ein wunderschöner Ort. Sicher ist dieses Hotel ein absoluter Geheimtipp unter den italienischen Gästen. Außer uns hat kein einziges Auto ein deutsches Kennzeichen, lediglich ein Wagen aus der italienischen Schweiz hat sich ebenfalls hierher verirrt.

Die wenigen Meter Fußmarsch von der Anhöhe bis zum Hotel hinauf lassen es mich noch einmal in seiner ganzen Pracht bewundern. Ein ebenso elegantes wie authentisches Haus im Stil einer klassischen Berghütte, zur Südseite hin Dutzende Balkone und eine große Terrasse rund um das Erdgeschoss, auf der die Gäste in den Liegestühlen die Sonnenstrahlen genießen oder an einem der runden Tische Karten spielen.

Wir betreten das Haus durch eine hölzerne Flügeltür, die in einen simplen, aber gemütlichen Aufenthaltsraum mit Rezeption und heimeliger Hotelbar führt. Die Rezeption ist verlassen, und Leo wirft mir einen unsicheren Blick zu, dann drehen wir beide die Köpfe, als eine der Frauen von draußen zu uns in den Eingangsbereich kommt. Als sie uns auf Italienisch anspricht, werfe ich Leo einen hilflosen Blick zu. Anders als ich hatte er in der Schule ein wenig Italienisch und scheint zumindest die Grundlagen zu beherrschen.

Als er nun antwortet und stockend einige Sätze hervorbringt, verstehe ich zwischen den fremden Worten lediglich Paolos Namen. Die Frau mustert ihn und sagt etwas, das mit viel Fantasie die Frage nach seinem Namen sein könnte. Als Leo ihn ihr nennt, verändert sich etwas in ihrem von dunkelblonden Locken umrahmten, sonnengebräunten Gesicht. Ihr Blick klebt ungläubig auf Leo, und sie kommt einen Schritt näher, bevor sie seinen Namen wiederholt. Die unüberhörbare italienische Betonung mit der sie ihn sagt, verursacht mir eine Gänsehaut. Leo ist blass geworden.

»Du bist es, nicht wahr?«

»Ja, ich …« Er stockt. »Sie sprechen Deutsch?«

»Ein bisschen. Ich bin Silvia. Silvia Vassallo. Paolos Frau.«

*

Leonardo

Das Herz schlägt mir bis zum Hals, meine Hände sind schwitzig.

Er sitzt da. Mit dem Rücken zu mir, an einem der runden Tische draußen auf der Terrasse, vertieft ins Gespräch mit den übrigen Männern.

»Geh einfach zu ihm«, hat Silvia gesagt und mich in seine Richtung geschickt. Jetzt stehe ich hier wie festgefroren und kann mich keinen Zentimeter bewegen. All die Erklärungen, alle sorgfältig formulierten Sätze, an denen ich während der Autofahrt gefeilt habe, sind plötzlich wie ausgelöscht. Mein Kopf ist leer, und eigentlich ist alles, was ich gerade will, wieder ins Auto steigen, wegfahren und das alles vergessen.

Ich schlucke, als einer der Männer zufällig einen Blick in meine Richtung wirft und verstummt. Meine Hände ballen sich zu Fäusten, während ich allmählich die Aufmerksamkeit der gesamten Runde auf mich ziehe. Das Gespräch ebbt ab, und ich beginne zu schwitzen.

»Paolo?«

Dass die heisere Stimme zu mir gehört, verstehe ich erst, als er sich umdreht, ich das erste Mal einen Blick auf sein Gesicht erhasche und für einen kurzen Moment glaube, ich würde in einen Spiegel blicken. Tiefbraune Augen mustern mich. Freundlich, aber irritiert. Er erkennt mich nicht. Er hat keine Ahnung …

Und dann weiten sie sich kaum merklich, oder ich bilde es mir ein, weil ich endgültig den Verstand verliere. Die Möglichkeit besteht.

Er sieht mich an, und ich glaube, ihm jede einzelne Emotion an der Mimik ablesen zu können. Obwohl ich ihn überhaupt nicht kenne, aber das spielt plötzlich keine Rolle mehr. Da ist etwas. Ich spüre es. Eine unsichtbare Verbindung, die mich einen winzigen Schritt weiter auf ihn zugehen lässt.

Er schiebt den Stuhl zurück, hat noch immer nichts gesagt, dann steht er plötzlich vor mir. Seine Stimme, die meinen Namen so unglaublich italienisch ausspricht, geht mir durch Mark und Bein. Ich schlucke schwer und schaffe ein Nicken.

Er murmelt etwas, das wie *Santo cielo* klingt, dann macht er einfach noch einen Schritt auf mich zu, und einen Moment später liege ich in seinen Armen. Alles passiert irgendwie automatisch. Ich spüre die Tränen in meinen Augen brennen, rieche ihn und kann nicht mehr atmen.

Er hält mich fest an sich gedrückt, scheint ebenso von diesem Moment überwältigt wie ich, dann lockert er seine Umarmung etwas und hält mich eine gute Armeslänge von sich entfernt.

»Ich habe dich sofort erkannt.« Sein Deutsch ist nahezu akzentfrei. Rau und trotzdem sanft. Ich weiß es nicht. Ich weiß nichts mehr. »Du bist mein Sohn.«

Ich bringe ein Nicken zustande. »Das bin ich wohl.«

»Großer Gott … Nie hätte ich gedacht, das einmal sagen zu können. Du bist hier, Leonardo, unfassbar.« Er ringt sichtlich um Worte, schüttelt ungläubig den Kopf, während der Blick aus seinen dunklen Augen mich noch immer nicht loslässt. »Ich bin Paolo.«

»Leo«, stelle ich mich unnötigerweise erneut vor und sehe, wie sich nun ein unbeschreibliches Lächeln auf seinem Gesicht ausbreitet, ehe mir erneut die Tränen in die Augen treten.

»Willkommen zu Hause, Leo.«

*

»Und das hier ist euer Zimmer, macht es euch bitte gemütlich.« Mit einer ausladenden Geste öffnet Paolo die Tür zum Gästezimmer. Ich lasse Mila den Vortritt, muss lächeln, als Paolo mir für einen Moment die Hand an die Schulter legt und mich zurückhält. »Ihr seid sicher müde von der langen Fahrt. Richtet euch etwas ein, wir kümmern uns um das Abendessen für die Gäste und essen anschließend mit euch. Also wenn ihr mögt.«

»Wir würden uns freuen«, sage ich, und er lächelt.

»Wunderbar. Bis gleich, ihr beiden.«

Er mustert mich, und ich kann zum wiederholten Mal kaum glauben, dass das hier alles wirklich passiert und kein Traum ist. Da steht er vor mir, mein leiblicher Vater, und obwohl ich ihn keine halbe Stunde kenne, fühlt er sich nicht an wie ein Fremder.

Als wäre es das Selbstverständlichste der Welt, haben Silvia und Paolo uns eines der Gästezimmer in ihrem Privathaus, das schräg oberhalb der Pension liegt, angeboten. Das Zimmer ist klein, aber ausgestattet mit allem, was man benötigt. Doppelbett, Schrank, Nachtkästchen. Alles in hellem Holz, ohne Schnickschnack, kein Fernseher oder gar WLAN, dafür simple gestreifte Bettwäsche und eine Vase mit frischen Blumen auf dem Nachttisch. Es fühlt sich wirklich wie ein Zuhause an.

Mila hat die Balkontür geöffnet, ich höre das leise Wow, das ihr entfährt, und folge ihr ins Freie. Die Sonne steht hoch am stahlblauen Himmel. Unter uns liegen die Dächer der entfernten Häuser, eingerahmt zwischen Weinbergen und den Bergen. Um uns nichts außer dieser fast schon unnatürlichen Stille, die nur von Vogelgezwitscher und den leisen Stimmen der anderen Hotelgäste unten auf der Terrasse gestört wird.

Mila dreht sich zu mir um, ich lege die Hand wie automatisch an ihre Hüfte, und ihr Blick gleitet forschend über mein Gesicht.

»Und?«, fragt sie vorsichtig und lässt mich nicht aus den Augen.

»Sag mir, dass das kein Traum ist«, antworte ich nur und sehe Milas Lächeln.

»Es ist keiner.« Sie greift nach meiner Hand. »Wie findest du ihn?«

Ich zögere einen Moment. »Es ist verrückt … ich kann das gar nicht beschreiben. Er ist schon ziemlich sympathisch, oder?«

»Er ist unfassbar toll, Leo.«

»Ja.« Ich schlucke. »Wow …«

Mir fehlen noch immer die Worte, um meine Gedanken auch nur annähernd auf den Punkt zu bringen. So schüttele ich nur den Kopf, ziehe Mila näher und lege meine Wange an ihren Scheitel, während ich den Blick erneut über die Landschaft vor uns wandern lasse.

Das ist meine Heimat. Ich kann es noch nicht wirklich verstehen, aber die unnatürliche Ruhe, die mich umgibt, seit wir hier sind, lässt daran keinen Zweifel. Ich fühle mich … irgendwie angekommen.

»Ihr seht euch so ähnlich«, höre ich Mila leise sagen.

»Es ist nicht zu leugnen.«

»Und Silvia ist auch total nett.«

»Ja …« Ich schweige einen Moment. »Ich glaube das alles nicht.«

»Ich weiß. Aber es ist real, Leo.« Sie dreht sich leicht zu mir. »Genieß das, okay? Das ist deine Familie.«

Ich muss schlucken. Vielleicht hat sie wirklich recht.

*

»Hier, nehmt euch noch! Es ist noch so viel da, nur keine falsche Scheu.« Silvia schiebt mir erneut die ovale Keramikform voller gefüllter Oliven, verschiedener Käsesorten und mit Parmaschinken ummantelte Melonenstücke entgegen, die sie vorhin nach dem Abendessen noch aufgetischt hat.

Um uns herum ist dunkelste Nacht, es ist weit nach Mitternacht, und die übrigen Gäste sind längst schlafen gegangen. Wir sitzen auf der Terrasse, die zu Silvias und Paolos Privatbereich zählt und sich etwas versteckt hinter dem Gästehaus befindet. Der Blick über das schlafende Tal mit seinen entfernten Lichtern ist von hier aus unbezahlbar, und ich ertappe mich, wie ich mehr als einmal gedankenverloren nach unten starre.

Nachdem wir heute Nachmittag unser Gästezimmer bezogen und uns etwas frisch gemacht hatten, wurden wir von Paolo über das gesamtes Weingut geführt. Neben dem kleinen Hotelbetrieb arbeitet er tatsächlich als Winzer und liest im Spätsommer die Trauben, um sie anschließend in seinem eigenen Betrieb zu Wein weiterzuverarbeiten.

Ich greife nach einem Stück Brot, das ebenso hausgemacht ist wie das restliche Essen, das Silvia heute Abend serviert hat, und lehne mich etwas in meinem Stuhl zurück.

»Und ihr lebt in Berlin?« Paolo mustert mich eingehend, während ich nicke.

»Ja, Mila seit letztem Jahr, ich schon ein wenig länger. Ich bin für mein Studium dorthin gezogen.« Ich zögere, denn auch wenn das nicht gelogen ist, ist es eben auch nicht die ganze Wahrheit. Aber für die ist heute Abend kein Platz. Nicht während wir uns gerade erst kennenlernen, noch ein wenig gehemmt und unsicher. Trotzdem fühlt es sich an, als wären wir bei guten Freunden zum Essen eingeladen.

Ich erzähle von der Uni und dem Modelabel, und Paolo fragt so interessiert nach, dass mein Bauch warm wird. Vielleicht liegt das auch an dem Rotwein, den wir zum Essen trinken und den ich eigentlich hätte ablehnen sollen. Doch ebenso wenig wie von meiner Familie in Stuttgart will ich heute Abend von Nierenversagen, Transplantation und Ernährungsvorschriften sprechen. Das hat alles noch Zeit. Es geht gerade erst los. Ich bin mir dessen sicher, als unser Lachen die Nacht füllt, Mila unterm Tisch die Hand auf mein Bein legt und Silvia und Paolo immer wieder ungläubige Blicke wechseln.

Es fühlt sich an wie ein Traum, aus dem ich jeden Augenblick wieder aufwache. Es ist zu leicht, alles viel zu perfekt. Paolo ist mein Vater, und er fühlt sich auch so an. Ein Vater, den man lange nicht gesehen und daher viel zu erzählen hat. Aber ein Vater, der aufmerksam zuhört, wohlwollend lächelt und stolz den Kopf schüttelt.

Ein *richtiger* Vater.

Mein Vater.

*

Emilia

Leo ist nach zwei Gläsern Rotwein angetrunken und hält glücklicherweise die flache Hand über sein leeres Glas, als Paolo ihm noch mal nachschenken will. Stattdessen greift er nach der Wasserkaraffe, die vor uns auf dem Tisch steht, wirft mir einen fragenden Blick zu und schenkt uns beiden etwas ein, als ich dankbar nicke. Mir entgeht nicht, dass Silvia uns beobachtet hat und mich nun anlächelt. Sie ist toll, ich mag sie beide jetzt schon so gern, es ist wirklich verrückt.

All meine Sorgen haben sich in Luft aufgelöst, als Leo und Paolo zum ersten Mal voreinander standen. Die Verbindung zwischen ihnen war von Anfang an greifbar. Und je länger wir mit ihm und Silvia zusammensitzen, uns über alle möglichen

Dinge unterhalten, desto näher fühle ich mich ihnen. Sie machen es uns denkbar leicht, sie zu mögen.

Obwohl ich mir sicher bin, dass Paolo ebenso wenig mit Modedesign anfangen kann wie ich, hört er Leo gebannt zu, als er von seinem Leben in Berlin erzählt. Der Stolz funkelt deutlich sichtbar in seinen dunklen Augen, während er aufmerksam nickt.

Unauffällig mustere ich die beiden. Es ist verblüffend, wie enorm ihre Ähnlichkeit ist. Wann immer Paolos aufmerksamer Blick in meine Richtung geht, habe ich das Gefühl, diese unendlich dunklen Augen bereits in- und auswendig zu kennen. Ich entdecke immer mehr Gemeinsamkeiten zwischen ihm und Leo. Und das nicht nur äußerlich. Es ist diese ständige Aufmerksamkeit, mit der Paolo mich so an Leo erinnert. Seine Präsenz, seine Stimme, das Lachen, die Art und Weise, wie er den Kopf leicht schieflegt, wenn er etwas nicht verstanden hat. Das alles bewirkt, dass es sich nicht anfühlt, als hätte ich Paolo gerade erst kennengelernt. Und ich bin mir sicher, dass es Leo ähnlich geht.

Trotz der neuen Situation habe ich ihn lange nicht so gelöst und glücklich erlebt wie heute Abend und merke, anders als gestern, dass seine Gelassenheit nicht nur gekonnt vorgespielt ist, sondern aus tiefstem Herzen kommt. Ich kann geradezu beobachten, wie das Vertrauen zwischen Paolo, ihm und Silvia wächst. Es passt einfach, es ist die gleiche Wellenlänge.

Als ich für einen Moment etwas schweigsamer war, wurde ich sofort von Silvia in ein Gespräch verwickelt und weiß nun, dass sie vom Gardasee stammt, wo sie Paolo auf dem Wochenmarkt kennengelernt hat, bei dem sie am Stand ihrer Familie selbst angebautes Obst und Gemüse verkauft hat. Vor ein paar Jahren ist sie schließlich zu ihm in die Berge gezogen und kümmert sich seitdem um die Verköstigung der Gäste.

Paolo hingegen ist ebenso wie ich im familiären Hotelbetrieb aufgewachsen, hat hier oben seine gesamte Jugend verbracht und Leos Mutter während einer Saisontätigkeit in einem Hotel in Venezien kennengelernt. Näher ist er auf diese Tatsache nicht eingegangen, und Leo hat nicht weiter nachgefragt. Der erste Abend ist nicht der richtige Anlass, um über all die sensiblen Themen zu sprechen. Erst recht nicht, wenn Silvia und ich den beiden zuhören. Auch seinen Ziehvater und die schwierige Kindheit in Stuttgart hat Leo mit keinem Wort erwähnt. Dafür merke ich, dass er allmählich ebenso gegen die Müdigkeit kämpft wie ich.

Ich trinke den letzten Schluck aus meinem Wasserglas, ehe ich mich leicht zu ihm hinüberbeuge.

»Gehen wir langsam?«, murmele ich an seinem Ohr. »Ich bin müde.«

Leo nickt sofort und nutzt die nächste Gelegenheit, um uns zu entschuldigen. Wir bedanken uns bei Silvia und Paolo für das Essen und die Gastfreundschaft, helfen ihnen mit dem Abräumen und wünschen ihnen schließlich eine gute Nacht.

Wir sagen nichts, als wir nebeneinander im Bad stehen, Zähne putzen und über den Spiegel stumme Blicke austauschen. Leo schließt erschöpft die Augen, als wir schließlich ins Bett fallen.

»Ich bin betrunken«, murmelt er, als ich neben ihn rutsche.

»Ich weiß«, sage ich. »Ich auch.«

»Sag mir, dass ich nicht träume.«

Ich muss lächeln. »Es ist die Realität, Leo.«

Er schüttelt leicht den Kopf. »Sie sind *so* nett. Ich verstehe nicht, wie man so nett sein kann.« Als ich nicht antworte, sieht er mich an. »Wie war es für dich?«

»Schön.« Ich rolle mich auf die Seite, ihm entgegen. »Es war wirklich richtig schön, Leo. Die beiden sind so toll, du bist glücklich … Ich bin auch glücklich.«

Er lächelt und greift unter der Decke nach meiner Hand. »Danke. Wirklich, Mila. Danke, dass du mit mir hier bist.«

Ich hebe nur den Kopf und küsse ihn. Einmal, langsam, geschlossene Augen. Ich lasse sie anschließend zu, weil ich plötzlich so müde bin.

Als ich Leos Finger in meinen Haaren spüre, blinzele ich noch mal. Er beugt sich leicht über mich und löscht das Licht. Dann zieht er mich näher zu sich.

»Schlaf gut«, murmelt er, und ich will eigentlich etwas antworten. Aber ich schaffe nicht mehr als ein Nicken, während seine Hand über meinen Nacken streicht.

VIERZEHN

Emilia

Leo sitzt mir am Frühstückstisch draußen auf der Terrasse gegenüber, nippt an seinem schwarzen Kaffee und blinzelt noch etwas verschlafen gegen die Sonne, die erste wärmende Strahlen zu uns schickt.

Nachdem wir pünktlich zum Sonnenaufgang um sechs von einem penetrant nervigen Hahn aus dem Tal geweckt wurden, haben wir noch eine gute Stunde vor uns hin gedöst, ehe wir aufgestanden und nach unten gegangen sind. Eigentlich, um Silvia und Paolo zu helfen, doch sie haben uns beinahe beleidigt zurück nach draußen geschickt und darauf bestanden, dass wir erst einmal in Ruhe frühstücken, während sie sich um den Hotelbetrieb kümmern.

»Na, gut geschlafen?«, will Silvia wissen, als sie sich nun mit einer frischen Kanne Kaffee zu uns setzt.

»Total gut«, bestätigt Leo, und ich nicke. »Es ist so still hier.«

»Hoffentlich nicht zu still für euch Großstadtkinder.«

»Im Gegenteil.« Ich lächele. »Es ist großartig.«

»Das freut mich. Schmeckt euch das Frühstück oder fehlt noch etwas?«

»Alles perfekt, danke, Silvia.«

»Können wir euch nachher bei irgendetwas helfen?«, frage ich, als sie das Gesicht in die Sonne dreht. Vermutlich sitzt sie heute Morgen zum ersten Mal so entspannt, nachdem sie sich um das Frühstücksbuffet für die Hotelgäste gekümmert hat.

»Unsinn, ihr solltet euch heute ein wenig die Gegend ansehen.

Paolo möchte gleich nach oben zu unserer Hütte und hat gefragt, ob du ihn begleiten magst, Leo.«

Leo hebt den Blick überrascht von seinem Teller. »Ja, gerne.«

»Es ist eine kleine Schutzhütte, die wir zu dieser Jahreszeit an Bergsteiger vermieten, wenn sie von hier aus zu mehrtägigen Touren aufbrechen. Er möchte in einer guten Stunde aufbrechen.«

»Super, danke für den Vorschlag.«

»Sehr schön, das wird Paolo freuen. Er müsste bald aus dem Dorf zurück sein. Und du, Emilia, begleitest mich auf den Markt nach Riva, was sagst du?«

Rings um mich herum nur schnelle italienische Stimmen, wild gestikulierende Menschen und Silvia, die gefühlt jeden Verkäufer hier persönlich kennt, Preise verhandelt und uns beiden an jedem Stand Kostproben organisiert. Zwar verstehe ich nichts von ihren Gesprächen, aber das ist egal. Während sie sich unterhält, sehe ich mich um und frage mich, wie ich wirklich hier sein kann. In Italien. An einem Dienstag mitten im Semester ...

Ich ignoriere mein schlechtes Gewissen und versuche, meine To-dos in Berlin für heute und die nächsten Tage einfach mal ganz weit von mir zu schieben. Pflichtveranstaltungen habe ich diese Woche keine, und Dr. Weber hat mir sofort zurückgemailt, als ich ihm heute Morgen geschrieben habe. In letzter Zeit war ich so oft bei der Arbeit, dass ich einige Überstunden angesammelt habe und sowieso in Kürze hätte freinehmen müssen.

Wie lange wir in Italien bleiben werden, weiß ich nicht, doch ich spüre, wie gut mir und vor allem Leo diese Auszeit vom Berliner Alltagstrott tut. Es kommt mir vor, als wären wir in eine komplett andere Realität geworfen worden, und ich liebe es. Alles ist aufregend und neu, und gleichzeitig fühlt es sich nach Zuhause an. Es ist schwer zu erklären.

Leo ist tatsächlich mit Paolo in die Berge aufgebrochen, nur kurz bevor Silvia mich in ihren Wagen gepackt und mit mir die wenigen Kilometer an den Gardasee gefahren ist. Das Wetter ist traumhaft schön, die Sicht über das türkisblaue Wasser des Sees zwischen den beiden Bergen noch viel schöner. Windsurfer jagen über die kleinen Wellen, am Ufer baden Touristen.

Silvia kauft Unmengen an frischem Obst und Gemüse, pralle knallrote Tomaten, Auberginen und Salat, Zitronen, Pfirsiche, frischen Fisch und selbst gebackenes Ciabatta. Nachdem wir die Einkäufe im Wagen verstaut haben, nimmt sie mich mit zu ihrem Lieblingscafé, wo wir Kaffee trinken, ehe wir den Fisch abholen, der noch beim Händler auf Eis liegt. Ich war schon häufiger in Italien, doch das hier ist viel echter und authentischer als alles, was ich bisher als Touristin erlebt habe.

»Gefällt es dir, Mila?«, Silvia schiebt sich die Sonnenbrille ins Haar und mustert mich gespannt.

»Es ist fantastisch, wirklich. Danke, dass du mich mitnimmst.«

»Natürlich, nichts lieber als das.«

Der Kellner des Cafés stößt mit zwei Desserttellern auf dem Arm zu uns, sagt etwas zu Silvia und schenkt mir ein Lächeln, ehe er die beiden Teller vor uns auf dem kleinen runden Tisch platziert.

»Ein Gruß aus der Küche«, erklärt Silvia, als wäre es das Normalste der Welt. Sie beginnt mir von der Zubereitung der kleinen Zitronentörtchen zu erzählen, die wir eben bekommen haben, und verspricht, mir das Rezept zu geben. Es schmeckt großartig. Süß und zitronig. Nach Sommer und Lebensfreude.

Silvia lächelt zufrieden, als ich mich etwas im Stuhl zurücklehne.

»Ach Emilia, es ist verrückt, aber ich bin unglaublich froh, dich und Leonardo bei uns zu haben«, sagt sie, als hätte sie meine Gedanken gelesen. Obwohl sie versucht, unbefangen zu klingen, hat sich etwas Trauriges über ihr Gesicht gelegt, das mich an meine Gedanken von letzter Nacht erinnert. »Weißt du, Paolo und ich, wir haben uns immer Kinder gewünscht, doch es hat nicht geklappt. Da er Leonardos Vater ist, lag das Problem offensichtlich bei mir, und leider gab es auch medizinisch keine Möglichkeit nachzuhelfen. Ich hatte nie das Gefühl, dass mir etwas fehlt. Ich liebe Paolo, wir sind glücklich. Und ich weiß, wir kennen uns kaum, aber ich möchte dir sagen, wie dankbar ich bin, dass ihr beide in unser Leben getreten seid.«

Silvia lächelt, doch in ihren sonst so strahlenden Augen schimmern plötzlich die Tränen.

»Ich bin auch so froh darüber«, antworte ich und taste nach ihrer Hand. »Leo … er hatte nicht besonders viel Glück mit seiner Familie, und ich freue mich so, dass er nun vom Schicksal zu euch geführt wurde.«

»Er versteht sich nicht mit seinen Eltern?«

»Nein, also … es ist kompliziert. Er hat keinen Kontakt mehr zu ihnen. Ich denke, es ist besser, wenn er euch selbst davon erzählt, er wird das garantiert noch tun. Aber es war keine leichte Zeit für ihn. Ihn hat das alles sehr belastet. Besonders die Verbindung zu seinem Vater. Er wusste all die Jahre nichts von Paolo.«

»Tatsächlich nicht?« Silvia mustert mich nachdenklich. »Das ist unvorstellbar.«

»Ich weiß.« Ich schlucke. »Aber ich bin froh, dass er es jetzt weiß.«

»Das bin ich auch. Wirklich.« Sie lächelt. »Er sieht Paolo so ähnlich, es ist unglaublich.«

»Nicht wahr? Als ich Paolo zum ersten Mal gesehen habe, kam es mir vor, als würde ich einer älteren Version von Leo gegenüberstehen.«

Sie nickt. »Die beiden sind sich so ähnlich.«

Ich zögere und fasse mir dann ein Herz. Vielleicht ist es unsensibel, danach zu fragen, aber es fühlt sich an, als könnte ich mit Silvia offen über alles reden. »Warst du eigentlich schon mit Paolo verheiratet, als er Leos Mutter getroffen hat?«

Sie schüttelt den Kopf. »Wir haben uns erst im darauffolgenden Herbst kennengelernt. Paolo war noch nie verheiratet, ich dafür frisch geschieden. Mein Ex-Mann lebt in Mailand, wir hatten dort ein gemeinsames Restaurant. Er ist ein toller Mensch, aber es hat nicht funktioniert mit uns.«

»Das tut mir leid.«

»Das muss es nicht, Emilia. Nur so habe ich Paolo kennengelernt, als ich zurück zu meinen Eltern ins Trentino kam, um mir eine Auszeit zu nehmen.«

»Dann war das wohl Schicksal mit euch beiden.«

»Definitiv.« Sie hält einen Moment inne und lächelt mich dann an. »Und du bist glücklich mit Leonardo, nicht wahr? Man sieht es sofort daran, wie liebevoll ihr miteinander umgeht.«

Ich spüre, wie mir die Röte in die Wangen steigt, und nicke. »Ja, sehr.« Als hätte ich es gerade zum ersten Mal ausgesprochen, merke ich, wie wahr es ist. »Es ist nicht immer einfach, aber ich liebe ihn.«

»Das ist es nie«, sagt Silvia und mustert mich mit einem Lächeln. »Aber es lohnt sich, um die Liebe zu kämpfen.«

*

Leonardo

Meine Lungen brennen, meine Waden schmerzen, ich schwitze, muss mich zu jedem weiteren Schritt zwingen – und fühle mich trotz all dem so frei wie lange nicht. Keine Menschenseele ist uns bisher auf dem steilen, steinigen Pfad begegnet, die Luft ist klar und frisch, der Himmel über Südtirol ebenso wolkenlos blau wie gestern.

Nachdem wir am Morgen einige Kilometer mit Paolos Jeep in die Berge gefahren sind, hat er ihn auf einem verlassenen Waldparkplatz abgestellt, von wo aus unser Weg erst einige Zeit an meterhohen Tannen entlangführte, ehe die Bäume weniger, der Boden felsiger und das Gelände immer steiler wurde.

Zum Glück hat Paolo mir ein Paar seiner Wanderschuhe geliehen, denn ohne richtige Ausrüstung und vor allem ohne ihn als Bergführer wäre ich hier oben völlig verloren. Ebenso bin ich froh, dass ich seit der Reha weiter regelmäßig laufen gegangen bin und zumindest so etwas Ähnliches wie eine Grundkondition besitze, von der ich hier oben jedoch nicht mehr besonders viel merke. Etwa drei Stunden dauert der Aufstieg laut Paolo, aber mit mir im Schlepptau braucht er vermutlich eher doppelt so lang …

Ich bin froh, als er vor dem nächsten felsigen Aufstieg vorschlägt, eine Pause einzulegen, lasse mich neben ihm auf einem Felsbrocken am Wegrand nieder und lege für einen Moment schwer atmend den Kopf in den Nacken. »Sorry, meine Kondition lässt echt zu wünschen übrig.«

»Unsinn, Leo. Du schlägst dich wacker. Denk daran, ich gehe diese Strecke mehrmals pro Woche, du zum ersten Mal. Es gibt keinen Grund, sich zu entschuldigen.« Er nickt mir wohlwollend zu, und ich ringe mir ein dankbares Lächeln ab. Erst allmählich normalisiert sich mein Puls wieder so weit, dass ich den Ausblick von hier oben genießen kann.

Das grüne Tal unter uns wirkt schon jetzt unendlich weit entfernt. Egal wohin ich schaue, überall sehe ich felsige Berge und markante Gipfel. Ein Greifvogel zieht oben am Himmel lautlos seine Bahnen, und sein gelegentlicher Ruf ist das Einzige, was die vollkommene Stille stört.

»Du bist viel hier draußen, oder?«, frage ich und erhasche einen Blick auf Paolos sonnengebräuntes Gesicht.

»Wann immer es geht«, meint er. »Das ist meine Heimat, und ich liebe sie. Ich kenne das Gebirge in- und auswendig, früher habe ich mit meinem Bruder Berg- und Skitouren geführt.«

»Jetzt nicht mehr?«, hake ich nach und merke noch im gleichen Moment, dass ich auf ein heikles Thema gestoßen bin.

Paolos Stimme klingt belegt. »Es blieb dafür keine Zeit, nachdem ich das Hotel übernommen hatte. Vito ist viel zu früh gestorben, und ich hatte Schwierigkeiten, den Familienbetrieb allein weiter zu halten.«

»Oh.« Ich schlucke. »Das tut mir leid.«

Paolo ringt sich ein Lächeln ab.

»Ein Unfall?«, vermute ich und sehe ihn den Kopf schütteln.

»Vito war krank, Krebs … Als er entdeckt wurde, war es längst zu spät. Die Ärzte haben ihn noch operiert, doch er war bereits überall, in seinem Kopf, der Leber … Es ging schnell zu Ende, und er musste nicht unnötig leiden, aber ich vermisse ihn. Wir standen uns sehr nah.«

Mir wird während Paolos Worten eiskalt. Unbewusst beiße ich mir auf die Unterlippe und muss schlucken.

»Ich … bei mir haben sie es letztes Jahr auch entdeckt.«

Paolo sieht mich an, und ich beeile mich, schnell weiterzusprechen. »Es ist einigermaßen glimpflich ausgegangen. Nur die Schilddrüse musste raus, ich bin seitdem tumorfrei. Es wurde früh genug entdeckt, und die Behandlung hat angeschlagen.«

»Sicher?« Er schluckt. »Bitte, du kannst ehrlich mit mir sein.«

»Ich bin gesund. Ich gehe regelmäßig zu meinen Kontrollterminen, und alles sieht gut aus.« Ich zögere. »Aber mit den Nieren habe ich Probleme bekommen«, gebe ich zu und beschließe, nun endgültig mit offenen Karten zu spielen. »Seit dem Frühjahr habe ich eine Transplantationsniere. Jetzt geht es mir aber wieder sehr gut.«

»Ja? Du hättest etwas sagen sollen! War das zu anstrengend? Ich wusste nicht, dass du nicht voll belastbar bist …«

»Nein, alles gut. Ich hätte es ansonsten schon vor unserer Abfahrt angesprochen.«

»Wirklich? Meinst du, du schaffst es bis nach oben? Wir können langsamer machen.«

»Nein, keine Sonderbehandlung, bitte. Das Tempo ist okay, ich finde das super.«

Sein kritischer Blick geht mir bis unter die Haut, doch dann nickt Paolo. »Gut. Dann lass uns weitergehen.«

Meine Gedanken kreisen noch um unsere kurze Unterhaltung und ebben erst ab, als der schmale Pfad erneut meine ganze Aufmerksamkeit fordert. Allmählich verstehe ich die Leute, die darauf schwören, in die Berge zu gehen, um den Kopf frei zu bekommen. Meiner ist es in diesen Stunden wie selten zuvor.

Je höher wir kommen, desto entfernter kommen mir alle Sorgen und Probleme vor. Beinahe nichtig klein, während ich von hier oben auf sie herabschauen kann. Wir erreichen Paolos Hütte und schauen nach dem Rechten. Als er meint, von hier aus dauere es eine gute Dreiviertelstunde bis zum Gipfel, stimme ich sofort zu, diesen Anstieg noch zu machen. Der Ehrgeiz hat mich gepackt, kitzelt die letzten Reserven aus mir heraus, und als endlich das Gipfelkreuz über uns zu erahnen ist, fluten mich die Glücksgefühle. Oben angekommen zieht mich Paolo in eine Umarmung und klopft mir auf die Schultern.

»Respekt, Leonardo. Das war kein einfacher Anstieg. Du kannst stolz auf dich sein.«

»Danke, dass du mich mitgenommen hast.«

Er lächelt und nickt nur. Er hat seine Hand noch immer auf meiner Schulter, und ich bekomme eine Gänsehaut, während er mit dem anderen Arm auf unsere Umgebung deutet. »Und jetzt sieh es dir an. Das ist deine Heimat.«

Ich nicke stumm, habe plötzlich keine Worte mehr, dafür eine ziemlich trockene Kehle. Ich bin mit meinem Vater auf einen Berg gestiegen und kann auf den Rest der Welt herunterschauen.

»Ich bin so froh, dass du hergekommen bist.« Paolo scheint mein emotionaler Moment nicht entgangen zu sein. Er mustert mich so sorgfältig, dass ich glaube, er könnte jeden einzelnen meiner Gedanken erraten.

Was für ein unfassbares Gefühl.

»Es tut mir leid, dass ich nicht schon früher gekommen bin. Ich wusste nichts von dir. Ich wusste nicht einmal, dass ich einen anderen Vater habe.«

»Deine Mutter hat dir die Briefe nie gegeben, die ich geschrieben habe?«, vermutet Paolo und klingt plötzlich ernüchtert.

»Nein … Sie hat sie all die Jahre abgefangen. Erst gestern hat sie sie mir gegeben.«

Er schüttelt verständnislos den Kopf. »Warum hat sie mir denn dann die Adresse gegeben, wenn sie nicht wollte, dass ich Kontakt zu dir aufnehme?«

»Ich weiß es nicht.« Ich zögere, habe eigentlich längst eine Ahnung und seufze leise, ehe ich weiterspreche. »Es war schwierig bei uns zu Hause. Mein … ihr Mann war gewalttätig. Ich habe es nie verstanden, aber er … er war für mich nie auch nur annähernd so etwas wie ein Vater oder gar eine Bezugsperson. Ich glaube, er hat all seine Aggressionen auf mich projiziert. Mama hat nicht von dir gesprochen, um es nicht noch schlimmer zu machen, denke ich.«

»Was heißt das, er war gewalttätig?« Es ist das erste Mal, dass Paolos Stimme hart klingt. Als ich nicht sofort antworte, mustert er mich eindringlich. »Dir gegenüber?«

Ich nicke. »Ja.«

»Und Daniela auch? Das kann nicht dein Ernst sein, Leo. Warum hat sie sich denn nie gemeldet? Vielleicht hätte ich helfen können!«

»Frag das nicht mich. Ich verstehe es auch nicht.«

Paolo sieht mich kopfschüttelnd an.

»Hast du sie geliebt?« Erst meine leise Frage scheint ihn aus seinen Gedanken zu holen. Sein Blick verändert sich. Ich schlucke und sehe ihn deutlich mit sich ringen, ehe er den Kopf schüttelt.

»Ich will ehrlich zu dir sein … Nein. Wir kannten uns kaum ein paar Tage. Ich glaube, keiner von uns beiden hatte Gefühle für den anderen. Es war eine lockere Sache. Ich bin darauf nicht stolz, es war eine schwierige Zeit für mich. Vito war gerade gestorben, und ich hatte nicht nur ihn, sondern auch ein Stück weit mich selbst verloren.« Paolo zögert. »Ich wusste nicht, dass sie verheiratet ist. Und noch viel weniger wusste ich, was ich angerichtet hatte.«

»Es ist nicht deine Schuld«, widerspreche ich. »Wirklich nicht. Danke, dass du mir die Wahrheit sagst. Das weiß ich sehr zu schätzen.«

»Ich will nicht, dass dich meine Worte verletzen, Leo. Als Daniela sich ein halbes Jahr später bei mir meldete – sie hatte meine Adresse über das Hotel herausbekommen, bei dem ich arbeitete –, war ich natürlich erst schockiert, aber ich wäre sofort für dich aufgekommen, wenn sie mir die Chance dazu gegeben hätte. Zu wissen, dass ich einen Sohn in Deutschland habe, der vermutlich überhaupt nicht von mir weiß, hat mich fast wahnsinnig gemacht.«

»Und warum hast du dann nicht einfach nach mir gesucht?« Ich kann nicht verhindern, dass ich unglaublich verletzt klinge, und merke genau, was meine Worte mit Paolo machen.

»Du kannst dir nicht vorstellen, wie oft ich kurz davor war, einfach loszufahren. Doch ich hab es nie getan, und ich kann dir nicht sagen, wieso. Es war feige, ich habe so oft an dich gedacht, mir ausgemalt, wie du wohl sein würdest. Das musst du mir glauben, Leonardo. Du warst mir nie egal.«

Ich schlucke hart. Es ist jetzt so. Ich habe nichts davon, ihm Vorwürfe zu machen. Besser ich konzentriere mich auf die Zeit, die wir jetzt miteinander haben.

»Und das Schlimmste ist, ich kann das nie wiedergutmachen. Ich wollte dich aufwachsen und die ersten Schritte gehen sehen. Mich von dir Papa nennen lassen, dir eine Heimat geben und etwas bieten.«

»Doch, das kannst du. Wir haben jetzt die Möglichkeit.« Die Worte kommen mir erstaunlich fest über die Lippen. »Das tust du sogar schon. Mit jedem Satz, mit dem du mir sagst, dass ich dir nicht egal bin. Allein schon damit, dass du zu mir stehst, obwohl du es nicht müsstest.«

»Du bist mein Sohn. Selbst wenn ich nicht wollte, könnte ich nicht anders.« Paolo zögert einen Moment, dann spricht er weiter. »Lies die Briefe, ja? Versprich es mir.«

»Das werde ich.«

»Und ich möchte mehr über dich erfahren. Ich möchte Emilia und dich in Berlin besuchen, wissen, wer du bist. Wenn du das auch möchtest, natürlich. Und du hast gestern von der Modewoche in Mailand erzählt. Ich verstehe nichts davon, aber denkst du, wir könnten dich dort sehen?«

Paolos Fragen überrumpeln mich, und einen Moment lang starre ich ihn nur an. Warum habe ich Mailand gestern überhaupt angesprochen … Ich habe noch immer nicht auf die Anfrage reagiert. Bis vor wenigen Tagen war ich mir sicher, dass ich ablehnen würde. Aber vielleicht ist das alles Schicksal.

Paolo zögert. »Oder wäre dir das nicht recht?«

»Doch«, entgegne ich sofort. »Im Gegenteil. Es gibt nichts, worüber ich mich mehr freuen würde.«

FÜNFZEHN

Emilia

Leo war fix und fertig, als Paolo und er am späten Nachmittag von ihrer Wanderung zurück zur Pension kamen. Voller Stolz hat er mir die Fotos vom Gipfel gezeigt, den die beiden bezwungen haben, und war anschließend kurz duschen.

Jetzt liegt er neben mir in einem der Liegestühle auf der Terrasse, lässt sich die letzten Sonnenstrahlen auf die Nase scheinen und von mir erzählen, was ich heute mit Silvia erlebt habe. Leo hat die Augen zu, nickt aber fleißig vor sich hin, während ich vom Wochenmarkt in Riva erzähle und unserem Gespräch, das Silvia und ich später fortgesetzt hatten, während ich in der Küche beim Mittagessen für die Hotelgäste geholfen habe. Fast habe ich mich gefühlt wie zu Hause. Ich liebe die Hotelatmosphäre, die zufriedenen Gäste und das immer etwas hektische Treiben hinter den Kulissen.

Jetzt steht Silvia erneut in ihrer Küche, hat mich nach draußen geschickt, um Zeit mit Leo zu verbringen, während Paolo ihr bei den Vorbereitungen fürs Abendessen hilft. Obwohl Leo die ungewohnte Anstrengung merklich in den Knochen steckt, wirkt er so ausgeglichen und glücklich wie nie zuvor. Kurz hat er von seinem Gespräch mit Paolo berichtet, ist jedoch nicht allzu stark darauf eingegangen, und ich habe nicht weiter nachgehakt, denn diese Stunden und wichtigen Momente gehören allein ihm. Ihm und seinem Vater.

Ich höre das Läuten der Kirchenglocken im Tal und lausche für einen Moment in die anschließende Stille. Im Hintergrund dringen italienische Stimmen an mein Ohr, die ersten Gäste finden sich auf der Terrasse vor den noch geschlossenen Türen zum Speisesaal ein und warten geduldig auf den Einlass zum Abendessen.

Leo grummelt leise, streckt sich leicht und dreht den Kopf zu mir. »Du musst weiterreden. Sonst schlaf ich ein.«

Ich muss lachen. »Was soll ich dir denn erzählen?«

»Was wir morgen unternehmen, zum Beispiel.«

»Hm, gute Frage. Woran hattest du denn gedacht?«

»Eis essen am Gardasee und so tun, als müssten wir nie wieder zurück?«

Damit spricht er etwas Wichtiges an. Leo blinzelt, als ich nicht sofort antworte.

»Das wäre schön«, antworte ich.

»Wann müssen wir zurück in Berlin sein?«, fragt er unaufgefordert. Es erleichtert mich, dass er derjenige ist, der es anspricht. Ich möchte wirklich nicht die Spielverderberin sein, erst recht nicht jetzt, während dieser wichtigen Zeit mit seinem Vater. Aber ich kann die Pflichten in Berlin nicht ewig ignorieren, und Leo vermutlich auch nicht.

»Diese Woche habe ich frei. Aber spätestens nächsten Montag …« Ich zögere.

»Das klingt vernünftig«, sagt er sofort. »Ist es okay wegen der Uni und deinem Nebenjob? Ich will nicht, dass du Nachteile hast. Das war alles so spontan.«

»Nein, es ist in Ordnung. Wirklich. Ich habe diese Woche keine Pflichttermine.«

»Okay.« Leo mustert mich. »Danke, dass du das alles mitmachst, Mila.«

»Was soll das denn jetzt heißen?« Irritiert durch die plötzliche Ernsthaftigkeit in seiner Stimme drehe ich mich etwas auf die Seite, damit ich ihn besser anschauen kann.

»Na ja, für mich lässt du alles stehen und liegen, stellst deine eigenen Bedürfnisse zurück und fährst einfach so mit mir nach Italien. Du tust so viel für mich, und wenn wir ehrlich sind, kann ich dir nicht annähernd so viel zurückgeben.«

»Oh doch, Leo.« Ich setze mich etwas aufrechter hin und ziehe die Knie enger an den Körper. »Es geht nicht nur um die großen Gesten. Es geht um alle Marmeladenglasmomente, weißt du? Die kleinen und die größeren.«

Sein Blick liegt schwer auf mir. »Ich hätte nie gedacht, dass ich mal jemanden so lieben würde wie dich.«

»Wem sagst du das?« Ich schlucke, ehe sich die Gedanken ihren Weg wie von selbst über meine Lippen bahnen. »Und das ist gleichzeitig irgendwie beängstigend und einfach wunderschön.«

»Ich verspreche dir, dafür zu sorgen, dass es von nun an nur noch Letzteres sein wird.«

»Das hast du nicht in der Hand, Leo.«

»So etwas wie mit Ivana wird nie wieder passieren.«

»Das ist es doch gar nicht«, beginne ich und frage mich gleichzeitig, wann unser Gespräch so ernst geworden ist. »Als es dir im Winter schlecht ging – das hat mir das Herz rausgerissen, jeden Tag auf Neue. Ich hätte es nicht überlebt, wenn …«

»Hör auf«, unterbricht er mich leise. »Es ist vorbei. Es geht mir gut, das weißt du. Wir haben das gemeinsam geschafft.«

»Hast du keine Angst mehr?«, bringe ich hervor. »Davor, dass … so etwas wieder passieren könnte. Ich frage es mich nur, weil ich Angst habe. Ich habe viel zu oft Angst.« Meine Stimme bricht, ich kann es nicht verhindern. Leo streckt den Arm aus und greift nach meiner Hand.

»Keiner kann das wissen. Und deshalb habe ich keine Angst. Es nützt nichts.«

»Ich weiß.«

»Mila, es ist alles gut. Du darfst daran glauben.«

Er sagt es so, als könnte er sich wirklich sicher sein. Aber in den letzten Monaten habe ich vieles gelernt. Man kann sich niemals sicher sein. Und manchmal, wenn ich nachts aufwache und an diesen Moment denke, in dem Leos Herz aufhörte zu schlagen, kann ich nicht mehr atmen.

Aber er hat recht. Ich darf daran glauben, dass so etwas Furchtbares nie wieder passieren wird. Ich darf nicht nur, ich muss.

Vielleicht ist es dumm, jemanden so sehr zu lieben, dass man sicher ist, ohne ihn nicht mehr klarzukommen. Ziemlich sicher ist es das.

Ich sehe Leo an, spüre seinen Blick, der schwer auf mir liegt.

Aber vielleicht ist es auch alles wert.

*

Leonardo

Sieben Uhr an diesem Mittwochmorgen, und ich kann nicht mehr schlafen, sitze in den ersten Sonnenstrahlen des Morgens am Rand der Terrasse und atme den neuen Tag ein. Um mich herum nichts als Stille, gelegentliches Vogelgezwitscher und das leise Rascheln des Windes in den Bäumen, die mich umgeben. Noch immer fasziniert mich die Schönheit dieses Ortes, diese Mischung aus mediterraner Toskana und markanten Gebirgsketten, grüner Täler samt unwirklicher Bergseen zwischen kargen Felswänden. Die Landschaft ist so gegensätzlich, dass ich mich unwillkürlich in ihr wiedererkenne.

Ich schließe für einen Moment die Augen, lausche den Geräuschen und spüre den leichten Wind, der die heißen Tage hier oben erträglich macht. Mit den Fingerspitzen taste ich nach dem Stapel Papier neben mir.

Mila hat noch geschlafen, und so nutze ich meine Chance, klemme mir die Briefe zwischen die angewinkelten Knie und ziehe den ersten aus seinem Kuvert. Es ist der letzte, der, den Paolo zu meinem sechzehnten Geburtstag geschickt hat und der, der schuld daran war, dass mein Vater vollends ausgetickt ist, als er ihn entdeckt hat. Vielleicht wäre es klüger, chronologisch zu beginnen, aber mein Gefühl sagt mir, dass ich diesen hier zuallererst lesen muss.

Schweigend betrachte ich das akkurat zusammengefaltete Papier und frage mich zum wiederholten Mal, wie alles wohl verlaufen wäre, hätte Mama mir die Briefe einfach von Anfang an gezeigt. Von mir aus heimlich, damit ich zumindest eine Ahnung gehabt hätte und eine Alternative.

Obwohl ich ihr nicht noch einmal gegenüberstehen will, weiß ich, dass ein weiteres Gespräch mit Mama unumgänglich ist. All die unbeantworteten Fragen bringen mich bald um den Verstand. Sie halten mich vom Schlafen ab und lassen mich nur sinnlos weiter grübeln. Ich muss wissen, was sie sich all die Jahre dachte, ob sie sich überhaupt etwas dachte und wenn ja, wieso sie den Ausweg nicht gewählt hat, wenn sie doch offensichtlich einen hatte.

Ich schüttele stumm den Kopf. Eigentlich ist es egal, denn jetzt bin ich hier, und keiner von uns kann die Zeit zurückdrehen. Die Gegenwart ist viel zu wertvoll, um sie mit dunklen Gedanken und nutzlosen Vorwürfen zu vergeuden, doch irgendetwas in mir kann einfach nicht anders, als weiter nachzudenken. Das ewige *Hätte* hält mich nur davon ab, nach vorn zu schauen und ein Stück mehr mit meiner Vergangenheit abzuschließen.

Noch einmal *Hätte* in Form der Briefe, dann gibt es nur noch das Heute und das Morgen. Das, was ich habe und nicht hätte haben können.

Ich falte das Papier auseinander und beginne zu lesen.

Lieber Leonardo,

ich schreibe dir diesen Brief zu deinem sechzehnten Geburtstag und wünsche dir dazu von Herzen alles Gute. Hoffentlich hast du einen schönen Tag, lässt dich gebührend feiern und reich beschenken. Ein weiterer Schritt ins Erwachsenenleben ist heute für dich getan und damit ein weiterer Schritt in die Selbstständigkeit.

Ich denke oft an dich, fast würde ich behaupten, ich tue es täglich. Du bist mein einziger Sohn, und nur zu oft frage ich mich, ob du mir wohl ähnelst. Dich für die gleichen Dinge begeistern kannst wie ich und im Inneren nicht doch ein »Vassallo« bist – für mich zumindest bist du es.

Mein schlechtes Gewissen quält mich ununterbrochen, wenn ich daran denke, dir nie ein richtiger Vater gewesen zu sein. Ebenso weiß ich, dass es dafür keine Entschuldigung gibt. Nichts, mit dem ich all die Jahre mit dir nachholen könnte, die ich verpasst habe.

Ich weiß nicht, ob du mich kennenlernen möchtest oder nicht, doch gerade gibt es nichts, was ich mir mehr wünschen würde, als dir zu begegnen. Vielleicht hast auch du irgendwann den Wunsch zu erfahren, woher du stammst.

Sollte dem so sein, bist du jederzeit herzlich eingeladen, mich in meiner italienischen Heimat besuchen zu kommen und …

Ich zucke ertappt zusammen, als ich Schritte hinter mir höre, falte den Brief zusammen und schiebe ihn mit den anderen unter meine Beine. Fest gehe ich davon aus, in Milas Gesicht zu blicken, doch es ist Silvia, die da mit einer Tasse zu mir kommt.

»Oh, hallo«, begrüße ich sie.

»Guten Morgen, Leonardo. Lass dich nicht stören.« Silvia lächelt mich wissend an und stellt die Tasse neben mir ab. Der intensive Duft von frischem Kaffee steigt mir in die Nase.

»Das wäre nicht nötig gewesen.«

»Ich hatte gerade einen Moment, als ich dich hier habe sitzen sehen.«

Sie scheint die Briefe längst entdeckt zu haben und wendet sich bereits wieder zum Gehen.

»Danke, Silvia. Wirklich ... Es ist so schön bei euch.«

Sie hält inne, und ihr Lächeln ist so ehrlich, dass mir warm wird.

»Bei *uns*, Leonardo. Bei uns.«

*

Emilia

Obwohl er verkündet hat, definitiv wach zu bleiben, kämpft Leo neben mir auf dem Beifahrersitz schwer dagegen an, die Augen zu schließen, und scheint seinen Kampf gerade zu verlieren. Es sei ihm gegönnt, denn nachdem er heute Morgen von Italien aus losgefahren ist, habe ich erst am späten Nachmittag irgendwo kurz vor Leipzig mit ihm den Platz getauscht, um ihn auf den letzten Kilometern nach Berlin abzulösen. Am Stück ist die lange Autofahrt anstrengender als gedacht, und obwohl ich die ersten Stunden nur untätig neben ihm saß, bin ich ebenfalls müde. Inzwischen rückt Berlin in greifbare Nähe, und ich bin froh um jeden Kilometer, der von der Anzeige des Navis verschwindet.

Die elf Stunden vom Gardasee nach Berlin sind wirklich eine Hausnummer und an einem Tag eigentlich kaum zu schaffen. Schon jetzt sind wir deutlich länger als geplant unterwegs, da wir rund um München immer wieder in Staus geraten sind. Vielleicht können wir beim nächsten Mal von Berlin nach Trentino fliegen. Schneller wäre es allemal.

Ich vermisse Silvia und Paolo schon jetzt. Die beiden waren unfassbar lieb, als wir uns heute Morgen von ihnen verabschiedet haben. Wir wurden geradezu genötigt, so bald wie möglich wiederzukommen. Leo hat sie natürlich zu uns nach Berlin eingeladen, und ich hoffe, die beiden in nicht allzu ferner Zukunft wiederzusehen. Ich wünschte, es wären weniger Kilometer, die nun wieder zwischen uns liegen und einen spontanen Wochenendbesuch so völlig unmöglich machen.

Dennoch war ich froh um die Distanz zu Berlin. Trotz all dem Stress fühle ich mich so erholt wie nach zwei Wochen Sommerurlaub. Berlin mit all seinen Banalitäten ist so lächerlich unwichtig geworden. Mit Sicherheit habe ich einiges in der Uni verpasst, will gar nicht an die vielen Vorlesungsfolien denken, die ich nun nacharbeiten darf, und versuche, diese Tatsache zumindest für heute noch zu verdrängen. Jetzt sind andere Dinge wichtiger als Uni und gute Noten. Familie zum Beispiel, und die durfte Leo gerade zum ersten Mal in seinem Leben so richtig erfahren. Wenn es das nicht wert war, dann weiß ich auch nicht.

Ich wage einen Blick zur Seite und muss grinsen, als ich sehe, dass er wirklich die Augen geschlossen hat. Kein Wunder, denn gestern sind wir nicht gerade früh ins Bett gekommen. Stattdessen saßen wir wie an jedem Abend bis spät in die Nacht mit Silvia und Paolo draußen. Unser Aufenthalt war kurz und intensiv, die pure Reizüberflutung. Für Leo noch viel mehr als für mich, und selbst mir fällt es schwer, all die neuen Eindrücke zu verarbeiten. Oft lag ich noch lange wach, habe so lange mit Leo geredet, bis draußen allmählich wieder die Sonne aufging.

Berlin taucht immer häufiger auf den Autobahnschildern auf, wir sind kurz vor Potsdam, und ich überlege, ob wir Willem und Élaine einen Besuch abstatten sollten, um uns endlich mal wieder gemeinsam bei ihnen blicken zu lassen. Ich habe keine Ahnung, ob sie überhaupt von unserem spontanen Italientrip wissen. Nach einem Blick auf Leo, der immer noch schläft, verwerfe ich diesen Gedanken jedoch wieder. Ich will eigentlich nur noch nach Hause, unter die Dusche und mich für den Rest des Tages nicht mehr von der Couch wegbewegen.

Mit Berlins stockendem Feierabendverkehr wird Leo wieder wach. Es dauert eine halbe Ewigkeit, ehe wir mit Anbrechen der Dämmerung endlich in Mitte ankommen. In der Wohnung falle ich total erledigt aufs Sofa, kann mich nicht mal mehr dazu motivieren, meine Tasche auszupacken, und glaube kaum, dass sich Leo tatsächlich noch in die Küche stellt, um uns ein Abendessen zu machen. Nudeln mit Pesto haben sich noch nie so gut angehört.

Als er gerade die Nudeln abgießt, beginnt sein Handy zu klingeln.

»Kannst du bitte rangehen?«, meint er, und ich wage einen kurzen Blick aufs Display. Es ist Ben, und bevor Leo seine Meinung ändern kann, nehme ich den Anruf schnell für ihn an. Ich komme gar nicht erst dazu, Ben mitzuteilen, dass ich am Telefon bin, denn er spricht schon los.

»Drück mich jetzt bitte nicht weg, okay? Könnt ihr zurück nach Deutschland kommen? Unser Vater ist letzte Nacht gestorben.«

SECHZEHN

Leonardo

Das Erste, was mir auf der Zunge liegt, ist ein eiskaltes Nein, doch ich schlucke es herunter.

»Ich weiß nicht, inwiefern es sinnvoll für mich ist, deshalb nach Stuttgart zu kommen«, sage ich und finde selbst, dass ich absolut zum Kotzen klinge.

Ben schweigt durchs Telefon, Mila hat diskret den Blick abgewandt, doch hört mit Sicherheit jedes einzelne Wort, während sie etwas auf ihrem Handy tippt.

»Das weiß ich auch nicht.« Ben klingt resigniert. »Es war dumm, dich anzurufen. Bitte entschuldige, ich hab nicht nachgedacht und fand nur, du solltest es wissen. Es tut mir leid.«

»Bist du bei ihr?«

Meine Frage lässt Ben innehalten. Ich bin mir sicher, dass er genau weiß, wen ich meine.

»Ja, seit vorgestern. Charlie ist auch gekommen …«

»Kommt sie damit klar?«

»Charlie?«

»Nein … Mama.«

»Es geht so. Ich war zwei Mal mit ihr im Krankenhaus. Als gestern der Anruf kam, hat sie den ganzen Abend nur geweint.«

Vor Erleichterung …

Ich schließe für einen Moment die Augen.

»Sie hat erzählt, dass du am Samstag kurz da warst. Das hat sie furchtbar aufgewühlt. Sie redet ständig davon, wie sehr sie alles bereut und dass sie dein Leben zerstört hat. Leo, bitte. Es geht hier nicht um ihn, sondern um sie. Ich würde das nicht von dir verlangen, wenn ich mir nicht sicher wäre, dass es auch wichtig für dich sein könnte.«

»Wann ist die Beerdigung?«, unterbreche ich ihn.

»Vermutlich übernächsten Mittwoch, wir wissen es noch nicht genau«, kommt es zögerlich von Ben.

»Okay, hör zu. Mila und ich sind gerade aus Italien zurückgekommen. Ich muss erst mal meine Gedanken sortieren.«

»Das verstehe ich.« Ben zögert. »Wie … wie war es?«, fragt er dann.

»Ben, lass gut sein. Ich glaube nicht, dass ich mit dir darüber reden möchte.«

Er bleibt stumm. Und ich weiß nicht, was er erwartet hat. Dass jetzt auf wundersame Art und Weise alles wieder gut zwischen uns ist?

Ich schließe die Augen.

»Sag Mama, dass ich nach der Beerdigung komme.« Ich schlucke und sage es, obwohl es mir das Herz mit jeder Silbe noch ein kleines bisschen mehr zerreißt. »Ihretwegen, Ben. Charlie und dir habe ich gerade nichts mehr zu sagen.«

*

Emilia

»Und dann hat er gemeint, dass er mit seiner Mutter reden wird, aber Ben und Charlie dort nicht begegnen will«, schließe ich meinen Bericht und streichle weiter mit der Fingerspitze über Jonnas Bauch, die da friedlich schlummernd in ihrem Maxi-Cosi zwischen uns auf dem Sofa liegt.

Alessa neben mir unterdrückt ein Seufzen. »Ach herrje …«

»Das kannst du laut sagen. Er war in Italien so ausgeglichen, weißt du? Die Gespräche mit seinem Vater haben ihm echt gutgetan, und obwohl das jetzt echt viel auf einmal war, glaube ich, es wäre die richtige Gelegenheit, um auch wieder alles zwischen ihm und seinen Geschwistern zu klären.«

»Das heißt, er spricht gar nicht mehr mit Ben und Charlie?«

Ich deute ein Schulterzucken an. »Nicht, wenn es nicht unbedingt sein muss.«

»Spricht er denn wenigstens mit dir?«, fragt Alessa.

»Ja, doch. In Italien hat er das getan. Aber seit wir wieder hier sind, ist es schwierig. Vielleicht ist Berlin verflucht.«

»Und dann lässt du es lieber bleiben, als zu riskieren, dass ihr euch wieder in die Haare kriegt?«

»Du bringst es auf den Punkt.«

»Ach, Mila …« Alessa lässt sich etwas tiefer in die Polster sinken. »Es tut mir echt leid, dass gerade alles so kacke ist.«

Ich seufze tief und zucke mit den Schultern. »Eigentlich dachte ich, wir können über alles reden.«

»Du kennst doch Leo. Er hat nie gelernt, dass Kummer nicht dazu da ist, um ihn allein in sich reinzufressen.«

»Habt ihr ihm das in den letzten Jahren nicht beigebracht?«

»Doch, ein bisschen zumindest. Du hättest ihn ganz am Anfang erleben sollen. Dazu ist das heute ein himmelweiter Unterschied. Gib ihm etwas Zeit, okay? So was funktioniert nicht von heute auf morgen, und Leo tut das nicht, um dich zu ärgern. Er weiß vermutlich selbst nicht, wie er sich jetzt fühlen soll. Jason war gestern lang mit ihm im Label und hat ihn ein bisschen erzählen lassen. Leo ist unglaublich froh, dich jetzt bei sich zu haben. Er meinte, dass es guttut, bei dir auch einfach mal nichts sagen zu müssen und zu wissen, dass du ihn trotzdem verstehst.«

»Das hat er gesagt?«

Alessa nickt. »Er weiß, dass er es dir gerade nicht leicht macht. Aber du darfst ihm deshalb nicht böse sein.«

»Um Gottes willen, das bin ich ja auch nicht. Ich hatte nur Angst, dass er mit mir nicht darüber reden kann oder will.«

»Mach dir da mal keine Sorgen. Du hast nichts falsch gemacht.«

»Hat er mit Jason auch über die Beerdigung gesprochen? Er will nicht hingehen ...«

»Nein, und ich schätze, dass ihm da auch niemand von uns reinreden sollte. Das ist eine so heikle Situation, in der er am allerbesten wissen wird, was ihm guttut.«

»Ich frage mich nur, ob er überhaupt jemals die Chance haben wird, damit richtig abzuschließen, wenn nicht jetzt.«

»Dann solltest du ihm deine Befürchtung mitteilen.«

»Ja, vielleicht.« Ich seufze und beschließe, das Thema zu wechseln. »Wie geht's Jason?«

»Gut. Er arbeitet heute Toni und Sven bei Kiezkind ein, damit die beiden in nächster Zeit abwechselnd die Halbtagsschichten übernehmen können.«

»Leo ist ja jetzt auch wieder da.«

»Aber der hat mit seinen Plänen für Mailand genug am Hals.«

»Stimmt.« Ich nicke nachdenklich. »Er kann sich echt glücklich schätzen, Freunde wie euch zu haben, die ihm so den Rücken freihalten.«

»Ich denke, das beruht alles auf Gegenseitigkeit«, meint Alessa. »Wir hatten ja bereits befürchtet, dass er wirklich Ernst macht und Mailand absagt. Dabei ist das so eine Chance für ihn. Und Kiezkind kommt es im Umkehrschluss natürlich auch zugute.«

»Auch wieder wahr.« Ich verstumme, als Jonna zu quengeln beginnt, und beobachte, wie Alessa den Maxi-Cosi leicht auf und ab wippen lässt, woraufhin die Kleine tatsächlich wieder ruhiger wird.

»Sie ist so süß«, flüstere ich zum gefühlt fünfzehnten Mal und kann den Blick gar nicht mehr von dem kleinen Menschen nehmen.

»Nachdem sie dich das erste Mal um den Schlaf gebracht hat, änderst du deine Meinung vielleicht.« Alessa klingt trocken, doch das Lächeln in ihren Augen spricht Bände. Eine knappe Woche waren Alessa und Jonna im Krankenhaus und wurden vor einigen Tagen schließlich kerngesund nach Hause entlassen. Mir bricht noch immer der kalte Schweiß aus, wenn ich an den Abend vor zwei Wochen denke. Nicht auszudenken, was alles hätte schiefgehen können …

»Jason hat sie auch längst um den kleinen Finger gewickelt, oder?«, vermute ich.

»Ich glaube, er hat bald gar keine Liebe mehr für mich übrig.« Alessa seufzt, und ich muss lachen.

»Das bezweifle ich stark.«

»Hoffen wir es.«

»Du weißt aber, dass du mich jederzeit anrufen kannst, falls ihr Hilfe braucht«, sage ich und sehe Alessa lächelnd nicken.

»Das ist lieb von dir, Mila. Meine Tante wohnt zum Glück auch in Berlin und kann einspringen, wenn mal wirklich Not am Mann sein sollte, aber ich denke, wir kriegen das ganz gut hin. Vor allem mit Freunden wie Leo und dir.«

Jonna beginnt nun doch zu jammern, und ich verabschiede mich bald darauf, damit Alessa sie in Ruhe stillen kann. Draußen streicht mir ein warmer Sommerwind um die Knöchel, selbst im Schatten der Häuser friere ich kein bisschen, sondern genieße die sommerlichen Abendstunden. Während ich an den kleinen belebten Neuköllner Lokalen entlanggehe, ziehe ich mein Handy aus der Tasche. Kurz vor sieben … mit Sicherheit ist Leo noch im Label. Von Jasons und Alessas Wohnung ist der Kiezkind-Store fußläufig zu erreichen, und ich beschließe, Leo einen Überraschungsbesuch abzustatten.

Etwa zwanzig Minuten später erreiche ich das Label, ignoriere das »Geschlossen«-Schild, das an der Ladentür hängt, und habe Glück, als sich die Klinke trotzdem herunterdrücken lässt.

Im Atelier ist alles still, ich komme vorsichtig näher und muss lächeln, als ich Leo entdecke.

Im Schneidersitz hockt er auf einer der massiven Tischplatten, über den Schoß bis zum Fußboden hängt ein riesiges Stück Stoff, an dem er mit einer solchen Konzentration näht, wie ich sie sonst nur von Chirurgen im OP kenne. Leo hebt den Blick erst, als ich direkt vor ihm stehe. Er wirkt einen Moment lang irritiert, dann breitet sich ein Lächeln auf seinem Gesicht aus, und er legt seine Arbeit zur Seite.

»Störe ich?«, frage ich, während ich auf ihn zugehe und Leo mich zu sich zieht.

»Gar nicht.« Er drückt mir einen Kuss auf die Lippen. »Was verschafft mir die Ehre?«

»Ich war gerade bei Alessa und dachte, ich statte meinem Lieblings-Workaholic einen kleinen Besuch ab.«

»Woher wusstest du, dass ich hier bin?«

»Wo solltest du denn sonst sein? Daheim auf der Couch?«

Leo lacht. »Punkt für dich … Wie geht's der Kleinen?«

»Blendend. Sie bringt ihre Eltern zumindest erfolgreich um den Schlaf.«

»Das glaube ich gleich. Jason hat seit Tagen Augenringe bis zum Boden.«

»Und du wohl auch bald, wenn du so weitermachst«, bemerke ich und deute auf das Chaos, inmitten dessen Leo hockt.

»Ich muss mich ranhalten, damit ich alles für Mailand fertig bekomme. Gerade läuft es so gut, ich hab 'nen richtig kreativen Flow.«

So wie immer, wenn du dich gekonnt der Realität entziehst?

Ich verkneife mir meinen Kommentar und nicke. »Dann lasse ich dich lieber noch ein bisschen weitermachen?«

»Nein, komm … lass uns was essen gehen oder so.« Leo greift nach meiner Hand. »Heute saß ich echt lang genug hier drin.«

Überrascht sehe ich ihn an.

»Oder hast du andere Pläne?«

»Nein, gar nicht. Das wäre schön«, antworte ich sofort und bemerke Leos Blick.

»Darf ich dich vorher noch kurz als Modell benutzen?«

»Mich?« Mit hochgezogenen Augenbrauen sehe ich ihn an und merke, wie Leo den Blick bereits über meinen Körper wandern lässt. Als würde er ihn nicht sowieso schon in- und auswendig kennen.

»Ja, ich muss unbedingt noch einen Entwurf fitten, und wenn du jetzt schon mal da bist …«

»Wenn du willst.«

»Perfekt. Es ist ein Kleid, noch im Rohentwurf, also erst mal aus Nesselstoff.«

Ich nicke, während Leo bereits an mir vorbeigeht und zielsicher nach einem der Bügel greift. Was darauf hängt, sieht für mich wie ein einziges Chaos aus cremeweißem Baumwollstoff aus, den ich bereits von seinen früheren Arbeiten kenne. Noch wirken die Nähte fransig, unpräzise und ziemlich willkürlich gesetzt, doch das aufgeregte Funkeln in Leos Augen lässt mich vermuten, dass er in diesem Stück Stoff längst etwas sieht, das kein anderer vor ihm tun würde. Obwohl er in Gedanken vertieft wirkt, zuckt sein Blick zu mir, als ich die Schleife in der Taille meines Kleids öffne und Leo den Rücken zuwende. Ich spüre seine Finger in meinem Nacken, bekomme eine Gänsehaut und höre das leise Ratschen, während er den Reißverschluss öffnet. Der leichte Stoff rutscht über meine Arme gen Boden, und Leos Blick klebt auf mir, als ich mich ihm wieder zuwenden will.

»Darf ich?« Seine Stimme klingt rau, und ich verharre, als er die Hand erneut an meinen Rücken legt, mein Nicken abwartet und daraufhin mit geübten Fingern den BH öffnet. »Es ist rückenfrei.«

Na so ein Zufall …

Leo scheint sich sehr beherrschen zu müssen, mir weiter in die Augen zu sehen, als ich mich wieder zu ihm umdrehe, er mir in das Kleid hilft und eine Gänsehaut bereitet, sobald seine Fingerspitzen meine nackte Haut streifen. Ich muss die Stoffenden an meiner Seite zusammenhalten, während er, Nadelkissen am Handgelenk und Schneiderkreide zum Markieren stets griffbereit, um mich herum huscht und die Bahnen dicht an meinem Körper absteckt. Kurz befürchte ich, mir könnten die feinen Nadeln gleich in der Brust stecken, doch Leo arbeitet so routiniert und präzise, dass ich mich wieder traue zu atmen.

»Ja, kannst du mal so zu mir … den Arm bisschen hoch, genau«, murmelt er konzentriert vor sich hin und bringt mich zum Schmunzeln.

Selten habe ich ihn mit einer solchen Hingabe an etwas arbeiten sehen wie an seiner Mode, und noch immer fasziniert mich seine Leidenschaft völlig. Die Stofffetzen nehmen mit jeder Stecknadel weiter Form an, und als Leo mich schließlich vor einen der bodentiefen Spiegel holt, sehe auch ich, was er da gemacht hat. Bodenlang, vorne hochgeschlossen mit einem Kragen, der eng am Hals anliegt. Langärmelig und hinten rückenfrei gefühlt bis zum Steißbein. Trotz der Dutzenden Stecknadeln und Markierungen fühle ich mich in dem Kleid schon jetzt so elegant, dass sich meine Haltung mit Blick in den Spiegel automatisch verändert hat.

»Perfekt, genau so wollte ich es haben … Geh mal auf die Zehenspitzen, bitte.« Leo starrt abwechselnd auf mich und mein Spiegelbild, tritt hinter mich und streicht vorsichtig über den eng anliegenden Stoff an meiner Taille. »Stell es dir vor in schwarzer Spitze, halbtransparent an den richtigen Stellen. Die Haare ganz sleek als Zopf, dunkles Augen-Make-up … das ist so absolut Mailand.«

Er wirkt komplett in seiner eigenen Welt, und in Momenten wie diesen, in denen ich einen kleinen Einblick in sie erhaschen kann, verstehe ich plötzlich, was ihn so an seinem Beruf begeistert. Gerade war da nichts als ein Fetzen langweiliger weißer Baumwollstoff, und jetzt kann ich genau sehen, was er meint. Das aufregende Abendkleid, das von einem Filmstar im Blitzlichtgewitter auf dem roten Teppich getragen werden könnte und in allen Modezeitschriften gefeiert wird, die derzeit angesagt sind. Vermutlich kenne ich nicht die Hälfte der hochkarätigen Namen, die sich von Willem und mittlerweile auch ihm eine passende Abendrobe anfertigen lassen, denn je vermögender der Kunde, desto ernster nimmt Leo es mit der Diskretion. Schweigepflicht eines Designers, hat er gemeint und mich verschmitzt angegrinst, als ich ihn einmal danach gefragt habe.

Ich stehe weiter beeindruckt vor dem riesigen Spiegel, während Leo seine abgesteckten Linien markiert und mich schließlich wieder aus dem Probeteil schält. Diesmal starre ich schweigend mein Spiegelbild an, als Leo es vom Kleid befreit und sichtlich um Fassung ringt. Es ist mir keine Sekunde lang unangenehm, nackt vor ihm zu stehen, da ist nur eine Sache, die mich stört, und das ist sein weißes, viel zu zugeknöpftes Hemd. Mein Mund wird trocken, Leos Blick noch dunkler, und dann lässt er das Kleid Kleid sein. Seine Hände legen sich um meine Hüften, beinahe grob dreht er mich zu sich, und ich vergrabe die Finger in seinen Haaren, während unsere Körper gegeneinanderprallen. Seine Lippen treffen hart auf meine und verschlucken den überraschten Laut, der mir aus der Kehle dringt. Ich spüre Leo so dicht bei mir, dass mein Kopf augenblicklich das Denken einstellt.

»Pass auf …« Er legt seine Hände an meinen Po, und einen Moment später hebt er mich hoch, als ich mit meinen bloßen Füßen beinahe in den Haufen Stoff voller Stecknadeln trete. Meine Beine schlingen sich wie von selbst um seine Hüften, meine Hände wandern in seinen Nacken, und Leo gerät für den Bruchteil einer Sekunde ins Straucheln, als ich ihn küsse.

Er geht ein paar Schritte rückwärts, sinkt dann unter meinem

Gewicht in die Polster der dunklen Couch und schließt kurz die Augen, während ich ihn weiter küsse. Meine Finger an seinem Gesicht, und Leo stöhnt gegen meine Lippen, packt mich wieder fester und drückt mich gegen sein Becken. Ich beginne, sein Hemd aufzuknöpfen, bin ihm nicht schnell genug, denn er zieht es sich kurzerhand über den Kopf. Unser schnelles, tiefes Atmen erfüllt den Raum komplett. In meinem Kopf gibt es in diesen Sekunden nichts außer Leo. Leo, der mich küsst, mit einer Mischung aus Verlangen und Härte, die mich schier um den Verstand bringt, dafür sorgt, dass sich meine Lider von selbst schließen, als er mich unter sich in die Polster drückt. Unsere Körper ziehen sich magnetisch an, fügen sich zusammen zu einer perfekten Einheit, als wären sie füreinander geschaffen worden. Und dann werden sie eins, als ich seinen Namen keuche und mich von meinen Gefühlen überwältigen lasse.

Die untergehende Sonne taucht die Fußgängerwege am Rande des Landwehrkanals in ein warmes Orange und spiegelt sich auf dem unbewegten Wasser. Fahrradfahrer, Jogger und Fußgänger kommen uns entgegen, so ziemlich jeder scheint diesen herrlichen Sommerabend draußen zu verbringen.

Leo schlendert neben mir her, wirft mir diese Blicke zu, die mich nur zu gut daran erinnern, was wir eben noch getan haben. Meine Haare, die ich den Tag über in einem ordentlichen Zopf getragen habe, wellen sich nun sanft über meinen Rücken und wehen im leichten Wind.

»Also … worauf hast du Lust?«, will er wissen. »Sushi? Italienisch? Es gibt auch einen super Inder nicht weit von hier.«

»Hm, ich weiß nicht … vielleicht was, wo man draußen sitzen kann?«

»Kennst du das Freischwimmer?«

Ich ziehe leicht die Augenbrauen zusammen, ehe ich ein Kopfschütteln andeute.

»Sehr schön, das wird dir gefallen. Ist ein kleines Hausboot-Restaurant an einem Seitenarm der Spree. Im Sommer richtig schön, wenn man zum Sonnenuntergang draußen auf der Terrasse direkt am Wasser sitzen kann. Gegenüber ist der Club der Visionäre, falls dir das was sagt.«

»Ich glaube, davon hat Alessa mal erzählt.«

»Lust darauf, oder wollen wir lieber woandershin?«

»Doch, gerne. Lass es uns versuchen.«

Das Freischwimmer ist an diesem Abend rappelvoll, natürlich haben wir nicht reserviert, doch Leo wechselt zwei, drei Sätze mit einem der Kellner, der uns daraufhin zu einem winzigen Tisch draußen auf der Terrasse ganz vorne am Wasser führt. Als ich ihn frage, wie zur Hölle er das gemacht hat, zuckt er grinsend die Schultern und rückt mir meinen Stuhl zurecht, ehe er mir gegenüber Platz nimmt.

»Jason kennt den Inhaber«, meint er beiläufig und reicht mir die Karte. »Wir haben hier mal einen Release von Kiezkind gefeiert.«

Mir bleibt nichts anderes übrig, als perplex zu nicken, während Leo bereits in seiner Karte zu blättern beginnt. Ich kann mich nicht entscheiden, also zwinge ich ihn, für uns beide zu bestellen. Die Auswahl überfordert mich, und ich will lieber auf die traumhafte Kulisse anstatt ins Menü starren. Leo enttäuscht mich nicht. Das Essen ist großartig, vor allem an einem Ort wie diesem. Die untergehende Sonne taucht unsere Umgebung in rotgoldenes Licht, reflektiert auf den leichten Wellen des Kanals, die vorbeiziehende Enten hinterlassen. Die Äste einer riesigen Trauerweide reichen bis hinunter ins Wasser, wiegen sich im leichten Wind, unter dem ich mit Anbrechen der Dunkelheit zu frösteln beginne.

Leo überlässt mir seine Jacke, und es ist unfair, wie dieser Trick immer funktioniert. An diesem Abend bin ich sehr verliebt, nach dem zweiten Glas Wein sehr betrunken, und Leo ist wunderschön. Ich kann nicht aufhören, ihn anzusehen, während er mir gegenübersitzt und von Dingen erzählt, die ich sofort wieder vergesse.

»Mila?« Leos warme Finger an meiner Hand holen mich zurück in die Gegenwart.

»Hm?«

»Bist du müde?« Ein belustigtes Grinsen umspielt seine Lippen, und ich schüttele ertappt den Kopf.

»Wieso?«

»Du wirkst etwas … abwesend.«

»Mir ist nur eben wieder klar geworden, wie schrecklich verknallt ich in dich bin.«

Leo lacht leise und umfasst meine Hand ganz. »Okay, keinen Wein mehr für dich, Emilia-Mila.«

»Das liegt nicht am Wein.«

»Sondern?«

»Daran, wie du mich anschaust.«

»Okay, soll ich damit aufhören?«

»Bloß nicht.«

Leo schüttelt leicht den Kopf und mustert mich amüsiert. Sein Gesicht wird ernster, als ich weiterspreche.

»Ich liebe es, wenn du aus einem ganz normalen Mittwochabend einfach so einen absolut marmeladenglastauglichen Moment machst.«

»Ich gebe mir Mühe.«

»Wir sollten das öfters machen«, sage ich und seufze leise.

»Dann ist es aber vielleicht nichts Besonderes mehr.«

Ich schüttele den Kopf. »Doch, solange du dabei bist, ist es das.«

»Ich muss wirklich wissen, was Alessa dir gegeben hat, um dich so emotional zu machen. Vielleicht ist das hier aber auch einfach eine Nummer zu kitschig für dich.« Er wirft einen Blick auf die bunten Lampions und Lichterketten.

»Vielleicht bin ich aber auch einfach nur ehrlich«, gebe ich zurück und registriere Leos Schmunzeln, ehe der Kellner mit dem Dessert zu uns kommt.

Obwohl ich nach dem Hauptgang ziemlich voll bin, konnte ich dem verführerischen Kokos-Pannacotta einfach nicht widerstehen, das ich mir nun mit Leo teile, der eigentlich bei seinem Espresso bleiben wollte.

Am liebsten würde ich ewig hier mit ihm sitzen, die Sommernacht auf der Haut spüren und zulassen, dass Leo mich so in seinen Bann zieht, dass ich die durcheinandersprechenden Leute um uns herum komplett ausblende, nur noch seine Stimme höre, doch irgendwann werde ich müde.

Dass ich vielleicht doch minimal angetrunken bin, merke ich spätestens, als Leo bezahlt hat und wir das Freischwimmer kurz nach Mitternacht verlassen. Mir ist ein bisschen schwindelig, aber auf die beste Art. In der Bahn zu seiner Wohnung versuche ich, nicht die Augen zu schließen, aber es ist schwer, und mein müder Kopf gewinnt.

Ich schrecke zusammen, als ich eine Berührung an meiner Schulter spüre.

»Mila? Aufstehen.«

Die Bahn bremst ab, ich muss mich an der Metallstange festhalten und stolpere trotzdem gegen Leos warmen Körper. Er zieht mich mit nach draußen, alles ist schön.

Er ist schön. Berlin bei Nacht ist schön. Küssen auf dem Weg zu seiner Wohnung ist schön, und zum zweiten Mal an diesem Tag die Finger in seinen nackten Rücken zu graben, ist es auch.

Ich möchte die Zeit anhalten und für uns einfrieren.

Alles soll genau so bleiben. Aber das tut es nie.

Leider.

*

Leonardo

Das Herz pocht mir bis zum Hals, als ich den Wagen die Einfahrt zu Élaines Haus hinauflenke. Mila sitzt neben mir, und ich bin mir sicher, dass sie meine Nervosität spürt. Sie strahlt eine solche Ruhe aus, doch heute hilft auch das nicht. Ich habe Angst vor dem Gespräch mit Willem und Élaine. Davor, dass sie von Paolo und diesem ganzen Chaos wussten. Davor, dass auch sie mich angelogen und mir etwas verheimlicht haben.

Wäre Mila nicht gewesen, hätte ich Élaines Einladung zu Kaffee und Kuchen wohl abgesagt. Ich habe sie und Willem nicht gesehen, seit ich aus Italien zurück bin. Wenn ich könnte, würde ich einfach weiter ignorieren, dass es da diese Sache gibt, über die wir dringend sprechen müssen.

»Alles wird gut.«

Ich zucke zusammen, als Milas leise Stimme erklingt, blicke in ihre graublauen Augen und zwinge mich zu atmen.

»Hoffen wir es.«

»Ich weiß es, Leo.« Sie lächelt. »Komm mit.«

Sie löst ihren Sicherheitsgurt und öffnet die Beifahrertür, ich tue es ihr gleich. Vor dem Hauseingang nimmt sie erneut meine Hand. Mila zieht mich leicht mit sich, ich folge ihr die Steintreppen hinauf und schlucke, als sie klingelt. Es dauert keine zwei Sekunden, bis sich die Tür öffnet und wir Élaine gegenüberstehen.

»Da seid ihr ja! Wie schön, euch zu sehen.«

»Hallo Élaine, vielen Dank für die Einladung.«

Mila wird bereits in eine herzliche Umarmung gezogen. Élaine ist ganz außer sich über den Strauß Lilien, den Mila ihr überreicht, und ich stehe noch immer an Ort und Stelle, bringe kein Wort heraus, schaue nur über ihre Schulter hinweg direkt in Willems Gesicht und würde am liebsten heulen. Es gibt keinen Grund dafür, dass ich mich so furchtbar fühle. Nur weil ich

Paolo kennengelernt habe, bedeutet das nicht, dass ich Willem verrate. Ich bin mir dessen bewusst. Aber es fühlt sich trotzdem so an.

Das Lächeln ist wie festgefroren, als nun auch ich Élaine begrüße, eine belanglose Floskel murmele und noch im gleichen Moment wieder vergesse, was ich eigentlich gesagt habe.

Mila hält sich zurück, als sie Willem sieht, wirft mir einen Blick zu und schenkt Élaine anschließend ein Lächeln.

Ich bringe ein Hallo über die Lippen, als ich vor ihm stehe und mich schwertue, die Emotionen in seinem Gesicht zu deuten. Willem streckt den Arm aus, und ich spüre seine Hand schwer auf meiner Schulter, höre seine Worte, ohne sie richtig zu verstehen, und mache einen hölzernen Schritt nach vorne, als ich merke, wie ich in eine Umarmung gezogen werde.

»Gut, dich wieder hier zu haben, Leo.«

»Und dann sind wir Ende der Woche zurück von Italien nach Berlin gefahren«, schließe ich meine Erzählungen ab und blicke in die aufmerksam nickenden Gesichter von Willem und Élaine.

Mila nippt schweigend an ihrem Kaffee, hat nur ab und zu eine Ergänzung eingeworfen und hält sich größtenteils im Hintergrund, während ich mir alles von der Seele rede. Begonnen bei Bens Vermutung bezüglich meines Vaters, Milas und meinem Streit, dem Gespräch mit meiner Mutter und der Begegnung mit Paolo. Die beiden haben mich erzählen lassen, nur gelegentlich unterbrochen und mehr über Silvia und Paolo wissen wollen.

»Wir freuen uns so sehr für dich, Leo«, meint Élaine, als ich nun schweige, und klingt dabei absolut ehrlich. »Als wir von Benjamin erfahren haben, dass ihr nach Italien gefahren seid, um deinen leiblichen Vater zu suchen, sind wir fast umgekommen vor Sorge.«

»Wir hatten befürchtet, er könnte dich zurückweisen«, ergänzt Willem. »Aber es ist gut, dass das Gegenteil der Fall war.

Nichts anderes als diesen herzlichen Menschen hast du als Vater verdient.«

Ich schlucke und nehme all meinen Mut zusammen. »Also wusstet ihr auch nichts davon?«

»Nein, Leo«, antwortet Élaine nach kurzem Zögern. Sie sieht mich an, und ich bin mir sicher, dass sie die Wahrheit sagt. »Ich hatte keinen blassen Schimmer. Und ich schwöre dir, dass ich dir so eine wichtige Information niemals vorenthalten hätte.«

Ich nicke und senke den Blick.

»Das alles tut mir unendlich leid. Besonders, dass du nicht mehr mit Benjamin und Charlotte sprichst. Ich bin überzeugt davon, dass sie dir nie schaden wollten.«

Ich seufze. »Das weiß ich. Aber darum geht es nicht. Sie haben es trotzdem getan.«

Willem und Élaine wechseln einen kurzen Blick.

»Gehst du zur Beerdigung?«, frage ich, ohne mir sicher zu sein, ob Élaine überhaupt davon weiß, was in der Zwischenzeit in Stuttgart los war. Doch sie wirkt nicht im Geringsten überrascht.

»Wir sind uns unschlüssig.« Sie sieht zu Willem. »Also wollten wir es allein von deiner Entscheidung abhängig machen. Wenn du möchtest, begleiten wir dich.«

Ich zögere.

»Denkt ihr, es wäre eine gute Idee?«

Élaine mustert mich lange. Schließlich nickt sie.

»Ja, Leo. Ich denke, es wäre sehr wichtig.«

SIEBZEHN

Leonardo

Bens Blick, als ich auf dem Friedhofsparkplatz aus dem Mietwagen steige, geht mir durch Mark und Bein, und ich bereue auf der Stelle, nach Stuttgart gekommen zu sein. Mit fahlem Gesicht steht er da am Eingang der kleinen düsteren Kirche zwischen den übrigen Menschen in dunklen Anzügen und Kleidern. Ich kann sie an zwei Händen abzählen, erkenne Mamas schmale Silhouette direkt neben Charlie und bekomme das Gefühl, mein Magen würde sich einmal komplett umstülpen.

Ich wäre wohl direkt wieder in den Wagen gestiegen und davongefahren, würde Mila nicht in dieser Sekunde neben mich treten und ihre Hand wortlos in meine schieben. Ich will hier nicht sein. Es überfordert mich. Es ist meine geballte Vergangenheit, die mich heute einholt, und ich kann nichts dagegen tun. Ich muss es aushalten, und ich weiß nicht, ob ich das kann.

Bestimmt haben sie recht. Mila, Élaine, Jason … All die Menschen, denen ich vertraue und die wieder und wieder meinten, dass dieser Tag sehr wichtig sein könnte, um endlich mit allem abzuschließen. Vermutlich haben sie recht, aber das macht es nicht leichter. Mein Herz rast schon jetzt, noch bevor mich meine Familie so recht entdeckt hat. Ich will mit niemandem reden. Nicht mit meinen Onkeln und Tanten, die ich seit Jahren nicht gesehen habe. Und auch nicht mit Ben oder Charlie.

Als sie nun doch in unsere Richtung sehen, würde ich am liebsten rennen.

Mama öffnet den Mund, nur um ihn sofort wieder zu schließen, während ich noch immer wie angewurzelt neben dem Wagen stehe. Es tut weh, die drei beieinander zu sehen. In diesem Moment wirken sie wie eine Familie. Mama, Ben und Charlie. Und ich könnte dazugehören, aber ich habe nie dazugehört. Ich bin der Grund dafür, dass diese Familie zu dem wurde, was sie jetzt ist. Zerbrochen. Unwiederbringlich kaputt.

Ich zucke zusammen, als ich eine Hand an meinem Rücken bemerke. Willem tritt neben mich, und ich werde fast augenblicklich ruhiger. Er streicht mir kaum wahrnehmbar über den Rücken, ehe er Élaine seinen Arm reicht und sich nach einem kurzen Blick mit ihr in Richtung Kirche bewegt. Mila folgt ihnen, nachdem sie meine Hand kurz und fest drückt. Einen Moment lang bin ich irritiert, dann muss ich schlucken, als ich sehe, dass Ben und Charlie auf mich zusteuern.

In mir macht sich alles zur Flucht bereit, zugleich kann ich den Funken Sehnsucht nicht unterdrücken, der in mir aufflammt, als ich in die blassen Gesichter meiner Geschwister blicke. Selbst auf die Entfernung sehe ich die Tränen, die in Charlies geröteten Augen glitzern. Unwillkürlich gehe ich auf sie zu und beiße mir auf die Unterlippe, so heftig brechen die Emotionen in diesen Sekunden über mich herein. Charlie beginnt zu laufen, und einen Moment später drückt sie das Gesicht bereits an meine Schulter, weint so sehr, dass es mir beinahe das Herz zerreißt, und krallt sich fast schmerzhaft an meinem Oberarm fest. Mein Blick geht über ihre Schulter hinweg direkt in Bens ermattete Augen. Er braucht kein Wort zu sagen. Ich verstehe trotzdem, wie sehr die beiden in den letzten Wochen gelitten haben. Mit einem Mal komme ich mir so kalt und rücksichtslos vor, dass es mir den Atem raubt. Egal, was geschehen ist. Sie haben ihren Vater verloren.

»Es tut mir leid«, bringe ich heraus und verstehe erst, dass das gerade meine Stimme war, als etwas in Bens Miene bricht und ich einen Moment lang befürchte, meinen großen Bruder gleich zum ersten Mal in meinem Leben weinen zu sehen. Er wahrt die Fassung, doch ich erkenne trotzdem, dass er am Limit ist. Ich bin noch viel zu beschäftigt damit, Charlie über den bebenden Rücken zu streichen, dass ich gar nicht merke, wie Ben unsere Umarmung kurzerhand vervollständigt.

All die säuberlich zurechtgelegten Argumente und spitzen Vorwürfe, die ich mir während der Fahrt vorformuliert hatte, sind plötzlich wie weggeblasen. Ich fasse kaum, was ich meinen Geschwistern an diesem Tag alles um die Ohren klatschen wollte. Egal was war, die beiden werden immer meine Familie bleiben, und auch wenn ich es nicht nachvollziehen kann, hätte mir bewusst sein müssen, dass Ben und Charlie trauern. Um einen Menschen, für den ich heute nichts als Hass und Verachtung empfinde – und vor dem ich noch immer Angst habe. Obwohl er nicht mehr lebt. Und trotz allem muss er für meine Geschwister irgendwann mal so etwas wie ein Vater gewesen sein, und den haben sie verloren.

»Ich bin so froh, dass du gekommen bist«, schluchzt Charlie an meiner Schulter, und ich drücke sie reflexartig fester. Es ist unerträglich, sie weinen zu sehen.

»Leo …« Ben meinen Namen sagen zu hören, jagt mir eine Gänsehaut über den Rücken, und noch bevor ich weiß, was er gleich sagen will, schüttele ich schon den Kopf. »Es tut mir so unfassbar leid.«

»Mir tut es leid«, widerspreche ich sofort. »Das alles. Ich war so überfordert, aber ich hätte merken müssen, wie weh ich euch tue. Ich hatte kein Recht …«

»Doch, du hattest jedes Recht«, schluchzt Charlie und löst sich etwas von mir. »Wir haben dir noch viel mehr wehgetan, und zu sehen, wie all dein Vertrauen in uns plötzlich verschwunden war … noch nie hat sich etwas so schrecklich angefühlt wie das.«

»Wir hätten dir alles erzählen müssen«, übernimmt Ben, als ihre Stimme erneut bricht. »Von Anfang an, es wäre das einzig Richtige gewesen.«

»Ihr wart Kinder«, unterbreche ich ihn. »Wir waren das alle. Ihr hattet Angst, es war kompliziert. Ich kann es jetzt verstehen. Aber es ändert nichts. Ihr werdet immer meine Geschwister sein, egal wer von uns welchen Vater hat. Und es tut mir leid, dass ihr euren verlieren musstet.«

Obwohl die Kirche klein ist, sind die Stuhlreihen während der Trauerfeier nicht annähernd besetzt. Vielleicht ein Dutzend Leute, eher weniger haben sich eingefunden, und ich verschwende keinen Gedanken daran, mir den Kopf zu zerbrechen, wer sie sein könnten. Einige Verwandte erkenne ich auf den ersten Blick. Andere Gesichter sind mir völlig fremd.

Ich konzentriere mich nur darauf, meine Emotionen zu kontrollieren und das Ganze nicht zu nah an mich heranzulassen. Die Versöhnung mit Ben und Charlie hat mich unfassbar aufgewühlt und gleichzeitig so sehr geerdet, dass ich es irgendwie ertrage, die Situation über mich ergehen zu lassen. Die beiden haben mich nicht gebeten, mich zu ihnen in die erste Reihe zu stellen, und ich hätte es nicht ausgehalten. Bis auf vier Sätze habe ich kein Wort mit Mama gesprochen und spüre, dass die Kluft zwischen uns zu breit ist, als dass ich sie heute einfach so überbrücken könnte.

So stehe ich in der hintersten Reihe neben Mila, Willem und Élaine, meinem neuen Teil Familie inmitten abscheulicher Erinnerungen, die an mir zerren, wenn mein Blick auf den Sarg trifft. Schmerzhaft wird mir bewusst, wie wenig ich anscheinend in all den Jahren verarbeitet habe, auch wenn ich es mir versucht habe einzureden. Ich spüre die lähmende Kälte in meinem Inneren und will das nicht mehr. Allein der Gedanke, mit ihm in einem Raum zu sein, reicht aus, um mich wieder sechzehn sein zu lassen, und mehr als einmal fasse ich mir an die Wangen, als ein glühender Schmerz durch sie zu zucken scheint.

Er ist nicht dein Vater, denke ich wie in Trance. Wieder und wieder muss ich es mir klarmachen, um die Nerven zu bewahren. Genetisch verbindet uns nicht mehr als alle übrigen Menschen auf dieser Erde.

Nur die Vorstellung von Paolos Gesicht, seinen aufmerksamen Augen und seiner ruhigen Stimme hilft, mich ruhiger atmen zu lassen. In diesen Sekunden wünsche ich mir nichts mehr, als ihn hier zu haben. Ich spüre die Verbundenheit zu diesem eigentlich fremden Menschen so deutlich, dass es keinen Zweifel mehr gibt, dass er mein eigentlicher Vater ist.

Die Menschen erheben sich zum Gebet, und ich mache mit, spiele die so verinnerlichten Abläufe des katholischen Gottesdienstes ab – mechanisch und ohne nachzudenken. Kein einziges Mal spreche ich die Gebete mit, verstehe nichts von der Predigt und starre abwesend auf einen imaginären Punkt auf dem dunklen Holz der Bank vor uns. Mein Körper ist anwesend, als leere Hülle in einem Raum voller Emotionen, vor denen ich mich gekonnt abschirme, absolut nichts fühle außer Milas Finger um meine. Ich kann nichts davon zulassen, keine Gedanken oder Gefühle. Es wäre zu viel, also bleibe ich kalt. Es ist erstaunlich einfach.

Als der Sarg schließlich durch den Mittelgang nach draußen getragen wird und sich die vorderen Reihen umdrehen, treffen mich die Blicke erneut wie elektrisierende Blitze. Mamas geschminkte Augen sind verheult, Bens Gesicht kalkweiß, Charlies völlig emotionslos. Ich weiche dem Blick meiner Großeltern aus, zu denen ich bis heute keinen Kontakt mehr habe, und erkenne einen seiner Arbeitskollegen, Tanten und Onkel. Menschen, die weggeschaut haben, als es darauf ankam, und dafür jetzt in meine Richtung starren, als wäre ich schuld daran, was dieser Familie widerfahren ist.

Noch bevor die Prozession auf unserer Höhe ist, verspüre ich den Drang zu rennen. Ich bekämpfe ihn und schaffe es, den Blick weiter nach vorn zu richten, die Haltung zu bewahren und mich nicht zu beugen unter all den anklagenden Blicken.

Bewegung kommt in die vorderen Bankreihen, und Mila greift erneut nach meiner schwitzigen Hand, als das, was einmal meine Familie war, an uns vorbeigeht, ehe wir als Letzte die Kirche verlassen. Während der Beisetzung in brütender Hitze frage ich mich, was ich eigentlich noch hier tue, schließlich habe ich das Mindestmaß an Respekt erfüllt. Ich war anwesend, und das sogar länger, als ich es selbst geglaubt hätte. Um jetzt zu gehen, habe ich zu viel Anstand, lasse die letzten Minuten widerstandslos über mich ergehen und fühle mich anschließend ebenso schmutzig und wertlos wie früher. Nichts von der versprochenen Leichtigkeit will sich bemerkbar machen, und wäre da nicht wenigstens das klärende Gespräch mit meinen Geschwistern gewesen, hätte ich es wohl komplett bereut, hergekommen zu sein.

Die langsam wieder beginnenden Gespräche lassen die Angst in mir aufkeimen. Mila sucht stumm meinen Blick. Noch immer hält sie meine Hand fest umklammert, scheint nur auf ein Signal von mir zu warten, und ich gebe es ihr, als ich schwer schlucke und ihren Blick erwidere.

*

Emilia

Leos Selbstbeherrschung beeindruckt mich in diesen Stunden so sehr wie selten zuvor. Wieder einmal wird mir schmerzlich bewusst, auf welch grausame Art und Weise dieser Mensch lernen musste, seine Gefühle für sich zu bewahren. Mir ist ein wahrer Stein vom Herzen gefallen, als mein Plan tatsächlich aufging und er endlich wieder mit seinen Geschwistern gesprochen hat. Anschließend jedoch hat er keinerlei Emotionen mehr zugelassen. Kurz hatte ich gehofft, er würde sich vielleicht auch noch mit seiner Mutter versöhnen, doch das wäre wohl wirklich zu viel verlangt gewesen.

Reglos hat er den Gottesdienst über sich ergehen lassen, und würde ich ihn nicht so gut kennen, wäre ich wohl nicht im Traum auf die Idee gekommen, dass dieser Tag ihn derart aufwühlen würde. Mit angespannter Mimik und ausdruckslosem Blick steht er wie angewurzelt neben mir, scheint im Stillen all die miesen Erlebnisse erneut zu durchleben, und ich wünschte, ich könnte irgendetwas tun, um das alles erträglicher zu machen. Leo hält durch, bis die Gemeinschaft nach der Beisetzung zum Leichenschmaus aufbricht.

Sein Blick trifft mich unerwartet hart, als ich seinen suche. Den Bruchteil einer Sekunde sehen wir uns an, dann schüttelt er kaum merklich den Kopf.

»Gehen wir.« Mühsam presst er die leisen Worte hervor, doch ich habe ihn längst verstanden und nicke sofort. Wir verlassen den Friedhof beinahe fluchtartig und ohne uns zu verabschieden. Leo kratzt das letzte bisschen Selbstbeherrschung zusammen, das er in diesen Sekunden aufbringen kann. Beim Mietwagen drückt er mir kommentarlos den Schlüssel in die Hand, und ich starte den Motor, sobald er neben mir sitzt, die Ellbogen auf die Knie sinken lässt und tief durchatmet.

»Sorry.« Seine Stimme klingt belegt, und ich schüttele den Kopf. »Ich … scheiße, ey. Ich dachte, ich halte das aus.«

»Du musst dich für nichts entschuldigen.«

»Ich weiß.«

Er richtet sich wieder auf und fährt sich übers Gesicht.

»Wohin soll ich fahren?«, frage ich.

»Mir egal. Hauptsache weg hier.«

»Denkst du, Willem und Élaine …?«, beginne ich.

»Sie werden noch zum Essen bleiben. Wir haben darüber gesprochen, dass ich vermutlich früher gehe.«

»Okay.« Ich schlucke und starte den Motor.

Ich entscheide mich gegen unser Hotel nahe des Hauptbahnhofs, setze den Blinker und lenke den Wagen kurzerhand auf den Parkplatz des nächstbesten Fast-Food-Restaurants. Die Hitze ist drückend und völlig surreal, als wir aussteigen, Cola und Kaffee bestellen und schließlich, von Kinderlachen und nerviger Radiomusik umgeben, auf hartem bunten Plastikmobiliar sitzen – ich in meinem unbequemen schwarzen Kleid, Leo im dunklen Anzug. Den Blick leer auf die fettige Tischplatte zwischen uns gerichtet, nippt er monoton an seinem Getränk und hält den Pappbecher mit beiden Händen umklammert.

Ich sitze ihm gegenüber, schon seit Minuten, und werde mit jeder weiteren ratloser. Mein Handy klingelt, doch ich drücke den Anruf weg, ohne nachzusehen, wer es ist, und spüre Leos Blick auf mir. Er sieht blass aus, aber irgendwie gefasst. Das Gesicht glatt wie eine Maske, hinter die ich plötzlich nicht mehr blicken kann.

»Ich weiß gar nicht, was ich sagen soll.« Seine Stimme klingt brüchig. Gerade schien er noch so abwesend, doch nun durchbohrt mich sein Blick geradezu.

»Du musst nichts sagen.«

Leo wirkt für den Bruchteil einer Sekunde erstaunt.

»Du musst nur entscheiden, was jetzt das Beste für dich ist.«

Er zögert einen Moment. Er muss nichts sagen. Ich weiß, was er möchte, noch bevor er es ausgesprochen hat.

Mit Müh und Not erwischen wir den nächsten ICE nach Berlin, haben völlig überstürzt unser Gepäck aus dem Hotel in der Innenstadt geholt und standen auf dem Weg zum Bahnhof natürlich im Stau. Nachdem wir im Zug sitzen und Leo Willem und schließlich auch Ben angerufen und darüber informiert hat, dass wir heute schon den Heimweg antreten, spricht Leo die restliche Fahrt über kein Wort mehr. Den Blick durch die Fensterscheibe nach draußen gerichtet, wo die Landschaft an uns vorbeirauscht, merke ich erst, dass er die Augen geschlossen hat, als seine Schulter in einer leichten Kurve gegen meine stößt. Leo blinzelt ertappt, und ich nehme seine Hand, spüre seinen Kopf anschließend schwer auf meiner Schulter. Am liebsten würde ich ihn einfach ihn den Arm nehmen, doch dafür fühle ich mich hier zu beobachtet. Also bin ich einfach froh, dass er jetzt etwas schlafen kann, und zeichne imaginäre Muster auf seinen Handrücken, während ich all die Gedanken zu ordnen versuche.

Es ist gut, dass Leo mit Ben und Charlie sprechen konnte, und trotzdem nagt das schlechte Gewissen an mir, wenn ich mir eingestehe, dass die Beerdigung ansonsten eher nicht den erwünschten Effekt hatte. Von Erleichterung kann bei Leo nicht die Rede sein. Vielmehr merke ich, wie sehr ihn dieser Tag emotional angestrengt hat. Ich werde das Gefühl nicht los, er habe eher mit all den wiederkehrenden Erinnerungen zu kämpfen, als dass er damit abschließen konnte. Spätestens als ich merke, dass er wieder mies träumt, muss ich mir eingestehen, nicht annähernd richtig einschätzen zu können, was Leos Seele bekommt und was nicht. Ich wecke ihn vorsichtig und merke an seinem apathischen Blick, dass er gerade wieder ganz tief in der Vergangenheit zu versinken droht.

Als wir den Berliner Hauptbahnhof wenige Stunden später erreichen, scheint Stuttgart unerreichbar weit weg, doch in Gedanken noch viel zu präsent. Leo wirkt resigniert, als er in der Wohnung angekommen mit einem leisen Seufzen im Flur stehen bleibt und für einen Moment erleichtert die Augen schließt.

»Es tut mir leid«, höre ich mich sagen. Sein Blick geht zu mir. »Ich hätte dich nicht überreden dürfen, hinzufahren. Mir war nicht klar, wie sehr es dich mitnehmen würde.«

»Nein, es war richtig. Ich denke, es war wirklich besser so.« Er schluckt. »Vielleicht dauert es einfach eine Weile, bis es sich auch so anfühlt.«

Ich hoffe es. Ich hoffe es wirklich sehr.

ACHTZEHN

Emilia

Nur Tage später ist erneut so viel Alltagstrott zwischen uns eingekehrt, dass ich die Beerdigung erfolgreich verdrängt habe. Leo und ich sehen uns wenig. Wenn er nicht an seiner Kollektion für Mailand tüftelt, ackert er in der Villa und hilft gelegentlich bei Kiezkind aus. Ich habe mittlerweile Semesterferien, schreibe die letzten Klausuren und verbringe einen Großteil meiner Zeit in der Uni-Bib mit der Doktorarbeit. Nebenbei arbeite ich weiter auf der Neurochirurgie bei Dr. Weber und ignoriere die Tatsache, dass zugleich der Termin meiner Nachholklausur aus dem Frühjahr näher rückt. Wann immer ich nach einem arbeitsreichen Tag neben Leo im Bett liege, erinnere ich mich mit schlechtem Gewissen daran, dass ich noch immer nichts dafür getan habe.

Es ist der erste Sonntagmorgen seit Langem, den wir mit einem gemeinsamen Pfannkuchen-Frühstück einläuten. Für einen Wimpernschlag ist alles irgendwie perfekt. Sogar der Gedanke, auch heute wieder in die Bib zu fahren, wirkt erträglich, denn Leo schlägt vor, mich danach abzuholen und etwas Schönes zu unternehmen. Beflügelt von der Vorstellung verlassen wir gemeinsam die Wohnung. Er muss ins Label, ich Richtung Charité, und ehe wir uns verabschieden, sehe ich noch nach der Post. Neben dem üblichen Kram ist eine Karte aus Italien dabei, und Leo strahlt übers ganze Gesicht, während er die Zeilen liest.

»Paolo lädt uns zu seinem Geburtstag ein«, berichtet er, und alles, woran ich denken kann, ist die Frage, wie ich auch das noch in meinem Terminplan unterbringen soll.

»Wann denn?«, hake ich nach und schlucke auf Leos Antwort, als er ein Datum nennt, das kurz vor meiner Nachprüfung liegt.

»Kannst du da?«, fragt er sofort, als er mein Gesicht sieht. Es ist nur ein kleiner Unterton in seiner Stimme, doch er genügt, um die Stimmung zwischen uns deutlich abkühlen zu lassen.

»Kurz darauf schreibe ich doch die Prüfung, die ich wiederholen muss«, erinnere ich ihn und beobachte, wie Leos Lächeln einfriert.

»Echt?« Er scheint diese Tatsache schon wieder erfolgreich verdrängt zu haben. »Ist die nicht erst zwei Wochen später?«

»Ja, schon. Aber ich brauche diese Zeit auch definitiv für die Vorbereitung. Eher komme ich zu nichts, bei den übrigen Semesterklausuren.«

»Du könntest mit Sicherheit auch in Italien lernen.«

»Leo, wenn ich da durchfalle, muss ich das ganze Semester wiederholen.« Ich merke, wie mein Magen während meiner Worte verkrampft, und will an diese Option gar nicht erst denken.

»Aber es ist ja noch Zeit bis dahin. Oder nicht?«

»Leo, ich befürchte, du stellst dir das zu einfach vor. Es ist so viel zu tun gerade. Auch mit der Doktorarbeit. Ich dachte, wenn wir noch mal nach Italien fahren, dann erst nach meinen Prüfungen.«

»Ich weiß.« Er seufzt.

»Es tut mir leid, ich würde wirklich gern mitkommen. Aber es geht nicht.«

Leo zögert. »Du könntest ja kurz vorher spontan entscheiden, ob es vielleicht doch möglich ist?«

Ich mustere ihn einen Moment lang. Hat er mir eben überhaupt zugehört?

»Denkst du, es macht mir Spaß, das zu sagen? Natürlich würde ich lieber mit dir zu Paolo fahren. Aber Uni geht für mich in diesem Fall klar vor.«

»Vor Familie?«

Ich öffne den Mund und sage doch nichts. »Es ist nur ein Geburtstag«, presse ich schließlich hervor.

»Ah, ist es das.« Leo mustert mich. »Gut zu wissen.«

»Leo, ich …«

»Nein, ich habe schon verstanden. Uni geht vor.« Er dreht sich um. »Du musst los. Wir sehen uns später. Nicht, dass du meinetwegen noch zu spät kommst …«

NEUNZEHN

Leonardo

Nicht im Traum hätte ich geglaubt, es würde sich tatsächlich so beschissen anfühlen, ohne Mila in dieses Flugzeug nach Mailand zu steigen. Seit ich durch den Sicherheitsbereich zum Boarding bin, begleitet mich mein schlechtes Gewissen, und irgendwas in mir meint, ich solle einfach lieber hier in Berlin bleiben. Während der Prüfungsvorbereitung für sie da sein, denn ich weiß, wie sehr sie meine Unterstützung gebrauchen könnte, wenn sie Tag und Nacht über ihren Lernsachen verbringt und dabei sogar vergisst, regelmäßig zu essen. Aber ich habe mich dagegen entschieden, und wir haben noch mehr als einmal deshalb gestritten. Wegen eines dämlichen Kurztrips nach Südtirol. Ich werde schon in ein paar Tagen zurück sein, aber ich befürchte, es geht diesmal eher ums Prinzip.

Richtig ausgesprochen haben wir uns nicht mehr, bevor ich heute zum Flughafen aufgebrochen bin.

Missmutig spiele ich am Verschluss meines Sicherheitsgurtes herum, während die Cabin Crew die üblichen Sicherheitshinweise erklärt.

Mila ist sauer, weil ich ohne sie nach Italien fliege. Ich bin sauer, weil Mila nicht mit mir nach Italien fliegt. Es ist wirklich absolut bescheuert.

Als ob sie sich keine drei Tage Auszeit nehmen könnte. Vermutlich würde es ihr sogar guttun, denn sie ist schon wieder super gestresst von allem. Insbesondere von dieser blöden Doktorarbeit. Dabei hat sie dafür noch nicht einmal eine offizielle

Deadline. Sie scheint sich nur selbst beweisen zu müssen, dass sie ihr Projekt im geplanten Zeitrahmen durchbringen kann. Ob sie sie nun ein Semester früher oder später abgibt, ist doch völlig egal. Zumindest mir wäre es völlig egal. Und die Prüfung wird sie schon irgendwie schaffen. Sie ist Mila. Sie schafft immer alles.

Aber vielleicht tut sie das nur, weil sie ihre Prioritäten richtig setzt …

Ich unterdrücke ein Seufzen und strecke so gut es eben geht die Beine aus, während die Maschine ins Rollen kommt. Wir heben pünktlich ab, und je kleiner die Hauptstadt unter mir wird, desto ruhiger werden endlich auch meine Gedanken.

Ich habe die letzte Nacht beschissen geschlafen und schließe für einen Moment die Augen. Als ich sie wieder öffne, setzen wir mit einem harten Ruckeln in Mailand auf, ich zucke erschrocken zusammen und starre durch die runde Fensterscheibe nach draußen, wo die Lichter des Flughafens an mir vorbeirauschen, ehe wir langsamer werden.

Es ist dunkel, als ich vor dem Flughafengebäude nach draußen trete. Bevor ich morgen von hier aus zu Silvia und Paolo fahre, habe ich noch Termine wegen der nahenden Fashion Week. Es hat sich nur angeboten, nun beides miteinander zu verbinden.

Im Hotel in der Innenstadt beziehe ich mein Zimmer und trete als Allererstes nach draußen auf den kleinen Balkon. Ich befinde mich mitten in Mailands historischem Stadtzentrum. Direkt unter mir gehen die Menschen in kleinen Grüppchen über das Kopfsteinpflaster, und hinter den Hausdächern erkenne ich in einiger Entfernung die spitzen Türme des Doms. Leises Lachen und schnelle italienische Gesprächsfetzen klingen zu mir herauf, vermischen sich mit der Violine eines Straßenkünstlers. Plötzlich vermisse ich Mila furchtbar.

Es ist noch nicht spät. Wir hätten den Abend gemeinsam in einem der kleinen Lokale ausklingen lassen können, Mailand bei

Nacht erkunden … Sie kann mir nicht erzählen, dass ihr das nicht gefallen hätte.

Aber ich bin allein hier, und ich finde es furchtbar.

Natürlich könnte ich jetzt auch einfach aufhören, Trübsal zu blasen, und allein nach unten auf die Straße gehen, etwas essen und mit fremden Menschen ins Gespräch kommen. Stattdessen plätschere ich lieber einsam in meiner Komfortzone herum, bestelle im Hotelrestaurant Pizza aufs Zimmer und lasse mich auf das viel zu große Doppelbett fallen. Meinen Koffer packe ich gar nicht erst aus, lasse ihn mitten im Zimmer liegen und stolpere fast darüber, als ich an die Tür muss, um dem Zimmerservice zu öffnen.

Im Schneidersitz hocke ich wenig später auf meinem Balkon am Boden und greife nach meinem Handy. Der Flugmodus ist noch an, und die verpassten Nachrichten prasseln Sekunden später auf mich ein. Kurz überlege ich, das Telefon einfach wieder auszuschalten, dann lese ich etwas, das mir ein Lächeln entlockt.

Bist du gut angekommen? Ich vermisse dich …

Mila ist online, und noch bevor ich nachgedacht habe, drücke ich bereits das grüne Symbol neben ihrem Namen. Tatsächlich geht sie sofort ran, und meine mobilen Daten schaffen sogar eine einigermaßen scharfe Bildqualität.

»Hey, na?«, begrüße ich sie und erkenne den Hintergrund sofort. Sie scheint noch am Küchentisch zu sitzen.

»Leo.« Jetzt lächelt sie auch. »Wie war der Flug? Bist du schon im Hotel?«

»Ja, hat alles geklappt. Schau.« Ich strecke den Arm und zeige ihr die Umgebung.

»Oh, das sieht schön aus. Hast du da wirklich Pizza?« Mila seufzt neidisch.

»Hast du gegessen?«, frage ich besorgt.

»Noch nicht, ups …«

»Mila. Bestell dir was. Oder *ich* bestelle dir was.«

»Ja, ich hab ganz die Zeit vergessen. Wie spät ist es überhaupt?«

»Gleich halb elf.«

»Was?!«

»Geh schlafen. Wirklich jetzt.«

Sie lehnt sich etwas zurück und fährt sich mit beiden Handflächen übers Gesicht.

»Ich muss noch ein bisschen weitermachen.«

»Wozu denn? Es rennt dir doch nichts weg.«

Sie seufzt gedehnt. »Ich weiß, Leo. Aber ich will den Mist jetzt einfach hinter mich bringen.«

Ich setze gerade zur Antwort an, als sie weiterspricht.

»Und was machst du heute noch Schönes?«

»Heute? Schlafen gehen.«

»Gehst du nicht mehr raus? Ich dachte, du unternimmst noch etwas mit den Leuten von der Fashion Week?«

»Ja, ich weiß nicht. Hab nicht so viel Lust.«

»Ach, unternimm doch noch was, Leo. Du bist in Mailand.«

Und du hättest mit mir hier sein können.

»Mal schauen.«

»Sei doch nicht so langweilig. Das ist mein Part. Du musst was für mich miterleben.«

»Hm«, murmele ich.

»Und wann ist dein Termin morgen?«

»Wir treffen uns um zehn im Studio. Dann mal schauen, wie lange es dauert. Ich hoffe, wir sind früh fertig.«

»Schreib mir auf jeden Fall, wenn du losfährst Richtung San Lorenzo.«

»Mach ich.«

»Und sag Silvia und Paolo ganz liebe Grüße von mir. Ich wär echt gern mitgekommen, Leo.«

»Weiß ich ja«, antworte ich und fühle mich plötzlich etwas besser. »Beim nächsten Mal dann.«

»Ganz bestimmt.«

»Wir könnten noch mal herfahren, wenn du mit allem fertig bist.«

»Das wäre schön.« Mila schenkt mir ein Lächeln, das ich erwidere.

»Und jetzt bestell dir Essen. Ich kann sonst nicht ruhig schlafen.«

Sie lacht. »Okay, es kommt gleich ein Screenshot mit der Bestellbestätigung.«

»Sehr gut, danke.«

»Bis dann.«

»Pass auf dich auf«, sage ich schnell. »Und Mila … du fehlst mir.«

»Du mir auch. Ich liebe dich.«

*

Obwohl ich erst zum zweiten Mal hier bin, fühlt es sich an wie heimkommen, als ich den Mietwagen am nächsten Nachmittag die engen Passstraßen nach San Lorenzo hinauflenke und wenig später vor dem Hotel halte.

Ich bin noch nicht recht ausgestiegen, strecke meine steifen Glieder, als ich schnelle Schritte höre. Ich wende den Kopf, erkenne Silvia und muss sofort lächeln, als sie mit ausgebreiteten Armen auf mich zukommt.

»Leo, endlich!« Sie schließt mich in die Arme, nicht ohne mich zuvor mit Küssen auf die linke und rechte Wange zu begrüßen. »Wie geht's dir? Wir haben schon gedacht, du wärst verloren gegangen.«

Ich schüttele lachend den Kopf. »Alles bestens. War nur viel los auf den Straßen.«

Silvia strahlt mich an. »Es ist so schön, dass du hier bist.«

Ich will ihr antworten, doch mein Blick geht an ihr vorbei, als ich Paolo aus dem Haus kommen sehe. In seinem Gesicht geht die Sonne auf, als er mich bei Silvia sieht, und ehe ich mich versehe, liege ich schon in seinen Armen.

Paolo drückt mich fest an sich, und ich schließe für einen Moment die Augen, rieche frisch gebackenes Brot, herben Wein und die würzige Note von Rosmarin. Wie krass vertraut es sich anfühlt, so von ihm umarmt zu werden. Als wäre er schon immer in meinem Leben gewesen.

»Geht's dir gut? Es ist so schön, dich zu sehen.«

»Mir geht's blendend, und dir? Danke noch mal für die Einladung.«

»Du bist hier immer willkommen, Leo. Das weißt du doch. Komm, hast du dein Gepäck noch im Wagen? Silvia hat Kuchen gebacken, du bist sicher hungrig von der Fahrt.«

»Wie war dein Termin in Mailand?«, klinkt Silvia sich wieder mit ein, und ich kann gar nicht so schnell auf alle Fragen antworten. Ich berichte von dem erfolgreichen Treffen heute Morgen, bei dem wir alle offenen Fragen zu meiner Show auf der Fashion Week geklärt haben.

»Und Emilia konnte wirklich nicht mitkommen?«, hakt Silvia irgendwann nach, als wir mit Kaffee und Kuchen auf der Terrasse sitzen. Sie klingt so bedauernd, dass ich lächeln muss.

»Nein, leider. Sie hat momentan sehr viel zu tun mit der Uni. Demnächst steht noch eine wichtige Prüfung an.«

»Und dann ist sie Ärztin?«

»Nein, das dauert noch eine Weile.«

»So jung und so erfolgreich … du bist sicher sehr stolz auf sie, Leo.«

»Total.« Ich nicke gedankenverloren. Milas Ehrgeiz und die Zielstrebigkeit, mit der sie für ihren Traumberuf arbeitet, faszinieren mich jeden Tag aufs Neue.

»Aber du stehst ihr ja wirklich in nichts nach. Zweiundzwanzig Jahre und erfolgreicher Modedesigner.« Silvias Augen leuchten.

»Wie lange dauert dein Studium denn noch?«, will Paolo wissen.

»Ich habe noch zwei Semester bis zum Bachelor, und dann mal schauen. Ich würde den Master gern machen, aber vielleicht nicht sofort, sondern mich erst mal mehr auf die Mode konzentrieren.«

»Du könntest ihn auch im Ausland machen, nicht wahr? In Mailand vielleicht?«

Zögerlich nicke ich. Tatsächlich ist mir dieser Gedanke nicht neu. Berlin für die wenigen Semester, die ich für den Modedesign-Master noch aufwenden müsste, den Rücken zu kehren, klingt verlockend. Was Mila zu dieser Idee sagen würde, will ich mir aber lieber gar nicht erst vorstellen.

»Ja, vielleicht. Aber mal sehen, ich habe mir noch keine genauen Gedanken gemacht. Und erst mal müsst ihr sowieso zu uns nach Berlin kommen.«

»Das haben wir auch fest vor«, meint Paolo. »Spätestens sobald die Hauptsaison vorbei ist und wir gegen Herbst weniger Gäste haben.«

»Klingt gut. Bis dahin ist vielleicht auch das Haus in Potsdam so weit vorzeigbar.«

»Kommt ihr voran mit der Renovierung?«

»Ja, sie läuft allerdings eher nebenher. Im Moment hat keiner von uns beiden genügend Zeit dafür, aber sobald die Fashion Week über die Bühne ist, wollen wir den Umzug in Angriff nehmen.«

Bevor ich es so recht begreife, sind zweieinhalb Stunden vergangen, und die Vorbereitungen für das Abendessen müssen erledigt werden. Ich biete meine Hilfe an, doch natürlich lehnen Silvia und Paolo ab. Ich soll mich stattdessen etwas einrichten. Auch diesmal darf ich das Gästezimmer bewohnen, in dem ich zuletzt mit Mila geschlafen habe.

Die paar Minuten Ruhe tun erstaunlich gut, doch lassen mich

erst so richtig merken, wie fertig ich wirklich bin. Der Tag war lang und anstrengend, meine Nacht viel zu kurz, und so muss ich auf dem Bett eingenickt sein, als mich ein Klopfen zusammenzucken lässt. Ich stehe auf, während sich die Tür einen Spalt weit öffnet und Paolo einen Blick hereinwirft.

»Kommst du zum Essen, Leo?«

Ich nicke und habe einen Augenblick lang Mühe, mir nicht anmerken zu lassen, dass mir durch das schnelle Aufstehen schwindelig geworden ist.

»Sofort.«

Paolo mustert mich eindringlich, ich zwinge mich zu einem Lächeln und komme zur Tür. Zum Glück dreht es sich bereits wieder weniger.

»Ich glaube, ich bin kurz eingeschlafen«, gebe ich zu, und Paolo grinst.

»Das dachte ich mir schon fast.« Er legt mir den Arm um die Schultern, nachdem ich die Tür hinter mir zugezogen habe. »Schön, dass du da bist. Ich habe mich so gefreut, dass du kommst.«

»Ich mich auch«, sage ich und habe lange nichts mehr so ehrlich gemeint. »Es ist wirklich schon wie nach Hause kommen.«

Paolos Lächeln wird breiter, und er drückt meine Schulter, ehe er seinen Arm zurückzieht.

»So soll es sein, Leo.«

Der nächste Tag ist Paolos siebenundfünfzigster Geburtstag und einer der schönsten, die ich bisher in Südtirol verbracht habe. Silvia und ich überraschen ihn mit einem Geburtstagsfrühstück auf der Sonnenterrasse, ehe er mit mir gegen Vormittag für einen erneuten Trip in die Berge aufbricht. Zwar ist die Wanderung kürzer als die letzte, doch nicht weniger schön. Zurück im Hotel warten einige Vorbereitungen auf uns, denn am Abend hat Paolo Freunde und Familie zu einer kleinen Feier eingeladen.

Kurz vor acht habe ich vor Nervosität Bauchschmerzen und weiß nicht einmal so recht, warum. Der Gedanke, gleich Paolos Verwandtschaft gegenüberzustehen, lässt mir ganz flau im Magen werden. Was sie wohl dazu sagen, dass er plötzlich einen unehelichen Sohn hat, der noch dazu Deutscher ist?

Als ich dann jedoch von ausnahmslos allen in die Arme gezogen und mit italienischen Worten überschüttet werde, lösen sich all meine Bedenken in Luft auf. Ich lerne Paolos Eltern kennen, Vitos Frau ist gekommen, ebenso die Familie von Silvia sowie unzählige Freunde. Anfangs tue ich mich schwer, den schnellen Gesprächen zu folgen, merke sofort, dass hier Dialekt gesprochen wird, den ich nicht verstehe. Vielleicht hat Paolo etwas zu seinen Gästen gesagt oder ich gewöhne mich nur sehr schnell daran, aber allmählich verstehe ich mehr. Rotwein sorgt dafür, dass ich mich traue, auch etwas zu den Unterhaltungen beizusteuern. Doch so schön ich es finde, bald merke ich, dass ich hundemüde bin. Ich will nicht unhöflich sein und mich als Allererster aus der Runde verabschieden, doch in diesen Sekunden sehne ich mich wirklich nur nach meinem Bett.

Paolos aufmerksamer Blick findet meinen über den langen Tisch hinweg, und ich kann mein Lächeln nicht schnell genug aufsetzen, um ihn über meinen Zustand hinwegzutäuschen. Eine kaum wahrnehmbare Falte gräbt sich zwischen seine Augenbrauen, und er mustert mich einen Moment lang genau. Zwar sagt er nichts, führt die Gespräche mit seinen Tischnachbarn fort, doch klinkt sich nur wenig später aus und kommt zu mir herüber.

Ich wittere meine Chance und schiebe meinen Stuhl zurück. Beim Aufstehen muss ich schlucken. Nicht mal zwei Gläser Wein habe ich getrunken, doch ich merke sie enorm und strauchele für den Bruchteil einer Sekunde.

»Ist alles in Ordnung?« Paolo nimmt mich unauffällig zur Seite und sieht mich ernst an.

»Ja, ja«, bestätige ich sofort. »Bin nur ein bisschen müde. War doch echt anstrengend heute.«

»Dann geh schon ins Bett, ja?«

»Das ist doch mega unhöflich …«, beginne ich, aber Paolo schüttelt den Kopf.

»Unsinn. Du siehst ja aus, als würdest du jeden Moment auf deinem Stuhl einschlafen.« Er lächelt.

»Na toll. Ich dachte, man würde es mir nicht anmerken.«

»Mich kannst du nicht täuschen, merk dir das besser gleich.« Er zwinkert mir zu und legt mir die Hand an die Schulter. »Geh schlafen, Leo. Ich hoffe, wir sind nicht zu laut.«

»Keine Sorge. Es war ein schöner Abend.«

Ich verabschiede mich von der Runde und blicke in zahlreiche überraschte, aber verständnisvoll lächelnde Gesichter. Silvia eilt zu mir herüber und stellt ähnliche Fragen wie Paolo, bevor sie mich nach einer festen Umarmung nach oben schickt.

Ich fühle mich seltsam, als ich die Treppen im dunklen Haus nach oben gehe, weiß auch nicht, was genau mein Problem ist, und starre im Bad mein Spiegelbild an, während ich mir die Zähne putze. Mir ist latent übel. Ich frage mich wirklich, ob ich allmählich überhaupt keinen Alkohol mehr trinken sollte, und sinke Minuten später unendlich froh in mein Bett. Von der gekippten Balkontür dringen die ausgelassenen Stimmen der Geburtstagsgesellschaft zu mir nach oben, und es stört mich kein bisschen, plätschert eher angenehm dahin wie Hintergrundmusik, während ich auf der Stelle einschlafe, ohne auch nur noch einen Gedanken an den heutigen Tag verschwenden zu können.

ZWANZIG

Leonardo

Als ich am nächsten Morgen aufwache, merke ich sofort, dass etwas nicht stimmt. Ich kann es spüren, tief in mir drin, dieses bedrohlich dumpfe Gefühl, das meine schweren Knochen und zähen Gedanken lähmt.

Sonnenstrahlen fallen durch die halb zugezogenen Gardinen in den Raum, ich habe keine Ahnung, wie spät es ist, geschweige denn, wo ich überhaupt bin. Dann fällt es mir wieder ein. Südtirol, Paolos Geburtstag. Gestern. *Oder?*

Ich kann überhaupt nicht mehr klar denken, fühle mich nur so unendlich kaputt, und unterbewusst macht mir diese Tatsache Angst. Ich sollte aufstehen, doch schaffe es nicht und beschließe, dass es schon okay sein wird, wenn ich noch mal ein paar Minuten schlafe. Anschließend wird es mir hoffentlich besser gehen. Mir ist eiskalt und gleichzeitig so heiß, dass mir die Bettdecke am Körper klebt. Kurz frage ich mich, ob ich Fieber habe.

Vielleicht eine Erkältung … Dagegen hilft Schlafen am besten, hat Mama immer gesagt. Noch bevor ich es beschlossen habe, wird es um mich herum bereits wieder Nacht.

Ein leises Geräusch lässt mich aufschrecken, ich brauche einen Moment, um mich zu orientieren, und erkenne dann, was mich geweckt hat. Silvia schiebt sich durch die halb geöffnete Zimmertür.

»Leo.« Sie lächelt, als sie sieht, dass ich wach bin, doch als sie näher kommt, bemerke ich ihren besorgten Blick. »Entschuldige, dass ich einfach so reinkomme. Ich habe angeklopft, aber du scheinst mich nicht gehört zu haben. Nach gestern Abend habe ich mir etwas Sorgen gemacht und dachte, ich sehe mal nach dir. Geht es dir gut?«

Ihre Worte sind zu viel für mein benebeltes Hirn, und so nicke ich nur, lasse mich wieder etwas zurück in die Kissen sinken, als mich eine unerwartete Welle der Übelkeit überrollt. Ich fühle mich mies.

»Alles gut«, bringe ich mit heiserer Stimme heraus, und Silvias Blick verändert sich. Sie kommt näher und setzt sich an meine Bettkante.

»Hast du Fieber, Leo?« Sie legt ihre angenehm kühle Hand auf meine glühende Stirn, ich lasse den Kopf leicht dagegen sinken und schließe erschöpft die Augen. Nur mit viel Mühe kann ich verhindern, dass mir die Zähne klappern. In mir herrscht eine Eiseskälte, die mich zum Zittern bringt, obwohl mir äußerlich immer noch viel zu heiß ist.

»Sieh mich an. Wirst du krank?«

Ich öffne die Augen, kann Silvias eindringlichem Blick nicht standhalten und deute ein Schulterzucken an. »Weiß nicht … ich muss noch mal schlafen. Es ist kalt.«

Silvia mustert mich einen Moment lang schweigend. Mein Blick streift ihr dünnes T-Shirt, und ich bekomme erst recht eine Gänsehaut. »Ist dir schlecht? Oder sind es eher Halsschmerzen? Warum hast du uns nicht Bescheid gesagt? Ich mache dir sofort einen Tee, und dann fahren wir zum Arzt.«

»Das ist nicht nötig.«

»Doch, Leonardo. Keinen Widerspruch. Hätte ich nur heute Morgen schon einen Blick zu dir hineingeworfen.«

»Heute Morgen?«, wiederhole ich verwirrt. »Wie spät ist es?«

»Schon nach zwei.«

»Was?« Entsetzt richte ich mich auf. »Oh Gott, ich muss aufstehen, tut mir leid. Nach ’ner Dusche geht’s schon wieder, versprochen.«

»Du musst jetzt gar nichts, mein Lieber.« Silvias Hand legt sich entschlossen auf meine Schulter, und ein leichter Druck genügt, um mich zurück in die Kissen sinken zu lassen. »Ich rufe unseren Hausarzt an, vielleicht kann er noch vorbeikommen. Und du bleibst solange schön, wo du bist, und versuchst noch mal, etwas zu schlafen, verstanden?«

Würde es mir nicht so dreckig gehen, hätte ich ihr längst widersprochen, doch so nicke ich nur, lasse zu, dass Silvia die Decke höher über meine Schultern zieht, und schließe die Augen, als sie mir mit der Hand durch die verschwitzten Haare fährt. »Ich bin gleich wieder da. Paolo und ich sind in der Nähe, wenn etwas sein sollte.«

Ich schaffe ein Nicken, spüre das Federn der Matratze, als sie sich erhebt, und blinzele gegen die Sonnenstrahlen, nachdem ich mir sicher bin, dass Silvia aus dem Zimmer ist. Obwohl sich gefühlt alles in meinem Körper dagegen wehrt, quäle ich mich in eine sitzende Position und versuche, die Übelkeit dabei weitestgehend zu ignorieren. Zunächst bin ich überrascht, wie gut das klappt, doch dann ist es, als würde sich ein Schalter in mir umlegen. Innerhalb von Sekunden wird mir so übel, dass ich es kaum auf die Beine schaffe. Ein Würgen unterdrückend stolpere ich ins Bad und weiß letztendlich nicht mehr, wie ich zur Toilette gekommen bin.

Schwer atmend lasse ich den Kopf auf meine verschränkten Unterarme sinken, als ich nach dem Kotzen irgendwann wieder normal atmen kann.

Lebhaft zucken mir die Erinnerungen durch den dröhnenden Kopf: Krankenhaus, Chemo, geflieste Badezimmerböden, auf denen ich irgendwann mehr Zeit verbracht habe als im Bett.

Längst ist mir eine Eiseskälte in die Knochen gekrochen.

Bitte … nicht noch mal.

Ich schaffe das nicht noch mal.

Nicht mit dem Wissen, wie schrecklich es sein wird.

Nicht nach allem, was ich mir in den letzten Monaten wieder zurückerkämpft habe.

In Zeitlupe hebe ich die Hände unter mein Kinn und lasse meine Finger über die Haut gleiten. Fast zucke ich zusammen unter dem pochenden Schmerz, und merke die Tränen, die in meinen Augen brennen.

Wie lang meine Lymphknoten wohl schon so geschwollen sind?

»Leo?«

Paolos Stimme lässt mich den Kopf heben, und ehe ich mich richtig umgesehen habe, stürzen er und Silvia bereits zu mir ins Badezimmer.

»Was ist los?« Sein Blick durchbohrt mich geradezu, und ich schaffe bloß ein nichtssagendes Kopfschütteln.

»Weiß auch nicht, ich …«

»Musstest du dich übergeben? Komm, du gehörst zurück ins Bett. Ich habe meinen Arzt angerufen, er kommt heute noch vorbei.«

Ein bitteres Lächeln huscht mir übers Gesicht, und die dunkle Vorahnung in meinem Bauch lässt mich plötzlich ganz ruhig werden.

»Vielleicht sollten wir besser in ein Krankenhaus fahren«, höre ich mich sagen, erkenne meine Stimme kaum, so fremd klingt sie. »Ich … ich glaube, irgendwas stimmt nicht.«

Mehrere Sekunden lang bleibt es still, Silvias und Paolos Blicke liegen tonnenschwer auf mir, dann spüre ich Paolos Hand fest auf meiner Schulter.

»Okay.« Er streicht mir beruhigend über den Rücken. »Wir fahren sofort hin.«

»Es tut mir leid.«

»Nein, nichts hat dir leidzutun, absolut gar nichts, Leo. Es geht um deine Gesundheit. Das hat oberste Priorität.«

»Ich hab Angst«, bricht es aus mir heraus, und ich nehme

kaum wahr, wie Paolo mich daraufhin in eine Umarmung zieht. Den Kopf an seine Brust gedrückt, kann ich die Tränen kaum zurückhalten. »Ich schaffe das nicht noch mal.«

»Hey, Bambino, ganz ruhig. Wir sind bei dir. *Ich* bin bei dir. Es kann dir nichts passieren, hörst du? Wir werden dich durchchecken lassen, vielleicht hast du dir die Grippe eingefangen oder gestern etwas Schlechtes gegessen. Noch hat das überhaupt nichts zu bedeuten.« Paolo hält mich eine Armeslänge von sich entfernt, als ich ihm nicht antworte. »Hast du mich verstanden?«

Ich ringe mir ein Nicken ab, aber schaffe es nicht, ihn dabei anzusehen.

»Ja?« Er hebt meinen Kopf etwas an und fängt die Träne auf, die mir über die Wange rollt. Ich zwinge mich, tief durchzuatmen.

»Ja.«

»Gut.« Er wechselt einen kurzen Blick mit Silvia, dann legt sich seine Hand wieder fester auf meine Schulter. »Wir fahren in die Klinik. Silvia packt dir ein paar Sachen ein, falls du doch dort bleiben musst. Willst du dich etwas frisch machen?«

Ich nicke und stehe kurz darauf mit zittrigen Knien am Waschbecken. Zähne putzen und etwas eiskaltes Wasser müssen genügen, ehe ich die durchgeschwitzten Schlafklamotten gegen etwas Frisches tausche.

Keine halbe Stunde später öffnet mir Paolo die Beifahrertür seines Jeeps, und ich verkneife mir die Frage, wer sich jetzt um die Gäste kümmert, als Silvia hinter mir einsteigt. Die Beifahrertür fällt mit einem dumpfen Laut ins Schloss, ich schließe die Augen und lasse meinen schweren Kopf etwas nach vorn sinken, als sich eine Hand von hinten auf meinen Arm legt.

»Hab keine Angst, Leo.« Silvias ruhige Worte erreichen mich wie durch eine Schicht Nebel. Ich drehe den Kopf zur Seite.

»Danke«, bringe ich heraus. Paolo ist neben mir eingestiegen und sieht uns einen kurzen Moment lang an, ehe er den Motor startet.

Hinter uns wirbelt Staub auf, so schnell fährt er vom Hof, und mir ist bereits zehn Minuten später wieder kotzübel. Normalerweise bin ich unempfindlich, was kurvige Straßen angeht, doch heute geben mir die steilen Serpentinen auf dem Weg ins Tal nach Trento schier den Rest. Kotzen muss ich nicht, dafür merke ich selbst im Sitzen, wie mein Kreislauf allmählich dabei ist, sich zu verabschieden. Dichte Nebelschwaden ziehen in mein Blickfeld, immer wieder höre ich für kurze Zeit gar nichts mehr und zwinge mich, tief und unauffällig weiter zu atmen.

Paolo parkt direkt vor der Notaufnahme eines in die Jahre gekommenen Klinikgebäudes, und obwohl keine zwanzig Meter vor uns liegen, versagen mir nach den ersten drei Schritten schon die Beine. Sie knicken einfach weg, als wären sie Streichhölzer, und hätte Paolo nicht geistesgegenwärtig nach mir gegriffen, wäre ich wirklich gefallen. Schon im nächsten Augenblick prasseln mehrere italienische Stimmen auf mich ein, vermischen sich mit Silvias aufgeregten und Paolos deutlichen, aber ruhigen Worten, von denen ich überhaupt nichts mehr verstehe.

Ich werde in einen Rollstuhl gedrückt und habe Mühe, mich aufrecht zu halten. Der unkontrollierbare Schüttelfrost bringt meinen Körper zum Beben. Es ist so schrecklich kalt, dass mir die Zähne klappern.

Paolo weicht keine Sekunde von meiner Seite, als ich ins Innere des Krankenhauses gebracht werde, spricht mit den Ärzten, deren Fragen ich nicht mehr imstande bin zu beantworten. Ich verstehe kein einziges der italienischen Worte, werde in diesen Minuten völlig von meinem rebellierenden Körper vereinnahmt und habe keine Ahnung, was mit mir passiert. Paolo klingt bemüht ruhig, doch das unterdrückte Zittern in seiner Stimme verrät ihn.

Als ich in einen kleinen Behandlungsraum gebracht werde, muss er draußen bleiben. Ich soll mich hinlegen, ehe gefühlt zwölf Hände gleichzeitig an mir herumzuzupfen beginnen. Die

Schwester, die mit einer atemberaubenden Geschwindigkeit bereits eine Blutdruckmanschette an meinem Arm angebracht hat, beginnt nun eine kleine Stelle in meiner Armbeuge auf der anderen Seite zu desinfizieren. Als ich aus Schreck sofort vor ihr zurückzucke und die Hand wegziehe, ergießt sich fast augenblicklich ein wahrer Wasserfall aus italienischen Worten über mich. Erneut wünsche ich mir nichts mehr, als Paolo weiter hierzuhaben. Oder Mila. Sie wüsste wenigstens, was die hier gerade mit mir machen.

Eine fremde Hand legt sich an meine Brust, ich verkrampfe nur noch mehr, lasse die Schwester jedoch machen, als ich verstanden habe, dass sie mir Blut abnehmen will. Die Tränen brennen gemein in meinen Augen, sodass ich sie kurzerhand schließe, will das gar nicht erst sehen, sondern einfach meine Ruhe. Die nervöse Hektik wird mir zu viel, eine dumpfe Vorahnung pulsiert in meinem Bauch und raubt mir fast den Verstand.

Letzten Endes weiß ich nicht, wie lange die italienischen Ärzte um mich herumspringen, irgendwelche Untersuchungen machen, von denen ich keinen blassen Schimmer habe, und auch nicht wirklich darüber aufgeklärt werde, was als Nächstes passiert. Ein Monstrum an Ultraschallgerät wird in den viel zu engen Raum gefahren, die Ärzte dunkeln das Licht ab und beugen sich leise murmelnd über den Bildschirm, während sie mir mit dem glitschigen Schallkopf auf dem Bauch herumfahren. Ob sie etwas entdecken, weiß ich nicht, merke nur, wie mein Hals eng wird, als sie immer öfter die Stelle betrachten, die seit Anfang des Jahres die schmale Narbe meiner Nierentransplantation ziert.

Auch auf mein gezieltes Nachfragen bekomme ich keine Antwort, werde stattdessen ins CT geschoben und schließlich auf ein Zimmer gebracht, ohne dass sich einer der Ärzte noch mal mit mir unterhalten hat. Eine Schwester hängt mir eine Infusion an, erklärt, es sei ein Antibiotikum, da ich Fieber habe und man nicht genau wisse, woran das liegt. Sie verspricht zumindest, Silvia und Paolo zu mir zu lassen, die noch immer irgendwo auf den Fluren warten müssen.

Ich bin den Tränen nahe, als sie eine knappe Viertelstunde später hereinkommen, gleichzeitig so unendlich müde von dem fiesen durchsichtigen Zeug, das in meinen Körper tröpfelt und mich kaum die Augen offen halten lässt. Meine drei Bettnachbarn haben allesamt Besuch, das Gewirr schneller italienischer Stimmen dröhnt in meinem Kopf und lässt ihn fast explodieren.

Silvia greift sofort nach meiner Hand, sitzt halb auf meiner Bettkante und streicht mir mit der anderen über den Kopf. Zwar wissen die beiden auch nicht mehr als ich, doch immerhin sind sie jetzt da, geben mir zumindest etwas Halt, und mir kommen doch die Tränen, als Paolo schließlich etwas sagt, das mich vor Erleichterung die Augen schließen lässt.

»Ich habe mit Emilia telefoniert. Sie setzt alles in Bewegung, dass du so schnell wie möglich nach Berlin geholt wirst.«

*

Emilia

»Wir haben also diese vierundsiebzigjährige Patientin, die sich mit ihren Sprachstörungen bei dir vorstellt.« Max lässt mich keine Sekunde aus seinem aufmerksamen Blick, während er sich nun etwas zurücklehnt und die Finger verschränkt. »Vor einer Stunde konnte sie nicht mehr richtig sehen, zwischendurch hatte sie auch irgendwie weniger Kraft in der rechten Hand, aber jetzt geht es wieder. So. Was tust du als Erstes?«

»Hm … ich würde vermutlich erst mal ein Kopf-CT …«, beginne ich und stocke, als mich mein klingelndes Handy unterbricht. »Sorry. Ich dachte, ich hätte es auf lautlos geschaltet.«

»Kein Thema.«

Ich drücke den Anruf weg, werde jedoch stutzig, als ich die fremde Nummer sehe. Wenn mich nicht alles täuscht, ist die 0039-Vorwahl eine italienische …

»Also, einfach auf gut Glück ein CT fahren?«, werde ich von Max zurück ins Jetzt und Hier geholt. »Mit welcher Verdachtsdiagnose ordnest du die Untersuchung an?«

»Ich, äh …« Etwas durcheinander sehe ich ihn an.

»Deine Patientin trübt zusehends ein. Komm schon, Mila. Konzentrier dich. Im Ernstfall darfst du dich von so was auch nicht ablenken lassen.«

»Ja, ich …« Aus den Augenwinkeln nehme ich wahr, wie mein Handydisplay erneut aufleuchtet. Wieder ein Anruf, wieder die italienische Nummer, wenn auch ohne Klingelton. Die dumpfe Vorahnung in meiner Magengegend lässt mich nicht los, und ich schüttele den Kopf. »Sorry, ich muss da kurz rangehen.«

Max seufzt leise und verschränkt die Arme vor der Brust, während ich den Anruf annehme.

»Ja?«

»Emilia? Ein Glück … Hier ist Paolo.«

Seine aufgeregte Stimme lässt mir den Atem stocken.

»Paolo, hi. Ist alles in Ordnung?«, frage ich aus einem Gefühl heraus und zupfe nervös am Saum meines Kittels herum.

»Nicht wirklich, nein. Leo geht es nicht gut, wir sind mit ihm ins Krankenhaus nach Trento gefahren. Die Ärzte wissen nicht so recht weiter, und wir denken, es wäre das Beste, er würde so bald wie möglich in Deutschland weiter behandelt werden.« Paolos schnelle Worte prasseln unkontrolliert auf mich ein, und ich erstarre.

»Stopp«, höre ich mich sagen und Paolo daraufhin innehalten. »Jetzt mal ganz langsam. Was genau fehlt Leo?«

»Wir wissen es auch nicht, es spricht keiner mit uns. Er war heute Morgen plötzlich ganz schlapp, hatte Fieber und Schüttelfrost. Vielleicht ist es nur eine Grippe, aber Silvia und ich hatten so ein seltsames Gefühl dabei. Zu seinen Untersuchungen durften wir nicht mit, aber vorhin hat einer der Ärzte mit uns gesprochen und meinte, sie behandeln ihn nun nach Verdacht auf eine Abstoßungsreaktion der Niere.«

Max' zunächst genervter Blick wird während meines Telefonats allmählich besorgter, und als ich nach diesen Worten stocksteif auf meinem Stuhl sitze, beugt er sich etwas vor. »Was ist passiert?«

Ich mache eine Handbewegung, die ihn zum Schweigen bringt, und versuche, mich zu sammeln.

»Wie kommen die darauf, dass es eine Abstoßungsreaktion sein könnte?«, frage ich und sehe, wie Max zu kapieren beginnt. »Haben sie die Niere punktiert?«

»Ich weiß es nicht, es wirkt alles sehr chaotisch. Ich bin mir nicht sicher, ob Leonardo hier wirklich in den besten Händen ist. Zudem hieß es, dass jetzt am Wochenende keine weiteren Untersuchungen mehr gemacht werden können. Wir dachten, es ist besser, er würde zurück nach Berlin gebracht werden, dort kennen die Ärzte seine Geschichte.«

»Ja, du hast recht. Ich kümmere mich sofort darum.« Ich schlucke. »Bist du bei ihm?«

»Nein, er ist noch bei einer Untersuchung. Ich hoffe, wir dürfen später zu ihm, dann kannst du sicher mit ihm sprechen.«

»Okay. Danke für den Anruf, Paolo. Ich kümmere mich um alles und melde mich wieder.«

»Tu das. Bis später.«

Mit zittrigen Fingern lege ich auf und blicke geradewegs in Max' ernstes Gesicht.

»Dein Freund hat eine transplantierte Niere und stößt sie ab?«, vermutet er, und ich nicke, während ich gleichzeitig mit den Schultern zucke.

»Vermutlich, die Ärzte sind sich nicht sicher. Er ist in Italien. Leo hatte letzten Winter ein Schilddrüsenkarzinom, daraufhin dann die Niereninsuffizienz.«

»War er regelmäßig bei seinen Kontrollterminen?«

Ich nicke und merke trotzdem, wie sich mir die Kehle mit jeder Sekunde etwas weiter zuschnürt.

»Ja.«

»Vielleicht ist es nur ein harmloser Infekt.«

»Vielleicht sind es aber auch Metastasen«, höre ich mich sagen, ohne es zu wollen.

Das darf einfach nicht sein.

Das Thema Krebs ist abgeschlossen. Leos Nachuntersuchungen waren allesamt gut. Es ist nahezu ausgeschlossen, dass etwas übersehen wurde …

Oder?

»Ich muss irgendwo anrufen«, meine ich zusammenhanglos und versuche, meine wirren Gedanken zu ordnen. »Bei der Auslandskrankenversicherung! Oder erst bei Leos behandelndem Arzt? Vielleicht sollte ich Leo selbst fragen, ob …«

»Mila, beruhig dich«, werde ich von Max unterbrochen.

»Ich kann mich jetzt aber nicht beruhigen!«, fahre ich ihn an und weiche zurück, als Max mir das Handy aus der Hand nimmt.

»Ich muss Leo anrufen, gib mir das Handy!«

»In diesem Zustand wirst du Leo definitiv nicht anrufen. Plötzlich krank in einem fremden Land ist schon übel genug, da braucht er nicht auch noch eine durchdrehende Freundin am Telefon.«

»Ich drehe überhaupt nicht durch!«

»Gut, dann setz dich wieder hin und lass mich ein paar Telefonate führen. Mein Vater ist Notarzt bei der Luftrettung und kann die Kollegen vom Ambulanzjet schneller erreichen als wir. Du lässt dich solange mit Leos Nephrologen verbinden und bereitest ihn darauf vor, dass Leo heute mit Verdacht auf eine Transplantatabstoßung nach Berlin geflogen wird.«

Ich starre Max sprachlos an, während er mir das Handy zurückgibt und sein eigenes aus der Tasche holt.

»Also, worauf wartest du? Je schneller er hergebracht wird und von Experten behandelt werden kann, desto besser. Vielleicht kann man das Organ noch retten.«

Ich schlucke, während er bereits etwas in sein Telefon tippt.

»Danke, Max.«

Er hebt den Blick nur kurz. »Schon gut. Und jetzt ruf da an.«

Im Computer finde ich die Nummer der richtigen Station, habe kurz darauf einen der Oberärzte am Telefon und teile ihm mit, was ich eben von Paolo erfahren habe. Als ich auflege, ist Max noch am Telefon und spricht mit seinem Vater. Ich rufe Leos Kontakt auf, merke mit Gewissensbissen, dass ich seine letzte Nachricht, den Gute-Nacht-Wunsch von gestern Abend, gar nicht mehr beantwortet habe, und wähle kurzerhand seine Nummer. Obwohl ich es zwei Mal probiere, geht er nicht ran, ich bekomme nur noch mehr Magenschmerzen und tippe ihm stattdessen eine kurze Nachricht.

Paolo hat mich angerufen, wir kümmern uns um deinen Rücktransport. Wie geht's dir?

»Mila?« Ich schrecke auf und sehe, dass Max sein Handy zur Seite gelegt hat.

»Was hat er gesagt?«

»Der Ambulanzjet ist noch unterwegs, sie holen gerade jemanden aus Belgien«, erklärt er, und ich merke, wie meine Hoffnung mit jedem seiner Worte schwindet. »Aber sie bringen den Patienten nach Berlin und können anschließend Kurs auf Italien nehmen. Die Kollegen setzen sich mit den behandelnden Ärzten in Verbindung, um herauszufinden, ob Leo transportfähig ist. Wenn alles klappt, haben sie ihn gegen Abend hergebracht.«

*

Das Herz pocht mir bis zum Hals, und es fühlt sich an, als würde es jedes Mal ein paar Schläge aussetzen, wenn sich die Milchglasschiebetür zur Notaufnahme leise zischend öffnet. Der Wartebereich für Angehörige liegt eigentlich so, dass man nicht sieht, wen die Rettungskräfte im Minutentakt von draußen bringen, doch ich habe mir verbotenerweise einen der Plätze entlang des Flurs gesichert. Max war davon nicht begeistert, als er vor wenigen Minuten nach draußen verschwunden ist. Ich habe gar nicht erst gefragt, ob ich mit darf, kannte die Antwort schon längst und hoffe, Leo nun wenigstens ganz kurz sehen zu können.

Sie müssten jeden Moment mit ihm kommen, und meine Nerven sind zum Zerreißen gespannt. Zwar lief der Transport nach Berlin laut Max äußerst zufriedenstellend, doch bis zuletzt habe ich keine Antwort von Leo bekommen. Ich kann nur spekulieren, wie es ihm gerade geht, befürchte aber, dass es nicht allzu super sein dürfte. Keine Ahnung, ob die Geschichte mit der Abstoßungsreaktion der Wahrheit entspricht, denn ich kann mir wirklich kaum erklären, wieso sein Körper die transplantierte Niere nun plötzlich loswerden will. Das Organ war ein perfektes Match mit seinen Blutwerten, die Operation verlief ohne jegliche Komplikationen, und auch in der Nachsorge ist Leo stets mit guten Werten aufgefallen.

Was, wenn doch mehr dahintersteckt und der Krebs zurück ist? Ganz heimlich, still und leise, und dann einfach zurückschlägt, sobald wir uns in Sicherheit wiegen und mit etwas anderem beschäftigt sind als Leos Gesundheit?

Beim Gedanken daran wird mir schlecht, und ich schlucke den bitteren Geschmack der Angst hinunter, der mir seit Stunden auf der Zunge liegt.

Okay, bleib ruhig, Mila.

Selbst wenn es so ist, können wir daran jetzt nichts mehr ändern. Vielleicht ist es wirklich *nur* eine Abstoßung.

Oder eine Grippe.

Ja genau.

Eine Männergrippe, und Leo ist eben ein bisschen empfindlich …

Was für ein Schwachsinn. Ich weiß genau, wie hart er im Nehmen ist. Leo bittet erst um Hilfe, wenn er absolut nicht mehr kann. Meistens tut er es nämlich gar nicht, sondern wartet über diesen Punkt hinaus, bis es ihn völlig umhaut. Wenn Paolo sagt, es geht ihm nicht gut, dann geht es ihm in Wirklichkeit noch mindestens fünf Mal schlechter. Warum schaut er nicht auf sein blödes Handy? Das kann man doch sogar, wenn man halb krank im Bett liegt.

Mann, Leo …

Ich lehne den Kopf leicht gegen die Wand hinter mir und lasse meinen Blick den Flur entlangwandern.

Plötzlich höre ich Stimmen und bin im nächsten Moment schon aufgesprungen. Ein Team aus Notarzt und Rettungssanitätern schiebt erneut jemanden auf einer Transportliege herein. Es ist Leo.

Mein Magen verkrampft sich, und ohne darüber nachzudenken, setze ich mich in Bewegung.

»Bitte, bleiben Sie im Wartebereich. Als Angehörige haben Sie hier nichts verloren!«, werde ich sofort von einer Schwester der Notaufnahme angepfiffen und bin so erschrocken, dass ich stehen bleibe.

»Das ist okay, wir machen eine Ausnahme.« Max tritt durch die Schiebetür und wechselt einen kurzen Blick mit der Schwester, ehe er mir zunickt. »Komm her, Mila.«

Ich schlucke und bringe kein Wort heraus, dann passiert alles wie von selbst, als Leo sich bereits in meine Richtung gewandt hat.

»Leo.« Ich greife sofort nach seiner Hand und bin einen Moment lang überfordert damit, die gesamte Situation zu überblicken.

Er sieht wirklich nicht gut aus, zittert und ist blass, doch fühlt sich gleichzeitig total überhitzt an. Mit Sicherheit hat er Fieber, und ich frage mich, ob er deshalb so benommen wirkt oder für den Flug etwas zum Schlafen bekommen hat.

»Alles gut?«, fragt er, und die Tatsache, dass er derjenige ist, der diese Frage stellt, wirkt so abstrus, dass ich erst recht nicht mehr weiß, was ich sagen soll.

»Ja, ich … Wie geht's dir? Ich hab mit Paolo telefoniert. Bist du okay?«

»Ich weiß.« Ein kleines Lächeln zuckt an seinen Mundwinkeln, und ich frage mich, wie zur Hölle er so ruhig bleiben kann. Ich für meinen Teil habe das Gefühl, jeden Augenblick den Verstand zu verlieren. »Mir geht's gut, mach dir keine Sorgen.«

Er lügt so offensichtlich, dass ich ein humorloses Lachen unterdrücken muss und plötzlich den Drang verspüre, auf der Stelle loszuheulen. Hinter mir höre ich ein leises Räuspern und erinnere mich wieder an die Menschen, die ich gerade mit meiner hysterischen Angehörigen-Anwandlung von der Arbeit abhalte.

»Ich warte hier, okay?«

Leo nickt, drückt meine Hand, und obwohl der Notarzt die Trage bereits wieder anschiebt, beuge ich mich schnell hinab, um Leo zu küssen. Unsere Blicke treffen sich und reißen dann viel zu schnell wieder ab, als ich ihn loslassen muss und an Ort und Stelle stehen bleibe. Widerspruchslos kehre ich zurück in jenen Warteraum, in dem Leo noch vor wenigen Monaten nach seiner Fashion Show kollabiert ist und reanimiert werden musste.

Eine Gänsehaut jagt mir über den Rücken, und ich schiebe die Hände zwischen meine übereinander geschlagenen Beine. Mir ist kalt, und ich fühle mich allein gelassen, kann mich nur schwer davon abhalten, Jojo, Willem, Jason oder sonst irgendjemanden anzurufen und herzubitten.

Doch was würde das jetzt nützen?

Viel wird heute Nacht sowieso nicht mehr passieren, Leo ist so erledigt, dass er nachher schlafen wird, und vor der ersten Visite morgen früh werden wir sicher nichts Konkretes erfahren.

»Wusste ich doch, dass du hier bist.«

Ich stutze, als ich sehe, wer da auf mich zukommt.

»Jojo.« Ich schnappe nach Luft und versuche die Tränen, die mir in die Augen schießen, zurückzuhalten.

»Ich wollte kurz etwas mit der diensthabenden Kollegin hier unten besprechen und habe beim Rausgehen Leo gesehen«, erklärt er und nimmt mich etwas beiseite. Wir lassen die übrigen Wartenden hinter uns, während Jojo mich in einen leeren Raum führt.

»Wie geht's ihm, hast du was mitgekriegt?«

»Er hat mich nicht erkannt«, sagt Jojo, und die Ernüchterung trifft mich wie ein Faustschlag. »Er sah schlecht aus, aber die Kollegen hatten ihn schon an der Dialyse. Sie sind noch mit ihm im Behandlungsraum und wollen die Niere gleich biopsieren. Das wird für heute reichen, und morgen sieht man dann weiter, soll ich dir ausrichten.«

Ich muss schlucken. »Und ein CT? Sie müssen doch erst auf Tumorsuche gehen, falls doch irgendwo Metastasen …«

»Sein CT war komplett unauffällig, ich habe es mir selbst noch mal zeigen lassen. Nur das Notfalllabor gibt Anlass zur Sorge. Seine Entzündungswerte sind massiv erhöht, aber von Krebs ist erst mal keine Rede.«

Es fühlt sich an, als würde sich der eiserne Griff um mein Herz weiter zuziehen, und das, obwohl ich mich jetzt freuen sollte. »Okay.«

»Natürlich kann man erst ganz sicher sein, nachdem das ganze diagnostische Programm gelaufen ist. Aber er ist jetzt in den besten Händen, Mila. Und du kannst zumindest einigermaßen beruhigt schlafen.«

Schlafen … Ich. Jetzt. Schon klar.

»Okay«, wiederhole ich und atme diesmal tief dabei durch.

»Habe ich das richtig verstanden, dass sie ihn aus Italien holen mussten?« Jojo scheint den medizinischen Teil unseres Gesprächs abgehakt zu haben und schüttelt auf mein Nicken den Kopf. »Krass, was für eine Aktion. Wieso warst du nicht mit ihm dort?«

»Ich hatte zu tun«, rechtfertige ich mich sofort und weiß selbst nicht, wieso ich mich plötzlich so angegriffen fühle. »Woher hätte ich denn wissen sollen, dass es ihm aus heiterem Himmel schlechter geht?«

»Das hast du natürlich nicht wissen können. Ich wollte dir keinen Vorwurf machen, Mila.«

»Wir haben uns gestritten, bevor er geflogen ist«, entfährt es mir, bevor ich darüber nachdenken konnte. »Leo wollte, dass ich mitkomme. Er war geschäftlich in Mailand und dann noch bei Paolos Geburtstag. Vielleicht hätte ich früher gemerkt, dass was nicht stimmt.«

»Die Diskussion hatten wir schon mal«, erinnert mich Jojo, und ich verstumme. »Ein Vielleicht nützt niemandem etwas. Du hast die Nerven behalten und vorbildlich gehandelt, indem du sofort alles in Bewegung gesetzt hast, ihn zurückzuholen.«

Schweigend nicke ich.

Jojo hat recht.

Jetzt wird alles gut.

Hoffentlich.

»Du solltest seinem Vater Bescheid geben. Sicher hat ihn noch niemand informiert, dass alles gut gegangen ist.«

»Ja.« Ich taste wie automatisch nach meinem Handy. »Danke, Jojo.«

»Wie immer gerne«, meint er, ehe er mich ungefragt in eine feste Umarmung zieht. Ich bin erstaunt, wie gut das tut, und lasse mich gegen ihn sinken, rieche Krankenhaus und großen Bruder, eine Mischung, die seit einer halben Ewigkeit für mich zusammengehört.

»Ich habe gleich Feierabend«, sagt Jojo dann, und ich sehe zu ihm hoch. »Danach könnte ich mit dir auf Leo warten und dich anschließend nach Hause bringen.«

»Nein, schon gut.« Ich löse mich von Jojo und sehe ihm fest in die Augen. »Das musst du nicht.«

»Wir können zumindest warten, bis Leos Geschwister hier sind.«

»Ich habe sie noch nicht informiert. Das reicht auch morgen noch.«

»Dann wartest du lieber allein?«

Ich nicke und erwidere Jojos Blick. »Ich fahre heim, sobald ich sicher bin, dass bei Leo alles in Ordnung ist. Mach dir keine Gedanken.«

»Gut, dann halte mich aber auf dem Laufenden, ja?« Jojo fasst mich fest in seinen Blick. »Ich drücke euch die Daumen, dass man die Niere retten kann.«

Ich ringe mir ein schwaches Lächeln ab, während ich ihm nach draußen folge und allein in der Notaufnahme zurückbleibe. An das, was uns blüht, wenn das nicht klappen sollte, wage ich gar nicht erst zu denken. Leo wird nicht noch einmal einen Platz auf der Liste der Transplantationspflichtigen erhalten – viel zu viele Menschen warten dafür auch auf ein neues Organ und haben die Chance noch nicht bekommen.

Regelmäßige Gänge zur Dialyse würden unseren Alltag erneut bestimmen, Leo müsste wie Anfang des Jahres mehrmals pro Woche außer Haus schlafen, um an einem Nachtdialyseprogramm teilzunehmen, Kurzurlaube dürften nicht länger als drei Tage dauern, von spontanen Trips ganz zu schweigen.

Er könnte nicht länger das Leben führen, das er sich wünscht. Das eines jungen, ungebundenen Menschen, sondern das eines chronisch Kranken, mit all seinen Einschränkungen und Abhängigkeiten.

Er hat das einfach nicht verdient, denke ich und starre schweigend an die weiße Wand des Warteraums, nachdem Jojo sich wieder verabschiedet hat und meinen dunklen Gedanken erneut Raum gibt, mich haltlos zu verschlucken.

Zu später Stunde werde ich von einer Ärztin aufgesucht, die mir mitteilt, man habe inzwischen eine Gewebebiopsie von Leos Niere entnommen. Auf das pathologische Konsil müsse bis morgen gewartet werden. Leo läge mittlerweile auf der Intensivstation und bekäme aufgrund seiner besorgniserregenden Blutwerte bereits eine Dialyse. Morgen früh zur Visite wisse man mehr, möchte ihn nun erst mal schlafen lassen, da ihn das hohe Fieber ziemlich schlaucht.

Obwohl die Besuchszeit längst vorbei ist, werde ich noch zu ihm gelassen, habe ein seltsames Déjà-vu, als ich die schlafende Intensivstation betrete, die sich langsam anfühlt wie mein zweites Zuhause. Eine der Krankenschwestern erkennt mich sofort, nimmt mich zur Begrüßung in den Arm, und als sie erzählt, sie betreue Leo auch diesmal wieder, muss ich fast vor Erleichterung weinen. Es fühlt sich alles so schrecklich vertraut an, als sie mich den ausgestorbenen Flur entlang zu Leo führt. Er liegt im selben Zimmer wie zuletzt im Winter, und es ist, als hätte jemand auf einen Knopf gedrückt und die Zeit einfach so um Monate zurückgespult.

»Fünf Minuten, ja?«, werde ich an der Tür von der Schwester zurückgehalten und nicke. »Er steht durch das hohe Fieber ziemlich neben sich und benötigt dringend etwas Schlaf.«

»Natürlich.«

»Und bitte, Sie wissen das ja …« Sie drückt mir einen mintgrünen Einmal-Mundschutz in die Hand und deutet zum Desinfektionsspender an der Wand. »Vielleicht bekommen wir sein Immunsystem noch mal in den Griff.«

Das kalte Desinfektionsmittel fühlt sich auf meinen schwitzigen Händen angenehm vertraut an. Der scharfe Geruch, der mir in die Nase steigt, lässt mich ruhiger werden, und als ich das Zimmer anschließend betrete, fühle ich mich trotzdem einen kurzen Moment lang komplett überfordert mit der ganzen Situation.

Nach einem kurzen Blick auf Leo und die blinkenden Anzeigen all der piepsenden Gerätemedizin werde ich mit ihm allein gelassen. Ich trete an sein Bett und ziehe mir einen Stuhl heran. Meine Hand greift automatisch nach seiner, Leo zuckt leicht zusammen, muss geschlafen haben und braucht einen Moment, ehe er mich neben sich entdeckt hat. Kurz wirkt sein Blick irritiert, wandert fragend über mein Gesicht, das ebenso wie seines halb durch den Mundschutz verdeckt wird, dann schließt er erschöpft die Augen und drückt meine Hand.

»Hey«, murmele ich, als ich sicher bin, dass er mich erkannt hat, streiche leicht mit dem Daumen über seinen Handrücken und beobachte, wie er mich wieder anschaut.

»So spät noch hier?« Seine schleppenden Worte verraten, wie fertig er wirklich ist.

Ich nicke. »Wie könnte ich nicht?«

Der Versuch eines Lächelns zuckt um Leos Augen, mehr von seinem Gesicht erkenne ich nicht, und ich hebe vorsichtig die Hand, um ihm über die Schläfe zu streichen. Glühend heiß fühle ich seine Haut unter dem dünnen Schweißfilm und bekomme Bauchschmerzen.

»Was haben die Ärzte gesagt?«

»Weiß nicht …« Leo schluckt angestrengt, und ich werfe einen vorsorglichen Blick zur Spucktüte auf seinem Nachttisch. »Ich war zu müde, um zu fragen. Die haben 'ne Probe von der Niere genommen, glaub ich. Eine meinte, ich soll mir keine Sorgen machen und erst mal ein bisschen schlafen. Wir besprechen dann morgen früh alles.«

»Ach so.« Ich zögere und verstehe nun, warum man mir nur fünf Minuten bei Leo zugestanden hat. Er wirkt mittlerweile wirklich wie im Delirium. »Dann schlaf dich aus. Du bist in den besten Händen, mach dir keine Sorgen.« Ich bezweifle, dass er mich wirklich verstanden hat. »Es sind vermutlich keine Metastasen, das weißt du, oder?«

Leo nickt, und sein leerer Blick lässt es mir kalt den Rücken hinunterlaufen. Er scheint längst verstanden zu haben, dass die Alternative keinesfalls besser aussieht.

»Fahr heim, okay?«, bittet er leise. »Und leg dich ein bisschen hin.«

»Ich kann auch hierbleiben.«

»Nein, wirklich. Nützt ja jetzt alles nichts. Ich komm schon klar.«

»Bist du sicher?«

Leo richtet den Blick erneut aufmerksamer auf mich und nickt. »Kannst du morgen früh vielleicht, wenn die die Untersuchungsergebnisse mit mir besprechen wollen …?«

»Ich werde da sein«, versichere ich ihm sofort, und Leo wirkt erleichtert.

»Danke.«

»Schon gut.« Ich beuge mich etwas vor und ziehe mir den Mundschutz ein Stück hinunter. Leo tut es mir gleich, richtet sich leicht auf und legt eine Hand an meinen Arm, als wir uns küssen. »Meld dich, wenn was ist. Vor allem bei den Schwestern. Hast du die Klingel in Reichweite? Oder brauchst du noch etwas?« Suchend lasse ich meinen Blick über seinen Nachttisch wandern.

»Ich bin bestens versorgt, Mila.«

»Gut.« Ich löse meinen Blick von ihm. »Dann sehen wir uns morgen.«

»Bis morgen, ja. Nimm dir bitte ein Taxi. Ich will nicht, dass du um die Zeit noch allein in Berlin unterwegs bist.«

»Werde ich.«

Ich weiß, dass es albern ist, doch mein Magen krampft sich schmerzhaft zusammen, als sich unsere Finger voneinander lösen und ich wieder aufstehe. Es kostet mich enorme Disziplin, das Zimmer wirklich zu verlassen und nach einem letzten Blick zu Leo den Mundschutz im Mülleimer zu versenken und den Heimweg anzutreten.

Er ist in den besten Händen, Mila, rede ich mir immer wieder ein, während ich kurz darauf im Taxi sitze und Berlins nächtliche Fassaden an mir vorbeiziehen sehe. Das Radio spielt einen nervigen Popsong, und ich will plötzlich nur noch ins Bett. Mama anrufen oder am besten sofort zu ihr fahren, als könnte sie jetzt irgendetwas an der ganzen Situation ändern. Ich tue es nicht, bleibe allein mit all meinen quälenden Gedanken und weiß nicht, wie ich heute Nacht auch nur ein Auge zumachen soll, als ich später allein im Bett liege.

Fühle mich hin- und hergerissen zwischen *Ich kann nicht mehr* und *Wir schaffen das schon* und falle irgendwo dazwischen in einen unruhigen Schlaf, ohne es so recht zu bemerken.

EINUNDZWANZIG

Emilia

Am nächsten Morgen lasse ich mein Acht-Uhr-Bibliotheks-Date mit den Lernunterlagen sausen. Aus dem Bett quäle ich mich trotzdem, habe das Gefühl, kein Auge zugetan zu haben, und fühle mich völlig gerädert, als ich mich eine halbe Stunde später auf den Weg zur Charité mache. Außer einem starken Kaffee habe ich noch nichts im Magen, der Appetit ist mir seit gestern gründlich vergangen.

Als ich viel zu früh wach wurde und einen Blick auf mein Handy geworfen habe, habe ich die Nachricht von Leo entdeckt, der wohl bereits von der Schwester im Frühdienst geweckt wurde.

Das Fieber sei etwas gesunken, und es ginge ihm besser.

Allein die Tatsache, dass er sein Handy in der Hand hat und mir schreibt, lässt mich aufatmen. Obwohl ich es nicht sollte, habe ich sofort Hoffnung geschöpft und kann nicht aufhören zu beten, Leos Spenderniere könnte sich noch mal erholen und wieder anspringen. Vielleicht hat er sich wirklich nur einen Infekt eingefangen.

Vor den Toren der internistischen Intensivstation fühle ich mich erneut um Monate zurückversetzt, klingele und kenne auch die Schwestern im Frühdienst noch mit Namen, als sie mich hereinbitten.

Diesmal ist Leo wach, dreht den Kopf sofort zu mir, als ich hereinkomme. Er wirkt erschöpft und mindestens so übernächtigt, wie ich mich fühle, ist blass um die Nase, aber lächelt und setzt sich etwas auf, als ich zu ihm komme.

»Na?«, begrüße ich ihn und lasse mich auf der Bettkante nieder, ehe ich seine Hand nehme. »Wie ist die Lage?«

»Schön, dich zu sehen.« Seine leisen Worte machen mir eine Gänsehaut, und ohne, dass er weitersprechen muss, begreife ich, dass ihn die ganze Situation psychisch noch so viel mehr quält als körperlich. Bis auf die EKG-Elektroden, deren Kabel unter dem Krankenhaushemd hervorschauen, und die Blutdruckmanschette ist er sämtliche Gerätschaften los, hängt nicht mehr an der Dialyse und muss daher auch keinen Mundschutz mehr tragen.

Ich beuge mich etwas vor, küsse ihn vorsichtig und spüre, wie er den Druck um meine Hand verstärkt.

»Wie war die Nacht?«

»Durchwachsen«, gibt Leo zu und seufzt leise. »Ich war nach den zig Untersuchungen total durch, aber wenn alle halbe Stunde jemand kommt, um die Temperatur zu messen oder irgendwelche Infusionen umzuhängen, schläft man trotzdem beschissen.«

»Zumindest hast du keinen Bettnachbarn«, bemerke ich.

»Das würde mir jetzt ja gerade noch fehlen.«

»Das Fieber ist gesunken, hast du gesagt?«

Der Schatten, der sich über Leos ermattete Augen legt, verheißt nichts Gutes und erstickt meine kleine Hoffnung im Keim. »Eben war ich wieder fast bei neununddreißig Grad.«

»Oh Mann …«

»Tja.« Er ringt sich ein Schulterzucken ab, und ich werfe einen unauffälligen Blick zum Infusionsständer. Das angehängte Antibiotikum will nicht so recht laufen, und ich ziehe Leos Hand etwas zu mir, sodass der Zugang in seinem Handrücken frei liegt und die durchsichtige Flüssigkeit wieder zu tröpfeln beginnt.

»Du musst aufpassen, dass die Infusion nicht abknickt«, meine ich und stelle fest, dass Leo tatsächlich ein müdes Grinsen übers Gesicht huscht.

»Geht klar.«

»Nein, wirklich.«

»Kann es sein, dass das Zeug nur noch müder macht?«

»Ja, schon möglich. Antibiotika sind hochwirksame Medikamente. Jeder reagiert anders darauf.« Ich halte einen Moment inne und sehe ihn an. »Nur müde oder auch schwindelig?«

»Weiß nicht, von allem so ein bisschen.« Leo ringt sich ein gezwungenes Lächeln ab. »Heute Nacht musste ich mich noch mal übergeben, ist irgendwie alles nicht so toll.«

Ich beiße mir leicht auf die Lippe und schaue ihn besorgt an. »War die Visite schon bei dir?«

»Ja, ganz kurz.«

»Was haben sie gesagt?«

»Ziemlich viel, aber ich habe nicht wirklich was verstanden.«

»Du hättest nachfragen sollen.«

»Habe ich ja. Eine Ärztin meinte, dass sie gleich noch mal zu mir kommt und wir dann ausführlicher sprechen.« Leo zögert. »Ich hatte gehofft, dass du dann da bist.«

»Klar.« Ich drücke seine Hand. »Hat sie gesagt, wann sie kommt?«

»Nein, keine Ahnung. Sie meinte, nach dem Frühstück irgendwann.«

Ich nicke und werfe einen Blick auf das Tablett, das noch nahezu unangetastet auf dem Nachttisch neben dem Bett steht. Einzig eine halb volle Tasse Kamillentee entdecke ich in Reichweite seines Bettes.

»Keinen Hunger gehabt?«, vermute ich und versuche, nicht allzu vorwurfsvoll zu klingen.

Leo schüttelt den Kopf. »Nicht so. Bin schon froh, dass der Tee drin geblieben ist. Ich hab's echt probiert.«

Ich hebe die Hand, um ihm über die Schulter zu streichen. »Ich habe noch niemandem Bescheid gesagt, dass du wieder hier bist«, beginne ich.

Er nickt. »Wir warten, bis wir wissen, was wirklich los ist.«

»Okay. Wir schaffen das schon irgendwie.«

Leo versucht ein Lächeln. »Wie bisher alles andere auch.«

»Max hat gestern alles in Bewegung gesetzt, dass du so schnell wie möglich einen Rücktransport bekommst«, sage ich und merke, wie sich Leos Augenbrauen erstaunt heben.

»Der neue Assistenzarzt?«, wiederholt er ungläubig, und ich nicke.

»Sein Vater arbeitet bei der Luftrettung. Nur seinetwegen ging das so flott.«

»Ach, krass. Sag ihm bitte danke von mir, wenn du ihn das nächste Mal siehst.«

»Werde ich.«

Ich hebe den Kopf, als ich ein Geräusch an der Tür höre und eine dunkelhaarige Ärztin in den Raum kommt.

»So, Herr Wagner.« Sie schenkt auch mir ein kurzes Lächeln. »Guten Morgen. Sie sind die Freundin?«

»Genau.« Ich bringe ein verunsichertes Lächeln zustande.

»Ich würde gerne einen Moment allein mit Ihnen sprechen, Herr Wagner«, beginnt sie, und Leos Griff um meine Hand wird automatisch fester.

»Ich möchte, dass sie dabei bleibt. Wenn das geht.«

»Natürlich. Solange es für Sie in Ordnung ist.«

Ich werfe Leo einen kurzen Blick zu und sehe ihn entschlossen nicken.

»Gut.« Sie zieht die Tür hinter sich ins Schloss, schließt den Stationslärm aus und uns ein, in diese Mischung aus drückender Stille und bedrohlicher Vorahnung.

*

Leonardo

Die nervöse Anspannung ist sofort zurück, als die Ärztin mit den ernsten Augen in mein Zimmer kommt und sich als Dr. Jung, Oberärztin der Nephrologie vorstellt. Ich werde das Gefühl nicht los, sie von irgendwoher zu kennen. Hat sie mich im Winter schon behandelt? Ich weiß es nicht mehr und zwinge mich, nicht weiter darüber nachzudenken, als sie zu sprechen beginnt.

»Ich möchte nun noch einmal ganz in Ruhe und ausführlich mit Ihnen über die Ergebnisse der gestrigen Untersuchungen sprechen. Wenn Sie etwas nicht verstehen, zögern Sie nicht, nachzufragen, ja?«

Ich nicke mechanisch und habe das Gefühl, kein Wort mehr herauszubringen.

»Fangen wir mit den guten Neuigkeiten an. Und mit gut meine ich wirklich äußerst erfreulich. Bei keiner der Untersuchungen haben wir Hinweise auf neue Metastasen in Ihrem Körper gefunden, obwohl der Verdacht anfangs nahelag.« Sie hält einen Moment inne, und unterschwellig weiß ich längst, dass ich trotzdem keinen Grund zur Erleichterung oder gar Freude habe. Meine schlimmsten Befürchtungen bewahrheiten sich, als sie weiterspricht: »Nun zu den weniger guten Ergebnissen. Bereits bei den Blutuntersuchungen ist uns Ihre transplantierte Niere aufgefallen. Und das leider nicht im positiven Sinne.«

»Welchen Befund hat die Feinnadelbiopsie ergeben?«, fragt Mila nach, und ich bin unbeschreiblich froh, dass sie es tut. Ich wüsste erst gar nicht, wie ich die Frage hätte formulieren sollen, ohne dabei wie ein kompletter Laie zu wirken.

»Leider deuten die Laboruntersuchungen der Gewebeproben tatsächlich auf eine Abstoßungsreaktion des Organs hin. Gepaart mit Ihrem Allgemeinzustand und den Blutwerten hat sich dieser Verdacht letztendlich bestätigt. Weshalb Ihr Körper das

Transplantat plötzlich abstößt, ist schwer zu sagen, wir vermuten eine idiopathische …«

Die Ärztin spricht weiter, verfällt wieder in ihr Fachchinesisch, und ich bin raus. Die Welt um mich herum wird seltsam dumpf, fast so, als hätte jemand eine gläserne Glocke über mich gestülpt, durch die ich sehen kann, wie sich Dr. Jungs Lippen bewegen, während Mila mechanisch nickt.

Ich kann mich nicht bewegen, schließe bloß die Augen und spüre fast sofort die Tränen hinter meinen Lidern brennen. Eine Berührung an der Hand lässt mich zusammenzucken. Ich blicke in Milas erblasstes Gesicht und höre, wie sich Dr. Jung leise räuspert.

»Haben Sie das verstanden, Herr Wagner?«

Mein Kopf nickt, obwohl ich keine Ahnung habe, was sie meint.

»Es tut mir aufrichtig leid für Sie. Aber es ist wichtig, dass wir jetzt über Ihre Chancen und Möglichkeiten sprechen und gemeinsam beraten, wie es für Sie weitergehen wird.«

Ich muss mich weiter mit jedem verdammten Atemzug darauf konzentrieren, nicht in Tränen auszubrechen, und tue es fast, als Mila neben mir die Stimme hebt.

»Könnten wir vielleicht einen kurzen Moment allein sein? Bitte …«

»Sicher.« Dr. Jungs Stimme klingt eine Spur sanfter, sie dreht sich Richtung Tür. Mila schließt ihre Hand fest um meine, als wir allein sind. Ihr betroffener Blick geht mir unter die Haut, und das Lächeln, zu dem ich mich zwingen will, misslingt mir völlig.

»Scheiße.«

Mila schluckt schwer, rutscht zu mir, und einen Moment später drücke ich mein glühendes Gesicht an ihre Schulter. Trocken und hart bricht die Verzweiflung in Form von heiseren Schluchzern aus meiner Kehle und lässt meinen angespannten Körper beben. Fast ist es, als stürze in diesen Sekunden alles auf mich ein – die schleichende Vermutung der letzten Tage, die Angst und die Hilflosigkeit, seit ich gestern Morgen aufgewacht bin und wusste, dass da etwas nicht stimmt.

»Es ist nicht fair«, bringe ich unter Tränen hervor und spüre Milas Nicken an meiner Seite.

»Nein.« Ihre Stimme klingt brüchig, und als ich den Kopf hebe, glänzen auch ihre Augen verdächtig feucht.

Noch nie hat sie vor mir die Fassung verloren, wenn ich es getan habe, und plötzlich weiß ich auch, wieso, denn sie nun ebenfalls weinen zu sehen, reißt mir das letzte bisschen Boden unter den Füßen weg.

»Es tut mir so leid, Leo.«

Mila schluckt, blinzelt, doch die Tränen rollen trotzdem, vermischen sich mit meinen, während sie beide Hände an mein Gesicht legt und mich fest ansieht. Ihre Silhouette verschwimmt durch den Tränenfilm vor meinen Augen, und ich kann ihren Blick nicht erwidern, muss mich viel zu sehr darauf konzentrieren, weiter Luft zu holen und mich wieder einigermaßen zu beruhigen.

»Aber wir schaffen das, okay?«

»Das sagst du jedes Mal!«, platzt es aus mir heraus, und meine Stimme bricht, als Mila unter Tränen nickt.

»Ich weiß, und bisher habe ich auch immer recht behalten, oder nicht? Vielleicht gibt es noch eine Möglichkeit. Und immerhin sind es keine Metastasen. Dann hättest du Grund zu heulen, aber nicht deswegen. Unser Glück hängt nicht von deiner beschissenen Niere ab, hast du das verstanden?«

Ich nicke, weil ich weiß, dass sie das jetzt sehen will. Aber ich glaube ihr kein Wort und muss das panische Zittern unterdrücken, während sie mir über die nassen Wangen streicht. Sie wiederholt es wie ein Mantra. Eines, mit dem sie sich selbst belügt, denn ich weiß längst, dass es erneut alles auf den Kopf stellen wird.

Wieder Krankenhaus, wieder Diät, wieder Dialyse.

Vorbei sind die spontanen Wochenendurlaube, die Freiheit, essen und trinken zu können, worauf ich Lust habe, und nicht jeden Milliliter Flüssigkeit, den ich zu mir nehme, zu dokumentieren. Gedankenlos, eben einfach mal jung und spontan sein, ohne ständig Rücksicht nehmen zu müssen. Auf mich und meinen beschissenen Körper, der schon wieder streikt, während das Schicksal hämisch grinsend in der Ecke steht und zischt: *Zu früh gefreut.*

*

Emilia

Leo sitzt mit glasigen Augen vor dieser empathiebefreiten Oberärztin und schaut komplett durch sie hindurch, bekommt mit Sicherheit kein einziges ihrer vielen Worte mit, und so bin ich es, die angespannt nickt und versucht, alles, was sie sagt, irgendwie zu behalten. Noch nie war ich so unkonzentriert wie gerade. Ich kämpfe noch immer gegen die Tränen und meine abschweifenden Gedanken, als mir klar wird, dass sich unser Leben nach diesem Schicksalsschlag erneut um einhundertachtzig Grad wenden wird.

Die Spenderniere muss schnellstmöglich raus, sonst droht Leos Körper aufgrund der Abstoßungsreaktion eine Blutvergiftung. OP-Termin morgen früh, acht Uhr, nüchtern, dreistündiger Eingriff, Vollnarkose. Anschließend Dialyse, mindestens eine Woche Intensivstation, danach ambulante Blutwäsche alle drei Tage. Platz im Nachtdialysezentrum derzeit ungewiss, Wiederaufnahme auf die Transplantationsliste ausgeschlossen – viel zu viele andere Patienten warten ebenfalls auf eine neue Niere. Leo hat seine Chance gehabt. Ende der Diskussion.

Es ist nicht fair.

Seine verzweifelten Worte klingen in meinem Kopf nach, und ich bekomme eine Gänsehaut.

Auf mein Nachfragen erzählt Dr. Jung etwas von unklaren Gründen der Abstoßung, einem möglichen Infekt oder aber stressbedingter Autoimmunreaktion seines Körpers, so genau könne man das nicht sagen. Sprich: Auch sie hat keine Ahnung, warum Leos Körper nun plötzlich gegen das fremde Organ arbeitet. Eine zufriedenstellende Antwort bekomme ich nicht, und so nicke ich nur, kann und will es einfach nicht wahrhaben.

Leo war gesund.

Ist doch eigentlich gesund, wenn man es nicht so genau nimmt, denn zumindest das, wovor ich am meisten Angst hatte, ist nicht eingetreten. Keine neuen Metastasen, der Krebs ist nicht zurück.

Ob ich das nun besser finden soll, weiß ich nicht.

Leos Stimme klingt leer, als er sich nach dem Gespräch bei der Ärztin bedankt, wirkt noch immer völlig apathisch, nachdem sie wieder verschwunden ist und wir allein sind.

»Jetzt kannst du die anderen wohl anrufen«, meint er aus dem Zusammenhang gerissen und klingt dabei so tonlos, dass es mir fast das Herz aus der Brust reißt.

»Soll ich wirklich?«, frage ich, weil mir nichts anderes einfällt, sehe ihn nicken, beinahe drängend, und begreife, dass er jetzt ein paar Minuten für sich braucht.

Beinahe fluchtartig verlasse ich die Intensivstation, muss raus hier und sinke draußen vor dem Haupteingang schwer atmend auf eine der Sitzgelegenheiten.

Als mein Handy irgendwann zu klingeln beginnt, erinnere ich mich, was ich eigentlich hier wollte, und starre mehrere Sekunden lang auf den eingehenden Anruf.

Paolo …

»Emilia? Ich wollte nachfragen, ob …«, beginnt er und hält inne, ohne dass ich auch nur ein Wort gesagt habe.

Die Tränen laufen mir lautlos über die Wangen, und trotzdem klingt meine Stimme erstaunlich fest.

»Die Niere muss raus. Sein Körper stößt sie ab. Morgen ist die OP.«

Einen Moment lang bleibt es still am anderen Ende der Leitung. Ich meine, Silvias fragende Stimme im Hintergrund zu hören, und schließe die Augen, als Paolo nach Luft schnappt.

»Morgen?!« Schockiert hält er inne, und seine Stimme wird etwas undeutlicher, während er im Hintergrund einige schnelle italienische Sätze mit Silvia austauscht.

»Emilia? Bist du noch dran? Wir kommen mit der nächsten Maschine.«

ZWEIUNDZWANZIG

Leonardo

Paolo ist die erste Person, die ich nach dem Eingriff sehe. Ich fühle mich durcheinander und seltsam orientierungslos, meine, es sei nur Sekunden her, dass Mila bei mir war, kurz bevor man mir die durchsichtige Maske auf Mund und Nase gedrückt hat und mein Kopf plötzlich leer wurde. Obwohl ich es eigentlich weiß, schaffe ich es nicht, zusammenzuzählen, dass zwischen diesen Erinnerungen und jetzt die Operation lag. Selten habe ich mich so hilflos gefühlt und bin froh, als ich Paolos Hand an meinem Arm spüre.

Ich will fragen, ob die Niere raus ist, doch bin noch viel zu müde, um zu reden. Als Paolo meint, die OP sei vorbei und alles sei gut gegangen, schaffe ich immerhin so etwas wie ein angedeutetes Nicken. Die Erleichterung, ihn hier zu sehen, treibt mir die Tränen in die Augen, ich schließe sie erschöpft und lausche reglos seinen beruhigenden italienischen Worten, während er mir den Kopf streichelt.

Ich muss noch mal eingeschlafen sein, denn als ich wieder blinzele, ist Paolo weg und mein Kopf nicht mehr so schwer wie zuvor. Meine Lieblingskrankenschwester wurstelt an meinem Arm herum und fragt sofort, wie es mir geht und ob ich Schmerzen habe. Ich verneine, spüre zu diesem Zeitpunkt noch gar nichts und versuche es zu genießen. Ich weiß, dass dieser Zustand nur die ersten paar Stunden nach der Operation anhält, so lange ich noch high von den Narkosemedikamenten bin, ehe es richtig unangenehm wird.

Mila schneit kurz herein, will sich versichern, dass es mir gut geht, und ich schicke sie zurück nach Hause, weil ich weiß, dass sie dringend lernen muss und ich am heutigen Tag sowieso zu nichts mehr zu gebrauchen bin. Ich trinke eine halbe Tasse Tee, tippe eine kurze Nachricht an Jason, der hören will, ob ich okay bin.

Gegen Nachmittag kommen Willem und Élaine für einen kurzen Besuch vorbei.

Sie weint, er ist kurz davor, und irgendwie bin ich fast froh darum, denn so fällt es mir leichter, stark zu bleiben, tapfer lächelnd die Schmerzen wegzuatmen, die mich durchfahren, als ich mich etwas aufsetze und die beiden zum Abschied umarme.

Zum Abendessen bin ich völlig platt. Die Nachtschwester will anschließend, dass ich kurz aufstehe, um den Kreislauf anzuregen, der davon natürlich so gar nicht begeistert ist und ihr glatt einen Strich durch die Rechnung macht, als mir sofort schwarz vor Augen wird. Die Anstrengung gibt mir endgültig den Rest, und gepaart mit den vorangegangenen schlaflosen Nächten falle ich an diesem Abend so unendlich tief, dass mich absolut nichts wecken könnte. Traumlos und schwer legt sich der bleierne Schlaf wie ein Mantel der Erschöpfung um mich und meinen schwerelosen Körper, lässt mich endlich etwas Ruhe finden und gönnt mir zumindest in diesen Stunden eine Pause von den sich im Kreis drehenden, quälenden Gedanken in meinem dröhnenden Kopf.

*

Emilia

Wie ein Häufchen Elend hockt er auf einem der Plastikstühle an der Wand des endlos langen Flurs, die Reisetasche mit seinen Sachen zwischen den Füßen, den Blick auf das weiße Linoleum vor sich gerichtet. Leo hebt den Kopf, als ich in sein Sichtfeld trete, ein Lächeln zuckt an seinen Mundwinkeln, doch seine Augen bleiben traurig. Es zerreißt mir fast das Herz, ihn so zu sehen. Acht Tage nach seiner Nierenexplantation. Ernüchtert, nahezu gebrochen.

»Hey.« Leo erhebt sich von seinem Stuhl, während ich den letzten Schritt auf ihn zugehe.

»Wartest du schon lange?«

Er schüttelt den Kopf und hält still, als ich ihn mit einem kurzen Kuss begrüße. »Keine zehn Minuten.«

»Bist du mit allem durch?«, frage ich und sehe ihn nicken. »War denn das Abschlussgespräch schon, und haben sie dir den Arztbrief …?«

Ich halte inne, als Leo den fingerdicken Briefumschlag hochhält. »Ist alles so weit geregelt.«

»Gut.« Ich zwinge mich zu einem Lächeln. »Dann … wollen wir?«

Leo nickt wortlos und bückt sich nach der Tasche, doch ich bin schneller, als ich sehe, wie er sich unauffällig eine Hand an die OP-Narbe hält. Auch jetzt ist er noch alles andere als schmerzfrei.

»Lass mich das nehmen.«

Obwohl ich ihm ansehe, dass er am liebsten protestieren würde, bleibt Leo still, lässt mich nach seiner Hand greifen, nachdem ich die Tasche geschultert habe, und schweigt den ganzen Weg durch die Klinik bis nach draußen zu seinem Wagen. Wie immer wenn er so wortkarg ist, bekomme ich vor Unbehagen Bauchschmerzen.

Erst als ich nach ihm die Wohnungstür ins Schloss gezogen und die Schuhe abgestreift habe, entspanne ich mich wieder etwas, stelle die Reisetasche im Schlafzimmer ab und folge Leo ins Wohnzimmer, wo er mitten im Raum stehen geblieben ist. Ich verharre einen Moment an der Tür, als ich sehe, dass er die Augen geschlossen hat und tief einatmet, ehe er die Luft langsam wieder entweichen lässt und seinen Blick anschließend einmal durch das Zimmer wandern lässt. Seine Maske beginnt zu bröckeln, als ich näher komme und ihn zögerlich am Unterarm berühre.

»Gut, wieder hier zu sein«, sagt er leise, und ich nicke, mache noch einen Schritt auf ihn zu und nehme Leo kurzerhand in den Arm. Er legt seine Hände fest an meinen Rücken und vergräbt das Gesicht in meinen Haaren.

»Wir schaffen das, Leo«, flüstere ich und spüre sein angedeutetes Nicken. »Solange wir uns haben, schaffen wir das schon irgendwie.«

Ich streichele ihm beruhigend über den Rücken, und als er sich eine kleine Ewigkeit später aus meiner Umarmung löst, glänzen seine Augen verdächtig. Er lässt mich nicht los, drückt mir einen etwas feuchten Kuss auf die Lippen und lässt seine Stirn gegen meine sinken.

Ich weiß nicht, wie lange wir so im Wohnzimmer stehen und uns gegenseitig festhalten. Ich Leo vielleicht etwas mehr als er mich, doch das ist okay, solange ich weiß, dass er es im umgekehrten Fall ebenso tun würde. Draußen prasseln Regentropfen gegen die Fensterschreiben.

Leo fröstelt, und ich koche uns Tee, an dem wir in Jogginghose und Sweatshirt auf der Couch nippen. Auf dem Flachbildschirm flackert eine Serie, die wir schon ewig weiterschauen wollten, und ich erhebe mich nur, um an die Tür zu gehen, als der Lieferant unsere Essensbestellung vorbeibringt.

Zufrieden, satt und müde kuschele ich mich später an Leos Brust, genieße es, wie fest er mich bei sich hält, und lasse mich mehr vom Fernseher berieseln, als dass ich wirklich etwas vom Inhalt mitbekomme. Leo schläft in Rekordzeit ein und wird an meiner Seite immer schwerer. Er bekommt nicht mal mehr mit, wie ich nach der Fernbedienung greife, als vor uns der Abspann des Serienfinales läuft. Mit größter Vorsicht winde ich mich aus seiner Umarmung und wecke ihn natürlich dabei auf. Ich merke, wie er nach einem orientierungslosen Moment wieder weiß, wo er ist, und er willigt stumm ein, als ich vorschlage, nach drüben ins Schlafzimmer umzuziehen. Wir putzen schweigend Zähne. Leo verschwindet schon ins Bett, und ich hole meinen Laptop, um noch ein paar Mails zu beantworten.

Eher beiläufig nehme ich wahr, wie Leo sein Handy nach einiger Zeit weglegt und sich müde neben mir auf der Seite zusammenrollt. Aus meinen drei E-Mails werden fünf. Leos Augen sind geschlossen, sein Atem erneut tief und gleichmäßig, als ich nach getaner Arbeit einen schuldbewussten Blick zu ihm werfe und den Laptop so vorsichtig wie möglich neben dem Bett in meine Tasche schiebe. Das kühle Mondlicht von draußen lässt mich Leos Umrisse erkennen, nachdem ich das Licht meiner Nachttischlampe gelöscht habe und mich vorsichtig neben ihm in die Kissen kuschele. Schweigend betrachte ich sein schlafendes Gesicht, hebe die Hand und streiche ihm mit der Fingerspitze über den Nasenrücken.

»Schlaf gut«, nuschelt er, und nachdem ich zunächst überrascht innehalte, muss ich lächeln und taste unter der Decke nach seiner Hand.

»Du auch.«

Leo versteht meine stumme Aufforderung sofort, legt den Arm um mich und lässt seinen Kopf gegen meinen sinken, nachdem er mich kurz angeblinzelt hat.

Ich sehe zu ihm, als er zu sprechen beginnt und damit zum ersten Mal in Worte fasst, was auch mir seit einigen Nächten schon nicht mehr aus dem Kopf geht, seit er das erste Mal davon gesprochen hat.

»Ich glaube, ich will meinen Nachnamen ändern lassen.«

*

Eine knappe Woche ist vergangen, seit Leo wieder zu Hause ist, und ich habe ihn in diesen Tagen kaum gesehen. Ein bedrohlicher Berg an klausurrelevantem Lernstoff hatte sich wie aus dem Nichts vor mir aufgetürmt. Die Angst vor der anstehenden Wiederholungsklausur im Nacken habe ich ganze Tage und halbe Nächte in der Bibliothek verbracht.

Leo hat mir ein Dutzend Mal versichert, dass das mehr als okay sei und er schon klarkäme. Er war die ersten Tage noch ziemlich müde und hat dennoch jeden Abend für mich gekocht, wenn ich nach dem Lernen nach Hause kam.

Heute war der Tag der Prüfung, Leo musste wieder zur Dialyse, und auf dem Weg dorthin bin ich nun.

Mit einem Skizzenbuch hockt er im Bett, den Graphitstift locker zwischen Zeige- und Mittelfinger wippend. Obwohl er ziemlich in seine Arbeit vertieft wirkt, schiebt er sie sofort zur Seite, als er mich entdeckt.

»Mila. Wie war's? Los, erzähl!«

Ich schaffe es, mein Pokerface zu bewahren, merke, wie Leos euphorischer Gesichtsausdruck Verunsicherung weicht, und ziehe dann den weißen Wisch Papier hinterm Rücken hervor.

»Bestanden?! Ich wusste es!«

Ein erleichtertes Lachen bricht aus mir heraus, Leo zieht mich am Ärmel näher zu sich und greift nach dem Zettel.

»Emilia Faber – hat das sechste Semester des Studiums der Humanmedizin erfolgreich abgeschlossen. Alle Prüfungen bestanden.« Er hält mich noch immer am Jackenärmel, zieht mich näher zu sich, und ich beuge mich schnell vor, als ich merke, dass er den Zugang, über den er an die Dialyse angeschlossen ist, wohl vergessen hat.

»Ich bin so stolz auf dich, Mila.« Leos Lippen fühlen sich unglaublich weich auf meinen an, und befänden wir uns nicht gerade in einem Zimmer voll hochtechnologischer Gerätemedizin, wäre dieser Moment wohl ein ziemlich heißer Kandidat fürs Marmeladenglas.

»Danke«, murmele ich gegen seine Lippen und kann kaum in Worte fassen, wie erleichtert ich war, als ich vorhin mit Bestehen der Nachklausur auch endlich mein Semesterzeugnis ausgehändigt bekommen habe.

Zumindest eine Sorge weniger.

»Warum bist du nicht feiern?« Leos Lächeln wirkt erstaunlich authentisch. Würde ich ihn nicht so gut kennen, hätte ich es ihm wohl wirklich abgenommen.

»Weil die Liebe meines Lebens an ein Dialysegerät gefesselt im Krankenhaus liegt«, antworte ich und sehe, wie er mich schuldbewusst ansieht.

»Das sollte dich nicht davon abhalten. Mir geht's gut, und du solltest einen solchen Tag nicht in einem stickigen Krankenhauszimmer verbringen, sondern draußen mit Freunden und billigem Wein an der Spree.«

»Ich bin aber nicht in der Laune, zu feiern.«

»Dann ruf Phil an und frag ihn, ob er Zeit hat. Oder gib mir dein Handy, dann mache ich das. Bitte, Mila. Die Sonne scheint, es ist ein toller Tag. Geh raus und hab Spaß.«

Ich spiele schweigend mit dem Bändel seiner Jogginghose herum. »Ich mag aber ohne dich keinen Spaß haben.«

»Ich kann dann ja später nachkommen.«

Meine Augenbrauen rutschen missbilligend nach oben, und Leo scheint selbst zu bemerken, wie unglaubwürdig er klingt. Bisher hat er nach den Dialysenachmittagen immer erst noch einmal schlafen müssen.

»Oder ich trinke zumindest 'nen Kamillentee auf dich.« Er ringt sich ein schiefes Grinsen ab, und ich versuche, mein eingefrorenes Lächeln zu bewahren. »Jetzt bist du einfach schon eine halbe Ärztin.« Sein Blick liegt aufmerksam auf meinem Gesicht, und ich nicke wortlos, als ich begreife, dass er recht hat. Die Hälfte meines Studiums ist hiermit offiziell geschafft.

»Verrückt, ja.« Ich sehe ihn an und betrachte sein lächelndes Gesicht. »Wie schnell das alles geht.«

Er nickt leicht. »Wir feiern das definitiv noch richtig. Morgen vielleicht. Okay?«

Die letzten Dialyseminuten vergehen wie im Flug, und kurz darauf, ist Leo bereits wieder von allen Geräten abgestöpselt und darf für heute nach Hause. Er schlüpft in seine Schuhe, und ich beobachte aus den Augenwinkeln, wie er vorsichtig aufsteht. Gerade will ich den ersten Schritt zur Tür machen, als sie bereits geöffnet wird.

»Herr Wagner, einen Moment noch! Da ist Besuch für Sie, ich schicke ihn gleich rein.«

Leo verharrt überrumpelt, und noch bevor er etwas sagen kann, ist der Pfleger bereits wieder verschwunden. Wir wechseln einen kurzen Blick, und Leo zuckt die Schultern. Ich falle fast vom Glauben ab, als ich sehe, wer hereinkommt.

»Paolo?«

»Emilia, schön dich zu sehen. Ich muss euch leider noch einen Moment lang aufhalten.«

Auch Leo starrt seinen Vater ungläubig an. Die Frage, ob er wusste, dass Paolo erneut in Deutschland ist, hat sich damit erübrigt.

»Was machst du denn hier?«

»Ich habe etwas mit dir zu besprechen. Geht's dir gut?«

Leo bringt ein überrumpeltes »Ja« heraus und lässt sich von Paolo zur Begrüßung in eine herzliche Umarmung ziehen. Obwohl er noch immer durcheinander wirkt, ist deutlich zu erkennen, wie sehr ihn seine unerwartete Anwesenheit erdet.

»Sehr schön. Schau mich an, gut siehst du aus.« Paolo mustert seinen Sohn eingehend, wirkt zufrieden und lächelt schließlich. Die angespannte Stille im Raum scheint ihn völlig kalt zu lassen, und ich bin kurz davor nachzuhaken, was um Himmels willen ihn einfach so nach Berlin führt, als er doch von selbst zu sprechen beginnt.

»Ich habe etwas mit dir zu besprechen, Leonardo«, sagt er, und nachdem Leo wortlos genickt hat, zuckt sein Blick wie fragend zu mir.

»Oh, soll ich solange …?«, stammele ich und bewege mich bereits zur Tür, doch Paolo winkt ab.

»Bleib ruhig.«

Leos Blick geht weiter zwischen mir und Paolo hin und her, der ihm bedeutet, sich noch mal zu setzen. Er selbst lässt sich neben Leo auf der Bettkante nieder und räuspert sich leise.

»Lass mich sehen, wie ich am besten beginne. Ich bin um ehrlich zu sein schon seit zwei Tagen hier in Berlin. Verzeiht mir, dass ich nicht Bescheid gesagt habe, aber ich wollte mich erst melden, sobald alles ganz sicher ist. Ich habe verschiedene Ärzte gesehen und einige Untersuchungen gehabt«, beginnt er, und bevor er ein weiteres Wort gesagt hat, fällt es mir wie Schuppen von den Augen.

Oh Gott.

Das kann eigentlich nur eines bedeuten. Mir wird kalt, und ich muss mich am Metallgestänge des Bettes festhalten, so weich sind meine Knie auf einmal. *Wenn es wirklich das ist, was ich denke …*

Ich halte den Atem an, während Leo seinen Vater weiter stirnrunzelnd anschaut.

»Wieso das denn? Fehlt dir etwas?«, hakt er besorgt nach, als Paolo nicht weiterspricht.

»Nein, um Gottes willen. Soeben haben mir die Ärzte erneut bestätigt, dass ich kerngesund bin.« Er legt eine kurze Pause ein, die meine Nerven auf eine Zerreißprobe stellt. »Eine neue Niere wäre das Beste für dich. Fakt ist aber, dass du keine mehr von der Transplantationsgesellschaft bekommen wirst. Was jedoch nicht bedeutet, dass ich dir keine spenden darf.«

Die Zeit scheint stillzustehen, während Leo Paolo anstarrt und kein Wort über die Lippen bringt. Die Farbe ist ihm mit einem Schlag aus dem Gesicht gewichen, und seine Finger zittern plötzlich. Es dauert Sekunden, bis er die Sprache wiederfindet.

»Über so was macht man keine Witze«, bringt er heraus, und Paolo schüttelt den Kopf.

»Definitiv nicht, nein.«

»Du meinst ... Das bedeutet also?« Leo bringt es nicht über die Lippen, und Paolo führt den Satz für ihn zu Ende.

»Das bedeutet also, dass ich meinem Sohn eine meiner Nieren geben möchte.«

Leo schluckt schwer. »Aber ... aber man muss ja erst mal schauen, ob das überhaupt gehen würde, und ...«

»Korrekt, Leo. Deshalb war ich die letzten Tage bei all diesen Ärzten. Wir haben alles überprüft. Ich bin dein perfekter Spender. Die Ärzte wollten, dass ich es dir selbst sage. Einer erneuten Transplantation steht von ihrer Seite aus nichts mehr im Wege.«

Ich schnappe lautlos nach Luft und beiße mir vor lauter Anspannung auf die Unterlippe. Leo hat es komplett die Sprache verschlagen. Als ihm nun die Tränen kommen, heule ich fast mit.

»Echt jetzt?«

Paolo nickt und nimmt ihn erneut in den Arm. Ich muss ordentlich blinzeln, damit meine Augen trocken bleiben. Auch Leo kratzt das letzte bisschen Selbstbeherrschung zusammen, um nicht komplett die Fassung zu verlieren, krallt sich an Paolos Arm fest und hat das Gesicht an seine Schulter gedrückt, während sein Vater ihm über den bebenden Rücken streichelt.

»Oh Gott, das ist ... du meinst das wirklich ernst grade?«, bringt er heraus, als er sich wieder etwas beruhigt hat, und wischt sich über die roten Augen. »Ich meine, das ist schon eine krasse Entscheidung, und so lange kennen wir uns ja auch noch nicht.«

»Ich bin dein Vater, Leonardo«, fällt Paolo ihm beinahe beleidigt ins Wort. »Es steht für mich komplett außer Frage, dir zu helfen, wenn ich schon die Möglichkeit dazu habe.« Paolos Worte bringen mich zum Lächeln, doch was er als Nächstes sagt, lässt mich innehalten. »Allerdings unter einer Bedingung.«

Leo wird ebenfalls schlagartig wieder ernst und starrt ihn einen Moment lang an, ehe er nickt. »Die da wäre?«

Paolo dreht sich leicht zur Seite und nickt in Richtung Tür. Wen ich nun hereinkommen sehe, hätte ich wohl als Allerletztes hier erwartet.

Die zierliche Statur, die hellen Augen. Mir klappt der Mund auf.

Leo wird noch eine Spur blasser, als er seine Mutter erkennt.

Paolo tritt neben Daniela. »Ich verlange, dass du dir anhörst, was sie dir zu sagen hat.«

DREIUNDZWANZIG

Leonardo

Das Herz schlägt mir bis zum Hals, als Paolo die Tür hinter sich und Mila zugezogen hat und wir plötzlich ganz allein sind. Meine Gedanken kreisen, und ich habe völlig ausgeblendet, dass Mama noch immer total verloren in der Mitte des Zimmers steht.

»Darf ich, Leo?«, fragt sie und deutet auf den Stuhl neben meinem Bett. Ich zucke zusammen, nicke fahrig und verkrampfe mich, als sie sich nur einen halben Meter neben mir setzt. Instinktiv will ich weiter wegrutschen und lasse es nur, weil ich weiß, wie sehr sie das verletzen würde.

Sie hat dir nie etwas getan, Leo.

Außer der Tatsache, dass sie eben nie etwas getan hat.

Ich atme unauffällig tief durch und überlege, was ich jetzt sagen soll, als sie schon zu sprechen beginnt.

»Es tut mir leid, dass wir dich so überrumpelt haben. Das war wirklich nicht die feine englische Art, aber ich wusste mir nicht anders zu helfen.«

Mir fallen da noch ein paar andere Dinge ein, die nicht die feine englische Art waren …

Ich nicke. »Schon okay.«

»Ich möchte mich auch gar nicht dafür rechtfertigen, was damals geschehen ist. Das ist mir wirklich wichtig. Es tut mir wahnsinnig leid, dass ich mich nicht für dich eingesetzt habe, als es darauf ankam. Es ist die wichtigste Aufgabe einer Mutter, ihre Kinder zu beschützen, und bei dir habe ich auf ganzer Linie versagt, Leo. Ich bereue das jeden Tag zutiefst, das musst du mir bitte glauben.«

Ihre hellen Augen schwimmen schon jetzt in Tränen. Paolos Neuigkeiten haben mich derart aufgewühlt, dass ich es diesmal nicht schaffe, kalt zu bleiben.

»Aber warum hast du's denn nicht wenigstens versucht?«, presse ich heraus und klinge so verletzt, dass Mama zusammenzuckt.

»Das habe ich doch, das habe ich wirklich! Aber das hat nichts genützt. Er hat irgendwann begriffen, dass er mich um ein Vielfaches mehr verletzen kann, indem er dir wehtut anstatt mir. Er war nicht blöd, Leo, genau das war das Problem.«

»Aber du hättest dir Hilfe holen können.« Ohne es zu merken, bin ich laut geworden. »Die Polizei einschalten oder dich irgendjemandem anvertrauen … Élaine zum Beispiel!«

»Leo, das ging nicht. Ich habe es genau ein Mal versucht. Du warst neun, und es war ein paar Tage her, dass er dich das erste Mal angefasst hat. Ich hatte seit längerer Zeit eine Tasche auf dem Dachboden stehen mit Kleidung für uns beide, Geld, den Reisepässen und Paolos Adresse. Es war alles perfekt durchgeplant, und an diesem Mittag habe ich beschlossen, es zu versuchen. Ich weiß nicht, wie ich so leichtsinnig sein konnte. Es hätte sicherere Zeitpunkte gegeben, Momente, in denen er auf keinen Fall davon mitbekommen hätte, denn damals hatte ich noch verhältnismäßig viele Freiheiten. Das Taxi war gerade da, du saßt schon hinten drin, als sein Auto plötzlich die Straße hochkam.«

Mama hält inne, und mir wird eiskalt. Davon hat sie noch nie erzählt, und ich kann mich an nichts erinnern. *Oder?*

Das Knallen der Autotüren und sein grober Griff um meinen Arm. Es könnte jeder beliebige Tag gewesen sein oder eben dieser, von dem sie gerade spricht …

»Er war ganz freundlich und ruhig, wie ausgewechselt, hat dem Taxifahrer eine Entschädigung in die Hand gedrückt, und da wusste ich, dass von nun an alles anders sein würde. Hätte er wenigstens so aufbrausend reagiert wie immer, hätte der Fahrer vielleicht bemerkt, dass wir Hilfe brauchen. Aber er wusste genau, was er tat. Er wusste, dass ich ihn austricksen wollte, er wusste, dass ich plante, mit dir abzuhauen. Er wusste plötzlich alles, und unsere einzige reale Chance war vertan. Zurück im Haus war er weiter so ruhig, aber dann ging es los. Ich dachte an diesem Tag wirklich, er tötet mich. Er hat gedroht, dir etwas anzutun, sollte ich noch mal versuchen, abzuhauen oder die Polizei zu verständigen. Dir oder Ben und Charlie. Und ich wusste, er meint es ernst, Leo.«

Stocksteif hocke ich vor Mama, die sich noch immer die Tränen von den Wangen wischt. Erst allmählich wird mir das Ausmaß der psychischen Gewalt bewusst, in der er sie hatte. Längst ist mir kotzübel.

»Aber warum hast du vor Gericht dann für ihn ausgesagt?«

»Weil es zu deinem Besten war! Weil ich wusste, dass du nur so weit weg kommen würdest, und zwar von uns beiden. Bevor die Polizei kam, hat er gesagt, er würde uns überall wieder finden, wenn ich mich jetzt gegen ihn stelle. Und ich … ich habe ihm geglaubt! Ich hatte so große Angst vor ihm, dass ich ihm geglaubt habe …« Mamas Stimme versagt.

Ohne zu wissen, was ich tue, rutsche ich etwas zu ihr. Es fühlt sich an wie ein Stromschlag, als meine Haut auf ihre trifft und ich nach ihrer Hand greife. Es passiert einfach.

»Und es war okay, weil ich wusste, dass du in Sicherheit warst. Du konntest in Berlin dein Leben leben, warst bei Ben und Élaine, die sich um dich gekümmert haben. Das war alles, was mir wichtig war.«

»Du bist jetzt auch in Sicherheit.« Meine brüchige Stimme macht, dass sie endgültig in Tränen ausbricht und den Kopf senkt.

»Es tut mir leid, Leo, so schrecklich leid. Mir war nicht klar, dass es für dich so aussah, als wärst du mir egal gewesen. Das warst du nie! Zu jedem Zeitpunkt warst du mir wichtiger als mein eigenes Leben. Ich wusste nicht, dass du so darunter leiden würdest, zu denken, David sei dein richtiger Vater. Ich habe das alles erst kürzlich von Ben erfahren, die Albträume und deine Angst, so zu sein wie er. Wenn ich gewusst hätte, du könntest so etwas denken, hätte ich dir von Paolo erzählt. Ich wusste nur, dass es alles nur noch schlimmer gemacht hätte. Irgendwann hättest du angefangen, mehr und mehr Fragen zu stellen, verlangt, Paolo zu treffen, und was David dann getan hätte, will ich mir lieber gar nicht erst vorstellen.«

Schweigend nicke ich und kann ihren Konflikt plötzlich verstehen.

»Oder wenn ich früher von deiner Krankheit gewusst hätte ... Vielleicht hätte man dir dieses Dilemma mit der ersten Niere ersparen können. Ich ... ich habe mich auch testen lassen. Paolo ist genetisch ein besserer Treffer für dich, und sicher nimmst du seine Niere lieber. Aber sollte sie irgendwann ihre Funktion einstellen – ich habe mich informiert, ein Nierentransplantat hält in der Regel etwa fünfzehn bis zwanzig Jahre –, könnte ich dir noch eine von mir geben, falls du das willst.«

Mama hält inne, als ich das Gesicht in den Händen verberge und den Schluchzer dennoch nicht unterdrücken kann. Ich kann die Tränen nicht zurückhalten, als Mama mich nach einer Sekunde des Zögerns in den Arm nimmt.

»Du warst schon immer so stark, Leo«, sagt sie und tut schließlich nichts weiter, als mir leicht über den Rücken zu streichen, während ich mir alles von der Seele weine.

VIERUNDZWANZIG

Leonardo

Der fünfzehnte August geht als der Tag in die Geschichte ein, an dem ich zum ersten Mal froh darüber bin, im Krankenhaus zu sein und eine mehrstündige OP vor mir zu haben. Es macht mir nichts aus, dafür nüchtern zu bleiben, ich bin so nervös, dass mir sowieso schon die ganze Nacht übel ist, und wenn ich daran denke, dass innerhalb der nächsten Minuten wohl die Schwester kommen wird, um erst mich und dann Paolo in den OP-Bereich zu bringen, krampft sich mein Magen unangenehm zusammen.

»Aufgeregt, Bambino?«, hat Paolo gefragt, nachdem die Schwester heute Morgen zu einer unmenschlichen Zeit in unser Zweibettzimmer kam, um die üblichen Geschichten wie Blutdruck, Puls und Temperatur bei uns beiden zu kontrollieren. Am Abend vor der großen OP wurden wir stationär aufgenommen, hatten noch Vorgespräche mit den Anästhesisten und Chirurgen, und bis zuletzt saß die kleine gemeine Angst in meinem Hinterkopf, Paolos Niere passe aus irgendeinem Grund doch nicht zu mir.

Noch immer traue ich mich nicht, meine Bedenken vollständig über Bord zu werfen, bemühe mich, unbeschwert zu wirken, obwohl ich mir sicher bin, dass Mila genau merkt, wie angespannt ich innerlich bin. Sie ist selbst etwas blass um die Nase, doch versucht mich abzulenken, während sie auf meiner Bettkante sitzt und mir die Fotos von Jason und Jonna zeigt, die Alessa ihr gestern Abend geschickt hat.

Neben dem zweiten Bett im Raum sitzt Silvia auf einem Stuhl, sichtlich angespannt. Sie scheint Krankenhäuser noch weniger ausstehen zu können als ich und zupft an Paolos Bettwäsche herum.

Wir zucken alle zusammen, als die Tür nach einem kurzen Klopfen auffliegt und eine OP-Schwester hereinschneit. Der Anblick ihres mintgrünen Mundschutzes und Haarnetzes genügt, dass ich plötzlich doch nicht mehr so sicher bin, ob das alles eine gute Idee ist.

Ich zwinge mich tief durchzuatmen.

»So, Herr Wagner, ich muss Sie nun entführen.«

Milas Griff um meine Hand wird fester, als die OP-Schwester näher kommt.

»Wir haben leider nicht besonders viel Zeit.«

Mila nickt fahrig. »Ich kann doch noch mitkommen?«

»Bis zur OP-Schleuse, ja.«

Silvia ist bereits aufgesprungen, und auch Paolo setzt sich noch mal auf.

»Leo.« Ich lasse mich von ihm in eine letzte Umarmung ziehen. »Du machst das schon.«

Ich nicke und drücke ihn fester. »Du auch. Bis nachher.«

Er lächelt mir ermutigend zu und setzt mir das Haarnetz auf, das ich im OP tragen muss.

Die Schwester schiebt das Bett an, ein letzter Blick zu Paolo und Silvia, dann geht alles ganz schnell. Wie im Film ziehen die Stationsflure an mir vorbei, mein Kopf ist leer, und dennoch überschlagen sich die Gedanken, zumindest so lange, bis Mila sich vor den Toren zum OP-Trakt zu mir beugt und ich während unseres Abschiedskusses die Augen schließe.

»Mach ja keinen Scheiß, hörst du?«, flüstert sie, und ich deute ein Kopfschütteln an.

»Ich doch nicht.«

Ihr entfährt ein bitteres Lachen. »Nie, ich weiß schon.«

»Wir sehen uns gleich«, verspreche ich, und Mila nickt, drückt mir einen weiteren Kuss auf die Nase und richtet sich dann wieder auf. Der heutige Tag lässt sie bei Weitem nicht so kalt, wie sie tut, und wenn ich eines weiß, dann wie wenig sie es haben kann, die Angehörigenrolle einnehmen zu müssen.

Unsere Finger lösen sich, als das Bett wieder angeschoben wird, ich erhasche einen letzten Blick auf Milas Gesicht, dann sind wir schon in der Welt hinter der Schiebetür mit der dicken Aufschrift: *Kein Zutritt – OP.*

Langsam fühle ich mich hier fast schon heimisch und werde unerklärlich ruhig, als man mein Bett schließlich in die Schleuse zum Saal schiebt. Der Anästhesist beginnt mit der Narkose, ich werde doch wieder nervös und merke dann, wie die Medikamente direkt knallen. Mir wird schwindelig, und ich bin froh zu liegen, schließe meine schwitzigen Finger vorsichtshalber um den Rand der Liege, als sich der Raum leicht zu drehen beginnt.

»Tief durchatmen, Herr Wagner«, höre ich die fremde Stimme hinter mir und nicke leicht. »Denken Sie an etwas Schönes, den letzten Urlaub vielleicht?«

Kurz versuche ich wirklich noch zu überlegen, merke dann, wie meine Gedanken zäher werden und ich endlich ruhiger. Wie immer geht es unendlich schnell, und ehe ich mich versehe, wird es um mich herum erst schwarz, dann still, als ich einschlafe und plötzlich mich selbst auf der Terrasse in die Südtiroler Dolomiten blicken sehe, neben mir Paolo …

*

Emilia

Kann es sein, dass Uhren langsamer werden, je öfter man einen Blick auf sie wirft?

Allmählich befürchte ich, dass es genau so ist. Ich weiß nicht, wie oft ich in den letzten drei Stunden schon am Rande eines Nervenzusammenbruchs war.

Lediglich Silvia scheint es noch schlimmer zu gehen als mir. Wie ein einziges Nervenbündel hockt sie auf einem Stuhl neben mir, knetet nervös ihre Hände und zuckt jedes Mal zusammen, wenn ein Arzt in grüner OP-Kluft aus der Schiebetür auf uns zusteuert.

»Gott, wie hältst du das nur jedes Mal aus, Mila?«, stöhnt sie, als erneut andere Wartende Ziel des Arztes sind.

»Ich weiß es nicht.« Ausdruckslos starre ich an die Wand uns gegenüber. Ich kann es wirklich nicht sagen, und diesmal ist alles irgendwie noch viel schlimmer.

Vielleicht liegt es daran, dass ich diesmal gleich um zwei Menschen bangen muss, die sich beide einem ähnlich langen und komplizierten Eingriff unterziehen. Zwar ist Paolo topfit und gesund, doch mit seinen siebenundfünfzig Jahren eben auch nicht mehr der Jüngste. Für ihn ist es die erste Operation überhaupt, und Silvia sorgt sich schrecklich um ihn.

Ich will gerade vorschlagen, zur Ablenkung einen Kaffee trinken zu gehen, als sich die Türen erneut zischend öffnen und ein Bett herausgefahren wird. Silvia springt auf, und ich tue es ihr gleich, als ich Paolo erkenne. Ich erfasse die Lage mit einem Blick und werde ruhiger, als ich nichts Besorgniserregendes erkennen kann. Silvia wirkt, als würde sie sofort zu ihrem Mann stürzen wollen, hält sich aber zurück. Eine der Ärztinnen kommt zu uns.

»Die Operation ist hervorragend verlaufen, Frau Vassallo. Ihrem Mann geht es gut, er war schon kurz wach und hat nach Ihnen gefragt. Besser hätte es nicht laufen können.«

»Oh Gott, danke! Ich danke Ihnen vielmals.« Silvia fällt der überraschten Anästhesistin beinahe um den Hals, und auch ich atme erleichtert auf.

»Gehen Sie ruhig zu ihm.«

Silvia nickt, will sich schon umdrehen, hält dann jedoch inne und schaut zu mir.

»Haben Sie schon gehört, wie es …?«, beginne ich, stocke jedoch, so nervös bin ich plötzlich, aber die Ärztin hat längst verstanden.

»Ihr Freund ist noch im Saal, die Kollegen werden noch ein wenig brauchen. Bislang sah aber ebenfalls alles sehr zufriedenstellend aus.«

»Wissen Sie vielleicht, wie lang sie ungefähr noch brauchen?«

»Tut mir leid, da kann ich Ihnen leider keine Auskunft geben.«

Ich nicke und versuche mich auf ihre ermutigenden Worte zu konzentrieren. »Okay. Danke.«

Die Ärztin folgt ihren Kollegen in Paolos und Leos Zimmer, und Silvia zögert.

»Du solltest zu ihm gehen«, meine ich und zwinge mich zu einem Lächeln. »Ich warte hier.«

»Leo schafft das, Mila.« Silvia legt mir kurz die Hand auf die Schulter, und ich nicke zuversichtlich.

Allein im Wartebereich zu sitzen, macht alles noch viel schlimmer. Zumindest denke ich das, doch wen ich sehe, als ich mich wieder setzen will, lässt mein Herz stolpern. Jojo, ebenfalls in OP-grün, zieht sich gerade den Mundschutz herunter und steuert auf mich zu.

»Na?« Er begrüßt mich mit einer Große-Bruder-Umarmung und sorgt dafür, dass ich sofort ruhiger werde.

»Was machst du denn hier?«

»Narkosen«, erklärt er das Offensichtliche und grinst mich an. Noch ehe ich etwas sagen kann, spricht er weiter und klingt dabei ernster. »Gerade hatte ich eine Lücke und konnte einen

Blick bei Leo reinwerfen. Er schlägt sich wacker, ist stabil und ein sehr braver Patient.«

Die ersten Ecken des Felsens auf meiner Brust beginnen zu bröckeln.

»Sie rechnen noch mit mindestens einer Stunde und bringen ihn dann direkt her.« Jojo lächelt mich zuversichtlich an. »Es wird alles gut, Mila.«

Er greift kurz nach meiner Hand, drückt sie, und ich könnte ihm erneut um den Hals fallen.

»Danke, Jojo«, presse ich stattdessen heraus, sehe ihn eine wegwerfende Handbewegung machen und sich wieder umwenden.

»Ich muss leider zurück, der OP-Plan ist straff. Sobald ich raus bin, schaue ich bei euch vorbei, ja?«

Obwohl er keine drei Minuten da war, hat Jojo mit seiner Anwesenheit alles so viel erträglicher gemacht.

Ich habe keine Gelegenheit, mich zu setzen, da Silvia mich mit zu Paolo holt.

Ich bin erstaunt, wie wach er schon wieder ist. Er versichert uns mehrmals, dass es ihm gut geht, und darüber bin ich mindestens so froh wie Silvia, die die ganze Zeit über nicht von seiner Seite weicht.

Weitere anderthalb Stunden vergehen, in denen Paolo immer fitter wird, kaum Schmerzen hat und sogar schon etwas trinkt. Ich bin so erleichtert, dass ich kurzzeitig das Bangen um Leo vergesse, zumindest so lange, bis ich höre, wie es draußen auf Station lauter wird. Das Herz rutscht mir in die Hose, als ich sehe, dass sie mit ihm kommen. Diesmal bin ich diejenige, die zuerst aufspringt und panisch auf den kleinen Auflauf aus Ärzten und Pflegern blickt, die Leos Bett nun an seinen Platz bringen. Ich trete zur Seite, obwohl ich am liebsten sofort zu ihm würde, aber verharre lediglich schweigend neben Silvia an der Tür. Ich nehme kaum wahr, wie sie beruhigend nach meinem

Arm greift, habe stattdessen nur Augen für Leo, der noch zu schlafen scheint und nun in Rekordgeschwindigkeit verkabelt und an alle Geräte angeschlossen wird. Ich versuche, möglichst viel von der kurzen Übergabe des OP-Teams an die Stationsbelegung mitzubekommen, kann mich jedoch kaum auf all die Worte konzentrieren und starre lediglich auf Leos blasses Gesicht. Eine der Schwestern steht dicht bei ihm, und er öffnet auf ihre leise Frage, ob er Schmerzen habe, blinzelnd die Augen, deutet ein Kopfschütteln an und schließt sie wieder. Sie hebt den Blick und sucht meinen, winkt mich zu sich und schenkt mir ein Lächeln.

»Es ist alles gut gegangen. Er hätte seine Sache nicht besser machen können. Bleiben Sie ruhig bei ihm.«

Ich nicke und schlucke die Tränen hinunter, kann den Felsbrocken hören, der mir polternd vom Herzen fällt, und bin zittrig, als ich mich auf Leos Bett zubewege. Mit seiner eiskalten Hand rechne ich bereits, doch nicht damit, dass er sofort den Kopf in meine Richtung dreht. Die Augen hat er noch geschlossen, aber der Anflug eines Lächelns zuckt über seine blassen Lippen. Ich weiß nicht, wie er mich sofort erkannt hat, doch spüre, wie er meine Hand bestätigend drückt, als wolle er mir versichern, dass er okay ist.

Er blinzelt erneut und zieht leicht die Stirn kraus, als er die Augen nun öffnet und sein Blick auf meinen trifft.

»Nicht weinen, hey«, nuschelt er und macht es damit nur noch schlimmer. Ich versuche, mir die Tränen wegzuwischen, doch neue kommen sofort nach. »Hab dir doch versprochen, wir sehen uns gleich.«

»Oh Gott, ich bin nur so froh«, bringe ich heraus.

»Wie geht's Paolo?«, murmelt Leo, der weiter sichtlich gegen die Müdigkeit ankämpft.

»Gut, schon wieder richtig gut, zum Glück. Er ist auch hier, neben dir.« Ich werfe einen suchenden Blick über die Schulter und traue meinen Augen kaum. Eine der Schwestern hilft Paolo gerade aus dem Bett in einen der Lehnstühle, den sie nun auf sein Verlangen zu Leo schiebt. »Schau mal.«

Leo schafft es, erneut die Augen zu öffnen, wirkt eine Spur wacher, als er Paolo erkennt, und ich mache ihm Platz.

»Ciao, Bambino«, begrüßt er ihn mit einem Lächeln und greift an meiner Stelle nach seiner Hand.

»Geht's dir gut?«, will Leo mit müder Stimme wissen, doch scheint schon wieder so klar wie selten zuvor.

»Ja, mach dir keine Sorgen. Dir auch?«

»Ja«, nuschelt Leo. »Nur noch bisschen müde.«

Paolo will seine Hand zurückziehen, doch Leo hält sie fest. Mir ist erneut zum Heulen zumute, und Silvia neben mir streichelt mir über die Schultern, während wir die Szene zwischen den beiden beobachten.

»Schlaf dich aus, Leo. Wir haben es geschafft.«

FÜNFUNDZWANZIG

Leonardo

Mit einem unbeschreiblichen Strahlen schiebt sich Mila durch die Glastür des Copyshops zurück nach draußen, beide Arme um die Din-A4-formatigen Bücher geschlungen, die sie fest an sich gedrückt hält. Ihr Blick sucht meinen, und ich komme auf sie zu.

»Na?« Gespannt sehe ich Mila an, deren Grinsen daraufhin noch breiter wird, und nehme ein Exemplar, das sie mir entgegenstreckt.

»Es ist so krass, oder?« Sie hüpft aufgedreht auf der Stelle, und ich nicke wortlos, streiche mit den Fingerspitzen über die Prägung des Einbands und schüttele sprachlos den Kopf. *Dissertation zur Erlangung des medizinischen Doktortitels, vorgelegt von Emilia Faber.*

Sie hat es tatsächlich durchgezogen. Ihre Euphorie steckt mich an. Voller Stolz ziehe ich sie zu mir, um ihr einen Kuss auf die Lippen zu drücken.

»Du hast es geschafft«, murmele ich und spüre ihr Lächeln.

»Noch nicht ganz, aber fast.«

»Egal«, entgegne ich. »Für mich bist du schon eine Dr. med.«

»Du bist süß.« Mila küsst mich mit kleinen kurzen Küssen zurück und wirft dann wieder einen Blick auf die Bücher in ihrem Arm. »Ich bin so froh.«

Die Anspannung, die von ihr abfällt, ist beinahe mit Händen zu fassen, und sie lacht überrascht, als ich sie zu mir ziehe und ein Stück hochhebe, ehe ich sie küsse.

»Leo, vorsichtig!« Sie legt die Hände an die Stelle meines Beckens, das seit August meine neue Niere beherbergt. »Du sollst doch noch aufpassen.«

»Alles gut.« Ich greife nach ihren Händen und sehe ihr in die Augen. Es geht mir wirklich gut. Insbesondere seit ich aus der mehrwöchigen Reha zurück bin, die ich in derselben Klinik wie Anfang des Jahres verbracht habe. Diesmal jedoch gemeinsam mit Paolo, da sich auch für ihn mit nun nur noch einer Niere gewisse Dinge umstellen. Da ich bereits wusste, was auf mich zukommt, und diesmal nicht allein war, konnte ich die Zeit vollends genießen und mich besser auf die Behandlung einlassen. Neben dem üblichen Programm hatte ich so viel Zeit mit Paolo. Es kommt mir vor, als würde ich ihn bereits mein Leben lang kennen. Beinahe unvorstellbar, dass ich vor einem halben Jahr noch nicht einmal von ihm wusste.

Vermutlich ging es mir noch nie so gut wie zurzeit, denke ich, als ich Mila nun betrachte, ihr Strahlen sehe und die Erleichterung teile, die in ihrem Blick liegt. Was habe ich nur für ein unbegreifliches Glück? Diese Frage kam mir in den letzten Wochen immer wieder, und beantworten kann ich sie nicht. So viel hat sich in den letzten Monaten für mich verändert. Manchmal kann ich es kaum begreifen. Ich frage mich, womit ich das verdiene, und habe zumindest auf diese Frage eine Antwort für mich gefunden.

Weil ich genug bin.

Weil ich genug und es wert bin, geliebt zu werden, so viel Glück zu erfahren, nach allem, was bisher schiefgelaufen ist. Tränenreiche Gesprächstherapien, die ich gemeinsam mit Paolo besucht habe, waren nötig, um mir das endlich klarzumachen. Ich habe es verdient, dieses Leben zu führen.

An diesem Abend kann ich es so sehr genießen wie selten zuvor. Kleine Lampions aus weißem Papier hängen zwischen den Bäumen und tauchen den Garten in magisches Licht, spiegeln sich auf der unbewegten Oberfläche des Heiligen Sees und heben sich vom blauschwarzen Himmel ab.

Lachende Stimmen füllen die nächtliche Stille, ich kenne und vertraue jeder einzelnen von ihnen, sehe mich um und möchte, dass all das für immer bleibt. Dieses Fest ist eine Mischung aus allem, was wir mit unseren besten Freunden zu feiern haben – Mila die Fertigstellung ihrer Doktorarbeit, ich meine Rückkehr nach Berlin und wir gemeinsam den nahezu vollendeten Umzug in die Potsdamer Villa.

Die Idee, unsere Freunde und Familien einzuladen, kam uns spontan, und umso erstaunter bin ich, trotz der kurzfristigen Einladung fast alle heute hier zu sehen. Jason und Alessa – ohne Jonna, die ebenso wie Jojos und Louisas Tochter heute von einer Babysitterin betreut wird. Neben ihnen Phil, Sven und Toni. Ben und Charlie sitzen daneben, zwischen ihnen Mama, deren Anspannung sich im Laufe des Abends immer mehr legte, Silvia und Paolo neben Willem und Élaine sowie Julia und Martin, die extra von Amrum angereist sind. Eine bunte Mischung aus Freunden und Familie, alter und ganz neuer, und das Wunderbarste daran ist, dass sie sich alle blendend verstehen.

Ich kann den Moment nur kopfschüttelnd betrachten, versuche ihn aufzusaugen und in mein Marmeladenglas zu packen, denn so ausgeglichen und froh habe ich mich selten zuvor gefühlt. Mein Bauch wird warm, als sich von hinten zwei Arme um mich schieben. Ich schließe die Augen, muss lächeln und wende den Kopf leicht zur Seite.

»Du siehst so glücklich aus«, flüstert Mila, und ich nicke.

»Ich bin's auch«, gebe ich zu und spüre, wie sie den Kopf für einen Moment an meine Schulter legt. »Und du?«

»Ich auch. So sehr. Alles ist perfekt.«

Ich lege meinen Arm um ihren schmalen Körper, ziehe sie enger zu mir und drücke ihr einen Kuss auf die Schläfe. Paolo hat sich zu uns umgedreht. Erst scheint er den vertrauten Moment zwischen uns nicht stören zu wollen, dann winkt Mila ihn schon zu uns und hat sich etwas von mir gelöst.

»Danke noch mal für die Einladung, ihr zwei«, meint er und lässt den Blick über unsere Umgebung wandern. »Ihr habt es wirklich wunderschön hier.«

»Nicht wahr?« Mila schmiegt sich erneut leicht in meinen Arm. Diese Worte aus ihrem Mund zu hören, macht mich noch glücklicher. Nachdem sie dem Umzug in die Villa anfangs so kritisch gegenüberstand, bin ich nun einfach nur froh, dass sie sich doch noch mit dem Gedanken anfreunden konnte. Sie hat die Vorbereitungen für das Fest regelrecht an sich gerissen und mit einer solchen Hingabe geplant, stundenlang in der Küche gestanden, gebacken und gekocht, dass ich fast schon ein schlechtes Gewissen hatte.

»Du wolltest mir noch das Atelier zeigen«, erinnert er mich nun, und ich nicke sofort.

»Stimmt. Wollen wir kurz?«, schlage ich vor, doch Mila hält mich zurück.

»Wollt ihr Silvia nicht auch mitnehmen?«

»Natürlich wollen sie das!« Silvia kommt bereits zu uns und legt den Arm um die Hüfte ihres Mannes. Ich grinse und führe die beiden nach drinnen ins Atelier, lasse Milas Hand die ganze Zeit über nicht los, während sie sich umsehen. Vor einer der Kleiderpuppen in der Mitte des Raums bleibt Silvia stehen, betrachtet das bodenlange Kleid aus eng anliegender schwarzer Spitze, das ich damals an Mila im Kiezkind-Atelier gefittet habe. Eine halbe Ewigkeit scheint das schon wieder her zu sein …

»Wow«, murmelt sie beeindruckt. »Das gefällt mir. Und das hast du gemacht, Leo? Ist es Teil der Kollektion?«

Auf mein Kopfschütteln merke ich Milas verwunderten Blick.

»Danke.« Ich lächele. »Das wird Mila in Mailand tragen.«

SECHSUNDZWANZIG

Emilia

Alessandra Facchinetti ist die vierte Person an diesem Abend, die mich fragt, von wem dieses atemberaubende Kleid ist, das ich trage, und es fühlt sich völlig surreal an, als ich daraufhin Leos Namen nenne.

»Alter.« Jason schüttelt ungläubig den Kopf, sobald wir ein paar Schritte weitergegangen sind. »Wenn Leo das hört …«

Der ist schwer beschäftigt mit den letzten Vorbereitungen im Backstagebereich, während wir unsere Plätze am Laufsteg einnehmen. Jason und Alessa haben Jonna zu Alessas Eltern gebracht und sind heute Morgen mit mir nach Mailand geflogen. Leo ist mit Willem bereits seit vorgestern hier. Neben uns sitzen Silvia und Paolo, die das bunte Treiben sprachlos betrachten und genauso überfordert wirken, wie ich mich auf meiner ersten Fashion Week gefühlt habe.

Die Gespräche der mehreren Hundert Gäste ebben ab, als irgendwann die Lichter ausgehen und ein dumpfer Bass einsetzt. Ich bekomme sofort eine Gänsehaut und tauche für die nächsten fünfzehn Minuten in eine komplett andere Welt ab. Eine Welt, die Leo ganz allein geschaffen hat. Zwischen Uni, Privatleben und Krankenhaus, und wieder einmal wird mir klar, was er eigentlich für ein krasser Mensch ist. Jedes seiner Kleidungsstücke besitzt einzigartige Details und fügt sich doch perfekt in diese Einheit seiner neuen Kollektion. Wie immer erkenne ich ihn in jedem einzelnen seiner Entwürfe wieder.

Als er nach der Show unter tosendem Applaus auf den Laufsteg tritt und sich im Blitzlichtgewitter verbeugt, kann ich nicht ruhig sitzenbleiben. Ich bin so unfassbar stolz auf ihn und fange seinen Blick auf, der einen Moment lang suchend durch die Reihen geht. Er strahlt noch, als ich ihn Minuten später backstage treffe, schüttelt Dutzende Hände und verteilt Küsschen links und rechts. So dauert es eine halbe Ewigkeit, bis er endlich einen Moment nur für uns zwei findet, ich ihm einen Kuss auf die Lippen hauche und seine Hände um meine Taille spüre.

»Leo, das war großartig. Herzlichen Glückwunsch!«

»Danke.« Er lächelt mich an und nimmt meine Hand. »Komm mal mit.«

Ich lasse mich von ihm durchs Getümmel ziehen, folge ihm bis nach draußen, wo ein dunkler Mercedes steht, aus dem nun ein Fahrer springt und Leo den Schlüssel überreicht.

Er bedankt sich und öffnet mir die Beifahrertür.

»Wohin fahren wir?«

»Lass dich überraschen«, erklärt er.

»Was ist mit deiner After-Show-Party?«

»Die wird heute leider ohne uns stattfinden müssen.« Leo schließt die Tür, als ich eingestiegen bin, geht raschen Schrittes um den Wagen herum und startet den Motor, als er neben mir sitzt. Er will mir immer noch nicht verraten, wohin es geht. Ich vermute, wir gehen zur Feier des Tages schick essen, und merke spätestens, dass ich falschliege, als wir Mailands Zentrum hinter uns lassen und Leo den Wagen auf die breite Autobahn lenkt.

»Leo …«

Er dreht den Kopf etwas zu mir.

»Was wird das?«

»Dein nachträgliches Geburtstagsgeschenk.«

Ich bleibe ratlos neben ihm sitzen, grübele weiter, was er vorhaben könnte, und studiere die Autobahnschilder, die an uns vorbeifliegen. Wir gelangen Richtung Gardasee, zunächst vermute ich, wir fahren direkt zu Silvia und Paolo, doch ich merke, dass ich auf dem Holzweg bin, als Leo nicht auf die Ausfahrt gen Norden abbiegt, sondern weiter auf Verona zusteuert.

Mein nachträgliches Geburtstagsgeschenk … Er hatte mir eine Wiederholung unseres Amsterdam-Trips geschenkt, die bei all den unvorhergesehenen Ereignissen der letzten Monate in Vergessenheit geraten ist. Was genau ein Roadtrip durch Italien nun aber damit zu tun haben soll, bleibt mir schleierhaft. Angestrengt starre ich durch die Windschutzscheibe nach draußen auf die Straßen. Ein großes Autobahnschild fliegt an uns vorbei, und eher beiläufig lese ich, was ganz zuoberst steht.

Venezia – 96km.

Noch bevor ich es verstanden habe, beginnt mein Herz schneller zu schlagen.

Ich werfe Leo einen kurzen Blick zu und sehe sein Schmunzeln, während er weiter die Straße vor uns fixiert.

»Dein Ernst gerade?« Ich klinge aufgeregt, und Leo zuckt lächelnd die Schultern. »Wir fahren nach Venedig?«

»Wer weiß?«

»Oh mein Gott!« Ich drehe mich zu ihm. »Wirklich?«

Ich war noch nie in Venedig, und das, obwohl die Stadt seit Jahren ganz oben auf meiner Bucket List steht.

»Aber ich habe gar nichts dabei«, meine ich unvermittelt, als mir klar wird, dass all meine Sachen noch in unserem Hotelzimmer in Mailand sind.

Leo winkt ab. »Keine Sorge, unser Gepäck ist mit an Bord. Das Hotelpersonal hat es freundlicherweise in den Mietwagen verfrachtet.«

»Wie lange bleiben wir?«

»Zwei Nächte. Ich habe uns für übermorgen Abend einen Flug von hier zurück nach Berlin gebucht.«

»Und die Tickets von Mailand?«

»Die gab es nie. Hab dich angelogen. Sorry.« Leo grinst, und ich schüttele ungläubig den Kopf.

Kurz vor Venedig bringen wir den Mietwagen zurück und werden von einem kleinen Schnellboot auf die Insel gebracht. Venedig liegt in der Abenddämmerung vor uns, meine Haare fliegen im warmen Wind, und Leo beobachtet meine Sprachlosigkeit zufrieden.

»Es ist zwar nicht Amsterdam, aber es gibt auch ein paar Brücken und Kanäle«, beginnt er. »Ist das als Ersatz okay?«

»Okay?«, wiederhole ich und bin beinahe sprachlos. »Ich wollte schon ewig nach Venedig.«

»Ich weiß.« Er grinst mich an und deutet nach vorn. Wir steuern auf Venedigs Südseite zu. Vor uns öffnet sich der mächtige Canal Grande, gesäumt von magisch beleuchteten Fassaden historischer Villen und der beeindruckenden Basilica Santa Maria della Salute zu unserer Linken.

»Da ist unser Hotel.«

Mein Blick folgt Leos ausgestrecktem Arm zu einem besonders hübschen Haus direkt am Ufer des Kanals, und ich bringe kein Wort mehr heraus, als unser Boot am dazugehörigen Holzsteg anlegt. Die schwarzen Gondeln wippen gleichmäßig auf dem dunkelblauen Wasser. Es ist Venedig wie in den Filmen, und wir sind wirklich hier.

Am nächsten Morgen wache ich neben einem schlafenden Leo auf und tue mich einen Moment lang schwer, mich zu orientieren.

Venedig, schießt es mir durch den Kopf, und mein Blick geht durch die halb zugezogenen Vorhänge nach draußen. Das Morgenlicht glitzert auf den Wellen, und der Dunst taucht die Fassaden in weiches Gegenlicht. So habe ich mir Venedig erhofft. Still und geheimnisvoll, ein bisschen wie Amsterdam, nur mit mehr Sommer. Entferntes Kreischen der Möwen dringt durch die gekippte Balkontür in unser Zimmer.

Nach dem Frühstück erkunden wir die Stadt per Boot, besuchen nach dem Sightseeing der Innenstadt noch die beiden Inseln Murano und Burano, ehe wir später den Menschenmassen entfliehen und in der Nachmittagshitze eine Pause am Hotelpool einlegen.

Mit Anbrechen der Dämmerung wird es in Venedigs belebten Straßen endlich ruhiger. Nachdem die Tagestouristen die Insel verlassen und die schwimmenden Menschencontainer ihre Passagiere wieder verschluckt haben, trauen wir uns wieder nach draußen. Der Abend wird Mila-und-Leo-mäßiger, als wir in einem Kiosk eine Flasche Weißwein kaufen und uns am Ende einer ruhigen Gasse ans Wasser setzen. Die letzten Vaporetti schippern erschöpfte Touristen zurück zum Hauptbahnhof. Venedig kommt zur Ruhe, und so tun wir es.

Leo reicht mir die geöffnete Weinflasche, und ich nehme einen ersten Schluck. Eine Weile sitzen wir schweigend nebeneinander, lauschen dem leisen Platschen des Wassers zu unseren Füßen und lassen unseren Gedanken freien Lauf.

»Danke«, sagt Leo irgendwann, und ich hebe den Kopf, blicke in seine tiefbraunen Augen und bekomme eine Gänsehaut. »Danke, dass du Teil meines Lebens bist, Mila.«

Ich lächele ihn an, will etwas Ähnliches erwidern, doch Leo scheint noch nicht fertig zu sein. Sein Blick liegt unergründlich auf meinem Gesicht, lässt mich nicht los. Er schluckt schwer, ehe er weiterspricht.

»Ich weiß nicht, wie ich es sagen soll, ohne dass es unfassbar kitschig und abgedroschen klingt, aber es ist eben einfach so. Ich liebe dich, wie ich noch nie einen Menschen geliebt habe, und ich will keinen Tag mehr ohne dich verbringen. Mila, ich weiß, wir sind jung, so verdammt jung, aber ich weiß auch, dass das Schicksal seinen ganz eigenen Plan vom Leben hat. Keiner kann sagen, was morgen sein wird oder in einer Woche oder einem Jahr. Vielleicht ist das gerade unüberlegt von mir und völlig überstürzt, wer weiß das schon …« Für den Bruchteil einer Sekunde hält er inne.

Mir ist längst ganz kalt geworden. Leos Blick lähmt mein Innerstes, und würde ich nicht sitzen, hätten meine Beine spätestens jetzt unter mir nachgegeben. Kaum wahrnehmbar holt er Luft, und dann sagt er es, während in mir alle Lichter angehen.

»Mila, willst du meine Frau werden?«

Stille.

Stille in mir und um uns herum.

Mein Mund öffnet sich, doch es kommt nichts heraus. Ich schmecke die Tränen, die lautlos über meine Wangen laufen.

Sag was, Mila.

Wir sind doch noch jung, so verdammt jung …

Oh Gott.

Mein Kopf bewegt sich, der Film hat wieder Ton, und Leos Blick klebt an meinem Gesicht, wird noch eine Spur dunkler, während er mich anstarrt.

Und dann verlässt die Antwort meine Lippen wie von selbst.